新　潮　文　庫

若　草　物　語

ルイーザ・メイ・オルコット
小　山　太　一　訳

新　潮　社　版

11983

目次

若草物語

序

されば行け　わが小さき書物《ふみ》よ
行きて語れ　そなたを迎えもてなす全《すべ》ての人に
そなたの小さき胸に秘めたることを。
そして願え　そなたの物語が
永遠の祝福となり　読む人をして
書物《そなた》よりも　作者《われ》よりもよき巡礼たらしめんことを。
語れ　かの少女〈慈悲《マーシー》〉の物語を
若くして巡礼に旅立ちし少女の物語を。
まことにまことに　若き読者《むすめご》らに告げよ
〈慈悲《マーシー》〉に学び　来たるべき神の世を尊《たっと》ぶ聡《さと》きものたれと――
足弱《あしよわ》の処女《おとめ》らもまた　神の道を
聖者らに従いてよく履《ふ》むべければ。

ジョン・バニヤンに倣《なら》いて*1

1　天路歴程ごっこ

「プレゼントのないクリスマスなんて、クリスマスじゃないよ」カーペットに寝そべったジョーが、やりきれない声で言った。

「あーあ、貧乏って嫌！」すり切れた自分の服に目をやって、メグがため息をついた。

「きれいなものをいっぱい持ってる子もいるのに、何にもない子もいるなんて。こんなのないわ」小さなエイミーも、傷ついたように鼻をクスンと言わせた。

「でも、わたしたちには父さんと母さんがいるし、こうして四人いっしょにいられるんだもの」すみっこに座っていたベスが、満ち足りた様子で言った。

ベスの快活な言葉を聞いて、暖炉の火にてらされた四人の少女の顔がいっせいに輝いた。けれどもしばらくすると、また曇ってしまった。ジョーが悲しげに、こう言い出したのだ――

「父さんはいないじゃない。これから長いあいだ、いないんだよ」ジョーも「ひょっとすると帰ってこないかも」とは言わなかったが、姉妹のひとりひとりが心の中でそうつけくわえた。はるかな戦場にいる父さんの姿を、それぞれに思い浮かべながら。[*2]

しばらくは、誰も口をきかなかった。それから、メグが口調をあらためて言い出した――

「今年のクリスマスはプレゼントなしにしましょうって母さんが言ったわけは、あなたたちも分かってるでしょ。今年の冬は、だれにとっても大変だからよ。男の人たちが軍隊で大変な思いをしているのに、わたしたちが自分の楽しみのためにお金を使うのはよくないって。大した手助けはできなくても、自分にできる犠牲はよろこんで払わなくちゃいけないって。でもわたし、よろこんで犠牲を払うなんて無理」メグは首を振った。ほしかったきれいなものがいろいろ浮かんできて、あきらめきれなかったのだ。

「だいたい、わたしたちがなけなしのお金をかき集めたからって、大したことはできないと思うな。たった一ドルずつだよ。合わせて四ドル寄付したって、軍隊がすごく助かるわけじゃないよね。母さんやみんなからプレゼントがないのはいいけど、わたし、『ウンディーネとシントラム』[*3]だけは買いたいな。ずっと前から欲しかったんだもの」本のこととなると、ジョーは夢中なのだ。

「わたし、新しい楽譜を買うつもりだったのに」ベスがため息をついたが、あんまり控え目なため息だったから、それを聞きつけたのは、暖炉の手ぼうきとケトル敷きくらいのものだった。

「わたし、ファーバーの色鉛筆の箱入りセットを買うから。だって、ほんとに要るんだもの」エイミーがきっぱり言い切った。

「母さんも、わたしたちが貯《た》めたお金の使い方は何も言ってなかったし、何でもかんでもあきらめさせようなんて思ってるわけないよね。だからさ、みんな自分の欲しいものを買って、ちょっといい気分になろうよ。あれだけろくでもない仕事をこなしたんだもの、それぐらい当然だよ」男のように膝《ひざ》にのせたブーツのかかとを調べながら、ジョーが大声で言った。

「ほんとに大変だったわ――ほとんど一日じゅう、お行儀の悪い子供たちを教えるのって。ああ、家にいられたらどれだけいいだろうって思いながらよ」メグがまた不平たっぷりの口調になって言いだした。

「姉さんなんか、わたしの半分も大変じゃないよ」ジョーが口をはさむ。「よかったら代わってあげようか、やたらに細かくって口うるさいお婆《ばあ》さんと二人っきりで何時間もぶっ通しの仕事と？　四六時中こき使われて、ああでもないこうでもないって文句ばっかり言われて、わたしもう、窓から飛び出そうか、婆さんを張り飛ばしてやろうかって気分」

「ぶつくさ言うのはよくないけど――お皿を洗ったり、家の片付けをしたりするのって、こんなつらい仕事、ほかにないと思うわ。それぱっかりやってるといらいらしてくるし、手だってごわごわに突っぱって、ピアノを練習してもちっともうまく行かないの」ベスが荒れた手を見つめながらついた今度のため息は、周りのみんなの耳に届いた。

「みんなのつらさなんか、わたしの半分もないわ」エイミーが声を上げる。「わたしだけよ、あんないじわるい子たちといっしょの学校に行かなきゃならないのは。わたしがお勉強をわからないとばかにするし、服をからかってくるし、父さんがお金持ちじゃないといってラベルをはりつけるし、鼻が低いとかいってぶじょくするし」

「それを言うなら『レッテルをはりつける』でしょ。ラベルをはられるんじゃ、父さんがピクルスの瓶みたいだよ」ジョーが笑いだす。

「わたしはちゃんと言ってるんだから、のんくせつけるのはやめてよね。品のいい言葉を使ってボキャラブリーをふやすのって、大事なのよ」エイミーはつんとして言った。

「まあまあ、鳥みたいにつつき合わないの。ねえジョー、わたしたちが小さいころに父さんがなくしてしまったお金があったらいいと思わない？　ほんとに気楽でしょうね、なにかにつけて心配しなくて済んだら」メグがこんなことを言うのは、もっと恵まれていた時代を覚えているからだ。

「でも、姉さん、このあいだ言ってたでしょ。わたしたちのほうがキング家の子供たちよりよっぽど幸せ、いくらお金があっても四六時中いがみあっていたんじゃしょうがないって」

「ええ、言ったわ、ベス。たしかに、それはそうだと思うの。働かなきゃいけないし、楽しみは自分たちで工夫して見つけなくちゃならないけど、ジョーの言うとおり、わたしたち『けっこうイケてる』んだもの」

「ジョーはすぐ、そういう乱暴な言葉を使うんだから」床に長々と伸びた姿に批判的な目をやりながら、エイミーが言いだす。とたんにジョーは身体《からだ》を起こし、エプロンのポケットに手をつっこんで口笛を吹きはじめた。

「やめてよ、ジョー。男の子みたい」

「だからいいんだよ」

「乱暴でレディらしくない女の子、わたし嫌い」

「口うるさい気取り屋さん、わたし嫌い」

「巣がせまくとも小鳥はなかよし」と歌いだしたのは、いつでもなだめ役のベスだ。*4

その顔つきがあんまりおかしかったので、とげとげしかった声も笑いへとおちつき、「つつき合い」はさしあたり中止となった。

「そうよ、今のはふたりとも悪いのよ」ときどきお姉さんらしいところを見せたがるメグが、お説教癖《へき》を発揮する。「ジョゼフィーン、あなたももう大きいんだから、男の子のまねはやめて、しとやかにふるまわなくちゃ。ちっちゃな女の子ならそれでもいいでしょうけど、そんなに背が高くなって、髪の毛だってアップにしたんだから、レディの自覚を持たないとだめ」

「わたしのどこがレディなわけ！　髪の毛をアップにするのがレディだったら、はたちになるまでお下げでいるよ」そう叫んだジョーは、いきなりヘアネットをむしり取って、栗色《くりいろ》の豊かな髪をたてがみのように振ってみせた。「やなこった、マーチ家のお嬢さんなんてものになって、長ったらしいドレスを着て、菊の花みたいにすましかえるなんて。だいたい、女の子ってだけでもめんどくさいよ、わたしが好きなのは男の子の遊び、男の子の勉強、男の子のすることなのにさ。それに、もともと男でないのが気に入ってないところに、こんどの戦争でしょ。パパといっしょに戦場に行って戦いたいのに、うちに閉じこもっておばあさんみたいに編み物だなんて」ジョーが編みかけの青い軍用靴下を振りまわしたので、かぎ針がぶつかりあってカスタネットのように音を立て、毛糸の玉が部屋をつっきって転がっていった。

「かわいそうなジョー。つらいでしょ！　でも、男の子にはなれないよね。だから、名前を男の子みたいにして、わたしたちのお兄さん役になるくらいでがまんするしかないのよね」ベスはそう言って、膝もとにあるジョーのぼさぼさ頭をなでてやった。皿洗いや掃除でいくら肌が荒れても、ベスの手ばかりは人に触れるときのやさしさを失うことがないのだ。

「それと、エイミー」メグが言葉をつづける。「あなたはいつでも口やかましすぎ、きどりすぎ。今はまだおしゃまでかわいいけど、気をつけないと、いやみったらしい小娘になっちゃうわよ。わたし、あなたのおしとやかなふるまいも洗練された言葉づかいも好きよ、無理してエレガントをきどりさえしなければ。でも、変な言葉をかってに作り出すのって、ジョーの乱暴な言葉づかいと同じくらいよくないわ」

「ジョーはおてんば、エイミーはきどった小娘なら、わたしは何？」自分もお説教を受けようと思ってベスが言いだした。

「あなたはいい子ちゃん、それだけよ」メグが熱をこめて言いきった。反対意見はまるでなし。「ネズミちゃん」のベスは一家のペットなのだ。

若い読者のみなさんは、しょっちゅう「この子はどんな外見なの？」と聞きたがる。だからここで、四人姉妹をちょっとスケッチしてみるのもいいだろう。ちょうどいいぐあいに、四人は日暮れの光の中でいっしょけんめい編み物に取り組んでいるし、外では十二月の雪がしんしんとふりつもり、家の中では暖炉の薪《まき》がパチパチと楽しげな音をたてている。カーペットはすりきれ、家具だって質素なものだけれども、それでも昔ながらのここちよい部屋だ。壁には趣味のいい絵が二枚ばかり、あちこちの隅には本がぎっしり、窓辺には菊やクリスマス・ローズが花咲き、わが家の平和がかもしだすくつろぎの雰囲気が満ちわたっている。

四人のうちでいちばん年上のマーガレットは十六歳、たいへんな美人で、ふっくらした顔立ちとすきとおるような肌、大きな眼、豊かで柔らかい茶色の髪の毛、やさしげな口もとの持ち主だ。手も真っ白くて、マーガレットはそれをだいぶ自慢にしている。十五歳のジョーはのっぽで痩《や》せていて浅黒く、若い馬を思い出させる。というのも、いつも長い手足をもてあましている様子だからだ。口もとはきっぱりとして、鼻はコミカルにそり返り、灰色の眼が鋭い。この眼は何でも見とおせるようで、激しかったり、ユーモラスだったり、考えに沈むようだったりとめまぐるしく表情を変える。長くてふさふさした髪の毛がジョーの美点だが、ふだんはじゃまにならないようネットに押しこんである。猫背ぎみ、大きな手と足、服装はいたって適当で、自分が一人前の女性へと急速に変わりつつあるのが受け入れられない若い娘に特有のいごこちの悪さを漂わせている。エリザベス――というか、みんなベスと呼んでいる――は十三歳、バラ色のほっぺたとしなやかな髪の毛ときらきらした眼の持ち主で、シャイなものごしと、おだやかな声と、めったに乱されることのない平和な表情をしている。父さんはベスのことを「おっとりさん」と呼んでいて、このあだ名はぴったりだった。ベスは自分だけの幸せな世界に生きているようで、そこから出てくるのは、信頼し愛しているごく数少ない人たちに会うときだけだったからだ。エイミーは末娘だが、まことに重要な人物である――少なくとも、エイミー自身に言わせれば。まさしく雪の妖精《ようせい》といった風情《ふぜい》で、眼は青く、黄金色の髪の毛が肩のあたりでカールしている。色白でほっそりして、身のこなしはいつでもお作法を忘れない若いレディのようだ。四人の姉妹がこんな外見の内側にどんな性格を持っているかは、だんだん分かってくるだろう。

時計が六時を打つと、すでに暖炉まわりの掃除を終えていたベスは、あたためるために部屋ばきを取り出した。この古い靴が取り出されると、四人の少女はきまってふるまいがよくなった。なぜなら、部屋ばきが取り出されるということは母さんが帰ってくるということであり、出迎えるみんなが明るい気分になるからだ。メグはお説教をやめてランプに火を入れ、安楽椅子《いす》を占領していたエイミーは自分からどき、ジョーは疲れも忘れて身を起こすと、部屋ばきを火に近づけてあたためだした。

「部屋ばき、だいぶくたびれてるよね。マーミーに新しいのを買ってあげなきゃ*5」

「わたし、自分の一ドルで買ってあげようと思ってたの」ベスが言った。

「だめ、わたしが買うんだから！」とエイミー。

「わたしがいちばん年上よ」とメグが言いかけたが、ジョーが断固とした口調で割りこんだ。

「パパがいないあいだはわたしが一家の男がわりだから、部屋ばきはわたしが手配するよ。パパが言ってたもの、留守のあいだ母さんの世話をしっかり頼むぞって」

「じゃあ、こうしましょう」ベスが言った。「みんな母さんにクリスマスのプレゼントを買ってあげて、自分には何も買わないの」

「ベスらしい提案だなあ！　で、みんな何を？」ジョーが叫ぶ。

全員が一分ばかり真剣に考えこんだあと、まずはメグが、自分のきれいな手を見ていて思いついたように言った。「いい手袋」

「最高級の軍用ブーツ」とジョー。

「ちゃんと縁《ふち》どりのついたハンカチーフ」とベス。

「わたしはオーデコロン。母さんはコロンが好きだし、そんなに高くないから、残りのお金で自分にも何か買えるわ」エイミーがしんがりをつとめた。

「どうやって渡す？」とメグが聞いた。

「テーブルに置いといて、母さんをつれてきて、みんなのまえで開けてもらうんだ。みんな、誕生日にはそうやってきたよね？」答えたのはジョーだ。

「わたし、あれがすごくこわかったの。王冠をかぶって、大きないすに腰かけるでしょう。みんなが列を組んでやってきて、プレゼントを渡してキスしてくれる。もちろん、プレゼントもキスもうれしいんだけど、みんながじっと座って、わたしが包みを開けるのを見ているでしょ。あれがこわくてこわくて」こう言ったのはベスだ。自分の顔をあたためながらティー用のトーストをあぶるという、一石二鳥をこころみている。

「わたしたちは自分用になにか買ってくるんだとマーミーに思わせておいて、びっくりさせようよ。買物はあしたの午後に行かなくちゃね、メグ。クリスマスの晩に上演するお芝居の準備、いっぱいあるから」そう言いながら歩きまわるジョーは、手を後ろで組み、鼻を宙につきだしていた。

「わたし、お芝居は今年で卒業だからね。もう大人ですもの」とメグが言った。実のところ、仮装して大さわぎをするとなると、やっぱりまるきり子供なのだが。

「うそばっかり。やめるわけがないね、白いドレスをひきずって髪を下ろした、金紙の宝石をいっぱいつけられるお姫様の役さえあれば。姉さんはうちでいちばんの名女優なんだから、引退されたら全部ぶちこわしだよ」ジョーが言った。「リハーサルは今夜やろう。さあ、エイミー、こっちにきて失神の場面をやってみせて。あの演技じゃ、まるで火かき棒みたいに突っぱらかってるよ」

「無理なものは無理。人が失神するところなんて、見たことないんだから。だいたい、ジョーみたいにばったり倒れて青あざだらけなんていやよ。ふんわり崩れこむのでよければ、そうするわ。それがだめなら、エレガントな感じでいすに倒れこむとか。ヒューゴーがピストルを持って迫ってくるっていうけど、そんなことわたし知らないわ」エイミーが言い返した。失神する役に選ばれたのは、演技力があるからではなく、主役にかかえられて悲鳴をあげながら退場することができるくらい小柄だからなのだ。

「じゃ、こんな感じでいこう。組んだ手をもみしだいて、よろめく足どりで部屋を横切りながら、のどを振りしぼって叫ぶんだ。こんなふうに――『ロドリーゴ！　助けて！　助けて！』」よろめく足どりを実演しながらジョーがあげたメロドラマ流の悲鳴は、まさに鬼気《きき》せまるものがあった。

エイミーもあとについて演じたが、両手をまっすぐ前につきだして、機械じかけのようにぎこちない動きだった。「きゃー！」という悲鳴も、恐怖と苦悩の叫びというより、だしぬけに針を突き刺されたようだ。ジョーは絶望のうめき声をあげ、メグは大笑いし、ベスは一座の様子を楽しげに眺めているあいだにパンを焦《こ》がしてしまった。

「ひゃあ、これじゃダメだ！　ま、本番はなるべくがんばってよ。やじが飛んで来たって、わたしのせいじゃないからね。じゃあ、メグ、相手をお願い」

そこからはうまくいった。ドン・ペドロは二ページにわたる長ぜりふで世界全体を敵に回す決意を述べ、魔女のハガルはヒキガエルを鍋《なべ》いっぱいに煮こみながら恐ろしい呪文《じゅもん》を唱えて見るものの背筋を凍らせ、正義の味方ロドリーゴはいましめの鎖を雄々しく引きちぎり、後悔の念と砒素《ひそ》の毒にむしばまれたヒューゴーは「はーっ！はーっ！」と荒い息をつきながらもだえ死んだのである。

「これまでで最高の脚本ね」死んだ悪役が体を起こしてひじをさするのを見ながら、メグが言った。

「信じられないわ、こんなすごいものをひとりで書いて演じられるなんて。ジョー、あなた、シェイクスピアよ！」とベス。姉たちがどんなことにもすばらしい天才をそなえていると信じて疑わないのだ。

「いやあ、それほどでも」ジョーが謙遜《けんそん》する。「まあ、『魔女の呪《のろ》い――オペラ形式の悲劇』は、そう悪くないと思うんだけどね。でも、できるなら『マクベス』をやってみたいな。バンクォーの幽霊が出てくる、せり上がりの装置さえあれば。ダンカン王殺しの場面をやりたいと、前から思ってるんだ。『短剣か、この目の前に見えるのは？』」そうつぶやきながら、ジョーは目玉をむきだし、虚空《こくう》をつかむしぐさをした。かつて見た有名な悲劇役者のまねだ。

「短剣じゃなくて、トーストをあぶるフォーク。パンじゃなくて部屋ばきがのっかってるけど。ベスったら、芝居に見とれちゃって！」メグが叫び、リハーサルは爆笑のうちに終わった。

「みんな、ずいぶん楽しそうね」玄関で陽気な声がした。役者と観客がそろって出迎えたのは、いかにもお母さんらしい、よく肥えた女性だった。今にも「お手伝いしましょうか」と言いそうな雰囲気があって、一気に場がなごんだ。とりたてて美人というわけではないけれども、子供たちにとってお母さんはいつでも美しい。四人の少女は、灰色の外套《がいとう》と古くさいボンネットが包んでいるのは世界一すばらしい女性だと信じていた。

「あなたたち、今日は何をして過ごしたの？　慰問品の発送が明日だからぜんぶ準備しないといけなくて、夕食にも遅れちゃった。どなたかお見えになった、ベス？　かぜの具合はどう、メグ？　ジョー、あなた疲れきってるみたいね。さあ、こっちにきてキスして」

母親らしい言葉をかけながらミセス・マーチは濡《ぬ》れた外套をぬぎ、あたたまった部屋ばきにはきかえて、安楽椅子に腰を下ろすとエイミーを膝に抱きよせた。忙しかった一日で、いちばん幸せな時間の始まりである。娘たちはそれぞれに飛び回って、母さんを快適にしようとつとめた。メグはティーテーブルを準備した。ジョーは薪を運んできていすを並べたが、その途中でありとあらゆるものを落っことし、ひっくり返し、どんがらがっしゃんと音をたてた。ベスは居間とキッチンを小走りに行ったりきたり、もの静かに忙しくしていた。エイミーは両手を組んで座りこみ、みんなに指示を飛ばした。

四人がテーブルの周りに集まると、ミセス・マーチはいつになく幸せそうな表情を浮かべて言った。「夕食がすんだら、みんなにとっておきのプレゼントがあるの」

四人の顔にぱっと明るい笑みが広がった様子は、一筋の日の光がさしたようだった。ベスは熱いビスケットを持っていることも忘れて手をたたいたし、ジョーはナプキンを放り上げて叫んだ。「手紙だ！　手紙だ！　父さん、ばんざーい！」

「そう、たっぷり長いお手紙よ。父さんはお元気で、わたしたちが心配していたより楽に冬を乗り切れそうですって。楽しいクリスマスを心から祈るとあるわ。あなたたちには、特別のメッセージつきよ」と言ってミセス・マーチは、宝物が入っているようにポケットを叩いてみせた。

「急いで食べちゃおう。お上品に小指を曲げておすまししてる場合じゃないよ、エイミー」ジョーが叫んだ。メッセージが知りたくて早く食事を終わらせようとしたのだが、とたんにお茶にむせてパンをカーペットに落としてしまった。それも、バターのぬってあるほうを下にして。

ベスはもう何も食べようとせず、いつもの薄暗いすみっこに引っこんで、これから訪れる幸せを考えながら他の三人の用意ができるのを待っていた。

「父さん、すごくえらいわよね。徴兵されるような歳《とし》でもないし、兵隊さんほど体が強くもないのに、従軍牧師になって出征したんですもの」メグが熱をこめて言った。

「わたしだって出征したいよ。太鼓手でもいいし、『ヴィヴァン』だっけ、あれでも。*6

看護婦でもいいよ。とにかく、父さんのそばで手助けできたらなあ」ジョーがいかにも残念な声でうめく。

「つらいでしょうね、テントの下で寝て、食べ物がどれもまずくて、水を飲むときはブリキのコップだなんて」エイミーがため息をつく。

「父さんはいつ帰っていらっしゃるの、マーミー？」そう言ったベスの声はすこし震えていた。

「あと何ヶ月かは無理ね、ご病気にでもなったら別だけど。体力が続くかぎり、父さんは戦場に残ってけんめいにお仕事をなさるでしょう。だからわたしたちも、父さんの仕事が終わるまでは決して帰ってきてほしいなんて言わないでいましょうね。さあ、手紙を読むから集まっていらっしゃい」

全員が暖炉のまわりに集まった。大きな椅子に腰かけた母さんの足元にベスが座り、メグとエイミーは椅子のひじ掛けを止まり木にし、ジョーは椅子の背に身を寄せた。ここなら、手紙の言葉にぐっと胸を突かれてもまわりに気づかれないはずだ。

この苦しい時代に書かれた手紙は、どれも胸を打つものばかりだった。父親が家族にあてて書いた手紙はとりわけだ。ミスター・マーチの手紙には、つらい経験に耐えたとか危険な目にあったとかホームシックを乗り越えたなどということはまったく書かれていなかった。上きげんな、希望にあふれた手紙で、陣営での生活や行軍や戦況が生き生きと描かれていた。それでも、最後にはやはり父親としての気持ちが抑えきれなかったのだろう、家で待っている少女たちへの愛情と心づかいがあふれ出ていた。

「娘たち全員に、わたしの深い愛とキスを送ってくれ。昼はあの子たちのことを考え、夜はあの子たちのために祈り、いつでもあの子たちの愛情を心の支えにしていると伝えてほしい。一年というのは待ちきれない時間のように思えるが、娘たちに言ってやってくれ。待っているあいだもわたしたちは仕事に励み、たとえ苦しい日々であっても無駄に過ごさないようにしなければならないと。わたしが言い残していったことを、娘たちは必ずや守ってくれるだろう——母さんを深く愛する子供でありなさい、義務を忠実に果たしなさい、勇気をもっておのれの内なる敵と戦いなさい、自分に打ち勝つ美しい心を持ちなさい、という教えを。だから、家に帰りついたときのわたしはきっと、わたしの小さな女性たち《リトル・ウィメン》*7のことをいっそう好きになり、いっそう誇りに思うことができるはずだ」

このくだりにさしかかると、姉妹は全員がすすり泣いていた。ジョーは鼻の先から大粒の涙が落ちたのを恥ずかしいと思わなかったし、エイミーは巻毛がくしゃくしゃになるのにもかまわず母さんの肩に顔をうずめて泣き声で言った。「そう、わたしは自分勝手な豚なの！　でも、わたし努力して、父さんががっかりしないようにするから」

「みんな努力するの！」メグが叫ぶ。「わたし、自分の外見ばっかり気にして仕事をなまけてばかりだけど、そういうのは今からやめる、できるだけ」

「わたしも。父さんがせっかく『リトル・ウーマン』と呼んでくださってるんだもの、がさつな乱暴者にはならない。よそで活躍したいなんて言わないで、ここですべきことをやる」そう言いながらもジョーは、うちでおしとやかにしていることは戦場で南軍の兵隊と対決するよりもやっかいな気がしてならないのだった。

ベスは何も言わず、編みかけの青い軍用靴下で涙をぬぐうと、すぐさま手近な義務を果たすために全速力で編みはじめ、つつましい魂のなかでこんな決意をした――一年がめぐって、父さんが帰っていらっしゃるうれしい日が来たときには、どこからどこまで父さんの望みどおりの娘になっていよう、と。

ジョーの言葉に続いた沈黙をやぶったのは、ミセス・マーチのほがらかな声だった。「みんな覚えているかしら、小さいころによく『天路歴程』ごっこをやったのを？　重荷のかわりに端切《はぎ》れ入れの袋を背中に結びつけて、帽子をかぶせて、杖《つえ》と巻紙を持たせてあげると、みんな大喜びだったわよね。それで、みんなして家のなかを巡礼するの。まず地下室が『破壊の街』で、そこからずうっとてっぺんまで上がっていくの。『天の都』を作るために、きれいなものをいろいろかき集めて」*8

「楽しかったなあ。ライオンのそばを通ったり、破壊の街の主《ぬし》のアポリオンと戦ったり、お化けのいる谷間を通り抜けたりするところが、特に」とジョーが言う。

「わたしは、背中の荷物がほどけて階段をころげ落ちていくところ」とメグ。

「わたしが好きだったのは、お花とか植木とかいろいろきれいなものが並べてある平たい屋根の上に出て、お日さまのなかで喜びの歌を歌うところ」ベスはそう言うと、たったいまもあの楽しいひとときを過ごしているかのような笑みを浮かべた。

「わたし、あまりよく覚えてないの。地下室と暗い入り口がこわくて、家のてっぺんでケーキとミルクにするのがいつも楽しかったことくらいしか。ああいうことをもう卒業していなければ、もういちどやってみたいわ」御年《おんとし》十二歳を迎えたエイミーは、なにかというと、子供っぽいことはやめにしたと言い張りたいのである。

「卒業なんてことはありませんよ。わたしたちはいつだって、いろんな形で巡礼ごっこをやっているんですもの。背中に重荷をしょって、目の前には道があって、ね。いくら苦しいことがあっても、わたしたちが過《あやま》ちを犯しても、善と幸福を求める心がわたしたちを平安へと導いてくれるのよ。その平安こそが本当の天の都。どう、わたしの小さな巡礼さんたち、今度はごっこでない本当の巡礼の旅を始めてみない？　父さんが帰っていらっしゃるまでにどこまで進めるか、やってごらんなさい」

「母さん、ほんとに？　わたしたちの重荷はどこにあるの？」とエイミーが聞いた。この小さなレディは、何でも言葉どおりに受け取るほうなのだ。

「あなたたちみんな、自分の重荷が何か言ったばかりでしょう。ベスは別だけど。たぶん、ベスには重荷なんてないのよね」とミセス・マーチが答えた。

「いいえ、あるわ。わたしの重荷は皿洗いとお掃除、りっぱなピアノを持っている子がうらやましいこと、それに他の人たちがこわいこと」

ベスが挙げた重荷がずいぶん奇妙なものだったので、みんな笑いだしそうになったが、ほんとに笑うことはしなかった。笑ったりしたら、ベスはひどく傷つくだろうから。

「みんなで重荷を背負って、巡礼の旅に出ましょう」メグには感じるところがあったようだ。「巡礼というのは、いい人間になろうとすることと同じなのよ。『天路歴程』の物語が助けになってくれるかもしれないわ。誰でもいい人間になりたいと思うものだけど、それはたいへんな仕事だし、わたしたちはすぐに忘れたり怠けたりしてしまうから」

「今晩のわたしたちは『絶望の沼』にはまりこんでいたけど、母さんが引っ張り上げてくれたわけだよね。『天路歴程』のヘルプがクリスチャンを引き上げたみたいに。わたしたちも、クリスチャンみたいに教えの巻物がないとね。それはどうしたらいいかなあ?」ジョーはうれしそうだった。教えの巻物という小道具のおかげで、自分の義務を果たすというちっとも面白くなさそうな仕事に少しだけロマンスが加わったからだ。

「明日の朝、枕《まくら》の下を探してごらんなさい。道案内の本があるから」とミセス・マーチが答えた。

ハンナがテーブルをかたづけてくれるあいだに、四人は新しい計画を話しあった。それから四つの小さな裁縫バスケットが取り出され、縫い針が大活躍してマーチ伯母さんのシーツができあがっていった。面白みのない針仕事だったけれども、今夜は誰も文句を言わなかった。ジョーの提案に従って長い縫い目を四つに分け、それぞれをヨーロッパ、アジア、アフリカ、アメリカと名づけたおかげで、作業が大いにはかどった。とりわけ、針を運びながらいろいろな国のお話をするのは効き目があった。

九時になると四人は仕事を終え、いつもどおり、ベッドに入るまえに合唱した。あの古ぼけたピアノから音楽らしいものを引きだせるのはベスだけだ。黄色くなった鍵《けん》盤《ばん》をやさしくなでて、姉妹たちが歌う素朴な歌に心地よい伴奏をつけることができた。メグはフルートのような声の持ち主で、母さんといっしょに小さな聖歌隊をリードした。エイミーはこおろぎのようにさえずった。ジョーはやさしい気持ちのおもむくままにメロディを追いかけるが、いつでも変な場所で節をつけたり声をふるわせたりして、どれほど瞑想《めいそう》的な曲でもお笑いに変えてしまうのだった。この合唱は、ずっと昔からの習慣だった。最初のうちはたどたどしく

きやきや、ひかゆ、おそやの、ほしよ

などと歌っていたのがいつしか一家の習わしとして定着したのは、母さんが生まれつきの歌い手だったおかげである。朝一番に聞こえてくるのは、ひばりのように歌いながら家じゅうを歩きまわる母さんの声だったし、姉妹が一日の終わりに聞くのもそれと同じほがらかな声だった。というのも、四人は聞きなれた子守唄《うた》を決して「卒業」したりしなかったから。

2　メリー・クリスマス

　クリスマスの朝が灰色に明けそめたとき、最初に目をさましたのはジョーだった。暖炉を見ても、靴下はぶら下がっていなかった。ずいぶん昔、靴下にすてきなプレゼントが詰めこまれすぎて暖炉から落ちてしまったのに気づかなかったジョーはひどくがっかりしたものだが、今のがっかりも同じくらい大きかった。と、そこで母さんの約束を思い出して、ジョーは枕の下に手をすべりこませ、深紅《しんく》の表紙の小さな本をひっぱりだした。その中身を、ジョーはとてもよく知っていた。新約聖書、世界でいちばん美しい生涯の物語だ。これこそ、長い旅路をひかえた巡礼にとって一番のガイドブックだとジョーは思った。そこで「メリー・クリスマス」の声でメグを起こすと、枕の下を見てごらんよと言った。出てきたのは緑の表紙の本だった。開けてみると同じさし絵があり、母さんが短いメッセージを添えている。そのおかげで、二人の目にはたったひとつだけのプレゼントがすばらしいものに見えた。しばらくするとベスとエイミーも目をさまし、枕の下をさぐってそれぞれの本を見つけた――ベスのは鳩《はと》の羽色《はいろ》、エイミーのは青。四人が四冊の本を見つめながら話しこむうちに、東の空は一日の始まりを告げるように薔薇色《ばらいろ》に染まっていった。

時々ちょっとした気取りが顔を出すものの、マーガレットは根はやさしくて信心深い性格で、それが知らず知らずのうちに妹たちを感化していた。特にジョーはメグを心から愛し、姉が穏やかな言葉で与えてくれるアドバイスに必ず従うのだった。

「ねえ、みんな」とメグは、自分のそばにあるジョーのくしゃくしゃ頭から隣の部屋でナイトキャップをかぶっている小さなふたつの頭へと目をやりながら、まじめな様子で言った。「母さんはわたしたちがこの本をしっかり読んで、大事にして、その教えに従うことを願っていらっしゃるのよ。今すぐそうしましょう。わたしたち、前にはちゃんとこの本の教えを守っていたけど、父さんが出征なさってからというもの、戦争のごたごたに心が弱って、いろんなことを怠けるようになっているでしょう。あなたたちは自分でどうするか決めればいいけど、わたしは自分の本をこのテーブルにおいて、朝に目をさましたら必ず少し読むことにする。きっと教えが身にしみて、一日ずっと正しく過ごせるはずよ」

そう言ってメグは自分の本を開き、読みはじめた。ジョーは姉の身体《からだ》に腕を回し、ほほを寄せていっしょに読んだ。ふだんはくるくる表情の変わる顔が、今ばかりはしんと落ち着いていた。

「メグの言うとおりだわ！　エイミー、わたしたちもそうしましょう。むずかしい言葉はわたしが説明するし、わたしたちで分からないことがあったら姉さんたちが教えてくれるから」プレゼントとしてもらった本の美しさと姉たちのお手本に感じ入った様子で、ベスがささやいた。

「わたしのが青でよかった」とエイミーが言ったあとは、静まりかえったふたつの部屋にページをそっとめくる音だけがつづき、しばらくすると冬の日ざしが入りこんできて、姉妹のきらきらと輝く頭や真剣な顔にクリスマスのあいさつをした。

「母さん、どこへ行ったのかしら？」三十分後、プレゼントのお礼を言おうと思ってジョーといっしょに階段を駆け下りながら、メグがたずねた。

「神さまだけがご存じってやつだね。さっき、かわいそうな子供たちが助けを求めにきたんで、あんたがたの母さまは何が入り用なのか聞くためにすっ飛んでいきなさったよ。まったく、母さまときたら、食べ物や飲み物、着るものや焚き木《たぎ》をひとにやっちまうことにかけちゃ、誰にも負けやしないんだからねえ」そう答えたハンナはメグが生まれてからずっとマーチ家にいるばあやで、姉妹の誰もが、使用人というよりも友達だと思っていた。

「たぶん、すぐに戻っていらっしゃるでしょう。さあ、みんなケーキを用意して。ぬかりのないようにね」そう言いながらメグは、いざというときすぐ出せるようにバスケットに入れてソファの下にしまってあるプレゼントを点検した。「あら、エイミーのオーデコロンは？」エイミーがプレゼントすると言っていた小びんが見あたらないのだ。

「さっきエイミーが持っていったよ。リボンか何か、かざりつけをするんだって」と答えたジョーは、軍用ブーツをできるだけ柔らかくしてあげようと思って、自分ではいて部屋じゅうを踊り回っている。

「わたしのハンカチーフ、きれいでしょ？　ハンナが洗ってアイロンをかけてくれたから、わたしがネームを刺繍《ししゅう》したの」そう言いながらベスは、たいへん苦労して仕上げたちょっとでこぼこな縫い取り文字を誇らしげに見つめた。

「あれれ、ベスったら、『M・マーチ』でなくて『母さん』って縫い取りしてるよ。おかしなの！」ジョーが一枚を手に取って言った。

「まずかった？　わたし、そっちのほうがいいと思ったの。だってメグのイニシャルも『M・M』でしょう。このハンカチーフ、マーミーにだけ使ってほしいんだもの」

ベスが心配そうな顔になる。

「だいじょうぶ、とってもいい思いつきよ。それに、便利。これでもう、誰もとりちがえようがないもの。母さんもきっと大喜びするわ」そう言いながらメグは、ジョーにはしかめ面《つら》を、ベスには笑顔を送った。

「あっ、母さんだ。バスケットを隠して、早く！」ジョーが叫んだ。玄関のドアが閉まる音、廊下を歩いてくる足音がしたのだ。

あたふたと入ってきたのはエイミーで、他の三人が自分を待っていたのに気づいてばつの悪い顔になった。

「どこへ行ってたの。それと、後ろに隠してるのはなに？」エイミーはフードと外套《がいとう》をつけている。この怠け者が朝早くからどこかに出かけていたんだと気づいて、メグは驚いた。

「笑わないでよ、ジョー。わたし、本番まで誰にも知らせないつもりだったの。小びんを大きいのと取りかえようと思って、持ってるお金をぜんぶ使っちゃった。わたし、これからはぜったいに自分中心にしないって決めたの」

そう言いながらエイミーは、以前のちっぽけなのと取りかえた大びんを取り出してみせた。自分を後回しにするためのエイミーの努力は真剣そのもので何のてらいもなかったから、メグはその場でエイミーを抱きしめ、ジョーはエイミーのことを「いいやつ」だと言い、ベスは窓辺に駆けよって、貫禄《かんろく》たっぷりのびんを飾るためにとっておきの薔薇をつんできた。

「けさ、わたしたち、聖書を読んでもっといい人間になろうって話しあったでしょ。あのあと、急に自分のプレゼントが恥ずかしくなったから、起きてからすぐに出かけて取りかえてきたの。よかったあ、これでわたしのプレゼントがいちばんりっぱだもの」

玄関のドアがまた閉まる音が聞こえた。バスケットは急いでしまわれ、姉妹は心待ちにしていた朝食をとるためにテーブルについた。

「メリー・クリスマス、マーミー！　今年も、これからもずっと！　ご本をありがとう。今日も読んだし、毎日読みます」四人が口を揃《そろ》えて叫んだ。

「メリー・クリスマス、わたしのお嬢さんたち！　よかった、今日から始めてくれたのね。どうかずっと続けてちょうだい。それでね、テーブルにつくまえに話しておきたいことがあるの。この家からそう遠くないところで、貧しい女の人が生まれたばかりの赤ちゃんといっしょに床についているの。焚き木がないから、六人の子供たちがひとつのベッドで身を寄せ合っているの。食べ物も底をついたから、いちばん上の坊やがきて、飢えと寒さで死にそうですってわたしに訴えたのよ。どう、よかったら、あなたたちの朝ごはんをクリスマスのプレゼントにしない？」

もう一時間も待ちつづけていた四人はすっかり腹ぺこだったから、しばらくは誰も口を開かなかった。でも、ほんのしばらくだけだった。ジョーが勢いよく叫んだのだ――

「よかった、わたしたちが食べ始めるまえに帰ってきてくれて！」

「かわいそうな子供たちにあげるものを運ぶ手伝い、わたしもしていい？」ベスが熱心に尋ねる。

「わたし、クリームとマフィンを持っていく」とエイミーが言った。りりしくも、いちばんの好物を差しだそうというのだ。

メグはいち早くそば粉のケーキを包み、大皿にパンを盛っていた。

「そうしてくれると思っていましたよ」ミセス・マーチは満足げにほほえんだ。「みんなきて、手伝ってちょうだい。戻ってきたら、パンとミルクで朝ごはん。そのぶん、夕食はごちそうしますからね」

用意はすぐにととのい、一同は出発した。さいわいまだ朝早かったので、裏道を行けば人に見られることもなく、おかしな一行だと笑われることもなかった。

着いてみると、そこは貧しい、何もない、みじめな様子の部屋だった。窓は割れ、暖炉に火はなく、ふとんはぼろぼろ、母親は病気で、赤ん坊が泣きじゃくり、青白い顔でおなかをすかせた子供たちが古ぼけたキルト一枚にくるまって暖をとっていた。姉妹が入っていったとき、一家の落ちくぼんだ眼がどれほど輝き、青ざめた唇にどれほど大きな笑みが浮かんだことだろう！

「ああ《アッハ》、神さま《マイン・ゴット》！　天使さまたちが来てくださった！」あわれな母親がそう叫んで、喜びの涙にむせんだ。*9

「へんな天使だよね、翼のかわりにフードとミトンだもの」ジョーがみんなを笑わせる。

だが、数分後にはほんとうに、親切な精霊たちが仕事をしたようになった。焚き木を運んできたハンナは暖炉に火をおこし、割れた窓を古い帽子と自分のショールでふさいだ。ミセス・マーチは母親にお茶とおかゆを食べさせ、もう大丈夫ですよと元気づけるとともに、まるで自分の子供のようにやさしく赤ん坊のおしめをかえてやった。そのあいだに姉妹はテーブルを準備し、子供たちを暖炉にあたらせ、ひな鳥にえさを与える親鳥のように食べ物を与えていた——笑い、しゃべり、子供たちのおかしな英語を理解しようとがんばりながら。

「おいしい《ダス・イスト・グート》！」「子供の天使《デア・エンゲル・キンダー》だあ！」と叫びながら、あわれな子供たちは食べ、紫色にかじかんだ手を心地よい火にかざして暖めた。姉妹は子供の天使などと呼ばれたことがなかったから、とてもうれしかった。生まれてこのかた「サンチョ・パンサ」[*10]と呼ばれてきたジョーにはなおさらだった。自分たちはひと口も食べられなくても、すばらしく愉快な朝食だった。ひと心地ついた一家を後にして外に出たときのマーチ姉妹ほど陽気な四人組は、街じゅう探してもいなかったろう——朝食をゆずったおかげで腹ぺこだったし、クリスマスの朝だというのに自分たちはパンとミルクで満足するしかなかったけれども。

「自分よりも隣人を愛せよっていうのはこういうことよね。よかった」プレゼントを並べながらメグが言った。母さんは二階で、フンメル一家にあげる服を選んでいる。見映《みば》えこそしないけれども、四個の小さな包みには愛がいっぱいにつまっていた。真ん中に置かれた背の高い花びんには赤い薔薇と白い菊、それに長い蔦《つた》があしらわれて、テーブルにとてもエレガントな雰囲気をかもし出していた。

「母さんが来たよ！　ベス、ピアノを弾いて。エイミーはドアを開けて。じゃあ行くよ。マーミー、ばんざい、ばんざい、ばんざーい！」ジョーがはね回りながら叫ぶあいだに、メグが母さんを上座へ案内しに向かった。

ベスは腕前が許すかぎりいちばん陽気な行進曲をかなでた。エイミーがさっとドアを開き、メグはたいへんな威厳でエスコート役をつとめた。ミセス・マーチは驚き、そして感動していた。涙をいっぱいにした眼でほほえみながらプレゼントを眺め、添えられた手紙を読んだ。ブーツはすぐさま履かれ、エイミーのオーデコロンがたっぷり振られた新しいハンカチーフがポケットにおさめられ、薔薇の花は胸元にとめられた。すてきな手袋は「ほんとにぴったり」だと母さんは言った。

みんなが素朴な愛情をこめて、笑ったりキスしたり説明したりした。こういうことがあってこそ、クリスマスという家庭のお祝いは活気づき、のちのちまでなつかしく思い出せるのだ。それから、一同は仕事にとりかかった。

午前中はフンメル家への訪問やプレゼント贈呈のセレモニーで手いっぱいだったから、夜の催しの準備が本格的に始まったのは午後になってからだった。姉妹はそうたびたび劇場に行ける歳《とし》ではなかったし、家で上演するお芝居の衣装につぎこめるようなお金もなかったが、それでも知恵をしぼった。必要は発明の母とやら、要るものは何でも手作りだった。小道具のなかには、たいそう巧妙なものがあった——厚紙のギター、古風なバター入れを改造して銀紙を貼《は》ったアンティークのランプ。古い綿布で作った豪華な衣装を飾るスパンコールはピクルス工場からもらってきたブリキ製だし、鎖かたびらもそれと同じダイヤモンド形のブリキで作ってあった。ピクルスの缶のふたを丸く切り取ったあとに、そんな形をしたブリキのシートが残るのだ。家具はしばしば大道具がわりにめちゃくちゃな置き方をされ、広間はこれまでも何度となく無邪気なお祭りさわぎの場となってきた。

男子は立入禁止だから、ジョーは心ゆくまで男の役を演じることができ、あずき色のレザーブーツを履いてのっしのっしと歩きまわるのをたっぷり楽しんだ。これをくれた友達の知り合いの女の人がかつてある俳優を知っており、ブーツはその俳優のお下がりだった。このブーツと、フェンシング練習用の剣と、昔とある絵描きが何かの絵のために使ったかぎ裂きのある胴着《ダブレット》、それらがジョーの宝物で、どんな芝居にも必ず使われた。一座の規模が小さいので、ふたりの立役者はいくつかの役を早変わりで演じなければならなかった。三役、時には四役のせりふを覚え、衣装をあっというまに着替え、そのうえ舞台の指図までやってのけるふたりの奮闘ぶりは、まさにあっぱれというべきだろう。これは記憶力をきたえるのにうってつけのトレーニングであり、罪のない楽しみでもあった。だらだら怠けたり、孤独に苦しんだり、感心しないおつきあいで過ごしたりしたかもしれない多くの時間を、お芝居のおかげで有益に使うことができるのだ。*11

クリスマスの晩には、十人あまりの女の子たちが特等さじき《ドレス・サークル》がわりのベッドに腰かけていた。青と黄色の更紗《さらさ》のカーテンで作った幕が開くのを今か今かと待っている女の子たちの様子は、役者冥利《みょうり》につきるというものだった。幕の向こうからはガサゴソという物音とささやきあう声が聞こえ、ランプの煙のにおいが漂い、場の興奮にのまれて取り乱すくせのあるエイミーがけらけら笑いだす声が届いたりした。やがてベルが鳴り、幕がさっと開いて「オペラ形式の悲劇」が始まった。

一枚だけ回されたパンフレットによれば幕開けは「陰鬱《いんうつ》な森のなか」なのだが、それを表すのは鉢植えの木が数本と、床に敷かれたグリーンのベーズ布と、遠くに見える洞窟《どうくつ》だけだった。この洞窟は洗濯物かけを天井に、書きもの机を側壁に使って作られており、中では小さな炉がかっかと燃えて、火にかけられた黒い鍋《なべ》の上に年取った魔女がかがみこんでいた。舞台が暗いので、炉がはなつ光は効果満点だった。魔女が鍋のふたを取ると本当に湯気が上がったところなど、とりわけすさまじかった。当初の興奮がしずまるのをしばらく待ってから、悪役のヒューゴーが大股《おおまた》に入ってきた。腰につるした剣をガチャつかせ、帽子をななめにかぶり、黒いひげを生やし、あやしげなマントにブーツといういでたちだ。だいぶ興奮した様子で行ったりきたりしたあと、パチンとひたいを叩《たた》き、荒々しい声をはりあげて、ロドリーゴへの憎しみとサラへの愛、ロドリーゴを殺してサラをわがものにするというあっぱれな決意を歌い上げた。ヒューゴーの声のしわがれた調子、感情が高ぶったときの叫びときたら大したもので、息つぎのあいまには盛大な拍手が起こった。観客のおほめにあずかることに慣れきった様子で一礼すると、ヒューゴーは洞窟にちかより、「やい、婆《ばあ》さん！　用がある！」という尊大なあいさつで魔女のハガルを呼び出した。

出てきたメグは馬の毛で作った白髪をさんばらに振りみだし、赤と黒の衣に身をつつみ、杖《つえ》をつき、マントにはユダヤ神秘主義《カバラ》の紋章を帯びていた。ヒューゴーはハガルに、サラを魅了する媚薬《びやく》とロドリーゴを殺す毒薬をよこせと命じた。ハガルはドラマティックな歌声で両方を約束し、妖精《ようせい》に媚薬を持ってくるよう呼びかける——

出てこい、出てこい、妖精よ、
わたしのそばへ、早くこい！
薔薇から生まれ、露で育ったおまえなら、
恋の妙薬を作れよう？
さあ、持ってこい、今すぐに、

　わたしが求める惚《ほ》れぐすり、
　甘くて即座に効くやつを、
　こたえよ妖精、わが歌に！

すると柔らかな音楽が響き、洞窟の後ろから雲のような白い衣装をまとった小さな姿があらわれた。輝く翼を生やし、髪は金色、頭には薔薇の冠をいただいている。魔法の杖を振り振り、妖精は歌った――

　われは来たれり、
　銀色の月かがやける
　空のかなたのすみかより。
　魔法の薬ここにあり、
　ぜひ心して使われよ！
　効力はすぐ消え失《う》せるゆえ！

魔女の足もとに小さなメッキの瓶を落とすと、妖精は姿を消した。ハガルはまた歌い、それにこたえて――今度は美しい妖精ではなく、みにくい真っ黒な小鬼がずいと進み出ると、しゃがれ声で返事をしてヒューゴーに黒い小びんを投げわたし、あざけりの笑いとともに姿を消した。お礼を歌い上げ、ふたつの薬をブーツのなかに隠すと、ヒューゴーは姿を消した。するとハガルが、観客に向かって説明する。あのヒューゴーという男はかつてわたしの仲間たちを殺した、だからずっと呪いをかけておいて今日こそはやつの計略をくじいてやるのだ、と。そこで幕が閉じ、観客たちは一息ついて、キャンディを食べながら芝居のできをほめそやした。

幕がまた開くまでにトンテンカンという金づちの音がずいぶん続いたが、いざ幕が開いて姿を見せたのはまさに舞台美術の粋《すい》をきわめた装置だったから、誰も文句は言わなかった。いやはや、すばらしいものだ！　天井まで届く塔のなかばに窓が開いてランプがともされており、白いカーテンのうしろでは、たおやかな青と銀のドレスに身を包んだうるわしのサラがロドリーゴを待っていた。やってきたロドリーゴは、りゅうとしたいでたちだった。羽根かざりのついた帽子、赤いマント、栗色《くりいろ》になびく長髪、ギター、そしてお約束のブーツ。塔の下にひざまずいたロドリーゴは、とろけるようなセレナーデを歌った。サラがそれにこたえ、歌声のやりとりよろしくあって、サラは駆け落ちを約束した。さて、ここからが見せ場である。ロドリーゴは五段の縄ばしごを取り出し、片方の端を塔へと投げ上げて、サラに下りてきてくれと頼む。格《こう》子《し》窓からおずおずと出てきたサラはロドリーゴの肩に手をかけて軽やかに飛びおりる——はずだったが、こっちもオペラ調になってよければ「あわれ、あわれなるかなサラよ！」彼女は長いドレスのすそを忘れていた。すそが窓にひっかかり、塔がぐらついたと思うと手前にかたむき、バッターンという音とともに倒れて、不運な恋人たちを生き埋めにしてしまったのである！

劇場全体が悲鳴をあげた。あずき色のブーツが廃墟《はいきょ》のなかでもがき、金色の頭があらわれて「だから！　だから言ったじゃない！」と叫んだ。そこに、残酷なる父親のドン・ペドロがすばらしい機転をきかせて駆けこみ、娘のサラをひっぱり出して早口の小声で言った——

「笑っちゃだめ、ふつうにお芝居を続けて！」それからロドリーゴを立たせ、怒りと軽蔑《けいべつ》をあらわに、わが王国より出てゆけと命じた。ロドリーゴは塔が頭の上から降ってきたせいでだいぶまいった様子だったが、それでも老人の命令を決然とはねつけ、一歩もひくものかと言い張った。恐れを知らぬそのさまにサラも勇気づき、父親の命令をこばんだ。するとドン・ペドロは、ふたりを城の奥ふかい牢獄《ろうごく》に引っ立てよと命じる。小柄ながら勇敢な郎党《ろうとう》が鎖をもって登場、ふたりを連れてゆくというのが筋書きだが、この郎党はすっかり上がって、せりふを忘れてしまったのが誰の目にも明らかだった。

第三幕は城の大広間。ハガルがあらわれ、恋人たちを解き放ってヒューゴーを葬《ほうむ》り去ろうとする。ヒューゴーの足音をききつけ、ハガルは物かげに隠れる。ヒューゴーは二杯のワインにそれぞれ媚薬と毒薬を入れ、例の上がり症の郎党に「これを牢にいるふたりに持ってゆき、わたしもすぐに行くと言っておけ」と命じる。郎党はヒューゴーをわきに連れていって何か言い、そのあいだにハガルがワインを何も入っていないものと入れかえる。ヒューゴーに「下郎」扱いされながら郎党のファーディナンドがその二杯を持ってゆき、ハガルはロドリーゴが飲まされるはずだった毒入りのさかずきを元の場所にもどす。長々と歌ったせいで喉《のど》がかわいたヒューゴーはそれを飲み、狂ったようになって、やたらに虚空《こくう》をつかんだり足を踏み鳴らしたりしたあげく、ばったり倒れて死ぬ。苦しむヒューゴーにハガルが真相を教えてやる歌は、たとえようもなく力強くて美しいメロディだ。

まったく、ぞくぞくするような場面だった。もっとも、悪役が死ぬまぎわ、隠してあった長い髪が急にほどけて肩まで垂れ下がってしまったのをいささか興ざめと思った向きもあったろう。ともあれ、観客は歓呼してヒューゴーを幕の前に呼び出し、ヒユーゴーはたいへん紳士的にハガルの手を取っていっしょに姿を見せた。ハガルの歌声は、今夜のだしもので群を抜いたすばらしさだと評判だった。

第四幕では、サラが自分を捨てて逃げていったと聞かされて絶望したロドリーゴが胸を刺して死のうとする。が、短剣が心臓に押し当てられたそのとき、窓の下から愛らしい歌声が響き、ロドリーゴに教える――サラはあなたを愛しているが命が危ない、けれどもあなたが勇気を出せば救うことができる、と。鍵《かぎ》が投げこまれ、ためしてみると扉が開く。勇気百倍したロドリーゴは鎖を引きちぎり、いとしの君を救うために駆け去ってゆく。

第五幕の幕開けは、サラとドン・ペドロの激論だ。ドン・ペドロはサラに修道院に入れと言うが、サラはがんとして聞き入れない。心のうちを感動的に訴えたあとサラは気を失いかけるが、そこにロドリーゴが駆け込んできて、ドン・ペドロに結婚の許しを求める。貧乏人の小せがれが何を言うか、とドン・ペドロははねつける。ふたりは身ぶりをまじえてさんざん怒鳴りあうが、結論は出ない。ロドリーゴが業《ごう》を煮やし、ぐったりしたサラを抱え上げて出て行こうとしたそのとき、あの小柄で気弱な郎党が入ってくる。郎党の手には、いずこへともなく姿を消したハガルから託された手紙と袋が握られている。ハガルの手紙には、自分はロドリーゴに莫大《ばくだい》な財産をのこす、ドン・ペドロがあくまでもロドリーゴを不幸にするつもりならば恐ろしい運命を覚悟せよ、とある。袋が開けられると、ブリキのお金がどっとばかりに舞台にこぼれ落ち、きらきらした輝きが重なるうちに本物の金貨に見えてくる。これには「厳格なる家父長」も心を完全にやわらげ、文句なしに結婚を認める。全員が陽気なコーラスに加わり、ロドリーゴとサラがまことにロマンティックな優美さでドン・ペドロの前にひざまずいて結婚の許しを乞《こ》うところで幕が閉じる。

大かっさいが巻き起こったと思うと、だしぬけに中断された。「特等さじき」の土台になっていた折り畳み式の子供用ベッドの留め金が突然はずれてさじきが陥落、観客の熱狂を断ち切ってしまったのだ。ロドリーゴとドン・ペドロが救出に駆けつけ、ひっぱり出された子供たちはみんな無事だったが、ほとんどは笑いこけてものが言えなくなっていた。この興奮がさめやらぬところにハンナが入ってきて、一同に告げた。

「ミセス・マーチからお嬢さんがたにご招待でございます。どうぞ、一階でお夜食をお召し上がりください」

観客ばかりか、出演者一同にとってもこれは驚きだった。テーブルを目にするにおよんで、全員がうれしさと驚きのあまりぼうぜんとして顔を見合わせた。「マーミー」のことだから、ちょっとしたごちそうを用意してくれても不思議はないが、こんなにりっぱな食事は、大昔の裕福だった時代いらい聞いたこともなかったのだ。アイスクリーム——それもピンクと白のふた皿——ケーキ、フルーツ、心をうばわれそうなフランスのボンボン。テーブルの真ん中には、温室で育てた花束まで四つかざってある！

姉妹は息をのみ、まずはテーブル、そして母さんをまじまじと見つめた。ミセス・マーチはこの上なく愉快そうだった。

「妖精のしわざ？」とエイミー。

「サンタクロースよ」とベス。

「母さんがやったのね」白いあごひげと眉毛《まゆげ》というドン・ペドロの扮装のまま、メグが最高にやさしくほほえんだ。

「マーチ伯母さんが急にいい人になって、夜食を送ってきたんじゃないかな」ふと思いついてジョーが言った。

「どれもはずれ。ミスター・ローレンスがくださったの」と、ミセス・マーチが言った。

「ローレンスの坊やのおじいさま！　いったい、どうしてそんな気におなりになったんでしょう？　だって、わたしたちのことなんかご存じないのに」メグが叫んだ。

「ハンナがあちらの召使に、けさの朝ごはんのことを話したの。ミスター・ローレンスはいっぷう変わったご老人だけど、その話がお気に召したのね。大昔、あの方はわたしの父を知っていらしたの。それで、きょうの午後にていねいなお手紙をくださったわけ。よろしければ、お子さんたちへの好意のしるしにささやかなクリスマスの贈り物をさせていただきたいですって。断るなんてとうていできなかったから、パンとミルクだけの朝ごはんの埋め合わせに、こんなごちそうが並んだの」

「あの子がおじいさまに吹きこんだんだよ、まちがいない！ すっごくいいやつだから、友達になりたいんだけどなあ。あっちのほうでもわたしたちと友達になりたそうなんだけど、ひどい恥ずかしがり屋みたいだし、メグは礼儀にやかましいから、すれちがってもあいさつさせてくれないんだよね」ジョーがそんなことを言っているあいだにお皿が回され、アイスクリームは「うーん！」とか「わーっ！」とかいう満足の声とともに姿を消していった。

「それって、この家のとなりの大きなお邸《やしき》に住んでる人たちでしょ」と、お客に来ていた女の子のひとりが言った。「うちの母さんがミスター・ローレンスを知ってるんだけど、すごくプライドの高い人で、近所づきあいをしないんだって。孫の男の子を外に出してあげるのは家庭教師の先生といっしょの乗馬か散歩だけで、むちゃくちゃ厳しく勉強させてるみたい。うちでパーティをやったときにあの子を招待してみたんだけど、来なかったわ。母さんの話だと、とってもいい子だけど女の子とは話そうとしないんだって」

「うちの猫が逃げちゃったときにあの子が連れてきてくれたんで、庭の柵《さく》をはさんで話したことがあるよ。クリケットやなんかの話をしてとっても盛り上がったんだけど、メグが近づいてくるのを見たとたんに帰っちゃった。いつかちゃんとした友達になろうと思ってるんだ、あの子だって楽しみは必要だもんね。きっと必要だよ」ジョーがきっぱりと言った。

「あの子は礼儀正しいし、小さなジェントルマンのようだから、ちゃんとした機会があればお近づきになるのに反対はしませんよ。花はあの子が自分で持ってきてくれたから、よかったらいっしょにいかがって言おうかと思ったんだけど、二階であなたたちが何をしてるのかわからなくてやめにしたの。帰りぎわ、とっても残念そうにしていたわ。みんなきゃあきゃあ言って騒いでたでしょ、あの子はきっとそういうチャンスがないのね」

「よかったー、母さんがきょうあの子を誘わなくて」ジョーが自分のブーツに目をやって笑う。「でもそのうちに、あの子が見てもだいじょうぶなお芝居をやるよ。ひょっとして、出てくれるかも。そうなったら最高じゃない？」

「わたし、花束をもらうのって初めて。すごくきれい」そう言ってメグは、自分あての花を興味深げに見つめた。

「ええ、そりゃきれいね。でも、わたしはベスの薔薇のほうがうれしいわ」とミセス・マーチは言って、帯にさしてあったしおれかけの薔薇の香りをかいだ。

ベスは母さんに身を寄せて、そっとささやいた。「わたしのぶんの花束、父さんに送れればいいのに。こんなに楽しいクリスマス、過ごしていらっしゃらないんじゃないかと思って」

3　ローレンスの坊っちゃん

「ジョー！　ジョー！　どこにいるの？」屋根裏部屋に通じている階段の下から、メグが呼んだ。

「ここ」上から聞こえてきた声は、何かがのどにつっかえたようだった。メグが駆け上がってみると、妹のジョーはリンゴをかじりながら『レッドクリフの嫡子《ちゃくし》』に涙している最中だった。*12 かけぶとんにくるまり、日のあたる窓のそばで三本脚の古ぼけたソファに座っている。この隠れ場所がジョーはお気に入りで、いつでも小さな粗肌《あらはだ》のリンゴを五つ六つと読み物をもってきては静かな時間を楽しむのだった。お相手といっては近くにすみついているネズミだけだが、ネズミのほうではジョーをこわがりもしなくなっている。メグの姿が見えたとたん、ネズミのスクラブルは自分の穴にひっこんだ。ジョーはほっぺたから涙を振りはらって、何の知らせかという顔になった。

「すごいの！　これ見て！　ミセス・ガーディナーから正式の招待状がとどいたのよ、あしたの晩の招待状が！」大事な手紙をひらひらさせながら叫んだメグは、少女らしい喜びのにじむ声で中身を読み上げた。

「『ミス・マーチとミス・ジョゼフィーンを、大晦日《おおみそか》のささやかな舞踏会にお招きいたしたく存じます』だって。マーミーも、ぜひ行っていらっしゃいって。ねえ、何を着ていこうかしら？」

「聞くだけやぼだよ、いつものポプリンに決まってる。他に何もないしさ」リンゴをほおばったままジョーが答えた。

「シルクのドレスがあればいいのに！」メグがため息をついた。「母さんは、わたしが十八になったら考えるって。でも、二年なんてとうてい待てやしない」

「だいじょうぶ、ポプリンだってけっこうシルクで通るよ。わたしたちにはあれで充分。姉さんのは新品同然だし。でも、忘れてたけど、わたしのやつには火でこがしたあとがついてて、しかも破けちゃってるんだよね。どうしたもんかなあ？　あのこげ跡、すっごくめだつし、いくらやっても取れないんだ」

「じゃあ、ずっと椅子《いす》にこしかけて、背中を見られないようにするしかないわね。正面はだいじょうぶだから。わたし、髪をむすぶリボンは新しいのを買うつもり。マーミーが、あのちっちゃな真珠のピンを貸してくれるって。靴もかわいいし、手袋はいちおう合格点。もっとぱりっとしたのだったらよかったんだけど」

「わたし、手袋にレモネードでしみをつけちゃった。新しいのは買えないから、今回は手袋なしだね」ジョーはいつでも、身なりにかまわないのだ。

「いやよ、そんなの。あなたが手袋しないんだったら、わたし行かない」メグはきっぱりと言った。「だって、手袋がいちばん大事なんだもの。手袋なしでは踊るわけにいかないでしょ。妹がちっとも踊らないなんて、ほんとにみっともないじゃない」

「じゃあ、わたし、うちにいるよ。だいたい、ひとと踊るの好きじゃないんだ。すました様子でさ。飛んだりはねたり、暴れまわるほうがいいね」

「母さんに新しいのを買ってもらうのは無理よね。手袋ってすごく高いし、あなたはすごく不注意だから。最後に手袋をだめにしたときに母さんが言ってたわよね、今年の冬はもう買ってあげませんって。なんとかして、直す方法ないかしら？」メグは気になってしかたないらしい。

「手に握っときゃいいよ、そしたら誰も汚れてるなんて気がつかないから。それしかないね。あっ、そうだ！　こんなのはどう——ふたりとも、きれいなほうをはめて、汚れたほうは手に持つんだ。わかる？」

「あなたのほうが手が大きいし、どうせむりやり突っこんでだぶだぶにしちゃうでしょ」メグがそう言いかけたのにはわけがある。手袋のこととなると、どうにも周りに引け目を感じてしまうのだ。

「じゃあ、わたしは手袋なし。人がどう言おうと、知るもんか」ジョーは大声で言いきって、また本を手に取った。

「わかったわよ、貸してあげる！　ぜったい汚さないでよね。それと、お行儀に気をつけて。手を後ろで組んだり、人をじろじろ見たり、『なんだよ、それー！』とか言ったり、そういうのはなしよ。いい？」

「心配ないって。棚のなかのお皿みたいにおとなしくして、何もやらかさないから。ま、なるべくだけどね。さあ、返事を書いてきなよ。この小説すごく面白いから、最後まで読みたいんだ」

というわけで、メグは階下《した》に行って「ありがたくお受けいたします」という返事を書き、ドレスを点検し、楽しげに歌いながら、ひとつしか持っていない本物のレースのフリルをドレスにつけた。ジョーはジョーで小説とリンゴ四つをたいらげたあと、スクラブルと鬼ごっこをして遊んだ。

一年の最後の日、マーチ家の居間にはだれもいなかった。四人姉妹のうち下のふたりは着つけ係の小間使いの役を演じ、上のふたりは「舞踏会のための身だしなみ」という重大案件に取りくんでいたのである。できるおめかしは限られているけれども、みんなが駆け回って笑ったりしゃべったり。と、そこに、髪の毛が焦《こ》げるにおいが立ちのぼって、家じゅうにひろがった。メグが巻き毛を顔にたらしたいというので、カール用の紙をつけたメグの髪の毛の房をジョーが熱いヘアアイロンではさんでいたのだ。

「煙が出てるけど、いいの？」ベッドにちょこんと座ったベスが言う。

「湯気だよ」とジョー。

「へんなにおい！　鳥の羽根を焦がしたみたい」エイミーはそう言いながら、自分のきれいな巻き毛を勝ちほこるようになでた。

「よーし、じゃ、紙を取るよ。ちっちゃな巻き毛が、ふわふわっと出てくるから」ジョーがそう言って、ヘアアイロンを置いた。

いざ紙を取っても、巻き毛のふわふわは現れなかった。はずした紙といっしょに、髪の毛もごっそり取れてしまったのだ。美容師ジョーはぎくっとした様子で、焦げて丸まった髪の毛の列を被害者の前にある鏡台に置いた。

「あーっ！　なんてことするの？　もうだめ！　舞踏会に行けない！　髪の毛が、髪の毛が！」巻いた前髪がでこぼこになってしまったのに気づいて、メグが悲鳴をあげる。

「やっちゃった！　わたしなんかにまかせるから、こうなるんだよ。いつでもヘマばっかり。ほんとにごめん、アイロンが熱すぎて失敗したみたい」黒焦げのパンケーキと化した巻き毛を眺めて、申し訳なさに涙を浮かべながらジョーがうめいた。

「だいじょうぶ、何とかなるわよ。残ってる前髪を巻いて、下の端がちょっと額にかかるようにリボンをつければ、今はやりの髪型に見えるから。そうしてる子、いっぱいいるよ」エイミーがなだめるように言った。

「おしゃれしようなんて思った罰ね。こんなことなら、何もしなきゃよかった」メグがふきげんな声をあげる。

「そうね。前からしなやかできれいだったもの。でも、またすぐ伸びるよ」そう言いながらベスがベッドから下り、毛を刈り取られた子羊メグにキスしてなぐさめた。

他にもいろいろ小さな失敗はあったものの、やっとのことでメグの様子がととのった。そこからは一家総出で、ジョーの髪をアップにしたり、ドレスを着つけたり。ドレスは質素でも、ふたりともたいそう立派に見えた。メグは銀色がかった茶色のドレス、青いベルベットのヘアリボン、レースのフリル、真珠のピン。ジョーは栗色《くりいろ》のドレスに紳士みたいな糊《のり》のきいた麻のカラーをつけ、飾りといっては白い菊の花がひとつふたつだけ。ふたりとも片手にきれいなほうの手袋をはめ、よごれた手袋は手に持っている。その場のみんなが、この工夫を「とっても自然」だとほめた。メグのハイヒールは、本人は認めようとしないけれどもひどくきゅうくつで痛かったし、ジョーも十九本のヘアピンが頭に突き刺さったようで、落ち着かないことこの上なかった。でも、しょうがない。エレガントでなきゃ、死んだほうがましってものだ。

「じゃあ、楽しんでらっしゃい」お上品な足取りで玄関を出た姉妹に、ミセス・マーチが声をかけた。「お夜食はいただきすぎないで。十一時にハンナを迎えに出すから、おとなしく帰ってくるのよ」ゲートがガしゃんと閉まったとき、窓から声がした――

「もうひとつだけ！　きれいなハンカチーフ、ちゃんと持った？」

「うん、持ってる。しみひとつないよ。メグなんか、オーデコロンつけてる」ジョーが叫びかえし、しばらく歩いてから笑ってつけくわえた。「マーミーって、絶対あれ言うよね。地震から逃げ出すときだって、たぶん言うよ」

「マーミー、意外と貴族趣味なところあるから。それでいいのよ、本物のレディのあかしはきれいな靴と手袋とハンカチーフだもの」そういうメグ自身、あっちこっちで「貴族趣味」が顔を出すのである。

「背中の焦げたところ、見られないようにするのを忘れないでよ、ジョー。わたしのサッシュ、曲がってない？　それと髪の毛だけど、ほんとにひどく見えない？」ガーディナー家に着くと、ドレッシングルームの鏡のまえでああでもないこうでもないと細かい部分を整えたメグが、振りかえって言った。

「わたしのことだから、すぐ忘れちゃうよね。何かまずいことしてたら、ウィンクして知らせてくれる？」そう返事しながら、ジョーはカラーをきゅっとひねり、髪の毛を大ざっぱになでつけた。

「だめ、ウィンクはレディらしくないわ。いけないと思ったら、眉毛《まゆげ》を上げて合図する。問題がなければ、うなずくことにしましょう。いい、背中はしゃんと伸ばして、歩幅は小さくね。誰かに紹介されても、いきなり手を伸ばして握手しないのよ。エレガントじゃないから」

「そういう細かいこと、よく覚えてられるよね。わたし、どうしても無理。にぎやかだね、音楽が」

　広間へと階段を下りてゆくふたりは、すこし物怖《ものお》じしていた。パーティに出ることなどめったになかったし、格式ばらない小さな催しとはいってもふたりには冒険だったのだ。ミセス・ガーディナーは押し出しのいい年配のご婦人で、ふたりを親切に出迎えたあと、六人いる娘たちのうちで一番年上のサリーに世話をまかせた。サリーと顔見知りのメグはすぐにうちとけたが、ジョーは女の子も女の子のよくやるゴシップも苦手だったから、背中をぴったり壁につけたまま突っ立って、お花畑に踏み込んだ若駒《わかごま》のように場ちがいな気分でいた。元気のいい青年が五、六人、別のところに集ってスケートの話をしている。ああ、あっちへ行って話したいなとジョーは思った。スケートは人生最大の楽しみのひとつなのだ。行ってもいいかとメグに眼でたずねてみたが、メグの眉毛がおもいきりはね上がったのであきらめるしかなかった。近づいて話しかけてくれる人はおらず、近くにいたグループもひとり減りふたり減りして、ついにジョーはひとりぼっちになってしまった。背中の焦げが見えるといけないので歩き回って気を晴らすわけにもいかず、ジョーはダンスが始まるまでぽつねんと他の人たちを見やってすごした。メグはすぐにダンスを申し込まれ、きつい靴で軽やかに踊り回った。メグが笑みを浮かべながらどれほど痛い思いをしているか、見てとった人はいなかったろう。ジョーは大柄な赤毛の青年がこちらに近づいてくるのに気づき、まずい、ダンスに誘われるかもと感づいたので、カーテンのかかった壁のくぼみにそっと入りこんだ。そこから広間をのぞいて楽しむつもりだった。ところが、この隠れ場所には別のシャイな先客がいた。背後でカーテンが閉まったとたん、ジョーは「ローレンスの坊っちゃん」と向かい合って立っていたのだ。

「ごめんなさい、誰もいないと思ったんです！」ジョーはしどろもどろになって言うと、入ってきたのと同じくらいすばやく出ていこうとした。

ところが、少年は笑った。そして、いささか驚いた顔つきではあったけれども、愛想よくこう言った——

「僕ならいいんです。よかったら、いてください」

「邪魔じゃないですか？」

「ぜんぜん。知り合いがあまりいないんで、なんだか場ちがいな気がしてここに来たんです」

「わたしも。お願い、ここにいてください。嫌だったら別だけど」

少年はまた腰を下ろしたが、そのままじっと自分のブーツに目を落としているので、ジョーはできるだけ感じよくしようと思って言った——

「前にお見かけしたことがあると思うんです。うちの近くに住んでいらっしゃるんでしょ？」

「隣です」目を上げた少年は、いきなり笑いだした。マーチ家の猫を届けてあげたときには友達みたいにクリケットのことを話したのに、いまさら堅苦しいのがおかしかったのだ。

そこでジョーも気が楽になり、自分も笑いだして、ざっくばらんに言った——

「クリスマスの素敵なプレゼント、ありがとうね。とってもうれしかった」

「祖父がお送りしたんです」

「でも、おじいさまをそそのかしたのはあなたでしょ？」

「猫はどうしていますか、ミス・マーチ？」少年はまじめな顔になろうとしたが、黒い目がちょっぴり面白がっていた。

「ありがとう、元気でやってます、ミスター・ローレンス。でもわたし、ミス・マーチじゃないです。ただのジョー」と、若いレディは答えた。

「僕もミスター・ローレンスじゃないです。ただのローリー」

「ローリー・ローレンス。ずいぶん変な名前」

「ファーストネームはシオドアなんだけど、この名前、きらいなんだ。友達がドーラだなんて女の名前で呼ぶもんだから、ローリーに変えたわけ」

「わたしも、自分の名前が嫌い——ジョゼフィーンだなんて、もったいぶってるもの！　みんな、ジョーって呼んでくれればいいんだけど。あなた、お友達がドーラって呼んでくるのをどうやってやめさせたの？」

「ぶんなぐって」

「マーチ伯母さんをぶんなぐるわけにはいかないから、わたしはこのまま我慢するしかなさそう」ジョーはあきらめのため息をついた。

「ダンスは嫌いなの、ミス・ジョー？」そう呼びかけてみてローリーは、いかにもこの人らしい名前だと思った様子だった。

「たっぷりスペースがあって、みんなが元気に踊りまわるような場所なら好きなんだけどね。こんなところだと、絶対なにかをひっくり返すか、人の足をふんづけるか、目も当てられないようなことをやっちゃうと思うんだ。だからわたし、近よらないようにして、レディの役はメグまかせ。あなたこそダンスはしないの？」

「ときどきやるんだけど、僕、だいぶ長いこと外国にいたから、こっちのやり方をまだよく知らなくて」

「外国に！　ねえ、教えて、どんな感じだった！　人から旅行の話を聞くの、大好き」

ローリーはどこから話したものか分からない様子だったが、ジョーが熱心に質問を続けるうちに調子が出てきて、スイスのヴヴェーにある男子校にいたころの話を始めた。生徒たちは決して帽子をかぶらず、レマン湖にボート艦隊を持っていて、休みになると先生に連れられてスイスじゅうを歩きまわるんだ——

「いいなあ、わたしもやりたかった！」ジョーは叫んだ。「パリには行った？」

「去年の冬はパリで過ごしたよ」

「フランス語、話せるの？」

「ヴヴェーの学校じゃ、フランス語しか話しちゃダメだった」

「何か言ってみて。わたし、読めるけど発音はからきし」

「ケル・ノン・ア・セット・ジューヌ・ドゥモワゼル・アン・レ・パントゥーフル・ジョリ？」人のいいローリーは、すぐさま応じた。

「うまいなあ！　えっと——こう言ったんだよね、『あのきれいな靴のお嬢さんはどなたですか』って」

「ウイ、マドモワゼル」

「姉のマーガレット。あなた、知ってて言ったんだよね！　姉のこと、きれいだと思う？」

「うん。ドイツの女の子を思い出すな。ぱりっとして、物静かで、踊り方がレディらしくって」

ほめ言葉の選び方はまるきり少年だったけれども、ジョーは心からうれしく、後からメグに教えてあげようと思って覚えこんだ。ふたりはいっしょにカーテンのかげからのぞき、踊り手たちを批評しあったりして話しこむうちに、昔からの顔なじみのような気分になっていった。ローリーの気おくれも、すぐになくなった。ジョーの男みたいな態度はおもしろいし、気がねしなくてよかった。ジョーもいつもの陽気なジョーに戻っていた。ここではドレスのことを忘れていられたし、眉を吊《つ》り上げて注意する人もいなかったからだ。以前にまして「ローレンスの坊っちゃん」が気に入ったジョーは、帰ってから妹たちに話してやれるようにローリーを何度かよく観察した。男のきょうだいはいないし、男のいとこさえ少ないので、男の子というのはマーチ姉妹にとってほとんど未知の生物だった。

波打った黒い髪の毛、浅黒い肌、大きな黒い眼、高い鼻、きれいな歯並び、小さな手と足、わたしと同じ背高《せいたか》のっぽ。男の子としては礼儀正しくて、全体にいい感じ。いくつなんだろう？

もう少しでぶしつけにたずねるところだったが、ジョーは危ないところで自分をおさえ、めずらしく機転をきかせて、遠回しに聞き出す方法はないかと考えた。

「もうすぐ大学なんでしょ？　よく、本にかじりついてるのを見るものね――いえ、その、いっしょけんめい勉強しているのを」本にかじりつくなどというがさつな言い方をしてしまったのに気づいて、ジョーは思わず頰が赤くなった。

ローリーはほほえんだだけで、がさつさに驚いた様子はなかった。そして、肩をすくめると言った――

「まだ二、三年あるよ。とにかく、十七になるまでは入れないもの」

「えっ、じゃ、まだ十五歳？」相手の背が高いので、てっきり十七にはなっているだろうとジョーは思い込んでいたのだ。

「来月で十六だけどね」

「わたしも大学に行きたいなあ。あなた、あんまり行きたそうじゃないよね」

「いやだよ、あんなとこ！　ガリ勉か、馬鹿《ばか》さわぎしかないんだもの。この国で男たちがそんなふうにするやり方、僕はきらいだな」

「じゃあ、何が好き？」

「イタリアに住んで、自分のやり方で楽しむこと」

ローリーの言う「自分のやり方」とはどんなやり方なのかジョーはとても知りたかったが、ローリーが黒い眉毛をぐっと寄せた様子がだいぶ剣呑《けんのん》だったので、つま先で拍子を取りながら話題を変えた。「あのポルカ、いいよね。行って踊ってきたら？」

「きみが来てくれるなら」と言って、ローリーはひょいとフランス風の奇妙なお辞儀をしてみせた。

「それがだめなの。メグに、踊らないって約束したから。だって――」そう言いかけたまま、ジョーは先を続けるのか笑いだすのか分からない表情になった。

「だって、何さ？」ローリーは好奇心をそそられたようだ。

「誰にも言わない？」

「言うもんか！」

「あのね、わたし、暖炉のすぐ前に立つくせがあって、よく服を焦がしちゃうんだ。このドレスもやっちゃったわけ。うまくつくろってあるけど、やっぱり分かるんだよね。それでメグが、他の人たちに気づかれないようにじっと座ってろって言うの。よかったら、笑ってもいいよ。おかしな話だもんね」

けれども、ローリーは笑わなかった。しばらく床に目を落としたローリーの表情にジョーはとまどったが、しばらくして、ローリーがとてもやさしい声で言った――

「気にすることないよ。ね、こうしよう。あっちに出れば長い廊下だから、おもいきり踊っても誰にも見られないよ。さあ、行こう」

ジョーはお礼を言い、喜んで廊下に出た。ローリーがきれいな真珠色の手袋をしているので、わたしもちゃんとしたのが両方あったらよかったのにという気がした。廊下に人はおらず、ふたりは心ゆくまでポルカを踊った。ダンスが上手なローリーが教えてくれたドイツのステップは、ジョーの気に入った。飛んだりはねたりがたっぷり入っていたからだ。音楽が終わるとふたりは息を切らして階段に座りこみ、ローリーがハイデルベルクの学生祭の話を聞かせているところに、メグが妹を探してやってきた。メグが手招きしたのでジョーはしぶしぶ立ち上がり、姉の後から脇《わき》の部屋に入った。メグはソファに腰かけて足をいたわっていた。顔色が悪いようだ。

「捻挫《ねんざ》したみたい。あの嫌なハイヒールが滑ったせいで、ひどいひねり方をしてしまったの。立っていられないくらい痛いし、家に帰りつけるかどうかも分からない」痛みで身体《からだ》を揺らしながらメグは言った。

「あんなもの履いたら、足を痛めるだろうって思ってた。つらいよね。でも、できることはたぶん二つしかないな。馬車をやとうか、朝までここで待つか」メグの足首をさすりながら、ジョーは言った。

「馬車なんか雇ったらすごいお金がかかるし、だいたい雇うのは無理だと思うの。ほとんどの人は自家用馬車で来てるし、馬車屋さんは遠いし。あそこまで行ってもらえる人なんかいないでしょ」

「わたしが行くよ」

「だめ、それはだめ。もう十時を回ってるから、外は真っ暗。でも、この家で夜明かしもできない。人が多すぎるから。サリーの話では、もともと泊まることになっている女の子が何人かいるみたい。だから、ハンナが来るまで待って、あとは何とかするわ」

「ローリーに頼んでみる。あの人なら行ってくれるよ」この思いつきにほっとした顔で、ジョーは言った。

「それだけはやめて！　迷惑かけちゃうから、誰にも言わないで。オーバーシューズをもってきて、ハイヒールは他のものといっしょに片づけてちょうだい。ダンスはもう無理。お夜食が終わったらハンナが来るのを待って、来たらすぐに教えて」

「ちょうどみんな、お夜食に行くみたい。わたしはここにいるよ。そのほうがいいから」

「そんなことしないで。コーヒーだけ取ってきてくれれば。わたし、くたくたで動けない」

そんなわけで、メグはオーバーシューズをうまく隠した姿勢で横になり、ジョーはあてずっぽうにダイニングルームを探した。まず開けたドアは食器戸棚だった。別のドアを開けると、ミスター・ガーディナーがひとり隠れて一杯やっていた。ジョーはテーブルに突進してコーヒーを確保したが、すぐさまひっくり返し、ドレスの前も後ろと同じように汚してしまった。

「あぁもう！　わたしのドジ！」と叫んでジョーはコーヒーのついた上衣《うわぎ》をこすり、メグの手袋を完全にだめにした。

「だいじょうぶ？」と、親しげな声が言った。見るとローリーが、片手にはコーヒーがたっぷり入ったカップ、もう片手にはアイスクリームの皿を持って立っている。

「メグがすごく疲れてるみたいだからコーヒーを取ってこようと思ったんだけど、誰かとぶつかって、こんなことになっちゃった」そう答えて、ジョーはしみになったスカートとコーヒー色の手袋に絶望のまなざしを向けた。

「ついてないなあ！　ぼく、これを誰かにあげようと思ってたんだけど、お姉さんに持っていってもいい？」

「ほんとにありがとう。じゃ、姉のところまで案内する。悪いけどあなたが持っていってね、わたしが持ったらまた何かやらかすにきまってるから」

　ジョーが先に立って案内した。ローリーはレディのお世話くらい朝飯前といった様子で手ばやくテーブルを用意し、ジョーのためのコーヒーとアイスクリームも取ってきた。何くれとなく気をつかってくれたので、お作法にやかましいメグさえローリーのことを「いい子」だと言ったくらいだ。ボンボンチョコレートや包み紙の格言を楽しみ、残っていた何人かの若い人たちも加えてささやかに〈バズ〉のゲーム*13をやっているところに、ハンナがやってきた。ゲームの楽しさで足首のことをすっかり忘れていたメグは、立ち上がったとたん激痛におそわれ、悲鳴を上げてジョーの腕につかまった。

「しーっ！　黙っててよ」とメグはささやき、それから周りの人たちに言った。「何でもないんです。ちょっと足首をひねって――それだけなの」そして、コートを着るために足をひきずりながら階段を上がっていった。

ハンナが叱《しか》りつけるし、メグは泣きだすしで、ジョーは途方に暮れるばかりだったが、ややあって、この場は自分が引き受けねばと決心した。そっと抜けだして階段をかけ下り、召使を見つけて、馬車を手配してもらえないかと頼んだ。相手はこの日だけ雇われたウェイターで、近所にうとかった。助けを求めてジョーがきょろきょろしているところに、さっきのジョーの声を聞きつけたローリーがやってきた。ちょうど祖父の馬車が来たところだから、よかったら一緒にというのだ。

「だって、こんなに早いのに――まだ帰る時間じゃないでしょ」ジョーはほっとしたが、渡りに船とお願いするのもためらわれた。

「僕はいつも早いから――いや、ほんとに。送らせてほしいんだ。どうせ隣なんだし、さっき聞いた話だと雨が降るらしいよ」

話は決まった。ジョーはメグの災難について説明し、ローリーの申し出をありがたく受けると、メグとハンナを呼びに階段をかけ上がった。猫なみに雨が嫌いなハンナは面倒なことを言わなかったので、三人は屋根つきの豪華な馬車に乗りこみ、大舞踏会から帰る令嬢のような気分で家に向かった。メグが足を上げていられるようにローリーが御者台に乗ったので、ジョーとメグは心おきなく舞踏会について話すことができた。

「あー、楽しかった。姉さんは？」ジョーは髪の毛をくしゃくしゃにほどいて、すっかりくつろいでいた。

「わたしも。捻挫するまでだけど。サリーのお友達のアニー・モファットがわたしを気に入ってくれて、サリーが一週間くらい泊まっていくことになっているからあなたもぜひって言うの。サリーが行くのは、オペラが巡業にくる春だって。母さんが許してくれたら、ほんとにうれしいんだけど」そのことを考えて、メグは気がまぎれた様子だった。

「姉さん、赤毛の男の人と踊ってたでしょ。わたしは逃げだしちゃった。あの人、やしかった？」

「ええ、とっても！　あれは赤毛じゃなくって、鳶色《とびいろ》って言うのよ。すごく礼儀正しかったわ。ボヘミアのレドヴァ・ダンスを踊ったんだけど、ほんとに上手なの」

「そう？　最新のステップを踏むところなんか、発作を起こしたバッタみたいだったけどな。ローリーもわたしも、見てて笑っちゃった。ひょっとして、聞こえた？」

「聞こえなかったけど、失礼よ。あんなところにずっと隠れて、ふたりで何をしてたわけ？」

ジョーが自分の冒険を話し終えるころには、馬車は家についていた。ていねいにお礼を言って「おやすみ」とあいさつしたあと、ふたりは誰も起こさないようにそっと家に入った。ところが、ドアがギッと鳴ったとたん、小さなナイトキャップがふたつ飛び出し、眠たげな、でも熱心な声がそろってこう叫んだ——

「どうだった！　ねえ、どうだった！」

メグは「たいへんな無作法」だというのだが、ジョーは妹たちのためにボンボンを何個かもらってきていた。今夜のできごとのさわりを聞き終えると、エイミーとベスはすぐ寝てしまった。

「ほんと、まるで貴婦人になったみたい。舞踏会から馬車で帰ってきて、ドレッシングガウンで小間使にかしずかれているんだから」と、メグが言った。ジョーがメグの足首に湿布を巻き、髪をとかしつけてやっていたのだ。

「貴婦人さまだって、こう楽しくはいかないね。たとえ髪の毛が焦げて、ドレスは古くって、きれいな手袋は片方だけで、きっついハイヒールなんかはいて足首が痛んでも」そうだよジョー、そのとおりと筆者《わたし》も言いたい。

4 重荷

「あーあ、つらいなあ、重荷をしょって歩きつづけるのって」舞踏会の翌朝、メグがため息をついた。休みはもうおしまいだが、一週間のあいだうかれて過ごしたせいで、もともと好きでない仕事をするのがいっそうおっくうなのだ。

「一年じゅうクリスマスと新年だったらいいのに。楽しいと思わない？」と答えて、ジョーは陰気にあくびをした。

「そんなことになったら、今の半分も楽しくないんじゃないかしら。でも、ほんとよね。いいだろうなあ、お夜食と花束がふんだんにあって、舞踏会から馬車で帰ってきて、あとは好きな本でも読みながら働かないで暮らせたら。他のみんなはそうしてるんだもの。わたし、そんなふうに暮らせる子たちがいつもうらやましいの。ぜいたくって、大好き」そう言いながらメグは、二枚のみすぼらしい上衣《うわぎ》のうちでどっちが少しでもましか見きわめようとしている。

「ま、無理なものは無理なんだから、ぐちを言うのはやめて、マーミーみたいに陽気に重荷をしょっていこうよ。わたしの重荷はマーチ伯母さん。『船乗りシンドバッド』に出てくるおんぶ爺《じい》さんそこのけの厄介者だけど、文句を言わないでおんぶしてやる方法をわたしが覚えたら、あっちのほうで背中から転がり落ちてくれるか、気にならないくらい軽くなるだろうと思うんだよね」

そう考えると想像力がかき立てられたので、ジョーはきげんがよくなった。けれども、メグはふてくされたままだった。あまやかされた子供四人という重荷が、いつにも増してつらいように思えたのだ。ふだんなら、青いリボンを首に巻いたり、いちばん似合う髪型にしたりと身ぎれいにする努力をはじめるころだが、今日ばかりはその気力もわいてこなかった。

「外見に気をつかってもしょうがないじゃない、顔を合わせる相手といったら意地の悪い子供だけだし、わたしがきれいかどうかなんて誰も気にしないんだもの」そうつぶやいて、メグは引き出しをぴしゃんと閉めた。「わたし、一生こうやってあくせく働く運命なんだわ。楽しいことなんか、ごくたまに、ささやかなのが回ってくるだけ。そんなふうにしているうちに、みっともなくてひねくれたお婆《ばあ》さんになっていくのよ。

それもこれも、貧乏のせい。他の子たちのように人生が楽しめないせい。ああ、いやだ！」

　というわけでメグはふくれっつらのまま一階に下りてゆき、朝食のあいだもひどくつんけんしていた。この日はメグだけでなく誰もが調子が悪いようで、ぐちを言ってばかりだった。ベスは頭痛がすると言ってソファに横になり、母猫と三匹の子猫たちにかまって過ごそうとしていた。エイミーは、勉強がはかどらない、もう学校へ行く時間なのにオーバーシューズが見つからないとぐずっている。ジョーは誰が何と言おうと口笛を吹きつづけ、やつあたりのようにがさつな動作で身じたくをしている。ミセス・マーチはすぐに出さなくてはならない手紙を書き終えようと必死だった。ハンナもハンナで、夜おそくまで起きているのってわたしゃだめなんですよ、とこぼしている。

「まったく、一家総出でなんて不きげんなんだろう！」かんしゃくを起こしてジョーが叫んだ。インクのびんをひっくりかえし、ブーツのひもはどちらもうまく結べず、おまけに帽子の上に座ってしまったのだ。

「ジョーこそ、いちばん不きげんなくせに！」エイミーがやり返した。石板でやっていた、どうしても答えが合わない足し算を涙で洗い流しながら。

「ベス、この憎たらしい子猫たちを地下室に入れておく気がないんなら、ぜんぶ水に浸《つ》けてもらうわよ」メグがいらいらした口調で言った。子猫たちが背中によじのぼり、ちょうど手の届かないところにくっついたイガのように居座ってしまったのだ。

ジョーが笑いだし、メグはがみがみ叱《しか》りつけ、ベスは懇願し、エイミーは十二かける九がいくつなのかどうしても思い出せなくてべそをかいている。

「あなたたち！　お願いだから、しばらく静かにして。この手紙は朝の便で出さなくちゃならないのに、みんなが文句ばかり言うから、ちっとも集中できやしない」ミセス・マーチが叫んだ。うまく書けなかったセンテンスに線を引いて消すのは、手紙を書きはじめてからもう三回目だ。

しばらく静けさがおとずれたが、そこにハンナがずかずかと入ってきて、熱々のパイをふたつテーブルの上に置くと、またずかずかと出て行った。このパイはマーチ家の名物で、姉妹は「マフ」と呼んでいた。というのも、本物の手温《マ》め《フ》など持っていない四人にとって、寒い朝に出かけるときにはこの熱いパイが頼りだったからだ。ハンナはいくら忙しかろうと不きげんだろうと、このパイを作るのだけは忘れなかった。ハンナに言わせれば、歩いて行かなけりゃならない道のりは長くて寒々しいし、かわいそうにこの子らはほかにランチがないし、三時より前にはめったに帰ってきやしないんだから、ということになる。

「猫でもだっこして頭痛をなおすんだよ、ベス。じゃあ行ってきます、マーミー。けさのわたしたちはみんなダメ人間だったけど、ちゃんと天使になって帰ってくるから。さあ行こうよ、メグ」他の巡礼たちがぐずぐずしていると見て取ったジョーは、さっさと先に歩いて行った。

角を曲がるまえに、ふたりはいつも振りかえった。母さんが必ず窓辺に立って、こっちにむかってうなずき、ほほえみ、手を振ってくれるからである。ふたりとも、これなしでは一日を乗り切れないように思っていた。どんなに不きげんなときも、あの母親らしい顔を最後にちらりと見るだけでお日さまがさしたような気分になるのだ。

「マーミーが投げキッスのかわりに拳《こぶし》を振り回したとしてもわたしたちの自業自得《じごうじとく》だよね、今日のわたしたちときたら、とんだ恩知らずのアバズレだったもん」ジョーが声を上げた。ぬかるんだ道も、身を切るような風も当然の罰だといわんばかりの様子である。

「そういう下品な言葉を使わないの」メグは、俗世を厭《いと》う尼さんのようにヴェールの奥深くにひっこんで、そこから声を出している。

「わたし、はっきりした言葉が好きなんだ。意味がちゃんと分かるから」そう答えて、ジョーは風で浮き上がりかけた帽子を押さえた。うっかりしていると飛んで行ってしまいそうだ。

「自分のことは何とでも好きに呼んだらいいわ。でもわたしはダメ人間でもアバズレでもないし、そんなふうに呼ばれるのは我慢しないから」

「今日の姉さんは処置なしだよ。何でそんなに不きげんかっていうと、四六時中ぜいたくができないからってんだもの。かわいそうな姉さん！　まあ待ってて、そのうちわたしがひと山あてて、馬車でもアイスクリームでもハイヒールのダンスシューズでも花束でも、お好みしだいにしてあげるから。そうそう、ダンス相手の赤毛の男の子も」

「ほんとにおバカさんね、ジョー！」メグも、そう言いながらジョーの言葉のばかばかしさに笑いだし、つい上きげんになっていた。

「おバカさんでいいんだよ。わたしまで姉さんみたいに陰気な顔して、この世の終わりみたいな態度でいたら、とんでもない二人組になっちゃうもの。ありがたいことに、わたしはいつだって笑えるものを見つけて元気を出せるからね。まあ、ぐちはもうやめて、帰ってくるときには楽しそうにしてるんだよ、いい子だから」

ジョーが景気づけに姉の肩を叩《たた》いたあと、ふたりは別れてそれぞれの道を行った。

ふたりとも温かい小さなパイを胸に抱きしめ、ほがらかでいようとつとめていた――いくら冬が寒くて、仕事がつらくて、楽しみを求める若い年ごろの心が満たされなくても。

ミスター・マーチが不運な友人を助けようとして財産を失ったとき、メグとジョーは、自分たちのお金は少しでも自力で稼がせてほしいと頼みこんだのだった。体力と勤勉さと独立心を養うなら早いに越したことはないと考えて両親はそれを許し、ふたりは心からの善意を抱いて仕事にとりかかった。善意さえあれば、どんな困難でも最後には克服できるものだ。メグは小さい子供たちを教える家庭教師の仕事にありつき、ささやかな給料でお金持ち気分を味わった。本人の言うとおりメグは「ぜいたく好き」で、いちばんの悩みは貧乏だった。妹たちよりも貧乏がこたえたのは、きれいな家に住み、生活は安楽そのもの、不自由などこれっぽっちもなかった昔のことを覚えていたからである。メグもうらやんだりひがんだりはすまいとつとめたけれども、若い娘だもの、きれいな品物や陽気な友達やすてきな習い事、ようするに幸せな人生を手に入れたがるのは当たり前だった。家庭教師先のキング家で、メグは自分のほしいものにしばしば出くわした。というのも、教えている子供たちのお姉さんたちが社交界にデビューしたばかりだったから、優雅なダンス用のドレスや花束が目にとまったり、お芝居、コンサート、そり乗りなどあらゆるお楽しみの噂《うわさ》を聞いたりする機会がしょっちゅうあったのだ。キング家のお嬢さんたちは、メグには手の届かないぜいた　く品を気ままに買えるお金があった。かわいそうなメグはめったにぐちをこぼさなかったけれども、どうして自分だけはと思うと、周りのみんながいやになってしまうこともあった。実のところ、メグは人生を幸せにするための必需品にたいそう恵まれていたのだが、そのことが身にしみるのはまだまだ先だった。

マーチ伯母さんは足が悪くてお世話係が必要だったので、ジョーはそこにぴったりはまった。伯母さんは子供がいなかったので、マーチ夫妻がお金に困ったとき、娘たちの誰かを養女にしたいと申し出たことがある。ところが断られたので、伯母さんはへそを曲げてしまった。マーチ夫妻の知り合いたちは、これであのお金持ちの老婦人の遺産がもらえるあてはなくなったと言ったものだが、浮世離れしたマーチ夫妻はこう言っただけだった——

「いくらもらっても、娘を手放すなんてできませんよ。富めるときも貧しきときもわたしたちはひとつ、家族でいられれば幸せなんです」

伯母さんはしばらくマーチ夫妻とは口もきこうとしなかったが、たまたま友人宅でジョーに会ったとき、ジョーのおどけた表情とぶっきらぼうな物腰がどこか心の琴線に触れたらしく、お世話係として雇いたいという申し出があった。ジョーはまったくその気がなかったが、他にお声がかからなかったので仕方なく受けることにした。誰もが驚いたことに、この気むずかしい親戚《しんせき》のおばさまとジョーの組み合わせは功を奏した。ときどきは衝突も起きたし、ジョーがすごい勢いで家に帰ってきてもう我慢できないと言い放ったことさえあった。が、マーチ伯母さんは毎回すぐにきげんを直し、さしせまった理由をもうけてジョーを呼び戻すのだった。ジョーのほうでも断り切れなかったのは、心のなかではこのかんしゃく持ちの老婦人がわりと好きだったからである。

もっとも、ジョーにとっていちばん魅力的だったのは、伯母さんのうちにたいへん立派な図書室があったことではないだろうか。マーチ伯父さんが亡《な》くなってからというもの、この図書室は埃《ほこり》がつもりほうだい、クモの巣がかかりほうだいだった。ジョーも覚えているが、あのやさしい老紳士は、ジョーが大きな辞書で鉄道や鉄橋をつくっても怒らなかったし、ラテン語の本に載っている不思議なイラストがどんなお話の挿絵《さしえ》なのか解説してくれたし、通りで出会うとかならず四角いジンジャーブレッド・クッキーを買ってくれたものだった。うす暗くてほこりっぽい部屋、背の高い本棚からこっちを見下ろす胸像たち、心地のいい椅子《いす》、地球儀、そして何よりも好きなだけさまよい歩ける果てしない本の森、それらのおかげでこの図書室はジョーにとって至福の空間になっていた。マーチ伯母さんが眠りこんだり、お客と話しはじめたりするが早いか、ジョーはこの静かな場所にすっとんでいって大きな椅子の上で丸まり、詩だのロマンスだの歴史だの旅行記だの絵画だのをカミキリムシさながらにむさぼり食うのだった。もっとも、あらゆる幸福のつねで、それも長続きはしなかった。物語の山場、詩のいちばん美しい部分、旅行記の中でもっとも危険な冒険にジョーがたどりつくと、きまって「じょう・じぃ・ふぃーん！　じょう・じぃ・ふぃーん！」という金切り声が聞こえてくるのだ。そうなると、ジョーはこの天国を後にして、毛糸を巻くとか、プードルの身体《からだ》を洗うとか、ウィリアム・ベルシャムのエッセイを朗読するとかいった仕事をぶっつづけで何時間もやらなくてはならなかった。*14

何かすごいことをやりたい、というのがジョーの野心だった。それが何なのかはジョーにもわからなかったが、いずれ時がくればわかるはずだった。さしあたって最大の悩みは、好きなだけ読書したり走り回ったり馬に乗ったりできないことだ。感情の起伏がはげしく、舌鋒《ぜっぽう》するどく、落ち着かない魂をかかえこんだジョーはなにかというと窮地におちいったし、そんなジョーにとって人生とはとんだでこぼこ道で、おかしくもありみじめでもあった。けれども、マーチ伯母さんの家でしごかれるのはまさにジョーが必要としていたことだったし、自分はお金をかせいでいるんだと思えば「じょう・じぃ・ふぃーん！　じょう・じぃ・ふぃーん！」も平気だった。

ベスは学校に通うにはあまりに内気だった。両親も試してはみたのだが、あまりにベスがつらいようなので断念し、家で父さんに教えてもらうことになったのだ。父さんが出征し、母さんが軍人義援会で裁縫にかかりきりになってからも、ベスはひとりきりでたゆまず学びつづけ、できるかぎり勉強を進めていた。小さいながらにいっぱしの主婦であるベスは、外に働きに出ている面々が帰ってくる家を清潔でここちよいものにするためにハンナを手伝っていた。もとめる報酬といっては、みんなに愛されることだけだった。ベスが長い静かな日々をさびしく思ったりむだに過ごしたりしなかったのは、小さな世界が空想上の友達《イマジナリー・フレンズ》でいっぱいで、本人が生まれつきの働き者だったおかげだ。朝には六人の人形たちのお着がえがあった。ベスはまだ子供で、今もこの六人を愛していたのだ。ベスがお世話をひきうけたときの六人は、それはそれはみじめな状態にあった。お人形遊びの年ごろでなくなった姉たちが六人をベスにまかせたのは、エイミーが古くてぶかっこうなものを受け付けなかったからである。ところがベスは、古くてぶかっこうだからこそ六人をいっそうかわいがり、病気の人形の療養所をはじめたのだった。六人はもう、木綿でできた身体にピンを刺されることも、叱られたりぶたれたりすることもなかった。いちばんみにくい人形でさえ仲間はずれにされることはなく、六人全員がけっして変わらない愛情で食事と着がえをあたえられ、看病され、抱きしめられつづけていた。ベスのいわゆる「人形のひとたち」のなかでもとりわけひどい目にあってきたのはかつてジョーが持っていた人形で、波《は》瀾万丈《らんばんじょう》の人生のあげく古布入れにつっこまれていたのだが、ベスがこのみじめな救貧院をおとずれ、救い出して保護したのだった。頭のてっぺんが取れていたからベスは小さな帽子をかぶらせてやり、手足が四本ともなくなっているのを隠すために毛布にくるんでやって、この回復の見込みのない病人にいちばんいいベッドをあてがった。このお人形さんへの心づくしをひとが知ったなら、笑いだすと同時に感動せずにいられなかっただろう。ベスは人形に花束をとどけ、本を読みきかせ、毛布からだして空気にあて、自分の上着のなかにかばってやり、子守唄を歌い、おやすみの前には汚れた顔にかならずキスして「ぐっすりねむって、よくなってね」とささやくのだった。

姉妹たちとおなじく、ベスにも悩みはあった。ベスも天使ではなかったから、音楽のレッスンが受けられないことやまともなピアノがないことをなげいて、ジョーのいわゆる「泣きの涙」の状態になることもあった。音楽を心から愛しているベスはいっしょけんめいに曲をおぼえ、調子はずれの古いピアノでしんぼうづよく練習をつづけていたから、誰かが救いの手をさしのべてくれてもよさそうなものだった（べつにあなたというわけじゃありませんよ、マーチ伯母さん）。でも、実際のところ救いの手はさしのべられなかったし、ひとりきりのベスが調子の合ってくれない黄ばんだ鍵盤《けんばん》に落とした涙を見た人もいなかった。いつものベスは家事をしながらひばりのように歌い、マーミーや姉妹のためにピアノをかなでて飽きることがなく、来る日も来る日も希望に満ちた調子でこう考えつづけているのだった。「いつかは音楽をものにできるはず、それだけの才能があれば」

　この世界には、たくさんのベスたちがいる。シャイで物静かで、必要とされるまではすみっこにひっこんでいて、他人にほがらかに尽くしてばかり。そのためにどれだけの犠牲が必要かということに人々が気づくのは、炉辺のこおろぎが鳴くのをやめてから、やさしい太陽のような存在が姿を消して沈黙と闇《やみ》だけがあとに残されたその時になってからなのだ[*15]。

　あなたの人生で最大の試練は何ですかと聞かれたら、エイミーは「鼻」と答えたに違いない。赤ん坊だったころのエイミーをジョーがうっかり石炭箱に落っことしたことがあって、エイミーの説ではそれが鼻の形を永遠にそこねてしまったというのである。大きすぎるとか、フレドリカ・ブレーメルの小説『家庭』に登場するかわいそうなペトラの鼻のように赤いとかいうわけではないのだが、エイミーの鼻はいささか低くて、いくら指でつまんで高くしてみても貴族的なとがりは出せないのだった。気にしているのは本人だけで、鼻のほうではせいいっぱい高くなる努力をしているのだが、エイミーはギリシャ風のすんなり高い鼻でないことをたいそうくやしがり、せめてものなぐさめに形のいい鼻の絵を何枚となく描いてすごすのだった。

姉たちに「リトル・ラファエロ」と呼ばれているエイミーは並はずれて絵がうまく、花をスケッチしたり妖精《ようせい》の姿を考えたりいっぷう変わったイラストで物語を飾ったりしているときがいちばん幸せだった。学校の先生たちは、足し算をやっているはずの時間にも石板に動物の絵を描きちらしているといって怒ったし、地図帳の余白は地図を書き写すのに使われていたし、教科書にはさんであった滑稽《こっけい》きわまる漫画がじつにまずいタイミングで飛び出してくることもしょっちゅうだった。授業はどうにかこうにかやりすごし、お行儀のお手本のようにふるまうことで先生から叱られないようにしていた。もともと気はよかったし、自然にひとを幸せにする才能があるから、友達には大人気だった。ちょっとしたレディをきどる様子は受けがよかったし、教養もあると思われていた。なにしろ絵が描けるだけでなく、ピアノで弾けるメロディが十二曲あるし、編み物もできるし、フランス語をしゃべらせても単語の三分の二以上は発音をまちがえないのだ。「パパがお金持ちだったころには、わたしたちよく何々できたんだけど」などと言う様子には哀愁がこもっていて友達の心をきゅんとさせたし、むずかしい言葉を使いたがるところも「とってもエレガント」だと言われていた。

エイミーが増長する可能性は高そうだった。まわりのみんなにかわいがられたせいで、こまごまとしたみえやわがままが順調に育ちつつあったのだ。もっとも、そのみえをへこませるものもあった。服はいつもいとこのお下がりを着ていなければならなかったのだ。しかもフローレンスのママはセンスのかけらもなくて、エイミーは青いボンネットがいいのに赤いのをかぶせられ、かっこうわるい上衣を着せられ、エプロンだって飾りがごてごてしたサイズ違いのをつけるしかなかった。エイミーがもらったお下がりはどれもものがよくて、ほとんど新品同様だった。けれども、エイミーの審美眼は大いに傷ついていた。とくに今年の冬の通学服は、濃い紫色の地に黄色の水玉を散らしたふちどりなしのドレスなのだからなおさらだった。

エイミーは目に涙をためながら、メグに向かってこぼしたものだ。「救いなのは、おいたをしてすそが汚れるたびにドレスにあげをされないことくらいのものよ。マライア・パークスなんか、しょっちゅうママにそうされてるの。ほんとにひどいのよ。おいたが過ぎたときなんか、ひざまであげをされちゃって、とても学校にこられやしないんだから。そんなつくじょくに比べたら、鼻がぺちゃんこなうえに、紫の生地に黄色の点々を花火みたいに散らしたドレスを着せられるのだってがまんできるというものよ」

メグはエイミーの打ち明け話の聞き手、かつ導き手だった。ジョーのばあい、反対どうしは奇妙にひかれあうものなのか、ベスと同じような関係にあった。内気なベスが自分の考えを話す相手はジョーだけだったし、のっぽでしっちゃかめっちゃかな姉に無意識の影響を与えている点では、家族のだれもベスに及ばなかった。メグとジョーはお互いをとても大事に思っていたけれども、どちらも別々の妹を保護下において、それぞれのやりかたで教育しているのだった。ふたりがそれを「母さんごっこ」と呼び、遊ばなくなった人形のかわりに妹の世話をやくようになったのは、リトル・ウーマンの母性本能というものだろう。

「だれか、おもしろいお話ない？　きょうは一日ずっと陰気だったから、なにか楽しいことがないと死にそう」この晩、全員で集まって縫い物がはじまったときにメグが言った。

「今日は伯母さんと変なことになっちゃって、しかもわたしの勝ちだったから、その話をするよ」お話をするのが大好きなジョーが言いだした。

「今日もまたあの長ったらしいベルシャムを朗読させられたから、わたし、いつもどおりできるだけ棒読みしてやってたの。伯母さんがてきめんに居眠りするから、こっちは好きな本をとりだして、伯母さんが目をさますまで必死で読み続けられるわけ。ところが、今日は伯母さんが眠りこむより先にこっちが眠くなっちゃって大あくびをしたもんだから、伯母さんに言われたよ。あんた、ベルシャムの本を飲み込んでしまうつもりかいって。

『そうしたいのはやまやまですけど』とわたしは言ったんだけど、べつに反抗するつもりじゃなかったんだよね。

なのに伯母さんときたら、だいたいあなたはとかいう長いお説教をくれて、自分のよくないところをとくと考えてみなさいっていうわけ。ところが、こっちがとくと考えてるあいだに伯母さんがうつらうつらしはじめてさ。そうなったらしばらく大丈夫だから、わたし、伯母さんの帽子が大きなダリアの花みたいに揺れはじめたとたんに『ウェイクフィールドの牧師』を取り出して、片目は牧師さん、片目は伯母さんっていう具合でバーッと読みだしたんだ[*16]。ただ、一家が水にはまってしまうところで、思わず大声で笑っちゃってさ。伯母さんは目をさましたんだけど、居眠りしたせいで気分がよかったのか、ちょっとその本を朗読してごらん、あれだけためになるベルシャムのかわりにどんな軽薄な本を読んでいるのか聞いてみましょうって言うの。わたし、できるだけうまく読んだし、伯母さんも気に入ったようだったんだけど、口ではこんなふうに言うんだ——

『なんだか、よくわからない話だねえ。もういちど、頭から読んでおくれ』

だから頭に戻って、プリムローズ一家がおもしろい人たちに聞こえるようにものすごく工夫しながら読んだわけ。わたし、途中でいじわるしたくなってさ、ちょうど盛り上がってきたところでわざと切って、おずおずした声でこう言ってやったんだよね。『ご退屈みたいですね。ここでやめましょうか？』って。

そしたら伯母さん、膝《ひざ》から落ちてた編み物をひろい上げたと思うと、こっちを眼鏡ごしにぎろりとにらんで、例のぶあいそな声で言ったね——

『章の最後までお読みなさい、利《き》いたふうなことをいわないで』」

「伯母さんは認めたの、気に入ったって？」とメグ。

「まーさか！　でも、ベルシャムはお休みにしたよ。それでね、わたし手袋を置いてきちゃったんだけど、午後になって取りにもどってみたら、伯母さん、夢中になって読んでるわけ。わたし、やったあと思って大笑いしながら廊下でジグを踊ったんだけど、それにも気づかないんだ。伯母さんだって、その気になればすごく楽しい人生が送れるんだよ。いくらお金を持ってても、あれじゃうらやましくないね。お金持ちだって、貧乏人とおなじくらい悩みがあるってことなんだろうな」とジョーはつけくわえた。

「それで思いだしたんだけど」とメグが言いだす。「わたしもお話があるの。ジョーのとちがって笑える話じゃないけど、うちに帰るみちみち、だいぶ考えさせられたわ。きょうキング家に教えにいってみたら、みんながあわてふためいた様子なの。子供のひとりの話では、兄さんがなにか恐ろしいことをして、パパが兄さんを追い出してしまったっていうの。ミセス・キングの泣く声は聞こえてくるし、ミスター・キングは何かどなってるし、グレイスもエレンもわたしのそばを通るときに顔をそむけるの。眼が真っ赤になってるのを見られたくなかったのね。もちろん、わたしも何があったのなんて聞かなかったけど、気の毒になっちゃって。それから思ったの、悪いことをして家族をはずかしめるような兄さんがいなくてよかったって」

「悪い男の子に何かしでかされるより、学校ではずかしめられるほうがよっぽどつらいわ」エイミーが、つくづく人生を思うように首をふった。「きょうね、スージー・パーキンズがきれいな紅めのう石のついた指輪をしてきたの。わたし、いいなあ、ほしいなあと思って、あの子と入れかわりたくってしょうがなかった。ところがね、スージーときたら、デイヴィス先生の漫画なんか描いちゃったの。おっそろしく大きな鼻で、背中のまがったデイヴィス先生。それも、『みなさん、わたしはちゃんと見ていますよ！』っていう吹きだしつきで。みんなして笑ってたら、デイヴィス先生、ほんとにちゃんと見てたのよね。だしぬけに、その石板を見せなさいっていうわけ。スージーは驚きで全身がちょうこくしたみたいだったけど、それでも見せにいったの。そしたらデイヴィス先生、どうしたと思う？　スージーの耳をひっぱったのよ、耳を！　なんてひどいことするんでしょう！　それからスージーを教壇に立たせて、みんなに石板を見せながら三十分立っていなさいって言ったの」

「みんな、石板の漫画を見て笑わなかったわけ？」いかにもおかしそうにジョーがたずねた。

「笑うなんて！　ひとりも笑わなかったわ。みんなネズミみたいに黙りこくっちゃうし、スージーは滝みたいに涙を流してた。ほんとよ。わたしも、スージーのことがぜんぜんうらやましくなくなっちゃった。紅めのう石の指輪が百万個あったって、あんな目にあわされたら元も子もないもの。あんなくつじょくてきたいけん、わたしなら立ち直れないわ」そう言って針仕事にもどったエイミーは、自分が前よりいい人間になれたというれしさと、「屈辱的体験」という長い言葉を一息に言えたという誇らしさを同時に感じている様子だった。

「わたしも、けさいいものを見て、夕食のときに話そうと思ったんだけど忘れちゃってた」ジョーのとっちらかった裁縫かごを整理してやりながらベスが話しはじめる。

「ハンナのお使いで牡蠣《かき》を買いに行ったら、最初の魚屋さんにミスター・ローレンスがいらっしゃったんだけど、わたし恥ずかしくて樽《たる》のうしろに隠れたから、ミスター・ローレンスはわたしに気づかないままでご主人のミスター・カッターと話をしてたのね。そこに貧しい身なりの女の人がバケツとモップを持って入ってきて、掃除をするかわりに魚を恵んでいただけねえですか、今日は仕事にあぶれたから子供らに食べさせるものがねえんですって言ったの。ミスター・カッターはちょうど忙しかったから『だめだね』って、不きげんに答えたわ。それで女の人はおなかを空《す》かしたみじめな様子で帰りかけたんだけど、そのときミスター・ローレンスがステッキの柄で大きな魚のえらぶたをひっかけて、女の人にさし出したの。その人、びっくりしたのとうれしいのとで、魚をそのまま腕にかかえて、何度も何度もお礼を言ってた。ミスター・ローレンスが『さあ、早く行って料理してやりなさい』って言うと、女の人は急いで帰っていったんだけど、それはもう幸せそうで！　ミスター・ローレンス、いいことしたわよね？　女の人が大きなすべりやすい魚を抱えたまま、ミスター・ローレンスが天国に行ったら『ええ寝心地の』ベッドがもらえるようお祈りしますなんて言ってたのは、すごくおかしかったけど」

ベスのお話に笑い声を上げた一同は、こんどは母さんにお話をせがんだ。母さんはしばらく考えたあと、静かに話しだした――

「きょう、軍人義援会の部屋でブルーの軍服の上衣を裁《た》っているとき、わたしは父さんのことがとても心配になって、父さんに何かあったらわたしたちはどれだけさびしく寄る辺ないことになるかと思ってしまったの。賢いことじゃないけれど、やっぱり心配せずにいられなかった。そこに、配給切符を持ったおじいさんが来て、わたしのそばに腰を下ろしたの。貧しげで、疲れきって不安な様子だったから、わたしはその人と話しはじめたのね。

『お子さんが軍隊にいらっしゃるんですか?』おじいさんが持っていた切符がわたしあてでなかったから、わたし、そう聞いたの。

『はい、おります。四人いたんですが、ふたりは戦死しまして、ひとりは捕虜になっとります。もうひとりがワシントンの病院に入院しているんで、それを見舞いに行こうと思いましてな』と、それがおじいさんの静かな答えだったの。

『国のためにたいへんな犠牲を払われたんですね』とわたしは答えたんだけど、そのときには、同情より尊敬を感じるようになっていたわ。

『わたしなりの一分《いちぶん》をつくしただけですよ。わたしも役に立てるようなら出征するところなんですがな。わたしは役に立たんので息子たちをささげたわけですから、見返りなんぞ求めません』

　おじいさんの口調がまったくほがらかで、態度に何のてらいもなく、すべてをささげたことを喜んでいるようだったから、わたし、自分が恥ずかしくなったの。わたしがささげたのはひとりだけだというのに、それにも耐えられないでいる。なのに、このおじいさんはもう息子さん四人をささげて文句ひとつ言わない。わたしには家に帰ればなぐさめてくれる娘たちが四人いるのに、おじいさんにひとりだけ残っている息子さんははるか遠くの病院から『さようなら』と言おうとしているのかもしれない。自分がどれだけ恵まれているかを考えると、わたしはすごく豊かで幸せじゃないかって思えてきたの。それでわたしは、おじいさんにきれいな包みを作ってあげて、お金も少しさしあげて、いい教訓を教えてくださってありがとうございますと言ったの」

「お願い、母さん、もう一つお話を聞かせて。今のと同じように、教訓のある話。あとから考え直してみたいんだ。本当らしくて、お説教っぽすぎないやつならね」と、一分ほど黙っていたあとでジョーが言った。

ミセス・マーチは笑みをうかべ、すぐさま話しだした。この聞き手たちにはもうずっとお話を聞かせつづけてきたので、どんなお話がよろこばれるかよく知っていたのだ。

「むかしむかし、四人の女の子がいました。四人には、食べるものも飲むものも着るものも十分にありました。暮らしは快適で楽しみもあり、親切な友達も、四人を心から愛している両親もいましたが、それでも四人は満足できませんでした」（ここで聞き手たちはひそかに顔を見合わせ、せっせと縫い物をはじめた。）「この女の子たちは良い人間になりたいと願っており、何度もすばらしい決心をしましたが、どういうわけか決心が続かず、『なんとかさえあれば』『かんとかさえできれば』と言ってばかりでした。自分たちがどれだけ恵まれているか、実際にはどれだけ楽しいことができるかを忘れていたのね。そこで女の子たちは、あるおばあさんに向かって、幸せになれる呪文《じゅもん》を教えてほしいとお願いしました。すると、おばあさんは答えました。『不満を感じたときには、自分たちがどれだけ恵まれているか考えて感謝なさいまし』」（ここでジョーがふいに眼を上げて何か言いたそうにしたが、お話がまだ終わっていないのに気づいて口をつぐんだ。）

「女の子たちは人の話をよく聞くほうでしたから、おばあさんのアドバイスをためしてみました。すると本当に、自分たちがどれほど豊かであるか分かってびっくりしたのです。ひとりめの子は、お金持ちの家にも恥ずかしいことや悲しいことがあるのに気づきました。ふたりめの子は、安楽に暮らしながらそれを楽しむことのできない気むずかしくて体の弱い老婦人の様子を見て、たとえ貧乏でも若くて健康で元気のある自分のほうがはるかに幸せだと思いました。三人めの子は、食事の準備がたいへんでも、食事のために物乞《ものご》いしなくてはならないほうがたいへんだとわかりました。四人めの子は、すてきな紅めのう石の指輪も正しいふるまいには及ばないことを知りました。そこで四人は、不平をこぼすのをやめて、いま手元にある恵みをよろこび、それに感謝しようとおたがいに言いあいました。そして、自分たちの恵みにふさわしい人間になろうと決心しました。でないと、恵みは増えるどころか全然なくなってしまうかもしれないからです。わたしは思うのだけれど、その子たちがおばあさんのアドバイスに従って、がっかりしたり後悔したりしたことは一度もないでしょう」

「マーミーにはかなわないわねえ。わたしたちがした話がわたしたちに返ってくるようにして、『お話』のかわりにお説教をしてしまうんだもの」メグが声を上げた。

「こんなお説教、好き。父さんがよく聞かせてくれたお説教だから」と、ジョーの針山に針をきれいに刺しなおしながらベスが感慨ぶかげに言った。

「わたしは姉さんたちほど不平を言わないけど、これからはもっと気をつけるようにする。スージーの災難はいい教訓になったわ」と、エイミーはなかなかもっともらしい。

「わたしたちには教訓が必要だったんだよ。ぜったい忘れないようにする。わたしたちが忘れかけていたら、『アンクル・トムの小屋』に出てくるクローイみたいにこう言ってよね。『神さまのお慈悲を考えるんだよ、神さまのお慈悲を』って」とジョーがつけくわえた。[*17] 母さんのささやかなお説教を少しばかり笑いに変えずにいられなかったせいだが、心のなかでは、ほかの三人と同じくらい真剣に受け止めていた。

5 隣人のご縁

「いったい何するつもり、ジョー？」ある雪の午後、メグがたずねた。ゴム長靴すがたのジョーが、廊下をどかどかとやってきたのだ。古いだぶだぶのコートにフード、片手にほうき、もう片手にシャベルといういでたちである。

「運動に行くんだよ」ジョーの眼には、いたずらっぽい輝きがあった。

「けさ、もう二回も長い散歩をしたじゃない。それでじゅうぶんでしょ。外は寒いし、日ざしも悪いわよ。あなたも暖炉にあたって、からっと暖かくなりなさいよ」そう言って、メグは身ぶるいした。

「わたし、アドバイスが通じない人間なんだよね。一日じっとしてるなんて、むり。猫じゃあるまいし、暖炉のそばで居眠りするのもいやなんだ。冒険が好きだから、これから探しに行こうってわけ」

暖炉に戻ったメグが足をあぶりながらウォルター・スコットの『アイヴァンホー』を読んでいるあいだに、ジョーは勢いこんで庭の雪に道を作りはじめた。粉雪だったから作業ははかどり、お日さまが出てきたときにベスが歩きまわれるような小道があっという間にはりめぐらされた。ベスが世話している病気のお人形たちも、空気にあててやらなければ。さて、この庭というのが、マーチ家とミスター・ローレンスの家をへだてる境界なのである。二軒の家は街の郊外にあって、あたりにはまだ果樹園に芝生に広い庭に静かな通りというのどかな風景が広がっていた。*18 ふたつの地所の境界には低い生け垣があった。片側にある古ぼけた茶色の家は、夏のあいだ壁をおおってくれていた蔦《つた》や庭の花がないと、だいぶむき出しでみすぼらしく見える。反対側に立っているのは堂々たる石造りの邸宅で、大きな馬車置き場、手入れの行き届いた庭や温室、それに豪奢《ごうしゃ》なカーテンのあいだから見える美しい品々が、あらゆる種類の快適さと裕福さをしのばせる。とはいえ、それは寂しげな、活気の感じられない邸《やしき》だった。出入りする人の姿は、芝生で遊びたわむれる子供たちもいなければ、窓からほほえむ母親の姿もない。老紳士と孫のローリーを別にすればごくわずかだった。

ジョーのたくましい想像力にとって、この邸は呪《のろ》いをかけられた宮殿のようなもので、美しく輝くものにみちながら、それらを楽しむ人間が誰もいないのだった。ジョーはずっと前からこの隠れた財宝を見てみたかったし、「ローレンスの坊っちゃん」ともっとよく知り合いたかった。ローリーのほうでも、きっかけさえあればもっとよく知ってもらいたそうなのだ。あのパーティからこのかた、ジョーはいっそう熱心になって、ローリーと友達になるための計画をいくつも立てていた。けれども、最近はめったに姿を見ることもなかったので、ジョーはローリーがどこかに行ってしまったのではないかと思いはじめていた。ところがある日、ふと上のほうの窓を見ると、ローリーの浅黒い顔がこっちの庭をじっと見つめていたのだ。庭ではベスとエイミーが雪合戦をしていた。

「あの子、仲間や楽しみに飢えているんだ」ジョーは心のなかで言った。「おじいさまはあの子に何がいいのか分かっていないから、ひとりきりにしておくんだね。あの子に必要なのは、遊び相手になる元気な男の子たちだよ。いや、おなじ年ごろで活発なら、女の子だっていいんだ。ここはひとつ、生け垣の向こう側にのりこんで、おじいさまにそう言ってあげなくちゃ[*19]」

この考えはジョーを喜ばせた。ジョーときたら、大胆なふるまいが好きで、いつでも普通でないことをしでかしてはメグの眉《まゆ》をひそめさせてばかりなのである。「向こう側にのりこむ」計画は決して忘れられず、都合よく雪が降ったこの日の午後、ジョーはいちかばちかやってみようと決心したのだった。ミスター・ローレンスが馬車で出かけるのを見届けたジョーは、庭に出て小道を掘りすすめ、生け垣のところで手を止めると、向こう側を偵察した。すべては静穏、一階の窓にカーテンが引かれ、召使たちの姿もない。人影といっては、二階の窓辺で黒い巻毛の頭が細い手の頰づえに支えられているばかり。

「いたいた」とジョーは考えた。「かわいそうに！　こんなに陰気な日に、たったひとりで病気だなんて。よくないなあ！　ようし、窓に雪を投げて気づかせてから、なぐさめてあげようっと」

片手でざっくりつかんだ雪が、窓へ飛んでいった。すぐさまこっちを向いた顔は最初のうち不安げだったが、やがて大きな黒い眼に光がやどり、口もとに笑みが浮かんだ。ジョーはうなずき、笑いだし、ほうきを振って叫んだ──

「どうしたの？　病気？」

ローリーは窓を開け、カラスのようにしわがれた声で言った──

「よくなってきたところだよ、ありがとう。ひどい風邪を引いて、一週間ほど外に出られなくてさ」

「あら、気の毒。何やって過ごしてるの？」

「何もしてない。ここはお墓みたいに退屈だよ」

「本は読まないの？」

「あんまり。読ませてもらえないんだ」

「誰かに朗読してもらうのは？」

「ときどきおじいさまが読んでくれる。でも、僕が持ってる本はおじいさまには退屈みたいだし、しょっちゅうブルックに頼むのもいやなんだ」

「じゃあ、誰かをお見舞いに呼びなさいよ」

「会いたい人がいないもの。男の子はそうぞうしいから、頭がくらくらしちゃう」

「本を朗読して楽しませてくれる、すてきな女の子なんかはいないの？　女の子ならおとなしいし、看護婦ごっこが好きだよ」

「知ってる子がいないんだ」

「わたしを知ってるじゃない」と言いかけてジョーは笑いだし、言葉を切った。

「そうだった！　ねえ、来てくれるの？」

「わたしはおとなしくないし、すてきでもないけどね。でも、母さんが許してくれたら今から行く。じゃあ、いい子だから窓を閉めてしばらく待ってて」

そう言うと、ジョーはほうきを肩にかつぎ、母さんや姉妹はどう言うだろうと思いながら大股《おおまた》で家にもどった。ローリーはといえば、誰かがたずねて来てくれると考えると居てもたってもいられず、飛び回って準備を始めた。ミセス・マーチが言ったとおりローリーは「小さなジェントルマン」で、お客様への礼儀として黒い巻き髪をなでつけ、シャツのカラーを取りかえ、五人以上も召使がいるのにいつも散らかったままの部屋を片づけたのだった。やがて玄関のベルが強く鳴らされ、はっきりした声が「ミスター・ローリーにお目にかかりたいんです」と告げた。びっくりした様子の召使が上がってきて、若いお嬢さんがお見えですと言った。

「いいよ、お通しして。ミス・ジョーだ」とローリーは言って、ジョーを出迎えるために自分用の小さな応接室のドアまで足を運んだ。ジョーは頰を薔薇色《ばらいろ》に上気させ、いかにも親切そうで、まったく気おくれのない様子だった。片手にふた付きの皿を持ち、もう片手でベスの子猫たちを三匹抱えている。

「来たよ、フル装備で」ジョーはてきぱきと言った。「母さんがよろしくだって。娘がお役に立てるならうれしいって言ってた。これ、メグがお得意のブランマンジェを持っていけってさ。あと、ベスは猫たちがなぐさめになるだろうって。笑っちゃうと思うけど、あんまりベスが役に立ちたがるもんだから、わたし断れなくて」

ところが、ベスからの奇妙な貸し出し品はまさにローリーにぴったりだった。いきなりやってきた猫たちに笑いだしたローリーは、恥ずかしさを忘れて即座にうちとけたのだ。

「あんまりきれいだから、食べるのがもったいないよ」ジョーが皿のふたをどけると、ブランマンジェをぐるりと取り囲むように、緑の葉とエイミーが大事にしているゼラニウムの真っ赤な花があしらわれていた。

「べつに何でもないよ。あのふたりはただ親切な気持ちになって、それを形にしただけ。メイドさんに、ティーのときまで取っておくように言えばいいよ。すごくあっさりした食べ物だから、風邪をひいててもだいじょうぶ。やわらかいから、痛めたのどにもひっかからない。ところでこの部屋、すごく居心地よさそうだね」

「もっとちゃんと片づいていれば、そうかもしれないけど。メイドたちは怠け者だし、僕はどうやればメイドたちが働くのかわからないんだ。でも、気になるのはたしかだね」

「まかせてくれれば、二分でなんとかするよ。ほら、こうやって暖炉まわりを掃いて――マントルピースの上を整理して――本はこっち、薬のびんはあっち、と、それからソファをお日さまがじかに当たらないところへ動かして、枕《まくら》をちょいとふくらませる。はい、できあがり」

　というわけで、ローリーはソファの上におちついた。笑ったりしゃべったりしながら、ジョーはあらゆるものをあるべき場所に置き、部屋の様子を一変させたのだ。ローリーはジョーが立ち働く様子を感嘆したようにだまって見つめ、ソファに横になるようにうながされると、満足げにほっと息をつきながら腰を下ろし、感謝の気持ちをこめてこう言いだした――

「親切なんだね！　そう、この部屋はこうでなくちゃいけなかったんだ。それじゃ、そこの大きな椅子《いす》に座ってよ。こんどは僕がお客さんをもてなす番」

「いいよ、そんなの。わたし、あなたを楽しませようと思って来たんだから。何か本でも読んであげようか？」そう言うとジョーは、手近にある何冊かの面白そうな本にいとしげな視線を送った。

「ありがとう、でも、そこにある本はぜんぶ読んじゃったから、よければ読書よりおしゃべりがしたいんだけど」

「いいよ、もちろん。わたし、ちょっと乗せれば一日じゅうでもしゃべってるよ。ベスが、わたしは物事のやめどきを知らないって」

「ベスってあの薔薇色のほっぺたの子？　いつもは家にいて、ときどき小さなかごを下げて買い物に行く」ローリーは興味をそそられたようだった。

「ええ、それがベス。わたしの妹。すっごくいい妹だよ」

「美人なのがメグ、巻毛がエイミーだよね？」

「それ、どうして分かったの？」

ローリーは赤くなったが、正直に答えた。「あの、それは、いつもお互いに名前を呼びあっているのが聞こえるし、ひとりで二階にいると、ついついそっちを見ちゃうんだ。いつもすごく楽しそうだから。それと、失礼なこと言ってごめんね、花の置いてある窓のカーテンをときどき閉めわすれるでしょう。夕方になって灯りがつくと、まるで絵を見ているみたいなんだよね、暖炉に火が入って、みんながお母さまといっしょにテーブルに集まるでしょ。お母さまの顔が真正面にあって、その手前に花があってさ、ほんとに感じがいいもんだから、眺めずにいられないんだ。僕、お母さんいないし」そう言ってローリーが暖炉の薪《まき》をつついたのは、唇が小さくふるえるのを抑えられなくて、それを隠すためだった。

ローリーの眼に浮かんだ、さびしげで何かを求めるような表情は、ジョーの温かい心を直撃した。嘘《うそ》いつわりのない教育をうけてそだったジョーは、十五歳になってもまるで子供のように無邪気で開けっぴろげだった。ローリーは病気でひとりぼっちなのだ。自分がどれだけ家庭の愛と幸せに恵まれているか気づいたジョーは、喜んでそれを分かち合おうとした。浅黒い顔にとても親しい表情を浮かべ、いつもは鋭い声をぐっとやさしくして、ジョーは言った――

「じゃあ、もう二度とカーテンは閉めない。いくらでも、好きなだけ眺めていいよ。ただね、できれば、そんなふうにのぞくんじゃなくて、うちに会いに来てほしいんだ。母さんはほんとにいい人だから、とんでもなく親切にしてくれるよ。ベスだってわたしが頼めばあなたのために歌ってくれるだろうし、エイミーは踊ってくれるはず。メグとわたしは、お芝居のおかしな小道具を見せて笑わせてあげる。そんなふうにして、楽しく過ごせると思うんだ。おじいさまは許してくださらない？」

「許してくれると思うよ、お母さまから頼んでくだされば。ああ見えて、ほんとはとってても気がいいんだ。たいがいのことは僕のしたいようにさせてくれるんだけど、知らない人に迷惑をかけるんじゃないかって、それだけが気がかりみたい」そんな説明をはじめるにつれて、ローリーの表情はどんどん明るくなってきた。

「知らない人って、そんなわけないさ。隣どうしなんだもの、迷惑だなんて思うことないよ。わたしたち、あなたのことが知りたいの。わたしなんか、ずっと前からこうしようって計画してたんだよ。わたしたちもこっちに越してきてからそう長くないけど、あなたたち以外のご近所とはみんな顔見知りだよ」

「おじいさまは本を読んで暮らしているから、外で何が起こっているのかあまり知らないんだ。家庭教師のミスター・ブルックは住みこみじゃなくて通いだし、僕といっしょに近所を回ってくれるような人はいないんだよね。だから、ずっと家にいて、なんとかひとりでやりすごそうとしているの」

「それはよくないよ。思いきって飛びこんで、招待されたらどこへでも顔を出さなきゃ。そうすれば友達もできるし、楽しい場所にもいっぱい行けるよ。恥ずかしいなんて思っちゃだめ。顔を出しつづけてれば、いつの間にか忘れちゃうから」

ローリーはまた赤くなったが、恥ずかしがりすぎだという批判にも腹は立てなかった。ジョーが善意にあふれていることは明らかだったから、ぶっきらぼうな言葉づかいにこめられた思いをくみとらずにいられなかったのだ。

ローリーはちょっと黙って、暖炉の火を見つめた。ジョーは上きげんな様子であたりを見回していた。ローリーが話題を変えた。「学校は好き?」

「わたし、学校には行ってないんだ。ビジネスマンだから――というか、ビジネスガールだからね。伯母さんの家に通ってお世話をするのが仕事なんだけど、これがまたやかましいお婆《ばあ》さんでさ」

ローリーはもうひとつたずねようと思って口を開いたが、ひとのことを質問しすぎるのは失礼だということをとっさに思い出して、また口を閉じ、きまりのわるい様子になった。ジョーはローリーの礼儀正しさが気に入ったし、マーチ伯母さんを笑いの種にしても罰《ばち》は当たるまいと思ったので、伯母さんの気むずかしさを生々しく描き出してみせた。それに伯母さんが飼っている肥《ふと》ったプードルのこと、スペイン語をしゃべるオウムのこと、伯母さん宅の蔵書がすばらしいこと。ローリーはそんな話に楽しげに聞き入った。しかつめらしい老紳士がマーチ伯母さんに求婚しにやってきて、りっぱな言葉づかいで思いのたけをうちあけている最中にオウムのポルが老紳士のかつらを引きはがし、大いにうろたえさせたというくだりになると、ローリーはソファにひっくりかえって笑いだし、ついにはほっぺたに涙を流した。メイドがドアから顔をのぞかせ、どうかなさいましたかと聞いたほどだ。

「うわあ！　そういう話って、元気が出るよ。もっと聞かせて」と言ってソファから体を起こしたローリーは、顔に赤みがさし、表情も愉快そうに輝いていた。

話がうけたのに勇気づけられて、ジョーは「もっと聞かせ」た。自分のお芝居や計画のこと、一家が父さんの帰りを待ちわびつつ心配でたまらないこと。そして、姉妹が暮らす小さな世界で起きるいちばん面白いことの数々。それから、ふたりは本のことを話しだした。ジョーが喜んだことに、ローリーは負けず劣らずの読書好きで、読む本の数はジョーより多いくらいだった。

「そんなに本が好きなら、一階に下りていってうちの図書室をごらんよ。おじいさまは出かけているから、なにも怖くないしね」ローリーはそう言って、立ち上がった。

「わたし、怖いものなんかないよ」ジョーはつんと頭をそらして答えた。

「そうだろうね！」とローリーは叫んで、たいした人だなあという表情でジョーを見つめた。もっとも、心のなかでは、おじいさまのきげんが悪いところに出くわしたらジョーだってちょっぴり怖くなるだろうという気がしていたが。

邸全体が夏のように暖かだったので、ローリーは部屋から部屋へと案内し、ジョーが何かに興味を示すたびに立ち止まってじっくり眺めさせてあげた。ついに図書室にたどりつくと、ジョーは両手を打ち合わせて小躍りした。特別に喜んだときのジョーは、いつもこうなのだ。図書室は壁いちめんに本が並び、絵や彫刻がかざられ、古いコインなど珍しいものがキャビネットに展示され、スリーピー・ホロー様式のひじ掛け椅子や、奇妙な形のテーブルやブロンズの彫像がいっぱいあった。いちばん豪華なのは巨大な暖炉で、古風なタイルがまわりを囲んでいた。

「すごいや！」ジョーはため息をつきながら、ベルベット張りの椅子に身を沈め、大満足の様子であたりを見回した。「シオドア・ローレンス、あんたは世界一の果報者だよ」と、感に堪《かんた》えたようにつけくわえた。

「本を読むだけじゃ生きていけないよ」向かいのテーブルにちょこんと腰を下ろしながら、ローリーは首を振った。

ローリーが言葉を継ぐより先に、玄関のベルが鳴った。ジョーは飛び上がり、あわてた様子で叫んだ。「どうしよう！　おじいさまが帰っていらしたみたい！」

「だったら何だい？　怖いものなんかないんだろ」ローリーはいたずらっぽい顔になった。

「わたし、おじいさまのことはちょっと怖いみたい。怖がる理由なんかないんだけど。マーミーは行ってもいいって言ったし、あなたの病気が悪くなったようでもないもんね」ジョーは自分を落ち着けようとして言ったが、ドアから目を離せなかった。

「すごく元気になったよ。とっても感謝してる。ただ、長いあいだ話してくれたせいで疲れてないか心配なだけ。あんまり楽しかったから、どうしても止まらなくって」

ローリーは心からありがたい様子で言った。

「お医者さまが往診にみえました」と、ローリーを手招きしながらメイドが言った。

「ちょっと行ってきていい？　すっぽかすわけにも行かないし」とローリー。

「行っていらっしゃい。わたし、ここにいられれば最高に幸せ」ジョーは答えた。

ローリーは出てゆき、お客のジョーは自分のやり方で楽しんだ。ミスター・ローレンスのりっぱな肖像画をながめているところにまたドアの開く音がしたので、ジョーは絵のほうを向いたまま、自信たっぷりの声で言った。「おじいさまのこと、もう怖くなくなったよ。やさしい眼をしていらっしゃるもの。口をきっと結んだところなんかは、頑固一徹って感じだけどね。うちの祖父ほどハンサムじゃないけど、好きになれそう」

「そいつは恐れ入りますな」と、後ろからぶっきらぼうな声がした。振り返ったジョーが動転したことに、そこに立っているのはミスター・ローレンスだった。

かわいそうに、ジョーはこれ以上赤くなれないほど真っ赤になった。言ってしまったばかりのことを思い出すにつけ、心臓が苦しいほど早く打ちはじめた。一瞬、逃げだそうという強烈な衝動にとらえられた。でも、そんなのは卑怯《ひきょう》だ。姉妹に笑われてしまう。そこでジョーは、この場に踏みとどまってなるべくうまく切り抜ける決心をした。あらためて見てみると、太くて白い眉毛の下にある眼は肖像画よりもさらにやさしそうだったし、おどけた光さえ帯びていて、ジョーの怖《おそ》れはぐっとしずまった。恐ろしかった最初の沈黙を破り、いっそうぶっきらぼうな声になって、老紳士はいきなりこう言った。「わたしが怖くないとおっしゃったかな、ふむ?」

「ええ、あまり」

「あんたのおじいさまほどハンサムではない？」

「はい、祖父ほどには」

「頑固一徹かね？」

「そんな感じだと言っただけです」

「にもかかわらず、わたしのことは好きになれそうだと？」

「はい、そう思います」

この答えは老紳士を喜ばせた。ミスター・ローレンスは短い笑い声を上げ、ジョーと握手した。ジョーの顎《あご》の下に指を入れて顔を起こし、とっくり眺めてから手を放して、うなずきながら言った。「あんたの顔はおじいさまとは違うが、気性はよく似とる。おじいさまはたしかに男前でしたぞ、お嬢さん。しかし、それより大事なのは、勇気のある正直な男だったということだ。あの男の友人だったのは、わたしの誇りです」

「ありがとうございます」とジョーは言った。それから先は、なんの気まずさもなかった。老紳士の話しぶりは、ジョーのためにあつらえたようだった。

「うちの孫をたずねて何をしておられたんですかな、ふむ？」次なる鋭い質問が飛んできた。

「隣人らしくしようとしただけです」そう言って、ジョーは訪問のいきさつを説明した。

「あの子には少し元気づけが必要と、そういうことですか？」

「ええ、そうなんです。ローリーは少しさびしそうだから、若い人たちとつきあえばいい効果があるんじゃないかと。うちは女ばかりのきょうだいですけれど、お手伝いできることがあれば喜んでいたします。このあいだお送りくださったすばらしいクリスマスのプレゼント、決して忘れたりしません」ジョーは熱をこめて言った。

「なあに、あれは孫がやったことですよ。例の気の毒な女性はどうしていますかな？」

「元気です」と言ったとたんにスイッチが入ってしまったジョーは、たいへんな早口でフンメル一家のことをすべて話した。母さんは、マーチ家より裕福な知り合いたちがフンメル家に興味を持つように以前から努力していたのだ。

「そういうところ、ミセス・マーチは父親ゆずりですな。そのうち天気のいい日に、あんたのお母さんを訪ねてみようと思います。そのように伝えておいてください。や、お茶の時間のベルだ。孫のために、早い時間にしてあるんです。さあ、一階に行って隣人づきあいをつづけましょう」

「ええ、もしよろしければ」

「よくなかったら、誘いはせんです」いかにも古風な律儀《りちぎ》さで、ミスター・ローレンスはジョーに腕を貸した。

「メグが聞いたらどう言うだろう？」と、老紳士に連れ去られながらジョーは考えた。家に帰ってこの話をしているところを思い浮かべただけで、眼の表情がうきうきしてきた。

「おやっ！　こいつはどうしたことだ？」ミスター・ローレンスが言った。ローリーが階段を駆け下りてきたのだ。おっかないおじいさまとジョーが腕を組んでいるのを見て、ローリーはぎょっとした様子で立ち止まった。

「お帰りだとは思いませんでした」と口ごもったローリーに、ジョーはしてやったりとばかりの視線を送った。

「思っとったら、そんなふうにけたたましく駆け下りてはくるまいからな。さあ、お茶を飲みにきて、ジェントルマンらしくふるまいなさい」ローリーの髪の毛をちょいと引っ張っておいて、ミスター・ローレンスは歩き去った。その後ろからローリーがこっけいな仕草をいくつもしてみせたので、ジョーはあやうく吹き出すところだった。

老紳士はあまりしゃべらず、お茶を四杯飲み干しながら若いふたりを眺めていた。

昔からの友達のように親しげにジョーと話しだしたローリーの表情の変化を、ミスター・ローレンスは見逃さなかった。今では、ローリーの顔に血色と明るさと生気があふれ、動作は軽やかで、笑い声は心から楽しそうだった。

「このお嬢さんの言うとおり、孫はさびしいんだ。お隣の娘さん全員をつれてきたら、どうなるだろうな」ふたりをじっと眺めながらミスター・ローレンスは考えた。ジョーのことは大いに気に入った。不器用だが率直な様子が好ましかった。それにローリーのことを、自分も男の子であるみたいに理解してくれているようだ。

ミスター・ローレンスとローリーがジョーのいわゆる「おすまし屋さん」だったら、ジョーはこんなに仲よくなれなかっただろう。そういう人の前に出ると、気おくれがして固くなってしまうのだ。けれども、このてらいのない気さくな祖父と孫の前ではジョーも自分をいつわらずにすみ、いい印象を与えることができた。ふたりが立ち上がるとジョーはおいとましようとしたが、ローリーはもっと見せたいものがあるんだと言って、特別に灯りを入れた温室にジョーを連れていった。まるでおとぎ話のような気分でジョーは通路を行ったりきたりし、めいっぱい楽しんだ――両側の壁いっぱいの花、やわらかな灯り、甘い香りのする湿った空気、頭の上にたれさがるりっぱな蔦や木の枝。新しい友達のローリーは、両手がいっぱいになるまでとっておきの花をつんでいった。それから花をひもでたばね、ジョーをうれしくさせる幸せな表情をうかべて言った。「これ、お母さまにどうぞ。お送りくださった薬、とってもよく効きましたってお伝えしてね」

探しに行ってみると、ミスター・ローレンスは大きな応接間の暖炉の前に立っていた。けれども、ジョーの眼をうばったのはふたの開いたグランドピアノだった。

「ピアノ、弾くの？」尊敬のまなざしで、ジョーはローリーにたずねた。

「たまにだけど」ローリーは控えめに答えた。

「ね、いま弾いてよ。それを聴いて、ベスに話してあげたいから」

「きみが先に弾かない？」

「弾けないんだ、いくら習ってもだめ。でも、音楽は大好き」

そこでローリーが弾き、ジョーは花束のヘリオトロープやティーローズにうっとりと鼻をうずめながら聴いた。「ローレンスの坊っちゃん」への尊敬の念が急上昇したのは、ものすごく上手なのに気取らないからだった。ベスも聴くことができればいいのにと思ったけれども、ジョーはそのことは口に出さず、ローリーをほめそやした。

ローリーはこの上なく恥ずかしそうで、老紳士が助け舟を出した。「じゅうぶん、もうじゅうぶんですよ。あんまり甘い顔を見せると増長しますのでな。この子の音楽は悪くないが、もっと大事なことにも身を入れてほしいものです。おや、もうお帰りですか？　今日のことは恩に着ますぞ。ぜひまたおいでください。お母さまにどうかよろしく。おやすみ、ドクター・ジョー」

ミスター・ローレンスは親切に握手してくれたが、なにかが気に入らない様子だった。玄関ホールまで出ると、ジョーはローリーに、わたしなにかまずいこと言ったかな、と尋ねた。ローリーは首を振った。

「違うよ、まずかったのは僕。おじいさま、僕がピアノを弾くといい顔をしないんだ」

「どうして？」

「そのうち教えるよ。僕は風邪だから、ジョンが送っていくね」

「いいよ、そんなの。わたし、若いレディなんてしろものじゃないしさ。[*20] だいたい、隣だし。からだ、大事にしてよ？」

「うん。また来てくれるよね？」

「風邪がなおったあと、こっちの家にも来るって約束してくれたら」

「うん、行く」

「おやすみ、ローリー」

「おやすみ、ジョー、おやすみ」

ジョーがこの日の午後の冒険を最初から最後まで語ると、一家はみんな、そろって訪問したがった。生け垣の向こうにあるお邸には、それぞれを惹《ひ》きつけるものがあったのだ。ミセス・マーチは、自分の父親をまだ覚えていてくれる老紳士から父親の話を聞きたかった。メグはぜひ温室を歩いてみたいと言った。ベスはグランドピアノを思い浮かべてため息をついたし、エイミーはりっぱな絵や彫刻を見たがった。

「母さん、どうしてミスター・ローレンスはローリーがピアノを弾くのを喜ばないの？」と、知りたがり屋のジョーがたずねた。

「わたしも確かなことは知らないんだけど、ミスター・ローレンスの息子さん、つまりローリーのお父さんがイタリア人の音楽家と結婚したらしいの。ミスター・ローレンスは誇り高い人だから、それでつむじを曲げてしまったのね。相手の女の人は気だてがいい美人で、教養もあったんだけど、ミスター・ローレンスはやっぱり気に入らなくて、息子さんが結婚したあとは会おうとしなかったの。ご両親はふたりともローリーが小さいうちに亡《な》くなったから、おじいさまがローリーを連れ帰っていらしたわけ。ローリーはイタリアで生まれたの。あまり丈夫でないから、おじいさまはローリーまで失ってしまうのがこわくて、とても用心なさってるのよ。ローリーはお母さんの血をひいて生まれつき音楽好きなんだけど、ローリーがピアノを弾くのを見ていると、おじいさまはローリーまで音楽家になりたがりそうな気がするんじゃないかしら。それはともかく、ローリーはピアノがうまいから、あの気に入らない女の人のことがいっそう思いだされて、ジョーが言ったみたいに『目玉をひんむく』ことになったんでしょう」

「まあ、なんてロマンティックなんでしょう！」とメグが叫ぶ。

「なんてばかな話だろう」とジョー。「ローリーが音楽家になりたいなら、ならせてやればいいじゃない。大学なんか行きたくないと言ってるんだから、無理に大学にやらなくってもさ」

「ローリーがあんなにきれいな黒い眼をして物腰もやわらかなのは、そういうわけなのね。イタリアの男の人って、みんなそう」メグは少々センチメンタルなところがある。

「眼とか物腰とか、姉さんが何を知ってるのさ？　ほとんど話したこともないじゃない」ジョーには、センチメンタルなところなどまるでなかった。

「あのパーティで見たわよ。それに今の話だと、やっぱり紳士的な男の子みたいじゃない。母さんが送った薬だなんて、うまいこと言うのね」

「それ、ブランマンジェのことだと思うな」

「もう、子供はしかたがないわね。あなたのことよ、もちろん」

「え、そうなの？」ジョーははじめて気がついたように目をぱちくりさせた。

「こんな女の子ってあるかしら！　自分がほめられたのに、それに気づかないなんて」そう言ったメグの態度は、まるですべてをご存じの若いレディのようだ。

「ばかばかしいなあ。そんなこと言いだして、楽しみをだいなしにしないでよ。ローリーはいい子だし、わたしは好きだけど、こっちをほめただの何だの、センチメンタルなたわごとはなしにしてほしいな。ローリーにはお母さんがいないんだから、みんなでやさしくしてあげようよ。ローリーもうちを訪ねてきていいよね、マーミー？」

「ええ、ジョー、あなたの小さなお友達はいつだって歓迎よ。それとメグ、覚えておいてね、子供でいられるあいだは子供でいたほうがいいの」

「わたしは自分が子供だなんて思わないわ。まだティーンにもならないけど」エイミーが意見を述べた。「あなたはどう、ベス？」

「わたし、『天路歴程ごっこ』のことを考えてたの」ベスは今までのやり取りを一言も聞いていなかった。「『絶望の沼』からひっぱり上げられて、いい人間になろうと決心することで『狭き門』を通りぬけて、急な坂をいっしょけんめいのぼっていくの。

おとなりの家にそんなにたくさんいいものがあるのなら、あの家がわたしたちの『美の宮殿』になるんじゃないかしら」

「そのまえに、ライオンたちをすり抜けなきゃね」ジョーは、なんだかそれが楽しみなように見えた。

6　ベスと美の宮殿

　隣のお邸《やしき》は、たしかに「美の宮殿」だった。もっとも、マーチ家の全員が宮殿に入れるまでにはしばらくかかったし、特にベスはライオンたちのそばをくぐりぬける勇気がなかった。最強のライオンはミスター・ローレンスだったが、そのミスター・ローレンスがマーチ家をたずねてきて、娘たち全員に冗談を言ったり親切な言葉をかけてやったりし、ミセス・マーチと昔話に花を咲かせたあとは、臆病《おくびょう》なベス以外は誰もミスター・ローレンスを怖いなどと思わなくなった。第二のライオンは、こっちが貧乏でローリーはお金持ちだという事実だった。そのせいで、自分たちにはお返しができないような好意を受け取るのがためらわれたのだ。けれども、しばらくすると分かったのだが、ローリーのほうではマーチ一家に恩を感じているのだった。たずねてゆくとミセス・マーチが母親のように歓迎してくれること、姉妹が愉快につきあってくれること、マーチ家の質素な家のいごこちがとてもいいことに、ローリーは感謝しきれない様子だった。そこで姉妹はこだわりを捨て、どっちがどっちに負い目があるなどと考えず親切にしあうようになった。

そのころには、さまざまな楽しいことが起こった。新しい友情が春の草花のように育ったからだ。みんなローリーが好きになったし、ローリーのほうでも、家庭教師のミスター・ブルックに「マーチ姉妹はみんなすばらしいお嬢さん」だと打ち明けた。姉妹は若く明るい熱意で孤独な少年をとりかこみ、たいへん大事にしたので、ローリーはこの四人の素朴な娘たちとの無邪気なつきあいにたいそう惹《ひ》かれたのだった。母親も姉妹もいないローリーは、マーチ姉妹が身のまわりにもたらした影響をすばやく感じ取り、姉妹の忙しくて活発な生活を目にするにつけて、これまでのだらけた生活が恥ずかしくなった。本よりも人間に興味を感じるようになったローリーの勉強の進み具合がたいへんよろしくないことを、ミスター・ブルックはミスター・ローレンスに報告するしかなくなった。今ではローリーは、ちょくちょく勉強をさぼってマーチ家におじゃまするようになっていたのだ。

「いいさ。今は休みだと思って、後から埋め合わせをさせることですな」と老紳士は答えた。「隣の奥さんがおっしゃるには、孫は勉強のしすぎだから、若い人たちとつきあって、楽しんで、運動をしなけりゃならんというのです。さもありなん、わたしはまるでお祖母《ばあ》さんみたいに過保護でしたから。孫がそれで幸せなようなら、何でもさせておやりなさい。隣のささやかな遊び場ではまちがいなど起きようがないし、ミセス・マーチはわれわれふたりにはとうていできないやり方で孫をいたわってくれていますよ」

たしかに、ローリーとマーチ姉妹はなんと楽しい時間を共にしたことだろう！　お芝居や活人画《タブロー》、大はしゃぎのそり乗りやスケート、古い応接間ですごす愉快な晩、ときにはお邸で陽気な小パーティ。メグは好きなときに温室を歩きまわり、花束の香りにうっとりすることができた。ジョーは新しく手に入った図書室を貪欲《どんよく》に探検し、独特の批評を開陳《かいちん》して老紳士を笑い死にさせそうになった。エイミーは絵を模写して心ゆくまで美を堪能《たんのう》したし、ローリーはまことに愛想よく主人役をつとめた。

ところがベスだけは、グランドピアノに恋いこがれているにもかかわらず、メグのいわゆる「至福の館」に足を運ぶ勇気がどうしても出なかった。いちどジョーといっしょに行ったことはあるのだが、老紳士はベスの気の小ささを知らず、太い眉毛の下からベスをぎろりと見やって「おう！」と声を張り上げたものだから、おびえきったベスは本人が母さんに話したところでは「足が床の上でガクガク」になってしまった。

そのまま逃げだし、いくらピアノに憧《あこが》れがあってもあそこにはもう決して行かないと言い張ったものだ。こうなると説得も勧誘も効かばこそだったが、いかにしてかそれを聞きつけたミスター・ローレンスは、事態の改善にとりかかった。マーチ家に短い訪問を重ねるようになったミスター・ローレンスは、ある日、話題を音楽のほうへ誘導し、過去に出会った大歌手たちや各地の立派なオルガンを聴いたときのことをおもしろい逸話つきで語りだしたものだから、ベスも遠い片隅にひっこんでいられなくなって、魔法にかけられたように少しずつ吸い寄せられていった。ミスター・ローレンスのすわっている椅子《いす》のうしろまでくるとベスは足を止め、大きな眼をもっと見開いて、世にもめずらしいお話が聞ける興奮にほほを赤く染めながら耳をかたむけた。ベスのことは蠅《はえ》がとまったほどにも気にしない様子で、ミスター・ローレンスはローリーのレッスンや音楽の先生について話しつづけた。それから、まったくその場で思いついたような口調で、ミセス・マーチにこう言った――

「孫は今は音楽を怠けておりましてな。あまり音楽に溺《おぼ》れるのもどうかと思っておったから、わたしとしても結構です。ところがそうなると、ピアノを弾くものがおらんのですな。お宅のお嬢さんたちの誰かがときどきこっちにきて弾いてくださらんでしょうか。そうすれば、調律のかわりになりますので」

一歩踏み出したベスは、両手をぎゅっと合わせていた。手を叩《たた》きたくなるほどの、抵抗しがたい誘惑だった。あのすばらしいピアノで練習できるのかと考えると、息をのむ思いがした。ミセス・マーチが答えられないでいるうちに、ミスター・ローレンスはちょっとうなずき、笑みを浮かべてこう言った――

「いつだろうと、誰にも断らずに入ってきてくだされぱよろしい。わたしは反対側の図書室にこもっておりますのでな。ローリーは外に出ていることが多いし、召使たちは朝の九時以降は応接間によりつきません」そう言うと、ミスター・ローレンスは帰ろうとするかのように立ち上がった。その瞬間、ベスは声を出す決心をした。さっきミスター・ローレンスが口にした条件が、あまりに完璧《かんぺき》だったのだ。ミスター・ローレンスは言葉を継いだ。「お嬢さんたちにそうお伝えください。誰もその気がないようなら、まあよろしい」その時、小さな手がミスター・ローレンスの手のなかにすべりこんだ。ベスは顔に感謝の色をありありと浮かべて、ベスらしく真剣な、おずおずした声で言った――

「おじいさま！　その気はあります！　とても、とても！」

「あんたが音楽好きのお嬢さんですかな？」ミスター・ローレンスは優しい眼でベスを見下ろし、今度は「おう！」などと言わなかった。

「わたし、ベスです。あのピアノの音が大好きなんです。わたし、うかがわせていただきます。だれにも聞かれないなら――だれのじゃまにもならないなら」失礼なことを言っているんじゃないかと思って、ベスは自分の大胆さに身ぶるいした。

「じゃまなもんですか。あの家は一日の半分は人がおらんから、いつでも来て、好きなだけお弾きなさい。そうしてくれればありがたい」

「ご親切に、ありがとうございます」

ミスター・ローレンスが投げかける友達のようなまなざしの下でベスは薔薇《ばら》のように赤くなったが、もう怖くはなかった。このたいへんな贈り物にどうお礼を言えばいいのか分からなかったから、感謝をこめてミスター・ローレンスの大きな手をにぎりしめた。老紳士はベスの額の前髪をそっとどけ、かがみこんでキスしたあと、めったに人に聞かせない声で言った――

「わたしにも、そんな眼をした小さな娘がおりました。元気で大きくなるんだよ。では奥さん、ごきげんよう」そして、たいそう足早に立ち去った。

ベスはこの上ない喜びを母さんとわかちあい、病気の人形たちにすばらしいニュースを伝えに駆けだしていった。ほかの姉妹はまだ帰ってきていなかったのだ。その晩、ベスはなんと明るい声で歌ったことだろう。そのうえ、夜中には夢を見ながらベッドがいっしょのエイミーの顔をピアノのつもりで弾いてたたき起こしてしまったので、みんな大笑いだった。翌日、老紳士も若紳士も邸から出たのを見すましたベスは、三度ばかり途中でひきかえしたあと、なんとか脇の入口から入りこみ、鼠のように音もたてずに応接室に向かった。そこに宝物があるのだ。これはどうした偶然か、ピアノの上には初心者むけのきれいな楽譜が置いてあった。ふるえる指を鍵盤に置こうとして何度もためらい、耳をすましてあたりを見回したあと、ベスはついにグランドピアノに手をつけた。あっという間に怖れを忘れ、われを忘れ、他のすべてを忘れていた。

そこにあるのは、大事な友達の声のようなピアノの音が呼びおこす喜びだけだった。ハンナが夕食ですよと言って迎えに来るまで、ベスはピアノの前にいた。帰ってからも食欲はなく、至福の状態でまわりにほほえみかけながら座っているばかりだった。

それからというもの、小さな茶色のフードがほとんど毎日のように生け垣をくぐりぬけてゆき、大きな応接間には人の目に見えない音楽好きの精霊がやってくるようになった。ベスは知らなかったが、ミスター・ローレンスはよく図書室の窓を開けて、ローリーが衛兵のように廊お気に入りの昔のメロディに耳をかたむけたものである。ローリーが衛兵のように廊下に立って召使を遠ざけていることも、ベスは知らなかった。練習曲集や新しい歌の楽譜をローリーがわざわざ楽譜棚に入れておいたことなど、思いもよらなかった。うちをたずねてきたローリーが音楽の話をしてくれたときも、練習の助けになることを教えてくれて親切な人だなあとしか思わなかった。そんなわけでベスは心ゆくまで楽しみ、望んでいたことだけが実現するというめずらしい体験をした。この恵みに心の底から感謝していたからこそ、ベスはさらに大きな幸せに恵まれたのかもしれない。とにかく、ベスがどちらの恵みにもふさわしかったことは確かだ。

「母さん、わたし、ミスター・ローレンスに部屋履きを縫ってあげようと思うの。ご親切のお礼をしたいんだけど、ほかのやり方を知らないから。そうしていい？」さまざまな結果を生んだミスター・ローレンスの訪問から数週間後、ベスがたずねた。

「ええ、そうなさい。とってもお喜びになるでしょうし、すごくいいお礼のしかただと思うわ。みんな手伝ってくれるでしょう。材料はわたしが買ってあげる」とミセス・マーチが答えた。ベスの望みをかなえてやることが母さんにとってとりわけ愉快だったのは、ベスがめったに自分のための頼みごとをしないからだった。

メグやジョーと真剣な議論がかさねられた結果、型紙が選ばれ、材料が買われて部屋履きづくりが始まった。生地の模様は、落ち着いていてきれいなパンジーの花の集まりをより深い紫の地にあしらったもの。みんなが贈り物にぴったりでかわいらしいと言ったので、ベスは難しいところを手伝ってもらいながら朝から晩まで作業をつづけた。器用なベスは縫い物が得意で、誰も面倒にならないうちに部屋履きはできあがった。そこで、ベスはごく短い素朴な手紙を書き、ローリーに頼んで、老紳士が起きてこないうちに図書室のテーブルの上にこっそり贈り物を置いてもらった。

興奮がすぎさったので、ベスはどうなるかと待った。その日が暮れ、二日目が半分過ぎてもなんの便りもないので、気むずかしいお友達を怒らせてしまったのではないかと心配になってきた。二日目の午後、ベスはお使いがてら病気の人形のジョアンナに毎日の運動をさせるために外に出た。帰ってくると、居間の窓から頭が三つ――いや、四つ――出たり入ったりしていた。こっちに気づいたとたん何人かが手をふり、はずんだ声が一斉に叫んだ――

「ミスター・ローレンスからお手紙だよ。さあ読んで、早く！」

「あのね、ベス！　ミスター・ローレンスが――」ふだんのおしとやかさも忘れたような身ぶりでエイミーが言いかけたが、とたんにジョーが窓をガシャンと閉めて声をさえぎってしまった。

ベスは胸をどきどきさせながら急いだ。玄関口で姉妹がベスの腕をつかみ、英雄の凱旋《がいせん》のようなかっこうで居間に連れていった。全員が指をさし、いっせいに叫んだ。

「ほら！　あれ！」そちらを見たとたん、ベスは驚きとうれしさのあまり顔色を失った。小型のキャビネット・ピアノが置いてあったのだ。みがき上げられた鍵盤のふたの上に、手紙が看板のようにのっている。「ミス・エリザベス・マーチに」と宛名《あてな》が書いてあった。*21

「わたしに？」ベスは息をのみ、気が遠くなりそうなのでジョーにしがみついた。それくらい、とほうもない出来事だったのだ。

「そう、ベス、あんたにだよ！　やるよねえ、ミスター・ローレンス！　世界一すてきなおじいさまだと思わない？　ほら、ふたを開ける鍵《かぎ》が封筒に入ってる。まだ開けてないよ。なんて書いてあるか、早く教えて」ジョーは妹を抱きしめ、手紙をさしだした。

「姉さんが読んで。わたし、むり。頭がくらくらして。ああ、なんてすてきなの！」

贈り物に動転のあまり、ベスはジョーのエプロンに顔をうずめた。

ジョーは手紙を開いたが、とたんに笑いだした。こんな書き出しだったのだ――

「ミス・マーチ、謹みて一筆啓上いたします――」

「いいなあ！　誰か、わたしにもそんな手紙くれないかしら！」エイミーは、この古風なあいさつをたいへんエレガントだと思ったようだ。

「これまでも多くの部屋履きを使ってまいりましたが、これほどぴったりのものは初めてです」ジョーが先を読んだ。「パンジーは小生の好きな花でありまして、模様を見るたびに親切な贈り主を思い出させてくれるでしょう。ぜひお返しをしたく存じます。幼くして亡《な》くなった孫娘のものだったピアノを『老紳士』がお贈りすることを、あなたならばお許しくださるでしょう。では、心からの感謝と祈りをこめまして。常にあなたの忠実なるしもべ、ジェイムズ・ローレンス」

「こりゃあ名誉だよ、誇りに思っていいよ、まったく！　ローリーが言ってたけど、ミスター・ローレンスは亡くなったお孫さんが大好きで、形見はどんなちょっとしたものでも大事に取ってあるんだって。考えてごらんよ、ピアノを贈ってくれるなんてさ！　大きな青い眼と音楽の才能は強いね、やっぱり！」ジョーが軽口をたたいたのは、ベスがふるえだし、これまでになく興奮した様子なのを落ち着かせるためだった。

「ごらんなさいよ、便利なろうそく立てが二本ついてる。ピアノ線隠しはきれいなグリーンのシルクをひだにしてあって、真ん中のかざりは金の薔薇。しゃれた楽譜台と椅子もついてる。完璧よね」メグが言ってふたを開け、美しく並んだ鍵盤を見せてやった。

「『あなたの忠実なるしもべ、ジェイムズ・ローレンス』。ねえベス、ミスター・ローレンスがそんなこと書いてくれたのよ。学校で女の子たちに言わなきゃ。ぜったいみんな、いかしてるって言うよ」エイミーは、手紙に大いに感銘を受けたようだ。

「弾いてみんさいよ。みんな聴きたかろうがねえ、このピアノちゃんの音を」そう言ったのは、うれしいにつけ悲しいにつけ一家と思いを共にしてきたハンナだ。

ベスはピアノを弾き、その場の全員が、これまで聴いたなかでいちばんいい音のピアノだと断言した。今日のために調律しなおしてあるのは明らかで、すみずみまで完璧に整えられていた。けれども、いくらピアノが完璧だとはいえ、その魅力のほどは、みんなの笑顔に囲まれて鍵盤にむかっている顔にこそあらわれているのではないだろうか。幸せそのものの表情で、ベスは黒と白の美しい鍵盤をなで、みがき上げられたペダルを踏んでいた。

「お礼を言いに行かなきゃね」とジョーが言ったが、これは冗談だった。まさかベスが本当に行くわけがないと思ったのだ。

「ええ、行く。いま行ってくる、考えてこわくならないうちに」そう答えたベスは、集まった家族がびっくり仰天したことに、しっかりした足どりで庭をつっきり、生け垣を抜けたと思うとローレンス家の玄関に立っていた。

「あんれまあ、ふしぎなこともあるもんだねえ！　ピアノのせいで頭がのぼせちまったんだよ。正気だったら、行くわけがないもの」ベスのうしろすがたを見つめながらハンナが言った。姉妹は、目の前で起こった奇跡に口もきけなくなっていた。

それからベスがどうしたか知ったら、四人はいっそうびっくりしただろう。うそみたいな話だけれども、ベスは考えるひまもなく図書室のドアをノックしていた。ぶっきらぼうな声が「どうぞ!」と答えると、ベスはまっすぐ入っていって、あっけにとられた様子のミスター・ローレンスに近づき、手を差し出して、ほとんどふるえのない声で言った。「お礼が言いたくて来たんです、あの――」ところが、先が出てこなかった。ミスター・ローレンスの表情があまりにやさしいので、何を言うはずだったか忘れてしまったのだ。この人はだいじなお孫さんを亡くしたんだ、ということだけ思い出したベスは、両腕でミスター・ローレンスの首にしがみつき、キスをした。

邸の屋根がいきなり吹きとんだとしても、ミスター・ローレンスはここまで驚きはしなかっただろう。けれども、このキスはうれしかった――そう、ものすごくうれしかった! 信頼をこめたキスに心が動き、喜びがあふれて、ふだんの不愛想さは消え去ってしまった。ベスを膝《ひざ》にのせたミスター・ローレンスは、しわだらけの頬をベスの薔薇色の頬にすりよせ、孫娘がもどってきたように思った。その瞬間からベスはミスター・ローレンスが怖くなくなり、生まれていらいの知り合いのように気がねなく話していた。愛情は怖れを追いはらい、喜びはプライドに勝るのだ。わが家に帰るベスをミスター・ローレンスはマーチ家の門まで送ってゆき、友達のように握手して、帽子にちょっと触れてあいさつしたあと、悠然と帰っていった。堂々として、背筋がしゃんとしていて、いかにもりっぱな古強者《ふるつわもの》のジェントルマンだった。

この場面を見ていた三人の姉妹のうち、ジョーはよくやったとほめるかわりにジグを踊りだした。エイミーはびっくりするあまり窓から落ちそうになった。そしてメグは、両手をさしあげてこう言ったものだ。「この世の終わりが来るんじゃないかしら！」

7　エイミーの恥辱の谷

「ローリーって、まるで一つ眼の巨人《キュクロプス》だよね」ある日、鞭《むち》をふりながら馬に乗って駆け足で通りすぎるローリーを見て、エイミーが言ったものである。

「へんなこと言わないでよ。ローリーはちゃんと眼がふたつあるじゃない？　それも、とってもきれいな眼がさ」ジョーは友達が少しでもけなされると我慢ならないのだ。

「眼のことなんて、なにも言ってないでしょ。馬に乗るのがじょうずだって言ったのに、どうして叱《しか》られなきゃならないのよ」

「あっ、そういうことか！　このおばかさん、ケンタウロスって言いたいのにキュクロプスって言っちゃったんだ」ジョーが吹きだす。

「失礼ね、ただの『ラプス・オブ・リンギー』でしょ、デイヴィス先生の言うとおり」ラテン語の知識でジョーをぎゃふんと言わせようとして、エイミーが言いかえす。[*22]

「でもわたし、ローリーが馬に使うお金の何分の一でもいいからほしいなあ」とエイミーがつけくわえたのは、ひとりごとのように見せかけて姉たちに聞いてもらいたいのである。

「どうして？」と、やさしいメグがたずねる。ジョーはエイミーがまちがいを重ねたので、さらに笑っていたのだ。

「だって、いるんだもん。いっぱい借りがあるのに、古布を売ってこづかいにできる番がくるのはずっと先だし」

「借りですって、エイミー。どういう意味？」メグは心配になったようだ。

「塩水づけのライムがもう十個以上も借りになっているのに、お金がはいるまで返せないんだもん。マーミーが、もうつけで買っちゃいけませんって言ったから*23」

「えーと、それって、今はライムがはやってるってこと？　わたしたちのころは、ゴムのきれはしをチクチクつついてボールにするのがはやってたんだけど」エイミーの様子があんまりしかつめらしいので、メグは笑いをこらえるのに苦労している。

「うん、どの子もライムを買ってる。ケチだと思われたくなかったら、そうするしかないの。いまはライムがおおはやりなのよ。授業中も机でちゅうちゅうやってるし、休み時間には、鉛筆とかビーズリングとか紙の人形と交換してる。気に入った子にはライムをまるごとあげるし、けんかしたらその子の目の前で食べちゃって、一口も吸わせてあげないの。友達どうしでおごりっこするわけ。わたし、おごられるばっかりでおごり返してなくて。借用書があるわけじゃないけど、名誉にかかわる約束だから守らないといけないの」

「借りを返すにはいくらいるの？」と聞きながら、メグは財布を取りだした。

「二十五セント《クオーター》あればおつりがくるから、姉さんにもおごってあげる。ライム、好き？」

「あんまり。わたしの分は食べちゃっていいわ。はい、どうぞ——むだづかいしないのよ、なけなしのお金なんだから」

「ありがと！　おこづかいがあるっていいなあ。これでおもいっきり食べようっと、今週は一個も食べてないから。返すあてがないのにもらうのって、どうかと思って。ほんとは、ほしくてしょうがなかったの」

　次の日、エイミーはだいぶ遅刻してしまった。けれども、しめった茶色の袋にいっぱいつまったライムを手に入れたからには、机の奥深くしまいこむまえに見せびらかしたい気持ちになるのも道理で、やっぱりその誘惑には勝てなかった。エイミー・マーチがライムを二十四個もっていて（一個は途中で食べてしまったのだ）盛大におごってくれるという噂《うわさ》はあっというまに「お仲間」に広がり、ちやほやぶりがすごいことになった。ケイティ・ブラウンはすぐさまエイミーを次のパーティに招待し、メアリー・キングズリーは休み時間まで時計を貸してあげると言い張り、エイミーのライム欠乏状態をからかった口の悪い若いレディであるジェニー・スノウはすぐさま休戦を決意、むずかしい足し算の答えをいくつか教えてあげると申し出た。けれども、エイミーはミス・スノウのしんらつな言い分を忘れていなかった。「鼻ぺちゃのくせにひとのライムをかぎつけて、プライドが高いくせにちょうだいって言うことはできる人がいるのよね」というのだ。そこでエイミーは、「スノウのやつ」に、望みを一瞬でふみにじるおそろしいメモ書きをわたしてやった。「急にていねいになってもむだ、一個もあげないから」

この日は誰かえらい人が学校を見にきていて、エイミーがじょうずに描いた地図をほめてくれた。ミス・スノウは敵がそんなおほめにあずかったことをくやしがり、ミス・マーチのほうは羽根を広げたクジャクみたいに得意になった。しかし、残念無念！　おごれる者は久しからずで、執念ぶかいスノウは大逆転の陰謀を成功させた。お客様が適当なほめ言葉を先生にかけて出てゆくが早いか、ジェニーは大事な質問のようなふりをしてデイヴィス先生に近づき、エイミー・マーチが机にライムをかくしていますと告げ口したのである。

さて、このデイヴィス先生はかねてから教室へのライムの持ち込みを厳禁し、最初にそれを破ったものは公開でむち打ちの刑に処するとおごそかに宣言していた。先生はねばり強かったから、長い苦闘の末にチューインガムを教室から追放することに成功し、没収した小説本や新聞をたき火にくべ、教室内の私設郵便局を弾圧し、生徒たちが変顔《へんがお》をすることもあだ名をつけることも漫画を描くことも禁止し……と、五十人の反抗的な少女をたったひとりでおとなしくさせるためにあらゆる手を尽くしていた。男の子なるものが手に負えないことは神さまもご存じだが、女の子はその上をいく。とくに、その子たちを教えるのがかんしゃく持ちの神経質な男の人で、ディケンズの『ドンビー父子《おやこ》』に出てくるドクター・ブリンバーなみの教え下手《べた》ときては最悪だ。博学なデイヴィス先生はギリシャ語、ラテン語、代数その他の諸科学に通じていたから、よい教師だと思われていた。ふるまい、モラル、ひとの気持ち、お手本といったものは、ちっとも大事だとされていなかった。しかも、エイミーのことを告げ口するには今がいちばん効果的なタイミングで、ジェニーもそれを心得ていた。デイヴィス先生が今朝のんだコーヒーが濃すぎたことは明らかだし、海から冷たい風が吹いているせいで先生の神経痛は悪化していたし、いっしょけんめい教えこんだのに生徒たちはあのおえら方の前でいいところを見せてくれなかった。そんなわけで、女子生徒がよく使う下品だけれどよく分かる表現を借りるなら、先生は「魔女みたいにカリカリして、熊《くま》みたいに不きげん」だったのである。「ライム」というひとことは、火薬に火をつけるようなものだった。先生は黄ばんだ顔をかっと赤くして、固めた拳《こぶし》で机をおもいきり叩《たた》いた。その勢いときたら、当のジェニーがそそくさと席に戻ったくらいである。

「みなさん、よく聞きなさい！」

ざわざわしていた教室はこの怒鳴り声でいっぺんに静まり、青、黒、灰色、茶色をとりまぜた五十人の眼が先生のおそろしい顔に神妙に注がれた。

「ミス・マーチ、教卓まで出てきなさい」

エイミーはおもてむき平然と立ち上がったが、心のなかではおびえていた。ライムのことが後ろめたかったのだ。

「机に入れたライムも持ってきなさい」この思わぬ命令を聞いて、エイミーは席から出るより先に固まってしまった。

「ぜんぶ持っていっちゃダメ」隣の子がささやいた。たいした機転である。

エイミーはすばやく袋をふって六個ばかりとりわけ、のこりをデイヴィス先生の前にならべた──人間の心がある人なら、このおいしそうな香りが鼻を直撃すれば心がやわらがずにいないだろうと願いながら。不運なことに、デイヴィス先生はこの流行の塩水づけ果物のにおいが大の苦手で、嫌いなにおいをかいだために怒りがいっそう燃え上がった。

「それだけかね?」

「その、ちがいます」エイミーは口ごもった。

「ぜんぶ持ってきなさい、いますぐ」

お仲間たちに絶望のまなざしを投げかけて、エイミーは従った。

「ほんとにもうないのかね?」

「わたし、うそはつきません」

「なるほど、そのようだな。では、そのいやらしい果物を二個ずつ取って、窓から投げ捨てなさい」

最後の望みがついえ、楽しみにしていたライムが口に入らなくなったのを知った生徒たちがいっせいにため息をついたところは、ちょっとした突風が巻き起こったようだった。恥ずかしさとくやしさで真っ赤になりながら、エイミーは屈辱の十二往復をおこなった。ああ、手のなかのライムはなんと丸く、みずみずしいことだろう! そのライムが二個ずつ、いかにも惜しげに手から離されると、女の子たちの苦悩を総仕上げするかのように通りから歓声が上がった。みんなの天敵、アイルランド系の小さな男の子たちが、ごちそうが空からふってきたのを知って大喜びしているのだ。*24 これは——これはあんまりだ。非情なデイヴィス先生にむかって全員が激怒や哀願のまなざしを放ったし、ひとりの熱烈なライム愛好家などはわっと涙にくれたものである。

エイミーが最後の往復をおえると、デイヴィス先生は「うぉっほん」と途方《とほう》もない音の咳《せき》ばらいひとつ、このうえなく厳粛な声で言った——

「みなさん、わたしが一週間前に言ったことは覚えていますね。こんなことになったのは、わたしも残念でなりません。しかし、わたしは定めたルールが破られるのを許しませんし、いったん口にしたことは必ず実行します。ミス・マーチ、両手をお出しなさい」

エイミーはぎくりとして両手をうしろに隠した。エイミーのすがるような眼には、口から出てこなくなった言葉よりもはるかに強い訴えがこもっていた。デイヴィス先生は、言うまでもなく生徒たちから「デイヴィスじいさん」と呼ばれていたのだが、エイミーは実のところ「じいさん」のお気に入りだった。筆者《わたし》がひそかに思うには、デイヴィス先生も実は自分の言葉にそむきそうになっていたのではないだろうか。ところが、教室にいたひとりの感じやすいレディが腹立ちのあまり、歯のあいだからシュッという音をもらしてしまった。かすかな音ではあったけれども、気分がささくれだっていた先生はカッとなり、囚人の運命も決まってしまった。

「手を出しなさい、ミス・マーチ！」エイミーの無言の訴えはすげなく却下された。泣きだしたり哀願したりするにはプライドが高すぎたエイミーは、歯を食いしばり、頭を反抗的につんとそらして、ちっともびくついたりせず、小さなてのひらに加えられたむちの衝撃に耐えた。回数が多いわけでも、とりわけ強く打たれたわけでもなかったが、エイミーにとっては同じことだった。生まれて初めて体罰を受けたエイミーに言わせれば、先生に殴りたおされたのと同じくらい屈辱は深かったのだ。

「休み時間まで教壇に立っていなさい」とデイヴィス先生が言った。手をつけてしまった以上、とことんやるつもりなのだ。

おそろしい体験だった。席にもどって友達からあわれみの顔を向けられたり、何人かの敵からしてやったりという眼で見られるのさえたまらないのに、はずかしめの痕《あと》も生々しいまま教室全体と向き合うだなんて。一瞬エイミーは、自分に残された道はこの場にくずおれて胸も裂けよとばかりに泣くことだけかもと思った。けれども、こんな理不尽があっていいものかという怒り、それにジェニー・スノウに対する意地がエイミーの支えとなった。屈辱の座についたエイミーは、今では波のような連なりにしか見えなくなった級友たちの顔には目をやらず、その上を通っているストーブの煙突をじっとにらんでいた。顔をまっさおにして身動きもしないエイミーの姿があまりにあわれで、女の子たちはとうてい勉強どころではなかった。

それからの十五分間、プライドが高くて感じやすいエイミーは、決して忘れようのない恥辱と苦痛をあじわった。他人にはお笑いぐさの小事件だったかもしれないが、エイミーにとっては衝撃的な経験だった。生まれてからの十二年間、エイミーを律してきたのは両親の愛情だけで、あんな打撃をわが身に加えられたことは一度たりともなかったのだ。じんじんしびれる手、ずきずき痛む胸を忘れさせるのは、心のなかのこんな思いだけだった——

「うちへ帰ったら、なにがあったか話さなくちゃならない。そうしたらみんな、わたしにがっかりするだろう！」

十五分が一時間にも思われた。けれども、ついに終わりの時はやってきた。「休み時間！」という言葉がこれほどうれしかったのは初めてだ。

「行ってよろしい、ミス・マーチ」と言ったデイヴィス先生が気まずそうな顔だったのは、心のなかがそのまま表れたのだ。

エイミーが立ち去りぎわに向けてきた恨みの眼を、デイヴィス先生はしばらく忘れられなかった。エイミーは誰にも何も言わないでかばん置き場へ直行し、手回り品をひっつかむと、学校を「永遠に」後にした——少なくともエイミーは、自分に向かってはげしくそう誓ったのだ。けれども、家に帰りついたときのエイミーはどん底まで落ちこんでいた。しばらくたって帰ってきたメグやジョーがそれに気づくと、即座に怒りの集会が開かれた。ミセス・マーチはあまり言葉を発しなかったが内心おだやかでない様子で、傷ついた末娘をこの上なくやさしくいたわった。メグははずかしめを受けた手にグリセリン軟膏と涙をたっぷりそそいだ。ベスは、自分がかわいがってい る猫でさえこんな悲しみをいやす役には立たないだろうと思った。ジョーは怒り心頭に発してデイヴィス先生の即時逮捕を主張し、ハンナは「その悪党」に向かって拳をふりまわしたあと、デイヴィス先生をすりこぎでつぶしてしまおうとするかのように夕食用のポテトをぶっ叩いた。

エイミーが姿を消したことに気づいたのは親しい友達だけだったが、観察力の鋭いお嬢さんがたは、午後のデイヴィス先生がひどくやさしいばかりか、いつになく心配げなことを見てとっていた。終業の直前には、いかめしい表情をしたジョーが先生の机につかつかと歩み寄り、ミセス・マーチからの手紙を渡すと、エイミーの持ち物をまとめて立ち去った。ジョーがブーツの泥をドアマットで念入りに落とした様子は、この学校で足についた汚れを払い落とすかのようだった。*25

「学校はしばらく休んでいいけれど、ベスといっしょに毎日すこしずつ勉強するのよ」その晩、ミセス・マーチが言った。「体罰がいいとは思えないし、女の子には絶対だめ。だからデイヴィス先生の教えかたは気に入らないけど、あなたの友達づきあいだっていい影響になってるとは思えないの。お父さまのアドバイスを聞いてから、あなたを別の学校に入れることにするわ」

「よかった！　あんな学校、みんなでやめてつぶしちゃえばいいのに。あんなにすてきなライムがむだになっちゃったと考えると、気が狂いそう」ため息をついたエイミーの態度は、まるで殉教者だ。

「わたし、あなたがライムを取り上げられたことは気にしてないの。ルールを破ったわけだから、不服従の罰を受けたのは当然でしょ」ミセス・マーチの厳しい答えは若いレディをいささか失望させた。エイミーはすべてに共感してもらえるつもりでいたのだ。

「母さん、わたしが教室全体の前ではずかしめられたことがうれしいの？」とエイミーは声を上げた。

「わたしなら、むちを使ってあやまちを正すようなことはしなかったでしょうね。でも、あなたはいちど痛い目にあえてよかったんじゃないかしら。このごろのあなたはずいぶん思い上がった気取り屋さんになっていたから、そろそろ直そうとしなきゃならなかったのよ。あなたにはちょっとした才能もいいところもたくさんあるけど、それを見せびらかす必要はありません。うぬぼれは、どんな天才もだめにしてしまうの。ほんものの才能のある人、心の底から善良な人は、いずれみんなに知られるでしょう。たとえ世に認められなくとも、自分は持てる才能をいかしているんだと思えば満足できるはず。謙虚さあってこその力なのよ」

「そうですとも」と、片隅でジョーとチェスをやっていたローリーが叫んだ。「僕の知り合いで、すばらしい音楽の才能を持っているのにそれに気づいてない女の子がいたんです。ひとりでいるときに自分がどんなに愛らしい曲をつくっているかぜんぜんわかってなくて、他人からそのことを聞かされてもちっとも信じなそうな、そういう子でしたね」

「それ、いい人ね。わたしもその人と知り合いになりたかったなあ。いろいろ教われればいいのに。わたし、ほんとにばかなんだもの」ローリーのそばに立って熱心に聞いていたベスが言った。

「きみもその人を知ってるよ。誰よりもよく、きみを助けてくれてる人だよ」ローリーが陽気な黒い瞳《ひとみ》にいたずらっぽい表情をうかべて答えた。ベスもやっと気づいたらしく、とつぜん真っ赤になると、恥ずかしくてしかたのない様子でソファのクッションに顔をうずめた。

ベスをほめてくれたお礼として、ジョーはローリーに勝たせてやった。ところがベスは、ローリーに絶賛されたあとはいくら頼んでもピアノを弾こうとしなかった。そこで、とりわけ上きげんだったローリーが代役に立ち、なかなか聞かせる歌まで歌った。マーチ一家といっしょにいるときは、ローリーも気分の沈んだところを見せなかったのだ。ローリーが帰ると、さっきからずっと考えこんでいたエイミーが、急に何か思いついたように口を切った――

「ローリーって、才能のある男の子？」

「そうね。すばらしい教育を受けているし、能力もあるわ。いずれりっぱな紳士になるでしょう、あまやかされすぎなければね」と母親が答えた。

「ローリーはうぬぼれてないよね？」

「ええ、ちっとも。それだからローリーはあんなにチャーミングで、わたしたちみんなが好きになれるのよ」

「わかった。才能があるのはいいことだし、エレガントでいるのもすてき。でも、みせびらかしたりうぬぼれたりしたらだめってことよね」エイミーは感じるところがあったようだ。

「才能もエレガントさも、謙虚にしていれば態度やものの言い方に自然と表れるものですよ。でも、見せびらかすことはないわね」とミセス・マーチが言った。

「いくら人に見てほしいからって、持っているボンネットやガウンやリボンをいっぺんに全部つけたら変だもんね」とジョーがつけくわえ、みんなが笑って反省会はおしまいになった。

8　ジョー、破壊王アポリオンに出会う[*26]

「あれっ、どこに行くの?」ある土曜日の午後、部屋に入ってきたエイミーが聞いた。メグとジョーがお出かけの用意をしているが、どこか秘密めいた雰囲気があったせいで好奇心をそそられたのだ。

「どこでもいいでしょ。小さい子の知ったことじゃないよ」ジョーがぴしゃりと言った。

小さい子にとって、これほど屈辱的なせりふはない。「はいはい、あっちに行って」などとじゃま者あつかいされるにいたってはなおさらだ。この侮辱にカチンときたエイミーは、たとえ一時間かかっても秘密を聞き出してやろうと決心した。メグならそう長いこと抵抗できないのが分かっているので、エイミーはあまったれるように言った。「教えてよう! いっしょに連れてってくれなきゃ、いや。ベスはピアノにかかりっきりだし、わたし、することがなくてさびしいんだもん」

「だめよ、あなたは入ってないもの」とメグは言いかけたが、ジョーがしびれを切らしたようにさえぎった。「だめだよメグ、相手しちゃ。ぶちこわしになっちゃう。エイミー、あんたは勘定にはいってないの。わかる？　わかったら、ぐずぐず言わないで」

「あっ、ローリーとどこかに行くのね。ゆうべソファでひそひそ言いあって笑ってたでしょ。わたしが入っていくと、急に話をやめたよね。姉さんたち、ローリーとお出かけするんでしょ？」

「そうだよ。いいから黙って、じゃましないで」

エイミーは口こそつぐんだものの、目を働かせた。メグがポケットにそっと扇を入れている。

「わかった！　わたし、わかったんだから！　劇場に『七つの城』を見にいくんでしょ！」エイミーはそう叫ぶと、断固たる口調でつけくわえた。「わたしも行くから。母さんが行っていいって言ったもん。今週はおこづかいだってあるし。黙ってこっそりなんて、ひどい」

「そう怒らずに聞いてよ、いい子だから」メグがなだめようとする。「母さんも、あなたには今週行ってほしくないって言ってたわ。だって、眼の疲れが治りきっていないんだから、このおとぎ物語の派手な照明はつらいでしょ。[*27] 来週になったらベスやハンナといっしょに行って、ゆっくり楽しめばいいじゃない」

「姉さんたちやローリーといっしょに行くんでなきゃ、半分も楽しくないわ。ねえ、行っていいでしょ。風邪ひいてからずっと家に閉じこもりっぱなしで、何か面白いことがないと気が狂いそう。お願い、メグ！ お行儀よくしてるから」できるかぎりあわれっぽい態度で、エイミーは頼みこんだ。

「連れていってもいいんじゃない。しっかり着こませておけば、母さんも反対はしないだろうし」とメグが言いかけた。

「エイミーが行くんなら、わたし行かない。わたしが行かなけりゃ、ローリーだって楽しくないよ。だいたい、ローリーが招待してくれたのはわたしたち二人だけなのに、勝手にエイミーまで連れていくなんて失礼じゃない。エイミーだって、呼ばれてないところに押しかけるなんていやでしょ」ジョーが不きげんな声を出す。自分がお芝居を楽しみたいのに、落ちつきのない子供のお守《も》りなんてまっぴらなのだ。

ところが、エイミーはジョーの口調と態度に腹を立てた。そこでブーツを履きはじめ、このうえなく挑発的な口調で言った。「わたし行くからね。メグがいいって言ったもん。切符は自分のおこづかいで買うから、ローリーは関係ないでしょ」

「わたしたちの席は予約してあるから、あんたはいっしょに座れないよ。女の子だから、ひとりで座るわけにもいかない。そしたらローリーは席をゆずるって言うだろうから、わたしたちの楽しみがおじゃんだよ。ローリーが隣の席を買ってあげようとするかもしれないけど、あんたは呼ばれてないんだから、それはおかしいよね。ごちゃごちゃ言わないで、うちでおとなしくしてりゃいいの」急いで身じたくするあいだにピンで指をつついてしまって、いっそう不きげんになったジョーは頭ごなしに叱《しか》りつけた。

片方だけブーツを履いたまま床にすわりこんで泣きだしたエイミーを、メグが落ち着かせようとしはじめた。そこにローリーが下から呼んだので、メグとジョーは泣きじゃくるエイミーを残して階段をかけおりた。いつもはあんなに大人っぽくしたがるのに、ときどきだだっ子みたいになってしょうがないねというわけだ。三人が出かけるまぎわ、二階の手すりから身をのりだしたエイミーが脅《おど》かすような声を出した。

「後悔させてやるからね、ジョー・マーチ！　ぜったいに」

「なに言ってんの！」とジョーはやりかえし、ドアをバタンと閉めた。

『ダイヤモンド・レイクの七つの城』はこれ以上ないくらい見せ場たっぷりのお芝居

だったので、三人は心ゆくまで楽しい時をすごした。けれども、おどけた赤い小鬼や愉快な妖精《ようせい》やきらびやかな王子さま王女さまを楽しみながらも、ジョーは心がざわつくのを抑えきれなかった。妖精の女王の黄色い巻毛はエイミーを思い出させたし、幕《まく》間《あい》にはエイミーがどんなふうに自分を「後悔させる」つもりか気になってしかたなかった。ジョーとエイミーはどちらも気が短くて、はらわたが煮えくりかえると手がつけられなくなるほうだったから、これまでにも何度か派手なけんかをやらかしていた。エイミーがジョーにちょっかいを出し、ジョーがエイミーにくやしい思いをさせると、お決まりのように爆発が起こるのだが、後になるとふたりとも大いに恥じ入るのだった。ジョーは年上なのにエイミーより自制がきかず、またぞろ厄介なことになるとわかっていても燃え上がる気性をおさえこめなかった。もっとも、ジョーの怒りは長くつづかず、しゅんとなって自分の悪いところを認めたあとは心から反省し、もっとよい人間になろうと努力しはじめるのだった。姉妹たちは、ジョーはかんしゃくを起こしたあと天使になるから、かんしゃくを起こしてくれたほうがいいなどと言ったものだ。かわいそうに、ジョーは必死でいい人間になろうとしていたけれども、胸の中にいる敵がいつでも火をつけてジョーを負かしてしまうのだ。この内なる敵を屈服させるには、長い年月のたゆみない努力が必要だった。

劇場から帰ってみると、エイミーは居間で本を読んでいた。三人に気づいたエイミーは、いかにも傷ついているように本から眼を上げず、お芝居はどうだったとも聞かなかった。ひょっとすると、エイミーも好奇心に負けてうらみを忘れそうだったのかもしれないが、居合わせたベスが先に同じことをたずね、熱心な解説をひとりじめしてしまった。よそゆきの帽子を片づけるために二階に上がるまぎわ、ジョーはまず衣装だんすに眼をやった。最後のけんかでは、エイミーは腹立ちまぎれにいちばん上にあるジョーの引き出しをひっくり返して中身を床にぶちまけていたからである。だが、異常は何もなかった。棚や袋や箱をひととおり見たジョーは、エイミーもこっちのやり過ぎを許して忘れてくれたのだろうと判断した。

だが、それはまちがっていた。次の日、ジョーは大嵐《おおあらし》を呼ぶような発見をしたのである。午後おそくになってメグとベスとエイミーが一緒にすわっていると、とりみだしたジョーが駆けこんできて、息もつげない様子で言った。「誰か、わたしの物語を集めた本を持っていった？」

メグとベスは驚いたらしく、即座に「いいえ」と言った。エイミーは暖炉の火を棒でつつき、なにも言わなかった。その顔が赤くなるのを見て取ったジョーは、即座に詰めよった。

「エイミー、あんたが持ってるんだね？」

「持ってない」

「じゃあ、どこかに隠したんだ！」

「そんなことしないわよ」

「嘘《うそ》だ！」と叫んでジョーはエイミーの両肩をつかんだ。その顔のすさまじさといったら、エイミーより気の強い子でもおびえそうなほどだ。

「嘘じゃないもん。わたし持ってないし、どこにあるか知らないし、知りたくもない」

「何か知ってるんでしょ。今すぐ言いなさい。でないと、無理にでも言わせるよ」ジョーはエイミーを少しゆさぶった。

「いくらガミガミ言っても、あのバカな本は出てこないからね」こんどはエイミーが激してきたようだ。

「どうして？」

「わたしが燃やしたから」

「何ですって！　わたしが大事にして、ずっと手を入れつづけて、父さんが帰ってくるまえに仕上げるつもりだったあの本を？　ほんとうに燃やしたの？」ジョーの顔はさっと青ざめ、眼がぎらりと光り、両手がエイミーの肩をぎゅっとつかんだ。

「そう、燃やしたわよ！　きのう言ったでしょ、あんな意地悪されたお返しはかならずするって。だから、約束どおり――」

エイミーはそれ以上言えなかった。ジョーが怒りに負け、歯の根が合わなくなるほどエイミーをゆさぶって、悲しみと怒りをぶちまけたのだ――

「このろくでなし！　あの本はもう、二度と書けないんだ。死ぬまで許さないからね」

メグがエイミーを救い出そうと、ベスはジョーを落ち着かせようと駆けよったが、ジョーは完全に度を失っていた。最後に妹の頬をひっぱたくと、屋根裏に駆けあがって古いソファに身を投げ、相手のいなくなった戦いを終えた。

一階の嵐はしずまっていた。帰ってきて話を聞いたミセス・マーチが説いて聞かせると、やがてエイミーも自分がどんなに良くないことをしたのか分かったようだった。ジョーの物語集はジョーにとっては心からの誇り、家族にとってはたいへん有望な文学的才能の芽ばえだった。ささやかなおとぎ話を六篇あつめたものにすぎなくとも、ジョーは根気よく書き直しをつづけていた。出版してもらえるレベルまで持ってゆくつもりで、この本に全霊をささげていたのだ。そしてついこのあいだ、たいそう念入りに清書し、古い原稿は処分してしまっていたから、エイミーの焚書《ふんしょ》は数年間の心づくしを一挙に葬《ほうむ》ってしまったわけである。他人から見れば大した損失ではないかもしれないが、ジョーにとってはおそるべき凶事《まがごと》であって、それをつぐなう方法などないように思われた。*28 ベスは子猫がいなくなったように悲しんだし、メグさえひいきの妹をかばおうとしなかった。ミセス・マーチもひどく深刻な様子だったので、ついにエイミーも、やったことの許しを乞《こ》わないうちは誰も自分を愛してくれないだろうと感じるようになった。それにエイミーは、今では自分の行ないをほかの誰よりも後悔していたのである。

ティーの時間を知らせるベルが鳴るとジョーも下りてきたが、あまりに厳しくて思いつめた表情なので、エイミーは全力をふりしぼっておずおずと言うほかなかった――

「お願い、許して、ジョー。ほんとに、ほんとにごめんなさい」

「ぜったい許さない」とジョーは断言した。それからは、エイミーが何を話しかけても答えなかった。

目下《もっか》の大問題について口を開くものはいなかった――ミセス・マーチさえ。というのも、ジョーがこんなふうになったときには何を言っても無駄だと全員が知っていたからだ。いちばんかしこいやり方は、何かちょっとした出来事がきっかけになるか、根は寛大なジョー自身の性格があらわれるかして、ジョーの怒りがやわらぎ傷がいえるまで待つことだ。この晩の一家は幸せでなかった。姉妹はいつもどおり裁縫をし、そのあいだ母さんはブレーメルやスコットやマライア・エッジワースの小説を朗読してくれたけれども、やっぱり何かが足りず、家庭らしいおだやかさがかき乱されていた。そのことがいちばん痛切に感じられたのは、合唱の時間だった。ベスは伴奏だけでせいいっぱい、ジョーは石像のように突っ立っているだけ、エイミーはおびえて声が出なくなってしまったので、メグと母さんがふたりきりで歌った。けれども、ふたりがいくらヒバリのように陽気に歌おうとしても、二本のフルートのようなふたりの声はいつものようには音が合わず、調子がはずれて聞こえた。

ジョーにおやすみのキスをしてやりながら、ミセス・マーチはやさしくささやいた

――

「ねえジョー、怒ったままで一日を終えてはだめ。エイミーとおたがいに許しあって、助け合って、明日《あした》はまたいっしょに始めましょう」

ジョーとしても、母さんの胸に顔をうずめて泣き、悲しみと怒りをなくしてしまいたかった。けれども涙は男らしくない弱さの表れだし、傷はあまりに深くて、まだ完

全には許せそうになかった。それでジョーは眼をしばたたかせ、首をふると、エイミーが聞き耳を立てているのは分かっていたから不愛想《ぶあいそう》にこう言った――

「あれは最悪の行ないだよ。許していい理由なんかない」

それだけ言ってジョーがずかずかと寝室に向かったあとのその晩は、楽しいお話も秘密のうちあけ話もまるでなかった。

エイミーは、仲なおりの申し出がすげなく断られたことにたいへん腹を立てていた。こんなことなら下手《したで》に出なければよかったと思うと、いっそう傷ついた気分になってきて、自分のほうが正しい人間なんだと自己満足にふけりだした様子は見るにたえなかった。次の日もジョーは雷雲のような様子をしていて、一日じゅう何もうまく行かなかった。朝は身を切るように寒かったのに、ジョーは大事なパイをみぞに落としてしまった。マーチ伯母さんはつっけんどんだったし、メグはくよくよ考えこんでいたし、ジョーが帰ってきてもベスは悲しくてたまらない様子をやめようとしなかった。エイミーにいたっては「口ではいい人間になりたいなんて言ってるけど、まわりがお手本を見せてやってもちっとも実行しない人っているよね」などとくりかえすしまつだ。

「だれもかれも、いやになる。そうだ、ローリーをさそってスケートに行ってこよう。

ローリーならいつでも親切で明るいから、きっとふだんのわたしを取り戻させてくれるよ」心の中でそう言って、さっそくジョーは出かけた。

スケート用のブレードがぶつかりあう音を聞きつけたエイミーは、窓の外に目をやりながらぷりぷりして叫んだ――

「ほらね！　ジョーってば、次はわたしを行かせてくれるって言ってたんだよ。氷が硬いのは今が最後だからって。でも、あんなへそまがりに連れていってくれって頼んでもむだよね」

「そういうことを言わないの。あなたはひどいことをしたんだし、せっかくの本をあんなにされたのを許すのはたいへんなのよ。でも、そうね、今ならうまく行くかも、ちょうどいいタイミングでやれば」と言ったのはメグだ。「ジョーとローリーについていらっしゃい。しばらくは何も言わずに待って、ジョーがローリーとうちとけてきたら、静かな時をみはからって、ジョーにキスするとか何か親切なことをするとかなさい。そうしたら、また心から友達になってもらえるわ」

「やってみる」とエイミーが言ったのは、このアドバイスが気に入ったからだった。大いそぎで身じたくをすると、エイミーはふたりのあとを追った。ジョーとローリーは丘を越えようとしている。

河までは遠くなかったけれども、エイミーが追いついたころにはふたりとも用意をすませていた。ジョーはエイミーが来るのを見てそっぽを向いた。ローリーが気づかなかったのは、岸にそって注意ぶかくすべって氷の厚さをためしていたからだ。今日はいきなり寒くなったが、その前はしばらく暖かだったのである。

「そこのカーブまで行って、氷がだいじょうぶか見てくる。それから競走だ」という声が聞こえたかと思うと、ローリーは勢いよくすべっていった。毛皮でふちどった上衣《うわぎ》と帽子がロシア人の少年のようだ。

走ってきたエイミーが息をきらし、ブレードを靴にとりつけるために足を踏みならしたり手に息をふきかけて温めたりしているのがジョーにも聞こえた。が、ジョーは一度もふりかえらず、ゆっくりジグザグに川面《かわも》をすべりだした。妹が苦労している物音を聞いて、意地悪で不幸《ふしあわ》せな満足感をおぼえた。怒りを心のなかで育て、すっかり支配されるようになっていたせいだ。よくない考えや気持ちというものは、すぐさま捨ててしまわないとかならず悪化する。カーブの向こうからローリーが叫んだ――

「岸から離れちゃいけないよ。真ん中は危ない」

ジョーにはその声が聞こえたが、ちょうど立ち上がろうとしていたエイミーにはまったく聞こえなかった。ジョーが肩ごしに目をやったとたん、心の中に飼っていた小さな悪魔がささやいた――

「あいつが聞いたか聞かなかったかなんて、どうでもいいじゃないか。自己責任だよ」

ローリーはカーブのむこうに姿を消していた。ジョーはカーブにさしかかっており、エイミーははるかに遅れて、氷がなめらかな河の真ん中に出ようとしていた。一瞬、ジョーは心に気味の悪いものを感じて立ち止まった。そのまま進む決心をしたが、なにかがジョーをつかまえて振りむかせた。ちょうどその瞬間、エイミーが両手を高く上げて沈みだした。ゆるんでいた氷が急にくずれる音、はね散る水の音、そして心臓を止まらせるようなおそろしい悲鳴。ジョーはローリーを呼ぼうとしたが、声が出なかった。助けに行こうと思っても、脚に力が入らなかった。一秒ほどのあいだ、ジョーはひたすら立ちつくしたまま、恐怖に凍りついた表情で、黒い水の上の小さな青いフードを見ていることしかできなかった。何かがそばをすりぬけたと思うと、ローリーの叫び声が聞こえた――

「棒を持ってきて。早く、早く!」

自分がどうやったのか、ジョーには最後までわからなかった。けれども、それからの数分間というもの、ジョーは何かに憑《つ》かれたように働いた。冷静なローリーの言うことに、何も考えず従った。ローリーは氷の上に横になって自分の腕とホッケーのスティックでエイミーをささえ、ジョーが近くの柵《さく》から横木をひき抜いてくると、ふたりしてエイミーを救い出した。エイミーにけがはなく、ただおびえていた。

「よし、早く家に連れていこう。服をいっぱいかぶせてやって。僕はブレードを外すから。くそっ、うまくいかない」ローリーは自分のコートでエイミーを包み、ブレードを靴に固定しているストラップをほどこうとしているが、こんなときにかぎってひどく固いのだ。

がたがた震え、水をしたたらせながら泣きじゃくるエイミーをふたりは家にはこんだ。大さわぎのあとでエイミーは毛布にくるまれ、暖炉の火のまえでねむりこんだ。騒動のあいだジョーはほとんど口をきかず、青ざめたものすごい顔で飛びまわっていた。コートをぬぎすて、服は裂け、氷と柵の棒とブレードのがんこな金具のせいで両手は切り傷とみみずばれだらけ。エイミーがすやすやとねむり、家のなかが静かになると、ベッドのそばにすわっていたミセス・マーチがジョーを呼びよせ、傷ついた手に包帯を巻きはじめた。

「エイミー、ほんとにだいじょうぶ?」とジョーはささやき、後悔にみちた眼でエイミーの金髪の頭を見やった。あのあぶない氷に呑《の》まれ、流されて帰ってこなかったかもしれない頭を。

「ええ、もうだいじょうぶ。けがはないし、風邪さえひかないんじゃないかしら。服でくるんですぐに連れ帰ったのがよかったのよ」母さんは明るい声で答えた。

「ローリーがぜんぶやってくれたの。わたしはエイミーをほうっておいただけ。母さん、エイミーが死ぬようなことがあったら、わたしのせいだよ」そう言ってジョーはベッドのそばに座りこみ、とめどなく後悔の涙を流しながらすべてを話した。自分の心のかたくなさをはげしく責め、重い罰をまぬかれたことを感謝にむせびながら語った。

「わたしの恐ろしいかんしゃくのせい！　いつも直そうとするんだけど、直ったと思ったとたんに前よりひどいのがはじまっちゃう。ああ、母さん！　わたし、どうしたらいいの？　どうしたら？」かわいそうに、ジョーの声は絶望の叫びになっていた。

「自分でも気をつけながら、神さまにお祈りなさい。あきらめてはだめ。欠点が直せないなんて、絶対に考えてはだめよ」ミセス・マーチは泣いたせいで赤くなったジョーの顔を肩に引きよせ、涙にぬれた頬にやさしくキスした。すると、ジョーはいっそうはげしく泣きだした。

「母さんは知らないんだよ。わたしがどんなにひどい人間か、母さんにはぜったい分からないよ！　かっとなったら、何でもやってしまいそうなんだもの。すごく残酷な気分になって、ひとを傷つけるのも平気だし、かえってそれが楽しいくらい。そのうちぜったい恐ろしいことをしでかして人生を棒にふって、みんなに憎まれて暮らさなきゃならないんだ。ああ、母さん！　助けて！　わたしを助けて！」

「助けてあげますよ。助けてあげますとも。そんなに泣くのはよして、今日のことを覚えておきなさい。魂の底から、こんな日を二度と迎えないように決心するの。いいこと、ジョー、わたしたちはみんな誘惑を経験するし、そのなかにはあなたのよりよほど大きな誘惑もあるの。そんな誘惑をきっぱり退けるには、一生かかってもおかしくないのよ。あなたは、自分の怒りっぽさが世界で最悪だと思ってるのよね。でも、わたしだって同じくらいひどかったの」

「えっ、母さんが？　だって、ぜったいに怒らないじゃない！」ジョーは一瞬、驚きのあまり後悔も忘れていた。

「わたしはね、怒りっぽさを直そうと四十年のあいだがんばって、やっと少しおさえられるようになってきただけ。わたし、ほとんど毎日怒ってばかりなのよ、ジョー。でも、それを表に出さない方法は覚えたの。そのうち怒りを感じないようになりたいと思ってるけど、それにはまた四十年かかるかも」

大好きな母さんの顔にうかぶ穏やかで謙虚な表情は、ジョーにとって、どんな賢者の説教よりも、どんなきびしい叱責《しっせき》よりも効き目のある教えだった。この人はわたしに共感と信頼を寄せてくれているんだと思うと、すっと心が楽になった。母さんも自分と同じ欠点があってそれを直そうと努力しているんだと知ったことで、自分の欠点という重荷が軽くなり、それを直そうという決心が強まった。十五歳の少女には、四十年ものあいだ自分で気をつけながら神さまに祈りつづけるというのはずいぶん長く思えたけれども。

「母さん、ときどき唇をぎゅっと閉じて部屋から出ていっちゃうことあるよね。マーチ伯母さんががみがみ言ったり、ほかの人にしつこく困らされたとき。ああいうときは怒ってるの？」そうたずねたジョーは、母さんがいっそう近く、親しくなったような気分だった。

「そうよ。口からうっかり飛びだしそうになる言葉をおさえる方法が分かってきたの。それでもおさえきれないと思ったら、しばらくその場をはなれて、そんなに弱くて曲がった人間でいいのかって自分にちょっと活《かつ》を入れるわけ」ミセス・マーチはため息をついてほほえみながら、ジョーの乱れた髪をなでつけ、まとめてやった。

「母さんは、どうやって何かしないでいる方法をおぼえたの？　わたし、その方法がわからなくて困ってるんだよ——知らないうちにひどい言葉が口から飛びだしちゃうし、言えば言うほど心が荒れて、ひとを傷つけたりどぎついことを言ったりするのが楽しくなってくるし。ね、教えて、マーミーはどうやってるのか」

「母さんの母さんがいい人で、助けてくれたから——」

「母さんが私を助けてくれてるみたいに——」と口をはさんで、ジョーは感謝のキスをした。

「でもわたしの母さんは、わたしが今のあなたよりちょっとだけ大きくなったころに亡《な》くなってしまったの。それで、わたしはずっとひとりでもがきつづけるしかなかった。プライドが高いせいで、自分の弱さをひとに打ち明けられなかったしね。わたし、すごくつらかったのよ、ジョー。自分はなんてだめなんだと思ってくやし涙を流したこと、何度もあるわ。いくら努力しても、ちっとも前に進めないように思えたもの。そこへ、父さんがあらわれたの。よい人間になるというのはこんなに楽なのかとわかって、すごくうれしかった。でも、時間がたって、四人の小さな娘をかかえて貧乏するようになると、昔の病気がまた始まったわけ。わたし、根っから辛抱づよいほうじゃないし、子供たちに与えられないものがあるとむしゃくしゃしてしょうがなかったもの」

「母さん、かわいそう！　そんなとき、何が助けになったの？」

「父さんよ、ジョー。父さんはね、けっして忍耐を失わない人――疑ったり不平を言ったりしない人なの。いつでも希望に満ちて働いて、すごくほがらかに待ちつづけているから、父さんのまえでは、そうできない自分が自然に恥ずかしくなるのよね。父さんは私を助け、なぐさめて、娘たちにいい人間になってもらいたいなら自分がお手本になって正しいことをしなければならないと教えてくれた。自分のためじゃなく、あなたたちのためだと思えばずっと楽だったわ。きついことを言ってしまったときに、あなたたちがおびえたり驚いたりした顔になると、ひとから何か言われるよりはるかに反省させられた。あなたたちがこういう人になりたいなあって思える女の人になろうとわたしは努力しているんだけど、それがいちばん報われるのは、子供たちから愛と尊敬と信頼を寄せられるときよ」

「ああ、母さん！　わたし、母さんの半分でもいい人間になれたら、それで満足」心を動かされて、ジョーが叫んだ。

「あなたには、わたしよりずっといい人間になってほしいと思ってるのよ。でも、父さんがよく言う『胸のなかの敵』には気をつけなきゃね。そうでないと、人生だいなしとはいかないまでも、悲しい人生になってしまうもの。きょう、あなたはその危険に気づいたわけ。それを忘れないで、怒りっぽさに打ち勝つことに心と魂のすべてをささげるの。今日よりずっと大きな悲しみと後悔を味わうまえにね」

「がんばるよ、母さん。ほんとにがんばる。でも、母さんに助けてもらわないとだめ。いつでもわたしに思い出させて、爆発しないようにさせてほしいの。うちにいたころの父さんは、唇に指をあてて、とっても優しくて真剣な顔で母さんを見ることがよくあったよね。すると母さんは唇をぎゅっと閉じるか、その場から出て行くかするんだ。あれは父さんが、母さんに思い出させてたの?」ジョーはしみじみとたずねた。

「ええ。そうやって助けてねって、わたし父さんにお願いしたの。父さんはけっして忘れなかった。いつだって、あの小さなジェスチャーと優しい眼で、わたしがきつい言葉を吐かないようにしてくれたの」

そう言いながら、母さんが目に涙をうかべ、唇をふるわせていることにジョーは気づいた。ひょっとすると言いすぎたかもと思ったジョーは、心配そうな声でささやいた。「母さんのことを見て、さっきみたいに言ったのはよくなかった? 生意気なこと言うつもりはなかったんだよ。ただ、思ったことを何でも母さんに言えるのがここちよくって。それに、こうして母さんに守られて幸せでいられるのも」

「ジョー、母さんには何でも言ってちょうだい。娘たちがわたしを信頼してくれて、わたしも娘たちを心から愛していることを分かってもらえるのがわたしのいちばんの幸せ、わたしの誇りなんだもの」

「悲しい気分にさせてしまったかなと思って」

「そんなことないわ。ただ、父さんのことを話していると、父さんがいなくて自分がどれだけさびしいか、自分がふだん父さんにどれほど頼りきりか、でも今は小さな娘たちをよき人に守り育てるためにどれだけ目を配ってつとめなきゃならないか、それを思い出したの」

「でも、母さんは父さんを送り出したよね。父さんが行くときにも泣かなかった。いまでもひとことの不平も言わないし、助けが必要にも見えないし」分からなくなって、ジョーはたずねた。

「愛する祖国にいちばん大事なひとをささげたんだから、父さんが見えなくなるまでは涙をおさえたのよ。どうして不平があるでしょう、父さんもわたしも自分のつとめを果たしただけだし、そのおかげで最後は必ずもっと幸せになれるというのに？　わたしに助けが必要ないように見えるとしたら、それは父さんでもかなわないような友達がいて、そのかたがわたしをなぐさめ、力づけてくださるからよ。ジョー、あなたの人生の苦しみと誘惑はいま始まったばかりで、これからも数多いかもしれないわ。

でも、それを乗り越えて生きつづけることはきっとできるはず。父さんの強さとやさしさを感じるように、天なる父の強さとやさしさを感じ取れるようになればね。天なる父を愛して信じるほどに、あなたも天なる父をそば近くに感じて、人間の力や知恵に頼らずにすむようになるでしょう。天なる父の愛といつくしみはけっして弱ることも変わることもないし、奪い去られることもない。それどころか、一生ずっと、安らかに幸せに力強く生きてゆくよう導いてくれるでしょう。このことを心から信じて、何でも神さまに打ち明けるの。どんなに小さな悩みでも、望みでも、罪や悲しみでも、母さんに打ち明けるみたいに気がねなく、信頼して」

ジョーは答えるかわりに母さんを抱きしめ、沈黙のなか、これまでで最も真剣な、言葉なき祈りをささげた。悲しいけれども幸せだったこの一時間で、後悔と絶望のつらさだけでなく、自分を無にすること、自分をおさえることがどれだけ美しいかを学んだのだ。母さんの手にみちびかれ、父の愛よりも強く母の愛よりもやさしい愛ですべての子供を迎えてくれるあの大いなる友に近づくことができたのだ。

エイミーが寝がえりをうち、ため息をもらした。ジョーは今すぐ自分の欠点を直しはじめようとするかのように、これまでになかった表情を浮かべて顔を上げた。

「わたし、昨日の怒りを今日にもちこしてしまったよね。ぜったいエイミーを許そうとしなかったんだもの。それで今日、ローリーがいなければ手おくれになるところだったんだ！　どうしてまあ、こんなに曲がった考えでいられたんだろう？」心のなかを示すようにつぶやきながら、ジョーは妹の顔をのぞきこみ、枕《まくら》にちらばった、湿り気をおびた髪をやさしくなでた。

ジョーの言葉を聞いたかのように、エイミーが目を開いて両腕をさしのべた。その顔に浮かぶほほえみが、ジョーの心を打った。どちらもひとことも発しなかったけれど、ふたりは毛布ごしに互いをひしと抱きしめたのだった。心をこめたキスによって、すべては許され、忘れられた。

9　メグ、虚栄の市に行く*29

「すごくついてたわ、教えてる子供たちがちょうどはしかで」四月のある日、メグが言った。自分の部屋で「外国行き」の大きなトランクに荷物をつめるメグを、姉妹がとりかこんでいる。

「それに、アニー・モファットが約束を忘れないでいてくれたのはとっても親切だよね。二週間ずっと楽しいことばかりして過ごすなんて、夢みたいじゃない」そう答えたジョーは、長い腕でスカートをたたんでいる様子がまるで風車のようだ。

「お天気もとってもいいし。よかったわ」ベスは、この特別な機会のために貸してあげるよそいきのボックスに、首や髪につけるリボンをきれいに入れてやっている。

「わたしも楽しみにいきたいなあ、こんなきれいなものをぜんぶ身につけて」と言いながら、エイミーは口にくわえたピンを姉の針山にさして絵を作っている最中だ。

「みんなも行ければいいんだけど、それは無理だから、どんな冒険をしたかおぼえておいて帰ってきたら話すね。それが、せめてもの感謝のしるし。みんな、いろいろなものを貸してくれたり、こうやって身じたくを助けたりしてくれているんだもの」メグは部屋を見回した。そうしてながめた品々はごく質素だったけれども、姉妹たちから見ればほとんど完璧《かんぺき》だった。

「母さん、宝箱からなにを貸してくれたの？」ご披露の場に居合わせなかったエイミーがたずねた。「宝箱」というのは杉でできた手箱で、ミセス・マーチは過去の裕福さをしのばせる品をいくつかしまっていた。しかるべき時がきたら、娘たちに贈るつもりなのだ。

「シルクの靴下と、彫刻のついたきれいな扇と、かわいい青のサッシュ。ドレスはすみれ色のシルクにしたかったんだけど、仕立てなおす時間なんかないから、薄手のモスリンのくたびれたドレスでがまんしなきゃ」

「あのドレス、わたしの新しいモスリンのペティコートの上から着るのにぴったりだし、あのサッシュがあればいっそう映えるんだけどなあ。珊瑚《さんご》のブレスレットを貸してあげたいんだけど、このあいだこわしちゃった」ジョーはそういう貸し借りが好きなのだが、持ちもののほとんどは雑に扱われてだめになっていた。

「宝箱には、きれいな昔風の真珠のブローチも入ってるの。でも母さんは若い娘のかざりには生きた花がいちばんだって言うし、ローリーはわたしのほしいだけ花を送ってくれるって」とメグが答えた。「それでと、新しいグレーの散歩服はそこ——あ、ベス、帽子の羽根かざりをカールさせておいてくれる？——それから、ポプリンのドレスは日曜日や小さなパーティのため——春に着るには重たすぎると思わない？　すみれ色のシルクならよかったのに、あーあ！」

「いいじゃない。大きなパーティには薄手のモスリンのドレスで出ればいいし、姉さん、白を着ると天使みたいに見えるもの」そう言いながらエイミーは、心の底から大好きな小物類をうっとりとながめている。

「ダンス用にしては襟《えり》ぐりが深くないし、ふわっとした感じも足りないんだけど、ないものは仕方ないわね。青いハウスドレスはけっこういいでしょ。生地をうら返してかざりもつけたから、新品みたい。シルクのゆるいガウンは流行おくれもいいとこだし、ボンネットもサリーのとはぜんぜん違うのよね。なにも言わないでいようと思ってたけど、日傘を見たときにはがっかりしちゃった。生地は黒で柄は白ってお願いしておいたのに、母さんったら忘れちゃって、生地は緑色だし、かっこうわるい黄色っぽい柄がついてるの。ものがよくて丈夫だから文句を言っちゃいけないんだけど、アニーのと並べたらぜったい恥ずかしいと思うのよね、あっちは生地がシルクでてっぺんに金のかざりがついてるし」メグはため息をついて、小さな傘をさもいやそうに眺めた。

「別のと取りかえてもらいなよ」とジョー。

「ばかね、母さんが傷つくじゃない。わたしの持ち物を集めるのに、あれほど手間をかけてくれたのに。ようするにわたしの気まぐれなんだから、そんな誘惑に負けることないわ。頼りになるのは、シルクの靴下ときれいな手袋ふた組。ジョー、あなたの手袋を貸してくれてありがとね。新品がふた組、それにふだん用に洗ったのもあるなんて、すごくお金持ちになった気がするし、なんだか貴婦人みたい」そう言って、メグは手袋を入れる箱にあらためて目をやった。

「アニー・モファットはナイトキャップに青とピンクのリボンをつけているんですって。わたしのにもつけてもらえる?」と、ハンナが洗濯したばかりの、雪のように白いモスリンをひと山もって入ってきたベスにメグはたずねた。

「やめときなよ。めかしこんだナイトキャップなんか、かざりも何もないプレーンなガウンには合わないから。貧乏人が気取ったってしょうがない」ジョーが断言する。

「服に本物のレース、キャップにリボンがつけられるような幸せは、わたしにはめぐってくるのかしら」メグは今すぐそうなりたいかのように言った。

「このあいだ言ってたじゃない、アニー・モファットのおうちに行けさえすればそれで幸せなのにって」と、ベスがいつもどおり物静かに答える。

「ええ、そう言ってたわよね！　もちろんわたし幸せだし、ああだこうだ文句をつけるつもりもないの。ただ、どうしてか知らないけど、何かが手にはいると、もっとほしくなっちゃうものなのよね。さあ、これでとにかく小物はひととおりそろったし、荷造りしてないのは舞踏会用のドレスだけ。これは母さんにお願いしようっと」メグは元気をとりもどした様子で、半分ばかりつまったトランクから、何度もアイロンがけと修理をへてきた白いモスリンのドレスへと目をやった。これこそ、メグがご大層にも「舞踏会用のドレス」と呼んでいるしろものである。

次の日は晴れており、メグは新しい経験や楽しい催しのつまった二週間のお泊まりへむけて威風堂々と出発した。ミセス・マーチがメグに許しを与えるのにあまり積極的でなかったのは、帰ってきてからいっそう不満をつのらせるのではないかと心配だったからだ。けれどもメグがあんまりせがむし、サリーのほうでも、ちゃんとお世話をしますと約束してくれた。ひと冬のあいだ仕事ばかりして暮らしたあとだからちょっとした楽しみで気が晴れるのではないかということもあり、母さんが折れて、娘のメグは上流階級の暮らしをはじめて味わえることになったのである。

モファット一家はまぎれもなく上流に属していた。素朴なメグは最初のうち、邸《やしき》の豪華さや住んでいる人々のぜいたくさに圧倒されっぱなしだった。けれども、暮らしぶりがうわついているとはいえ一家は親切で、メグもまもなく気がねがなくなった。ひとつにはメグが、こんなことを何となく感じ取ったせいかもしれない――この一家はとりたてて洗練されてもいないし知的でもない、いくらメッキをかぶせてあってても地の部分はごく平凡な人たちなんだ、と。お金に糸目をつけない人たちといっしょにりっぱな馬車に乗り、毎日よそいきの服を着て、楽しいことばかりするというのはたしかに気持ちがよかった。それはメグの気性にぴったりだったから、そのうちにメグもまわりの人たちのふるまいや話しぶりをまねるようになった。あちこちでちょっとしたしなを作り、フランス語のフレーズを使い、髪をカールさせ、服をタイトに着こなして、よく知りもしないファッションの話に加わるようになった。アニー・モファットが持っているきれいな品物を見れば見るほど、アニーのことがうらやましくなり、お金持ちはいいなあとため息をついた。そう考えると、わが家はいかにも何もなくて陰気なようで、家庭教師の仕事はいっそうつらく思え、いくら新しい手袋とシルクの靴下があっても自分は貧乏な傷ついた娘なんだと感じられるのだった。

しかし、不満を感じていられる時間は少なかった。三人の若い娘たちは「楽しい時間をすごす」ことにかかりっきりだったのだ。昼間は買いもの、散歩、乗馬、よそのお宅を訪問。夜になればお芝居やオペラ、あるいはうちでばか騒ぎ。アニーはたくさん友達がいて、どうやったら楽しんでもらえるか知っていた。アニーのお姉さんたちはとてもはなやかな若いレディで、そのうちひとりは婚約していた。メグは興味をそそられてやまず、なんてロマンティックなんだろうと思った。マーチ家の父さんと知り合いのミスター・モファットは、よく肥えた陽気な紳士だった。ミセス・モファットもよく肥えた陽気なレディで、アニーと同じくメグがたいそう気に入ったようだった。みんなにかわいがられ、マーガレットをもじって「ひな菊《デイジー》ちゃん」などと呼ばれたりするものだから、メグがのぼせてしまったのも無理はない*30。

「小さなパーティ」の晩がくると、メグは野暮ったい厚手のポプリンのドレスではぜんぜんだめだということに気づいた。ほかの子たちは薄手のドレスを着て、ものすごくはなやかにしているのだ。そこで例のモスリンのドレスが引っぱり出されたが、サリーのぱりっとした新品のドレスのまえでは、これまでよりもいっそう古びてくたくたでみすぼらしく見えた。メグは他の子たちがこっちをちらりと見たあとおたがいに目を見合わせたのに気づいて、かっと頬が熱くなった。ふだんからおとなしいメグだが、内心のプライドは高いのだ。だれもメグのドレスをけなすようなことは言わず、サリーは髪を結ってあげると申し出るし、アニーはサッシュを結んであげましょうと言うし、婚約しているベルはメグの腕の白さをほめてくれた。けれども、そのように親切にされるほどに、メグは貧乏をあわれまれている気がしてならなかった。重くしずんだ心を抱えてひとり立っているメグをよそに、ほかの子たちは笑い、しゃべり、ふざけあい、蝶々《ちょうちょう》のようにひらひら飛びまわっていた。つらくて苦い思いがつのってきた矢先に、メイドが箱に入った花束をもってきた。メグがなにか言うよりも早く、アニーがふたを取った。薔薇《ばら》やヒースやシダの葉があふれんばかりに入っているのを見て、全員が歓声をあげた。

「ベルのためよ、まちがいないわ。ジョージはいつでもベルに花をくれるんだけど、こんなにすごいのは初めて」と叫んで、アニーはくんくん匂《にお》いをかいだ。

「ミス・マーチにと、運んできた男の人がおっしゃっていました。こちらにお手紙がございます」メイドがそう言って、メグに手紙をさしだした。

「すごーい！　誰から？　彼氏がいるなんて知らなかった」と叫びながら、好奇心と驚きにわれを忘れた娘たちはメグに群がった。

「手紙は母からで、花はローリーからです」と、メグは何の気なしに言った。ローリーが忘れないでいてくれたことが、ただうれしかったのだ。

「あら、ほーんと！」アニーはおどけた眼つきになった。メグは母さんの手紙をポケットに入れ、ねたみや虚栄心や中身のないプライドを寄せつけないお守りにしようと思った。愛情のこもった短い手紙は自分を取り戻させてくれたし、花の美しさは沈んでいた心を引き立ててくれた。

ほとんど幸せな気分にもどったメグは、自分のためにシダと薔薇を少し取り分けると、あとは友人たちの胸元や髪やスカートを飾るきゃしゃな花束に仕立てていった。かわいらしい花束を差し出された姉娘のクレアラはメグのことを「この世でいちばん気だてのいい子」だと言ったたし、モファット姉妹の全員がメグのささやかな気づかいに魅了されたようだった。ひとに親切にしたことで、メグはふしぎと気分が上向いた。ほかの娘たちが着かざった姿をミセス・モファットに見せるために部屋から出ていったあと、メグがのぞきこんだ鏡のなかにあったのは、幸せそうに眼をかがやかせた顔だった。メグはカールした髪にシダの葉をさし、薔薇はドレスにつけた。今では、ドレスはそれほどみすぼらしく思えなかった。

この晩、メグはめいっぱい楽しみ、心ゆくまで踊った。みんなとても親切にしてくれたし、メグは三度までほめられた。まず、アニーの求めに応じて歌うと、だれかがすばらしい声だと言ってくれた。つづいてリンカン少佐が「あのきれいな眼をしたういういしいお嬢さんは誰ですか」とたずねた。そしてミスター・モファットは、ぜひダンスをいっしょにと所望《しょもう》した。ミスター・モファットの洗練された表現によれば、メグは「ぐじぐじしたところがなくて、しゃっきりしとる」というのである。そんなわけでメグはたいへん愉快な時間をすごしたのだが、ふと漏れ聞いた会話にひどく心を乱されることになってしまった。温室にすこしだけ入ったあたりでダンスのパートナーがアイスクリームを持ってきてくれるのを待っていたところ、花の壁のむこうがわでこんな声がしたのだ——

「あの子、いくつなの？」

「たしか、十六か十七」

「ああいう家のお嬢さんですもの、そんなことになれば大したものよね？　サリーの話では、あのふたりはもうすごく仲よくなっていて、おじいさまもあの子が大のお気に入りなんだって」

「たぶんミセス・Mの計略ね。時期はまだ早いけど、これから次々と手を打っていくでしょうよ。当のあの子はまだそんな気はないようだけど」と、これはミセス・モファットの声だ。

「お母さんの手紙なんていう嘘《うそ》をついたところを見ると、気はあるんじゃないかしら。花がきたときには真っ赤になっちゃって、かわいかったわね。でも、かわいそう！いいものを着ればずっとよく見えるはずなのに。あの子怒るかしら、木曜日の舞踏会にはドレスを貸してあげるって言ったら？」

「プライドは高い子だと思うけど、そんなことで怒りはしないでしょうよ。あの古ぼけたモスリンのドレスが一張羅《いっちょうら》なんですもの。今晩、あのドレスを破きでもしてくれたら、まともなドレスを貸してあげる口実になるんだけど」

「さあ、どうなるかしら。わたし、あの子にプレゼントのつもりで、あのローレンスを招待しておくわ。あとから、かっこうの話題にできるし」

と、そこにメグのパートナーがやってきた。メグはひどく顔に血がのぼり、だいぶ取り乱した様子だった。メグのプライドはたしかに高かったが、この時ばかりはそのプライドが役に立って、聞いてしまった会話がひきおこした悔しさと怒りと嫌悪《けんお》の情をかくすことができた。無邪気で純真なメグでも、モファット家の人たちがしていたうわさ話の意味は分かった。メグは忘れようとしたが忘れられず、「ミセス・Mの計略」だの「お母さんの手紙なんていう嘘」だの「古ぼけたモスリンのドレス」だのといった言葉が頭のなかをぐるぐるするうちに、思わず泣きそうな気分になってきた。

うちに逃げ帰ってすべてをうちあけ、アドバイスをもらいたかった。けれどもそれは無理なので、できるかぎりうわべを陽気にとりつくろおうとつとめた。気がたかぶっているせいもあってかそれはうまくいき、メグが内心でどれだけの無理をしているか気づいた人はだれもいなかった。すべてが終わってベッドでひとりになれたとき、メグはほっとした。ここでなら、頭が痛くなるくらい考え、悩み、腹を立てることができる。そのうちに、ひとりでにわいてきた涙で頰のほてりが冷やされた。あのやりとりは馬鹿《ばか》げているけれども、善意から出たものでもある――そう考えると、ひとつの新しい世界がメグにも見えてきたが、この新しい世界は、これまで自分が子供のように幸せに暮らしてきた古い世界の平穏をかきみだすものでもあった。ローリーとの友情の無邪気さも、漏れ聞いてしまった愚《おろ》かなやりとりにぶちこわされてしまった。ミセス・モファットがあんなことを言ったせいで、母さんもそういう生ぐさい計画を考えたりするのだろうかという疑いが生まれ、母さんへの信頼がいくぶんか揺らいでしまった。もっともミセス・モファットは、他人のことも自分のものさしでしか測れないひとだったけれども。これまでは、貧乏な家の子供らしく質素な服装で満足しようという賢明な決心を守ってきたのに、あの子たちがよけいな同情を寄せてくれたおかげで決心がにぶってしまった。なにしろあの子たちは、みすぼらしい服装はこの世でもっとも大きな不幸のひとつだと思っているらしいのだ。

かわいそうに、メグは眠れない夜をすごした。次の朝に起き上がったときにはまぶたが重く、不幸な気分だった。友達であるお嬢さんたちをうらむ気持ちが半分、その場で口を開いて誤解を解かなかった自分への恥ずかしさが半分。この日の朝はみんながぐずぐずしていて、女の子たちは刺繡《ししゅう》仕事をはじめる気力さえ昼までわいてこなかった。けれども、顔を合わせたとたんにメグは友人たちの態度が変わったことに気づいた。これまでより尊重されているような気がするのだ。みんなメグが言うことをやさしく気にかけてくれるし、あきらかな好奇心のこもった眼でこっちを見てくる。この変化にメグは驚きもしたし嬉《うれ》しくもなったが、変化の理由がついに分かったのは、書きものをしていたミス・ベルが眼を上げ、芝居がかった調子でこう言ったときだった——

「ねえデイジー、わたし、木曜日の舞踏会にお友達のミスター・ローレンスをお招きしたのよ。わたしたちもあの方とお近づきになりたいし、あなたにとってもしかるべきことでしょうから」

メグは赤くなったが、この女の子たちをからかってやりたいという悪戯《いたずら》ごころが芽生えて、こう答えた——

「ご親切にありがとうございます。でもあのかた、いらっしゃらないと思いますわ」

「それはどうして？」

「お年寄りですもの」

「えっ、それどういう意味？　あのかた、いったいおいくつなの！」ミス・クレアラが叫ぶ。

「七十近いと思います」眼が笑うのを隠そうとして、メグは縫い目を数えるふりをした。

「あら、隅におけないわね！　お招きしたのは、もちろん若い殿方よ」ミス・ベルが笑い声を上げた。

「殿方なんかいらっしゃいませんわ、ローリーはまだ子供ですもの」彼氏だとばかり思っていたローリーのことをメグがそんなふうに言うので、姉妹は意味ありげに目くばせを交した。その様子も、メグを内心で笑わせた。

「あなたと同じくらいの歳《とし》でしょ」とナンが言った。

「妹のジョーのほうに近いです。わたしは八月で十七ですから」メグはつんと頭を反らして答えた。

「あなたにお花を送ってくださるのですもの、とっても親切なのね！」アニーが察しのいいところを見せようとする。

「ええ、よく送ってくれるんです、わたしたち全員に。温室には花が余るくらいあって、わたしたちが花を好きだから。うちの母とおじいさまのミスター・ローレンスが昔からの知り合いですから、自然と子供たちもいっしょに遊ぶようになったんですよ」これでおしまいにしてくれないかとメグは願った。

「デイジーったら、まだお子さまなのね」と言いながら、ミス・クレアラがミス・ベルにうなずいてみせる。

「どっちもおっとりして無邪気なものね」ミス・ベルが肩をすくめる。

「わたし、娘たちのためにこまごましたものを買いに行くんだけど、あなたたち何かお入り用なものはないかしら?」シルクとレースで身を固めたミセス・モファットが、象のようにのっそりした足どりで入ってきながら言った。

「いいえ、だいじょうぶ」サリーが答えた。「木曜日の舞踏会なら新しいピンクのシルクドレスがあるから、なんにもいらないわ」

「わたしも、なにも――」と言いかけて、メグは言葉を切った。ほしいものがいくつかあるのだが、それを買うお金がないことに気づいたのだ。

「木曜日はなにを着るつもり?」とサリーがたずねた。

「あの古い白のドレスよ、人前に出られるくらいに直せればだけど。ゆうべ破けちゃって、困ってるの」メグはさりげない口調で言おうとしたが、内心ひどく気まずかった。

「もう一着送ってって、うちに言えばいいじゃない？」サリーはあまり観察力のあるほうではない。

「ほかに持ってないの」そう言うのにメグはたいへんな努力をしたのだが、サリーは気づく様子もなく、善意の驚きをこめて叫んだ——

「あれだけなの？　へんねえ——」ここでサリーは口をつぐんだ。ベルが首をふってみせ、親切な口調で割りこんだのだ——

「ちっともへんじゃないわ。社交デビューもしてないのに、ドレスを何着ももっていてもしかたないじゃない。それにね、デイジー、たとえあなたが一ダースもっていたとしても、うちから送ってもらう必要なんてないわ。かわいい青いシルクのドレスがあるのよ、わたしには合わなくなったけど取っておいたの。ね、わたしのためだと思って、それを着てくれるでしょ？」

「ご親切にありがとうございます。でも、わたし、もしよければ昔からのドレスを着たいんです。わたしみたいな子供にはそれでじゅうぶんでしょうから」

「わたし、あなたをおしゃれにドレスアップしてみたいの。ぜひやりたいわ。だってあなた、ほんのすこし手を加えるだけですばらしい小さな美女になりそうだもの。すべてが仕上がるまでほかの誰にも見せないでおいて、それから一気におひろめよ。シンデレラが名付け親の妖精《ようせい》につきそわれて舞踏会に出かけるみたいに」こういう説得は、ベルのお手のものだ。

メグもこれほど親切な申し出をことわることはできなかった。メグ自身、手をかけられたらどれほどの「小さな美女」になれるか見てみたいという好奇心はあったから、モファット母娘《おやこ》に対して感じていたもやもやを忘れてしまったのだ。

木曜の夜、ベルはメイドをつれて部屋に閉じこもった。そして、ふたりしてメグをいっぱしのレディに仕立てあげた。髪の毛を念入りにカールさせ、首と腕に香りつきの粉をはたいてなめらかに磨きあげ、唇には珊瑚《さんご》色の紅《べに》をつけて赤さを増した。メイドのオルタンスは「ほんのすこしの《スープソン》頬紅《ルージュ》」まで刷《は》こうとしたが、これはメグがことわった。ふたりしてスカイブルーのドレスを着せ、背中のひもでぎゅうぎゅう締めあげたから、メグは息もできないくらいだった。しかもネックラインがひどく低く、つつましいメグは鏡のなかの自分を見て真っ赤になった。銀のアクセサリーがひとそろいつけられた――ブレスレット、ネックレス、ブローチ、それにイヤリングまで。オルタンスが、ピンク色の絹糸をめだたないように結んで下げたのだ。胸元にはティーローズのつぼみをたばねたものをあしらわれ、フリルもつけられたので、メグもきれいな白い肩を出す抵抗感がなくなり、ヒールの高いブルーのシルクの編上靴《あみあげぐつ》を履いたことでメグのあこがれは余すところなく実現した。レースのついたハンカチーフ、羽根の扇、銀のホルダーにさしたブーケで仕上げは完璧になった。ミス・ベルは、人形に新しい服を着せてやった女の子のように満足しきってメグの外見をチェックした。

「マドモワゼルはすてき《シャルマント》ですわ、とってもお美しい《トレ・ジョリ》ですわ、ね?」オルタンスは芝居がかった様子で、うっとりしたように両手を組み合わせて叫んだ。

「さあ、自分を見せにいらっしゃい」とミス・ベルが言って先に立ち、ほかの人たちが待っている部屋へと向かった。

メグは衣《きぬ》ずれの音をたてながら後にしたがった。長いスカートをひき、イヤリングは軽くぶつかりあい、カールした髪が波打ち、心臓が高鳴るなかで、メグはほんとうの「楽しいこと」がついに始まったんだと感じた。さっき見た鏡が、あなたは間違いなく「小さな美女」ですよと保証していたのだ。いあわせた娘たちも、このうれしいフレーズを熱心にくりかえした。数分のあいだ、メグはイソップ童話のカラスのように、借りものの羽根を楽しんでいた。他のみんながカササギの群のようにさんざめくなかで。

「わたしも着がえてくるわ。ナン、そのあいだにスカートとフレンチ・ヒールのさばきかたを教えてあげて。ころぶといけないから。銀の蝶々のかざりを、白いレースのヘッドスカーフのまんなかにつけてあげて。クレアラ、メグの頭の左に大きなカールがこぼれてるから、直してあげて。わたしがせっかく手をつくしたんだから、誰もいじりすぎないでよ」そう言いながら、ベルは自分の仕事ぶりに満足した様子で足早に去っていった。

「下におりていくのが怖いわ。すごく変で、ぎくしゃくして、はんぶん裸みたいな感じ」メグがサリーに言った。呼び鈴が鳴り、みんないらっしゃいというミセス・モファットからのメッセージが届いたのだ。

「いつものあなたとは別人みたいだけど、とってもよくできてるわよ。わたしなんか、とうてい及ばない。ベルはセンスのかたまりだし、あなたはまるでフランス美人だものね。あ、ブーケはそんなに抱えこまないで、気楽な感じで持って。つまずかないようにね」そう言いながらサリーは、メグのほうが自分よりきれいなことを気にしないようつとめていた。

サリーのアドバイスを忘れないようにしてマーガレットは階段をおりきり、すべるような足どりを居間へ向けた。居間にはモファット夫妻と、早くついたお客様が数人あつまっていた。ややあってメグが理解したのは、ぜいたくな服装には魅力があり、ある階層の人たちを惹《ひ》きつけて尊重の念をかちえるのだということだった。これまでメグには無関心だった何人かの若いレディたちが、急に愛想よくなった。先日のパーティではこちらをじろじろ見るだけだった若いジェントルマンたちは、いまではじろじろ見るばかりでなく紹介を求め、ばかげているけれども耳あたりのよいことをぺらぺらしゃべるようになっていた。また、ソファに座ってメグ以外の出席者の外見を品評していた老婦人たちも興味をおぼえたらしく、あのお嬢さんはだれとたずねていた。ミセス・モファットが答える声が聞こえてきた――

「デイジー・マーチですわ――お父さまは陸軍の大佐ですの――このあたりでいちばん由緒《ゆいしょ》ある家系のひとつですけど、ご時世《じせい》に恵まれなくて。ローレンス家とも親しいんですよ。とってもいい子。うちのネッドがお熱ですのよ」

「まあ、そう！」と老婦人は言い、メグをもういちど見るために柄《え》つき眼鏡をもちあげた。メグは聞こえなかったふりをしながらも、ミセス・モファットの嘘にかなりのショックを受けた。

「変な感じ」は消えなかったけれども、メグは社交界のレディという新しい役を演じているのだと考えることにして、けっこううまくやってのけた。もっとも、タイトなドレスのせいでわき腹が痛かったし、引きずったすそが足にからみつくし、イヤリングがとれてしまってなくなったり壊れたりしないかと気が気でなかった。若い紳士がいいところを見せようとしてつまらない冗談を言うのに対して、扇をそれらしく使ってみせながら笑っていたメグだが、急に笑いやめて困った表情になった。真向かいにローリーが立っていたのだ。その顔にはありありと驚きがあらわれていたし、メグには嫌悪の表情のようにも感じられた。ローリーは会釈《えしゃく》をしてほほえんでくれたものの、そのいつわりのない眼にうかんだ何かがメグに顔を赤らめさせ、古いドレスを着ていればよかったと思わせたのだ。メグの困惑に拍車をかけるように、ベルがアニーをひじでつつき、ふたりしてメグからローリーへと視線を走らせた。ローリーがいつになく少年のように恥ずかしげなのが救いだった。

「ばかな人たち、わたしの頭にあんな考えをふきこもうとするなんて！　わたし、あんなのはいや。あんな考えに自分を染められたくない」そう思ったメグは、衣ずれの音をたてながら部屋をよこぎって友達と握手しにいった。

「来てくれてよかったわ。来ないいんじゃないかと思ってたの」できるかぎり大人っぽい態度でメグは言った。

「メグがどんな様子か見てきてくれってジョーが言うんで、来てみたんだ」と答えたローリーだが、じっさいメグに目をむけることはしなかった。ただ、まるで母親のようなメグの口調には、かすかな笑みを浮かべた。

「ジョーにはどう言うつもり？」ローリーが自分のことをどう思ったかメグは知りたくてならなかったが、ローリーに対して気おくれも感じた。こんなことは初めてだ。

「さいしょ、誰か分からなかったって言うよ。すごく大人っぽくて、まるでメグじゃなくなったみたいで、すごくこわい」手袋のボタンをいじりながらローリーは答えた。

「まあ、ばかなこと言うのね！　女の子たちがふざけてわたしをドレスアップしたのよ。わたし、わりと気に入ってる。ジョーが見たら、びっくりして目をみはるんじゃない？」とメグは言った。いまの自分が前よりよくなったかどうか、ローリーに言わせたかったのだ。

「うん、目をみはるだろうね」ローリーは沈んだ調子で答えた。

「今のわたし、気に入らないの？」

「うん、気に入らない」ローリーはぽつんと言った。

「どうして？」メグは心配になってきた。

くるくるにカールさせた髪、むきだしの肩、ファンシーな飾りのついたドレスに向けられた眼の表情は、ローリーの答えよりもいっそうメグをきまり悪くさせた。答えそのものも、ふだんの礼儀正しいローリーとは似ても似つかなかったが。

「これ見よがしなの、好きじゃないんだ」

年下の男の子ふぜいにこんなことを言われては、さすがにたまったものではない。メグはふてくされたようにこう言って、歩き去った——

「あなたみたいに失礼な子、初めて」

大いに感情を逆なでされたメグは、ほてった頰を冷やそうと思って窓辺に立った。タイトなドレスのせいで顔がひどく上気していたのだ。すると、リンカン少佐がそばを通りすぎた。しばらくたって、少佐が母親にこう言うのが聞こえてきた——

「あのいたいけな子を、みんなしておもちゃにしているんですよ。母さんにも見てもらいたいと思っていたんですが、あれではだいなしだ。今夜のようすは、まるでお人形さんですね」

「なんてこと！」メグはため息をついた。「もっとよく考えて、いつものドレスを着ておけばよかった。それなら、ほかの人たちを不快にさせることも、こんなに心地わるくて恥ずかしい思いをすることもなかったのに」

ひんやりしたガラスにひたいを当て、なかばカーテンのかげに隠れるようにして立ったメグは、お気に入りのワルツが始まったことにも気づかないでいた。と、誰かが腕にさわった。ふりむくと、ローリーが恥じ入った様子で立っていた。深くおじぎをして、手をさし出しながらローリーは言った――

「さっきの失礼を、どうか許してください。いっしょに踊ってほしいんだ」

「こんなのが相手じゃ、おいやでしょ」メグは腹を立てているところを見せようとしたが、ちっともうまくいかなかった。

「そんなこと。どうしても踊りたいんだ。お願い、僕、行儀よくするから。そのドレスはきらいだけど、でも、きょうのメグは――すばらしいよ」どれほど感じ入ったか言葉には表わせないというように、ローリーは手を振った。

メグは笑みを浮かべ、心をやわらげた。ダンスに加わるタイミングを待っているあいだに、メグはローリーに言った――

「気をつけて、スカートにつまずかないようにしてね。こんなやっかいなもの、初めて。こんなのを着たいと思ったわたしがばかだった」

「すそを首のまわりにピンでとめちゃえば、肩も隠れて一石二鳥だよ」ローリーは明らかに気に入った様子で、メグの青いダンス用の編上靴を見下ろしていた。

　ふたりは優美にすべり出た。家でよく練習していたから息はぴったりで、活発な若いカップルの様子は誰の目にもここちよかった。ふたりはくるくると陽気に踊りつづけ、あの小さないさかいを経ていっそう友情が深まったように感じた。

「ローリー、お願いがあるの。聞いてくれる？」立ち止まると、ローリーが扇であおいでくれた。あっというまに息が上がってしまったのだ。ドレスのせいだとは、メグは認めようとしなかったけれど。

「聞くとも！」ローリーはすぐさま答えた。

「うちに帰っても、今夜のドレスのことは言わないでほしいの。だれも冗談だとは分からないでしょうし、とくに母さんが心配するから」

「じゃあ、どうしてそんなかっこうを？」ローリーの眼がそう言いたがっていたので、メグは急いでつけくわえた——

「わたしからぜんぶ話すわ。母さんにも、自分がどれほどばかだったか告白する——わたしたち、昔は舌が回らなくて『ハクする』って言ったものだけど。でも、それは自分でやりたいの。だから、あなたからは話さないでくれる？」

「約束するよ、話さない。でも、聞かれたらどう言おう？」

「すてきだったと言っておいて。楽しそうにしていたって」

「すてきのほうは簡単に言えるよ、じっさいすてきだもの。でも、楽しそうかなあ？　あまり楽しくすごしているようには見えないんだけど、どうなの？」ローリーの表情があんまり真剣なので、メグはささやき声で言った——

「楽しくない。今はもう。なんてやつだと思わないでね。わたし、ちょっとした楽しみがほしかったんだけど、こんな楽しみは割に合わないし、もうあきあきしてるの」

「あれ、ネッド・モファットが来たぞ。なんの用だろ？」ローリーが黒い眉《まゆ》をひそめたところを見ると、この家の若主人が加わることを愉快だと思っていないらしい。

「ダンスの約束を書いた紙に、あの人の名前が三回も出てくるの。ああ、めんどくさい！」メグが社交界の貴婦人のようにものうげな声を出すと、ローリーはたいへん面白がった。

それからしばらく、ローリーはメグと話す機会がなかった。夜食どきになって見てみると、メグはネッドやその友達のフィッシャーといっしょにシャンパーニュを飲んでいた。「なんだい、ネッドとフィッシャーのあの態度。まるでお笑いのコンビじゃないか」ローリーは心のなかで言った。自分は兄弟としてマーチ姉妹を見守るのが当然のような、助太刀が必要なときはいつでも飛びこんでいくことが求められているような、そんな気がしていたのだ。

「それ、あんまり飲むと、あしたものすごい頭痛になっちゃうよ。僕なら飲まないね、メグ。お母さまも、そういうの感心なさらないと思うな」ネッドがメグのグラスにそそぐ酒を取ろうとして向きをかえ、フィッシャーがメグの落とした扇を拾おうとかがみこんだすきに、ローリーはメグの椅子《いす》の背中に身をのりだしてささやいた。

「わたし、今夜はメグじゃないもの。『お人形さん』よ。ばかなこと、なんでもやるお人形さん。あしたになったら『これ見よがし』はお片づけして、おっそろしくいい子にもどるから」メグはわざとらしい小さな笑いを上げてみせた。

「そんなら、あしたが今きてほしいもんだね」とローリーはつぶやき、メグが急に変わってしまったことにむっとしながら歩き去った。

　メグはほかの女の子たちと同様に踊り、男たちにたわむれ、くすくす笑いつづけた。夜食がおわるとドイツ風の舞踏曲《コティリオン》にふらつく足で加わり、長いスカートであやうくパートナーを倒れさせそうになってもなお跳ね回った。その様子に憤然《ふんぜん》となったローリーは、じっと眺めながら、ここはひとつお説教が必要だろうかと考えた。しかし、そのチャンスはおとずれなかった。メグはおやすみを言うときまでローリーを避けつづけたのだ。

「忘れないでよ！」と言ってメグはほほえもうとしたが、割れるような頭痛はすでに始まっていた。

「誓って申しませぬ《シランス・ア・ラ・モール》」メロドラマのような抑揚で答え、ローリーは立ち去った。

　この小芝居はアニーの好奇心をかき立てたが、メグはもうゴシップに興じる気力もなく、まっすぐベッドにむかった。仮面舞踏会に出てはみたものの、思ったほど楽しめなかったような気分だった。翌日はずっと寝て過ごし、土曜日に家に帰った。二週間のお楽しみで消耗しきって、ぜいたくはもう沢山だった。

「こんなふうに落ち着いて、ずっと人前で気を張らずにすむっていいものね。きらきらした場所でなくても、やっぱりうちが一番」日曜の夜、ジョーや母さんといっしょに腰を下ろしたメグはほっとした表情で言った。

「そう言ってくれてうれしいわ。あんな豪華なお宅にいたあとでは、うちは退屈で貧乏くさく見えるかと心配したのよ」そう答えた母さんは、さっきまでに何度も気がかりそうな視線をメグに投げていた。母親の目は、子供たちの表情の変化に敏感なのだ。

　メグはそれまで、自分の冒険を陽気に物語り、ほんとに愉快な時をすごしたと何度もくり返していた。けれどもやっぱり、なにかが引っかかって心が晴れないらしかった。下のふたりがベッドに行ってしまったあとは、言葉少なに暖炉の火を見つめて考えこみ、悩んでいる様子だった。時計が九時を打ち、ジョーがもう寝ようかと提案すると、メグは急に椅子から立ち上がり、いつもベスが座るスツールに腰かけると、両ひじを母さんのひざの上につき、勇気をふるってこう言った――

「マーミー、わたし『ハク』したいの」

「そうだろうと思っていたわ。どんなこと？」

「わたし、はずそうか？」ジョーが気をきかせる。

「そんなことしないで。わたし、あなたには何でも言うでしょ？　ベスとエイミーは子供だから聞かせるのが恥ずかしかったけど、ジョーと母さんには、わたしがモファット家でやった恐ろしいことをぜんぶ聞いてほしいの」

「聞きましょう」ミセス・マーチは笑みをうかべたが、少し心配そうだった。

「ドレスを着せられたことはもう話したけど、言わなかったこともあるの。あの人たち、わたしにパウダーをはたいて、ウェストをしめあげて、髪の毛をカールさせて、まるでファッションの見本帳みたいにしてしまったのよ。ローリーは、ふしだらだと思ったみたい。口に出しては言わなかったけど、たしかにそう思ったようだった。別の男の人なんか、『お人形さん』だって言ってたわ。自分でもばかだと思ったけど、あの子たちがほめてくれて、美人だとかなんとか言うものだから、わたしも思わずおもちゃにされてしまったの」

「それで全部？」とジョーがたずねた。ミセス・マーチは何も言わずに、かわいい娘のうなだれた顔を見つめていた。そんな小さな愚かしさをとがめ立てする気にはなれなかったのだ。

「いいえ。シャンパーニュを飲んで、うかれて、男の人たちとふざけようとしたの。あのときのわたし、ほんとにろくでなしだった」メグは自分を責めるように言った。「他にも何かあるでしょう」と言ってミセス・マーチがメグのなめらかな頰をなでてやると、その頰が急に薔薇色になった。考え考え、メグは話しだした――

「ええ。ほんとにばかげた話だけど、話しておきたいの。わたし、うちとローリーの関係が他の人たちにあんなふうに思われるのって、がまんできない」

そしてメグは、モファット家で耳にしたいくつかの噂《うわさ》を伝えた。それを聞きながらジョーが見ると、母さんは唇をぎゅっと閉じていた。そんな考えをメグの純真な心に吹きこむとはなんという人たちだろう、とばかりに。

「まあ、なんてくだらないことを言うんだろう」ジョーははらわたが煮え返った様子だ。「どうして、その場で飛びだしてぴしゃりと言ってやらなかったのさ？」

「わたしにはできなかったの、あんまり気まずくて。最初のうちは聞かずにいられなかったんだけど、それからだんだん腹が立って、恥ずかしくなってきて。それ以上聞かずに立ち去ったほうがよかったんだろうけど、そこまで思い及ばなかった」

「アニー・モファットのやつ、いまに見てろってんだ。そういうばかばかしい言い草をどんなふうに片づけるか、わたしがお手本を見せてあげるよ。『計略』だの、ローリーが金持ちだから親切にするだの、そのうち私たちの誰かがローリーと結婚するだのって！　ローリーだって笑っちゃうよ、わたしたちみたいな貧乏娘のことでくだらない噂が流れてるなんて聞いたら！」ジョーが笑ったところは、この一件ぜんたいを侮辱というよりもよくできたジョークだと考えなおしたようだった。

「ローリーに言ったりしたら、ぜったい許さないから！　ね、母さん、言っちゃいけないわよね？」メグは耐えられない様子だ。

「ええ。そんなばかげた噂をほかの人に伝えるのは、ぜったいにだめ。早く忘れてしまうのがいちばんよ」ミセス・マーチは真剣な声で言った。「わたしもばかだったわ、よく知りもしない人たちのところにあなたを泊まりに行かせるなんて。あの人たちも親切には違いないけれど、やっぱり世間ずれしていて、育ちが悪くて、若い人たちについてくだらないことばかり考えているんですからね。メグ、あなたには言葉にできないくらい申し訳ないわ、今回の訪問があなたにどれだけの害を与えたかと思うと」

「申し訳ないなんて言わないで。わたし、こんなことで傷つかない。悪いことはぜんぶ忘れて、いいことだけ覚えておくようにするわ。とっても楽しかったのは確かだし、行かせてくれてすごく感謝してる。でも、あの経験をセンチメンタルに思い出したり、不平の種にしたりはしない。わたしはおばかさんな女の子だから、自分に責任が持てるようになるまではこのうちにいます。でもね、人にほめられてちやほやされることはやっぱり気持ちがいいし、好きだと言わずにいられないのよ」最後の告白に、メグはなかば恥じ入ったような面持ちだ。

「それはごく自然なことだし、害もありませんよ。好きを通りこして中毒になって、ばかなことや娘らしくないことをしてしまうのはよくないけど。実《じつ》のあるほめ言葉は、それと見わけて大事にできるようにしなくちゃ。ただきれいなだけでなく、つつしみを身につければ、すばらしい人たちにほめてもらえるようになるわ」

マーガレットはしばらく座ったまま考えこんだ。いっぽう、腰の後ろで手を組んで立っているジョーは、興味をおぼえつつも、いまひとつ分からないでいる様子だ。メグが顔を赤らめて、ほめられるとか、彼氏とか、そんなことを言い出すのはこれが初めてだった。この二週間で、姉は驚くほど成長したようにジョーには思えた。まるで、ジョーにはついていけない世界へとメグが移りはじめたようだ。

「あの、ミセス・モファットが言っていたような『計略』って、ほんとに母さんにはあるの？」メグは恥ずかしそうにたずねた。

「ありますよ、それもたくさん。母親にはかならず計略があるものだけど、わたしの計略はミセス・モファットのとはちょっと違うみたい。いくつか教えておきましょうね、いい機会だから。とっても真剣な問題について、あなたのロマンティックな頭と心を正しくみちびく一言の必要な時期がもう来たんだということね。メグ、あなたは若いけど、わたしの言うことが分かるくらいには大人でしょう。それに、あなたのような娘にそういうことを話すなら、母親の口からがいちばん。ジョー、いずれあなたの番もくるでしょうから、わたしの『計略』をよく聞いて、いい計略だと思ったら手を貸してほしいの」

ジョーがミセス・マーチにちかよって椅子のひじ掛けに腰を下ろしたところは、まるで厳粛な儀式に参加するようだった。ふたりの手をにぎり、思いをこめてふたつの若い顔をながめながら、ミセス・マーチは持ち前の真剣だけれどもほがらかな声で言った――

「わたしはね、娘たちには美しくて教養があって善良な人たちになってほしいの。ほめられ、愛され、尊敬されてほしいし、幸せな青春を過ごして、恵まれた賢明な結婚をして、ひとの役に立つ明るい人生を送ってほしいの。神さまがお決めになるよりも多くの心配や悲しみはなしで、ね。女にとって、善良な男の人に愛されて選ばれるのはいちばんの幸せだし、わたしは心から、娘たちにもこの美しい経験をしてもらいたいと思ってる。それについて考えるのは自然なことよ、メグ。それを望みながら待つのは正しいし、心の準備をしておくのは賢明なこと。幸せな時がやってきたら、妻としての役割をしっかり果たして、結婚生活の喜びにふさわしい人間になれるように。わたしはたしかに、あなたたちに望みを託しているわ。でも、世間的にのしあがってほしいわけじゃないの――お金のためだけにお金持ちと結婚したり、愛が欠けていて家庭《ホーム》とはいえないような豪華なお邸《ハウス》のために結婚するようなことは、してほしくないの。たしかにお金は必要だし、大事なものでもあるわ――正しく使えば、貴いものにさえなるのよ――でも、お金が第一だとか、お金がすべてだとか思ってほしくないの。女王さまの座についても、自分が大事にできなくて心が安らがないくらいなら、貧乏な男の人と結婚して、幸せで愛されて満足できるようになってくれるほうがいい」

「お金のない娘はよっぽど自分を売り込まないとチャンスがないって、ベルが言ってたわ」とメグがため息をつく。

「そんなら、未婚のおばさん《オールド・メイド》になるまでよ」ジョーが勇ましく言い放った。

「そうね、ジョー。不幸せな奥さんや、夫さがしに駆けずりまわる娘らしくない娘さんになるくらいなら、幸せなオールド・メイドになったほうがいいわ」ミセス・マーチがきっぱりと言った。[*31]「そう心配な顔をすることないのよ、メグ。あなたを真剣に好きな人なら、貧乏だからやめにするなんてことはまずないもの。わたしの知り合いでいちばんよくできた女の人の何人かは貧乏だったけど、ほんとうに愛すべき人たちだったから、オールド・メイドになるわけがなかったの。こういう問題は時の流れにまかせて、いまはこのうちを幸せになさいな。そうすれば、自分の家庭を持ったときにはその家庭を幸せにすることができるし、家庭を持てなくてもこのうちで幸せに過ごせるんだから。ひとつだけ覚えておいてほしいのは、母さんはいつでもあなたたちの打ち明け話を聞くし、父さんは友達として接してくださるということ。父さんもわたしも、結婚しようとしまいと娘たちこそが人生の誇りと慰めになってくれるだろうと信じて、それを願っているのよ」

「そうなるよ、マーミー！　わたしたち、そうなる！」心から叫ぶふたりに、母さんはおやすみの挨拶《あいさつ》をした。

10　P・CとP・O

春がやってくると、さまざまな新しい楽しみが流行し、日の落ちるまでの午後が長くなったのであらゆる種類の仕事と遊びができるようになった。庭もどうにかしなければというので、姉妹は小さな花壇を四分の一ずつまかされて好きなものを植えた。ハンナは「あの四人の庭なら、中国からでもどれが誰のか分かろうってもんだね」と言ったものだが、これはけだし至言であって、姉妹の好みは彼女らの性格とおなじくらいはっきり分かれていた。メグは薔薇《ば》《ら》とヘリオトロープ、ギンバイカ、真ん中に小さなオレンジの木。ジョーはいつでも実験をこころみていたから、植えるものが年によってくるくる変わった。今年の予定はいちめんのヒマワリで、この陽気ですくすく育つ花の種は「コックルトップおばさん」がひきいるニワトリの家族の食事になるはずだった。ベスは古風で香りゆかしい花を植えた。スイートピー、モクセイソウ、デルフィニウム、ナデシコ、パンジーにサザンウッド、それから鳥たちのためのハコベと猫たちのためのマタタビ。エイミーは自分の区画にあずまやを作り――ひどく狭くてハサミムシのいいすみかになっていたが、外から眺めるぶんにはきれいだった――そこにはハニーサックルや朝顔が這《は》わされ、色とりどりな角《つの》や釣鐘の形をした花がいちめんに優美な綱かざりを作っていた。それを囲むのは、背の高い白百合《しらゆり》、繊細なシダなど、この庭の土で咲いてくれるかぎりの華麗で絵になる植物たちである。*32

庭つくり、散歩、河でのボートこぎ、野原での花さがしといった行ないで、天気のいい日はすぎていった。雨の日は雨の日で、うちでの楽しみがあった。昔からのも新しいのもあったが、どれも大なり小なり姉妹で考えだしたものだ。そのひとつが「P・C」である。ちょうど秘密結社がはやっていたので、うちでもやってみようということになったのだ。姉妹は全員がディケンズ好きだったから、「ピクウィック・クラブ」と名乗ることにしたのである。*33何度かの中断はあったものの、四人はもう一年もこのクラブをつづけ、毎週土曜の夜に大きな屋根裏部屋で会合を開いていた。式次第は以下のとおりである。テーブルの前に椅子《いす》が三つならべられ、テーブルの上にはランプがひとつ、それぞれ違う色で「P・C」と大書した白い布の徽章《きしょう》が四本、それに『ピクウィック週報』と題した週刊新聞。この新聞には全員が寄稿し、ペンとインクの仕事に目のないジョーが編集長をつとめた。七時になると、四人のメンバーはクラブルームへと上がり、徽章をはちまきにして、大いに威儀《いぎ》を正して席につく。最年長のメグがサミュエル・ピクウィック、文学好きのジョーがオーガスタス・スノッドグラス、ぽっちゃりして薔薇色の肌をしたベスはトレイシー・タップマン、できもしないことをやりたがる癖のあるエイミーがナサニエル・ウィンクルだ。ピクウィック会長が読み上げる週報は、オリジナルの物語、詩、地元のニュース、こっけいな広告、それに姉妹がおたがいの失敗や欠点をユーモラスに指摘しあう短報欄などがぎっしりつまっている。今日の会合でも、ミスター・ピクウィックはレンズのない眼鏡をかけ、テーブルを叩《たた》き、エヘンとせきばらいをし、椅子を後ろに傾けているミスター・スノッドグラスをにらみつけて正しい姿勢にもどらせてから、さて読みはじめた

――

ピクウィック・クラブ週報　一八××年五月二十日号

詩人のコーナー

記念日に寄せる頌歌《オード》

今日また集い　祝いせん
　徽章を巻いて身を正し
五十二度目の記念日を
　ゆかりも古きホールにて。

ひとりびとりが健《すこ》やかに
　欠けたる者は　さらになく
なじみの顔を見交わして
　互いの手をば握るなり。

定めの席にピクウィック
　われら畏《かしこ》み挨拶《あいさつ》す
大人《たいじん》　鼻に眼鏡のせ
　さて読み上ぐる　この週報。

今日はいささか風邪ぎみなれど

その声聞くぞありがたき
いつに変わらぬ金言ぞ
喉《のど》はぜいぜい鳴るとても。

されば偉丈夫スノッドグラス
しんずしんずとまろび出る
笑みを浮かぶるその顔は
よく日に焼けて朗《ほが》らなり。

まなこに光る　うたごころ
詩はまずくとも思いはいっぱい
眉根《まゆね》に意志をみなぎらせ
鼻にはちょっぴりインクあと！

次は優しきタップマン
薔薇色の頬ぽっちゃりと

うまい駄洒落《だじゃれ》に笑いすぎ
　椅子より床にころげ落つ。

お上品なり　ウィンクル
　髪一筋も乱れなく
まこと礼儀の鑑《かがみ》にあれど
　顔洗わぬが玉にきず。

年は終われど集いはやまず
　ふざけて笑って本を読み
文学の道　踏みしめて
　めざすは遠き栄冠ぞ。

永くさかえよ　われらが週報
　とこしえなれや　われらが友情
いつも明るく世の役に立つ

ピクウィック・クラブに幸いあれ。

――A・スノッドグラス

仮面の結婚式――ヴェニスの物語

運河に面したお邸《やしき》の大理石の階段につぎつぎとゴンドラが漕《こ》ぎ寄せ、美しく着飾ったお客を下ろしてゆきました。アデロン伯爵《はくしゃく》邸の壮麗な大広間はきらびやかな装《よそお》いの人たちでいっぱいというのに、お客はふえてゆくばかり。騎士に貴婦人、妖精《ようせい》にお小姓、修道士に花売り娘――みんな楽しげにダンスの輪にまじりました。やさしい声、豊かなメロディがあたりに満ちます。人々のさざめきと音楽のうちに、仮装舞踏会は続きました。

「わが君におかれましては、今宵《こよい》のヴァイオラ姫をご覧あそばされましたかな？」りりしいいでたちの吟遊詩人がこう尋ねた相手は、広間を滑るようにやってきて腕にすがった妖精の女王です。

「見ましたとも。とってもお美しいのに、ひどく悲しそうでいらっしゃるのね！お召し物もほんとにすてき、一週間後にアントニオ伯爵とご婚礼ですもの。でも、姫はあの方を心の底から嫌っていらっしゃる」

「私はやはり、伯爵がうらやましいな。や、噂《うわさ》をすれば影だ。まったく花婿《はなむこ》のいでたちですね、黒い仮面だけは別だが。あの仮面が外されれば、伯爵がつれなき乙女をどんな眼で眺められるか分かろうというもの。父君は厳格でいらっしゃいますから、必ずや姫の手をアントニオ伯爵にお渡しなされるでしょうが」

「ひそかな噂では、姫はイギリスから来た若い芸術家に恋しておいでとか。このお邸の階段に夜ごと姿を現すのを、父君が追い払われるのだそうですよ」貴婦人がそう言うあいだに、ふたりはダンスの輪に入っていました。

宴たけなわのさなかに、神父さまがおいでになりました。若いふたりを紫色のベルベットのカーテンがかかった小部屋にさし招き、ひざまずくようにと手ぶりをなさいます。にぎやかだった一座が、水を打ったように静まり返りました。聞こえてくるものといっては、噴水の音や月明かりに眠るオレンジの葉ずればかり。その中で、アデロン伯爵が口を開きました――

「殿方と貴婦人がたよ、わがたくらみをお許しあれ。今宵お集まりいただいたのは他でもない、わが娘の結婚式にお立会いを願いたいのです。神父さま、ではお願い申す」

すべての眼が花嫁と花婿に注がれました。驚きのざわめきが低く広がったのは、ふたりとも仮面を取ろうとしなかったからです。一同、これはどうしたことかと気をもみつつ、聖なる儀式の終わりまでは口をきくわけにまいりません。式が終わったとたん、人々はどっとばかりに伯爵を取り囲み、説明を求めました。

「説明申し上げたいのはやまやまながら、そうもいかんのです。恥ずかしいからどうしてもとヴァイオラが言い張るので、折れるしかなかったのだ。さあ、わが子よ、芝居は終わりだ。仮面を取って、わが祝福を受けるがよい」

ところが、花婿も花嫁もひざまずきません。若い新郎が答えたその声音に、人々ははっとしました。仮面が落ちてあらわれたのは、かの芸術家ファーディナンド・ドゥヴルーの気高いかんばせだったのです。英国伯爵の紋章があらわになった胸に寄りそうヴァイオラ姫は、喜びと花の盛りの美しさに輝くばかりでした。

「父君よ、あなたは私をあざけって仰《おお》せられた――アントニオ伯爵ほどの高貴な名前と莫大《ばくだい》な財産を誇りえてこそ、娘を求めるがよいと。されば、それ以上にしてさしあげよう。いかに野心強きあなたとて、ドゥヴルーおよびドゥ・ヴィアの伯爵なる者の求めをよもや拒みはなさるまい。私は由緒《ゆいしょ》正しき名前と無限の富を捧《ささ》げてこのたおやめの手を取り、いまやわが妻に迎えたのです」

アデロン伯爵は、石に変えられたように立ち尽くしました。こはいかにと驚くばかりの人々に向きなおったファーディナンドは、陽気な勝利の笑みを浮かべて言いました。「ほまれ高き紳士諸君、わが望みはただひとつ。諸君の求愛が、わが求愛と同じく成功することだ。この仮面の結婚で私が得た花嫁と同じく、美しき花嫁を諸君がかちえるよう祈る」

――S・ピクウィック

ピクウィック・クラブがバベルの塔に似ているのはなぜ？
――メンバーがみんな、勝手にしゃべりまくるから。

＊　＊　＊

あるカボチャの人生

むかしむかし、ひとりのお百姓が畑に小さな種をまきました。しばらくすると芽が出てつるが伸び、たくさんのカボチャがなりました。十月になって実が熟れたある日、お百姓はカボチャを一個もいで市場に持っていきました。八百屋さんがそれを買って店先に置きました。その日の朝のうちに、茶色の帽子と青いドレス、丸顔に団子っ鼻のちいさな女の子がお店にきて、お母さんのためにカボチャを買いました。女の子はカボチャをかかえて家に帰り、切り分けて、おおきな鍋《なべ》で煮ました。そのうちいくらかはつぶして塩とバターをまぜ、昼ごはんに出しました。残りのぶんには牛乳を一パイント、卵を二個、砂糖を四さじ、ナツメグ、クラッカー少々をまぜ、深いお皿に入れて、しっかり茶色になるまで焼きました。そして次の日、それはマーチという名前の一家に食べられてしまいました。

――T・タップマン

＊　＊　＊

ミスター・ピクウィック殿

罪ということについてもうしあげます罪をおかしたのはウィンクルという男ですクラブではいつもわらいだしてほかの人たちのじゃまをするしこのりっぱなしんぶんに書くはずのきじを書かないこともありますどうかこの男のなまけぐせをゆるしてフランスのぐう話でかんべんしてあげてくださいなぜなら宿だいがいっぱいあるのに頭がたりないのでじぶんで書くことができないからですこれからはわたし時間のうしろ髪をひっぱってコミー・ラ・フォーなきじを書くようにしますつまりいいきじってことですああもうがっこうの時間。

つつしんで　N・ウィンクル*34

〔編集長より　これは過去のあやまちを男らしく立派に認める手紙である。われらが若き友人が句読点の打ち方を覚えたなら、さらによいだろう。〕

＊　＊　＊

痛ましき事故

先週の金曜日、地下室からの激しい物音とそれに続く悲鳴によって我々は一驚を喫した。一団となって地下室に急行したところ、われらが敬愛する会長が床にばったり倒れていた。家内の用に供せんがために薪《まき》を取りに行った際に、脚をもつらせて転げ落ちたものである。現場の状況は悲惨そのものであった。落下に際してミスター・ピクウィックは頭と肩を水桶《みずおけ》に突っ込み、強健なる身体《からだ》の上に桶一杯分の液体せっけんをぶちまけ、衣服をかぎ裂きにしていたのである。この危機的状況より救い出した同氏を精査したところ、被害はいくつかのあざだけで、外傷はなかった。めでたいことに、現在は元気に活動中である。

編集部

＊　＊　＊

失踪《しっそう》公告

心痛むことながら、われらの大事な友であるミセス・スノーボール・パット・ポーが不可解な突然の失踪を遂げた事実を報じねばならない。この可愛《かわい》らしい人気者の猫は、数多くの友人たちから熱心な賞賛をかちえたペットであった。彼女の美貌《びぼう》は万人の眼をひきつけ、優美さとしとやかさはあらゆる人の心をなごませたものであったから、近隣一帯が彼女の不在を嘆き悲しんでいる。

最後に目撃されたとき、彼女は門口に座って肉屋の手押し車を眺めていた。その美貌に目のくらんだ悪党が卑劣にも誘拐に及んだのではないかと見られている。すでに数週間が経過したが、行方は杳《よう》として知れない。われらはすでに望みを捨て、彼女の寝床であったバスケットに黒いリボンを結び、食事用の皿をわきに取りのけて、もはや永遠に戻らぬものと考えつつ泣き暮らしている。

＊　＊　＊

同情せる友人より、珠玉の詩一篇の投稿あり――

S・B・パット・ポーに捧げる悲歌

われらいとしき友をばしのび
　その運命に嘆息す
もはや暖炉のそばにもおらず
　緑の門にも遊ばざれば。

彼女の子らが眠れる墓は
　栗《くり》の木の根のそばにあり
されど彼女の墓いずこ
　涙を注ぐよすがなし。

むなしきベッド　わびしき手毬《てまり》
　主《あるじ》の来る日はもはやなく
ひそかなノック　やさしき喉鳴り
　居間の戸口に聞くことなし。

鼠《ねずみ》を追えるは別の猫
　きたない顔せる別の猫
狩りの手腕ははるかに劣り
　遊ぶ様子も気品なし。

スノーボールが遊びし廊下を
　今はその猫歩けども
犬には弱し　スノーボールは
　いと勇ましく追い払いしに。

今の猫とて努力はすれど
　見た目がどうも冴《さ》えやせぬ
君なればこそわれらは崇《あが》め
　こよなく愛せしものなるを。

――A・S

＊　＊　＊

広告欄

意志強き演説の名手、ミス・オランシー・ブラゲッジ。世評高き講演「女性とその立場」を来週土曜夜にピクウィック・ホールにて。それに先立ち、恒例の演芸会あり。

若い女性のための、週に一度の料理教室。キッチン会館にて、講師はハンナ・ブラウン。ふるってご参加を。

ちりとり連盟の例会。来たる水曜日、クラブハウスの二階を行進の予定。メンバーは全員制服を着用し、ほうきをかついで九時きっかりに集合のこと。

ミセス・ベス・バウンサーの人形衣料品店。来週開業。パリの最新流行到着。どうかご用命を。

新作劇の上演開始。数週間のうちに、物置小屋シアターにて。米国劇壇を圧倒すること必至。「ギリシャ人の奴隷《どれい》、または復讐《ふくしゅう》者コンスタンティン」を期して待て!!!

短評

S・Pが手洗いにせっけんを大量消費しなければ、朝食に毎回遅刻しないですむはず。A・Sには道で口笛を吹くなとの要請。T・Tはエイミーのナプキンを忘れないように。N・Wはドレスにひだが九つないからといってすねないこと。

今週の成績

メグ――良
ジョー――不可
ベス――優
エイミー――可

会長が週報を読みおえると（ここで読者にひとこと申し上げるが、この週報は遠い昔に実在の少女たちが書いた実在の号をそのまま収録したものなのである）[*35]、満場の拍手が起こり、つづいてミスター・スノッドグラスが立ち上がって議案を提出した。

「会長ならびに会員諸君」国会議員が演説するような態度と口調である。「新会員の入会許可を求めたいのであります。この人物は会員たるの名誉にふさわしく、入会を許されれば深く感謝するものであり、当会の士気を大いに高めるとともに週報の文学的価値を深める能力を有し、しかも、ものすごく愉快ないいやつであります。わたくしは、ミスター・シオドア・ローレンスをP・Cの名誉会員として推薦いたします。ねえ、入れてやってよ」

ジョーが急に調子を変えたので、ほかの三人が笑った。ただ、三人ともいささか気がかりな様子で、ひとことも発しないでいる。スノッドグラスは席についた。

「投票にかけるとしましょう」と会長。「この動議に賛成の諸君は、『アイ』とご発声を」

スノッドグラスが『アイ』と叫び、それにつづいて、みんなが驚いたことにはベスが遠慮がちな声で賛成した。

「反対の諸君は『ノー』とご発声を」

メグとエイミーが反対である。ミスター・ウィンクルがいとも優雅な態度で立ちあがり、次のように述べた。「男の子は要らないわ。男の子なんて、じょうだん言ってふざけまわるだけだもの。これはレディのクラブなんだから、会員をしっかり選んで上品にやりましょうよ」

「彼はこの新聞をばかにして、後からわたしたちをからかうのではありませんかな」と言いながら、ピクウィックはひたいの小さな巻き毛をひっぱった。心配があるときのくせである。

すると、スノッドグラスが熱意をこめて飛び立った。「会長！　わたくしは紳士の名誉にかけて申しますが、ローリーはそのようなことはいたしません。彼は文章を書くことが好きでありまして、われわれの寄稿に格調をそえ、われわれが感傷主義におちいるのを防いでくれるでありましょう。分からないかなあ？　われわれが彼に対してなしうることは少なく、彼がわれわれに対してなすところは多いのでありますから、せめてもの報いとしてこの会に席を与え、彼がおとずれてくれた折には歓迎すべきだと存ずるしだいであります」

スノッドグラスが巧みに言及した利点が協議されると、タップマンが意を決したように立ちあがった。

「そうね、そうするのが正しいわ。やっぱり、こわいのは確かだけど。来てもいいことにしましょう。それにおじいさまも、ご本人がおのぞみなら」

ベスからの熱心な発言にクラブの面々はわきかえり、ジョーは椅子から飛び立ってベスに感謝の握手を求めた。「さあ、それじゃ再投票だ。ことはわれらがローリーなんだよ、だからみんな『アイ！』って言って」スノッドグラスの熱弁である。

「アイ！　アイ！　アイ！」三つの声がそろって言った。

「ようし！　ありがとう！　さて、ウィンクル君の独特な言い回しを借りれば『時間のうしろ髪を引く』にまさるものなしでありますから、新会員を紹介いたしましょう」他の三人をろうばいさせたことには、ジョーが戸棚のとびらをさっと開けると、ローリーが古布入れの袋に腰かけていた。笑いをこらえようと、真っ赤になって肩をふるわせている。

「あっ、やられた！　この裏切り者！　ジョー、ひどい！」三人が叫ぶなか、スノッドグラスはしてやったりとばかりに友人をひっぱり出した。そして椅子と徽章を出し、あっというまに入会手続きをおえてしまった。

「きみたち悪党どもの冷徹なる手腕にはおそれいる」ミスター・ピクウィックはものすごい渋面《じゅうめん》を作ろうとしたが、楽しげな笑みしか浮かべられなかった。いっぽう、新会員は堂々たるものだ。立ちあがって会長に感謝の一礼をすると、まことに人をそらさぬ態度でこう言った――「会長ならびに淑女諸君――もとい、紳士諸君――自己紹介をお許しください。わたくしはサム・ウェラー、当会の忠実なる従僕であります」

「いいぞ、いいぞ！」とジョーが叫び、ステッキがわりにしていたベッド暖め用の古い長柄鍋《ながえなべ》の取っ手でテーブルをたたいた。

「わが忠良な友人、かつ高貴な庇護《ひご》者なる人物は」と、手をふりながらローリーはつづけた。「わたくしをまことに好意的にご紹介くださったのでありまして、さきほどの卑《いや》しき計略の科《とが》を負わせらるるべきではありません。あの計略はわたくしの発案によるものであり、わが友人はわたくしの熱烈なる説得に応じたのみであります」

「ちょっと待ってよ、全部ひきうけちゃうなんてずるい。あの戸棚を教えたのはわたしだよ」割って入ったスノッドクラスは、このおふざけを心から楽しんでいる様子だ。

「あちらの言うことに耳を貸してはなりません。わたくしめのしわざでございます」と新会員は言って、ミスター・ピクウィックにサム・ウェラー流のおじぎをしてみせた。「しかしながら、二度とこのようなことはいたしません。今後はこの不滅のクラブの繁栄のため、うんこつ砕身の所存でございます＊36」

「傾聴！　傾聴！」とジョーが叫んで、鍋のふたをシンバルのように打ち鳴らした。

「つづけて！　つづけて！」と言ったのは、ウィンクルとタップマンだ。会長はおうようにうなずいた。

「わたくしが申し上げたいのは、名誉ある入会許可へのほんのお礼として、かつまた二国間の善隣友好を推進する手段として、庭が一段低くなっている一角の生け垣に郵便局を開設したということであります。これはりっぱな、ひろびろとした建物でありまして、両側のドアには南京錠《なんきん》、そのほか郵便《メール》に関するあらゆる便宜をそなえつけてございます――こう申してよければ、男性《メール》のみならず女性《フィーメール》にも使いよいのであります。この建物はかつてツバメの飼育に供せられておりましたが、わたくしはドアをふさぎ、屋根を開けられるようにいたしました。したがって、いまやこの建物はあらゆる品を収容でき、われわれの貴重なる時間を大いに節約してくれるでありましょう。この建物を通じて、手紙、原稿、書物や小包をやりとりすることが可能であります。両国が鍵《かぎ》を保有いたしますので、まことに使いやすいと存じます。では、クラブ用の鍵をおさめくださいい。ご厚意に多大なる感謝をささげつつ、着席いたします」

ミスター・ウェラーが小さな鍵をテーブルに置いて着席すると、大きな拍手が起こった。長柄鍋がガタガタ、ブンブンとふりまわされ、秩序が回復するまでにしばらくかかった。長い議論がそれにつづき、全員が全力をつくして、おどろくべき弁舌の才を発揮した。そこで会はいつにない活気をおび、遅い時間になってやっと解散した。最後には、新会員のためにみんなが金切り声をはりあげて万歳を三唱した。

サム・ウェラーの入会を認めたことを、だれも後悔しなかった。これほど熱心で、お行儀がよくて、しかも陽気な会員は、どこのクラブを探してもいないだろう。サムはまちがいなくクラブの「士気」を高めたし、新聞に「格調」を与えてくれた。彼の演説は聞き手の腹の皮をよじらせ、原稿はばつぐんだった。ときに愛国的、ときに古典的、ユーモラスなこともドラマティックなこともあったが、けっして感傷にはおぼれなかった。ジョーはそれらの記事をベーコンやミルトンやシェイクスピアに匹敵すると激賞し、その影響で自分の書くものも大いに向上したように感じた。

郵便局《ポスト・オフィス》、すなわちP・Oはまったくすてきな施設で、すばらしい成功をおさめた。本物の郵便局と同じように、さまざまな珍しい品物がそこを通りぬけていった。悲劇、ウールのスカーフ、詩、ピクルス、花の種、長い手紙、楽譜、ジンジャーブレッド、消しゴム、招待状、お小言に子犬まで。老紳士はこのしかけが気に入り、自分でも奇妙な小包やなぞめいたメッセージやこっけいな電報を送って遊んだ。ローレンス家の庭師など、ハンナの魅力にぞっこんになったあげく、ジョー気付《きつけ》でラブレターを送ってきたくらいである。この秘密が明らかになったとき、みんなはどれだけ大笑いしただろう！　けれども、これからの年月のあいだに何通のラブレターが小さな郵便局を通じてやりとりされることになるか、それはまだ誰も知らなかった。

11 実験

「きょうは六月一日。キングさんの家族全員があした海にでかけるから、わたし、自由の身よ！　三ヶ月のお休み！　もう、楽しみつくすんだから！」ある暖かい日、うちに帰ってきたメグが叫んだ。ふと見ると、ジョーはいつになく疲れきった様子でソファに横になっていて、ベスが泥だらけのブーツをぬがせてやっており、エイミーは全員のためにレモネードを作っているところだ。

「マーチ伯母さんはきょう避暑に出かけたよ。ばんざーい！」とジョー。「いっしょに来いって言われるんじゃないかと思って、死ぬほどこわかったんだけどね。誘われたら、むげに断るわけにもいかないじゃない。でも、プラムフィールドなんていうお墓みたいに陽気な場所、かんべんだよ。伯母さんを送り出すのがまた大《おお》しごとでさ、伯母さんがひとこと話しかけてくるたびにギクッとしたよ。わたし、さっさと終わらせてしまいたかったからやたらにまめまめしく手伝っちゃったんで、こいつは手放せないなんて思われたらどうしようと思ってさ。馬車に押しこむまでブルブルものだったし、馬車が走り出したときもぞっとしたね、ひょっとしたら窓から頭が突き出して、『じょう・じぃ・ふぃーん、あんたも一緒に――』なんて言うんじゃないかと。それ以上聞くのがこわくって、ひきょうだけど回れ右して逃げてきちゃった。ほんとに駆けだしたんだよ。きゅっと角を曲がって、やれひと安心ってわけ」

「かわいそうなジョー！　帰ってきたときなんか、熊《くま》においかけられてるみたいだったわ」母親のようにジョーの足をもんでやりながらベスが言う。

「マーチ伯母さんって、まったくアンパイアみたいな人ね」エイミーは、作ったレモネードの味を念入りにたしかめている。

「それを言うなら吸血鬼《ヴァンパイア》だけど、まあいいや。こう暑いと、ひとの言葉のはしばしを直してやる気もなくなるよ」とジョーがつぶやいた。

「お休みはなにをしてすごすつもり？」と、エイミーが巧みに話題をそらす。

「朝おそくまで寝て、起きてからもなにもしないつもり」ロッキングチェアに深々と腰かけたメグが言う。「冬のあいだずっと、朝早くたたき起こされて、ひとのために仕事しなきゃいけなかったんだもの。だから、心ゆくまでゆっくり休むつもり」

「あ、そう！」とジョー。「それ、なんだかゆるすぎてわたしには合わないな。本がひと山積んであるから、〝わが輝ける時〟はあのリンゴの木の上で読んですごすつもりなんだ。ただし、ローリーとヒバ――」

「『ヒバリみたいにふざける』なんて言わないでよ、下品だもの！」とエイミー。「アンパイア」を訂正されたお返しだ。

「じゃあ、『ナイティンゲールみたいにたわむれる』にしとこうか。上品だし、ローリーは歌がうまいからぴったりだよ」

「ねえベス、しばらく勉強はやめて、ずっと遊んだり休んだりしてすごそうよ。姉さんたちもそうするみたいだし」とエイミーが提案した。

「そうね、母さんがだめだって言わないならそうしてもいいわ。新しい歌をいくつか覚えたいし、うちの子たちも夏にそなえて直してあげなきゃいけないし。そりゃもうみじめな様子で、着るものがないのよ」

「母さん、そうしていい？」メグはミセス・マーチのほうを向いて言った。ミセス・マーチは、姉妹のいわゆる「マーミーのコーナー」にすわって縫い物をしていた。

「いいわよ。一週間のあいだ実験して、気に入るかどうかやってごらんなさい。おそらく土曜の夜までに、『遊びばっかり、仕事なし』というのは『仕事ばっかり、遊びなし』と同じくらいよくないと分かるでしょうよ」

「まさか！　きっと、とても楽しいわ」メグが何も知らずに言った。

「それじゃ、乾杯[*37]といこうよ。わが『友人にしてパートナーなるセアリー・ギャンプ』にならって。お楽しみはいつまでも、仕事はまるでなし」ちょうどレモネードがいきわたったので、ジョーはグラスを片手に立ちあがって叫んだ。

　四人は陽気にレモネードを飲みほすと、実験の手はじめに、その日はずっとだらだらしてすごした。翌朝、メグは十時まで起きてこなかった。ひとりで食べる朝食はおいしくなかったし、部屋は陰気でちらかって見えた。ジョーが花瓶に花をいけず、べスもはたきをかけず、エイミーの本が散らばっていたせいである。きっちり片づいて心地よさそうなのは、いつもと変わりのない「マーミーのコーナー」だけだった。メグはそこに行って「休んで本を読む」ことにしたが、実際のところは、あくびをしながら、お給料でどんなにきれいな夏のドレスが買えるか想像しただけだった。ジョーは昼までローリーといっしょに河でボートをこぎ、午後はリンゴの木の枝に腰かけて『ワイド・ワイド・ワールド』[*38]に涙してすごした。ベスはまず、人形一家の住まいである大きな戸棚からあらゆるものを引っぱりだそうとしたが、半分も終わらないうちにあきてきて、人形の家はごちゃごちゃのままで音楽にとりかかり、皿洗いしなくていいことに大喜びした。エイミーはあずまやの手入れをし、一番いい白のドレスを着て、頭の巻き毛をととのえ、ハニーサックルの下でスケッチをはじめた。通りすがりの人が、この若い芸術家は誰かとたずねてくれないだろうかというもくろみだった。ところが誰も通ってゆかず、せんさく好きの蚊とんぼだけがスケッチをしつこく見にくるものだから、エイミーはつづいて散歩にでかけてにわか雨にあい、しずくをたらしながら帰ってきた。

ティーの席で姉妹はできごとを報告しあい、ひどく長い一日だったけれども愉快だったと結論した。メグは午後に買い物にでかけ、「かわいいブルーのモスリン」を買ったが、布地のはしをカットしてからやっぱり気に入らないことが分かって、いささか不きげんになった。ジョーはボート遊びのあいだの日焼けで鼻の頭をすりむき、読書のしすぎで頭がガンガン痛かった。ベスは戸棚がごちゃごちゃなのを気にかけ、四つばかりの歌をいっぺんに覚えられなかったので落ち着かないでいた。エイミーはドレスを雨にぬらしてだいなしにしてしまったことを深く後悔していた。ケイティ・ブラウンのパーティがあしただというときになって、フローラ・マクフリムジーみたいに「なんにも着るものなし」である。*39 とはいえ、これらは取るにたりない事柄であって、四人は母さんに、実験は着々と成果をおさめていると報告した。母さんはほほえんだだけで何も言わず、姉妹がなまけた仕事をハンナといっしょになってこなしてやり、家の中を快適に、家庭という機械がスムーズに動きつづけるようにした。いっぽう、この「休みと楽しみ」のプロセスは、物事を驚くほどへんてこで落ち着かない状態にしてしまった。一日はどんどん長くなり、天気はくるくる変わりつづけ、それに合わせるように姉妹の気分も浮き沈みした。なにやら片づかない気持ちが全員にとりつき、悪魔《サタン》は仕事のない娘たちの手を使ってさんざん悪いことをさせた*40。最高のぜいたくを楽しむつもりでメグはやりかけの裁縫を取り出したが、何もない時間があんまり重くのしかかったせいで、モファット姉妹流にドレスの仕上がりをいじろうとしているうちに切りきざんでだめにしてしまった。ジョーはあんまり本を読んだせいで眼が疲れきり、本を見るのもいやになってしまった。いろんなことが癇《かん》にさわるせいで人のいいローリーともけんかしてしまう始末、ついには気分がどん底まで沈み込み、これならマーチ伯母さんといっしょに行けばよかったと後悔にさいなまれた。ベスはわりあいうまく過ごせた。というのも「遊びばっかり、仕事なし」というルールをついつい忘れ、ときどき普段どおりの働き者になってしまったからだが、それでも家内の空気に影響されて、いちどならず平静さをかき乱されてしまった。一度など、あのベスがかわいそうな人形のジョアンナの身体《からだ》をゆさぶって「なんて不細工なの」と言ったほどである。エイミーが四人のなかでいちばんうまく行かなかったのは、頼れるものが少なかったからだ。姉たちにほうっておかれ、自分でやりくりをつけて楽しむとなると、いっぱしの大人をきどっている自分が重荷になってきた。人形は好きでなかったし、おとぎ話は子供っぽいし、ずっと絵ばかり描いているわけにもいかなかった。ティーパーティやピクニックも、よほど趣向を凝らしたものでなければつまらなかった。「すてきな女の子でいっぱいのりっぱな家があるとか、旅行に出られるとかすれば、夏だって楽しめるのに。でも、三人のわがままな姉さんや、もう大きくなった男の子といっしょに家に閉じこめられていたんじゃ、忍耐づよいボアズでもまいっちゃうわよ」われらが小さなミセス・マラプロップは、数日間をお楽しみといらだちと退屈《アンニュイ》にささげたあとで考えたものである。*41

だれも実験がいやになってきたと認めようとはしなかったが、金曜の夜には、それぞれが心のなかで、一週間がそろそろ終わりそうなことを喜んでいた。ユーモアをたっぷり持ち合わせているミセス・マーチは、教訓をさらに深くしみこませるために実験をしっかり仕上げようと決心した。ハンナに一日の休みをあげて、「遊びばっかり」システムの効果を娘たちにとことん味わってもらうことにしたのである。

土曜日の朝に姉妹が目をさますと、調理場には火がなく、食堂には朝食がなく、母さんまで影も形もなくなっていた。

「まいったなあ！　何があったんだろう？」ジョーが困りきった様子であたりを見回した。

メグが二階へと駆けていった。戻ってきたときにはほっとした表情だったが、同時になにやら困惑して、いささか恥じ入っている様子だった。

「病気じゃなかった。すごく疲れたからきょうは部屋で一日じっとしている、あなたたちでできるだけやってほしいって。こんなの初めてだし、なんだか母さんじゃないみたい。でも、母さんが言うには、この一週間ほんとに大変だったんだから、わたしたちも文句を言わずに自分たちでやりなさいって」

「お安いご用。わたし、そのほうがいいと思うな。することが欲しくって、うずうずしてるもの——つまりその、楽しいことって意味だけど」ジョーはあわてて付け加えた。

じっさい、ちょっとした仕事があって助かった思いだったから、四人はやる気満々でとりかかった。しかし間もなく、「家事ってのはね、冗談ごとじゃござんせんよ」というハンナの口ぐせが身にしみた。食料室には十分に食べ物があったので、ベスとエイミーが食器をならべるあいだにメグとジョーが朝食を作った。作りながら、ハンナたちはどうして仕事がきついなんてこぼすんだろうとふたりは言いあった。

「これ、母さんにも持っていくことにしましょう。自分の朝ごはんは何とかするから、気にしないでって言ってたけど」テーブルの上席についたメグは、ティーポットを前にして、一人前の主婦のような気分になっていた。

そこで、みんなが食べ始めるまえに母さん用のセットが作られ、シェフのメグからの挨拶《あいさつ》つきで二階に届けられた。ぐらぐら煮てしまったお茶は苦く、オムレツは焦《こ》げ、ビスケットはベーキングパウダーがだまになっているしろものだったが、ミセス・マーチは朝食にお礼を言い、ジョーがいなくなるとそのひどさを見て愉快そうに笑った。

「かわいそうに、これからが大変よ。でも実害はないし、いい経験になるでしょう」そう言って、すでに用意してあったまともな朝食を取り出すと、だめなほうは娘たちが傷つかないようにそっと捨ててしまった――この母親らしい小さな嘘《うそ》をあとから知って、メグとジョーはありがたく思ったものである。

一階では朝食に非難ごうごうのありさまで、シェフは失敗つづきに頭をかかえていた。「気にしない、気にしない。お昼はわたしがやるし、下働きもひきうける。姉さんは主婦の役なんだから、手をよごさないで、お客さんを出迎えて、いろいろ指図《さしず》してくれればいいよ」とジョーが言ったが、ご当人は料理についてメグほども知らなかった。

ジョーの親切な申し出はいそいそと受け入れられ、マーガレットは居間にひっこんでざっと片づけをした。といっても、ごみをソファの下に掃きこみ、はたきの手間を省くためにブラインドを下ろしただけだが。いっぽう、自分の料理の腕をつゆほども疑わないジョーは、けんかの仲直りをしようと思って、ローリーを昼食に招待する手紙をすぐさま郵便局に投函《とうかん》した。

「招待もいいけど、ちゃんと材料があるか確かめなきゃ」ジョーの親切だが軽率な行ないを知らされると、メグは言った。

「だいじょうぶ、コンビーフがあるし、ポテトもどっさりあるよ。アスパラガスは買ってくる。あと、ハンナがよく言う『ささやかなぜいたく』ってやつで、ロブスターも。サラダ用にはレタスだね。作り方は知らないけど、本を見ればいいでしょ。デザートはブランマンジェとイチゴ。あと、エレガントに行きたいならコーヒーも出すよ」

「あんまり欲ばらないほうがいいわよ、ジョー。だってあなた、食べられるものってジンジャーブレッドと糖蜜《とうみつ》のキャンディくらいしか作れないじゃない。わたし、昼食会からは手を引かせてもらうわ。あと、ローリーはあなたが勝手に呼んだんだから、ちゃんともてなしてあげてよ」

「姉さんはなんにもしなくていいよ。ローリーを楽しませて、デザートをすすめてくれさえすれば。わたしが困ることがあったら、アドバイスしてくれるよね？」ジョーはだいぶ傷ついた声で言った。

「それはいいけど、わたしが知ってるのはパンの焼き方くらいで、あとはちょっとしたことだけよ。食べ物を注文するなら、ちゃんと母さんの許可を取ってね」メグはぬかりのない返事をした。

「もちろん取るよ。わたし、ばかじゃないもの」と言うと、ジョーは自分の手腕に疑いがつきつけられたことにぷりぷり怒りながら出ていった。

「なんでも買っていいから、じゃましないで。今日はおよばれだから、うちのことにかまっていられないの」ジョーが聞きにいくと、ミセス・マーチはそう言った。「わたし、前から家事はきらいだったのよね。だから今日はお休みにして、本を読んだり手紙を書いたり、およばれしたりして楽しむつもり」

いつも忙しく働いている母さんが朝から気持ちよさげにロッキングチェアに座って本を読んでいるのを見て、ジョーは天変地異かと思った。日蝕《にっしょく》、地震、あるいは火山の噴火だって、これにくらべれば大したことではなさそうだった。

「今日はなんだか、家じゅうが変みたい」階段を下りながらジョーは考えた。「あっ、ベスが泣いてる。こいつはマーチ家に一大事のしるしだよ。エイミーが困らせてるんなら、ガクガクにゆさぶってやる」

自分自身が変な気もしたけれども、ジョーはとにかく居間へと急いだ。ベスが泣いているのは、カナリアのピップがかごのなかで死んでしまったからだった。あわれにも小さな足を突き出し、飢え死にしてしまったあともなお食べ物を求めるようなかっこうで、ピップは横たわっていた。

「わたしが悪いの——忘れちゃってたの——えさも水も、ぜんぜん残ってない——ああ、ピップ！　ピップ！　わたし、なんてひどいことを！」そう叫びながら、ベスはピップを両手でかかえ、生き返らせようとしていた。

ジョーはピップの半開きになった眼をしらべ、小さな心臓の動きをたしかめたが、ピップはこわばって冷たくなっていた。そこで首を振り、自分が持っているドミノの箱をひつぎのかわりに差し出した。

「オーブンに入れてみましょうよ。温まったら生き返るかも」エイミーは望みを捨てていない。

「ピップは飢え死にしたのよ。そのうえ焼き鳥にするなんて、だめ。わたし、なきがらを包む布を作って、お墓にうめてあげる。もう鳥さんを飼ったりしないわ、ピップ、もう二度と！　わたしみたいなダメ人間は、飼っちゃいけない」ペットを両手でかかえたまま床にすわりこんで、ベスはつぶやいた。

「お葬式はきょうの午後にしよう。全員で参列するよ。ねえ、泣かないでよ、ベシー。悲しいけど、今週はなにもかもうまく行かないんだ。ピップはこの実験でいちばんひどい目にあったんだね。包む布を作っておやりよ、それから箱に入れてあげよう。昼食会がすんだら、ちゃんとしたお葬式を出してあげようね」そう言いながらもジョーは、すべてが自分の手にあまるのを感じはじめていた。

ベスをなぐさめるのはメグとエイミーにまかせてジョーはキッチンへ戻ったが、キッチンの混乱ぶりを見てやる気がいっぺんに低下した。それでも大きなエプロンをつけて仕事にとりかかり、洗うお皿をつみ上げるところまでやったが、そこで調理用暖炉の火が消えているのに気づいた。

「うわっ、最悪！」とつぶやいてジョーは暖炉のドアを開き、燃え残りをせわしなくつつきはじめた。

なんとかまた火がおこったので、お湯がわくまでに買い物にいってこようとジョーは決めた。歩いたおかげで元気が戻ってきたので、いい買い物ができたと喜びながら家にもどった。もっとも、ジョーが注文したのはひどく小さなロブスターと、やけにしなびたアスパラガスと、おそろしく酸《す》っぱいイチゴふた箱だったが。キッチンが片づくころには食材もとどき、暖炉はかんかんに熱くなっていた。ハンナは平鍋《ひらなべ》にパン種《だね》をしこんでおり、今朝それがある程度ふくらんだところでメグが形をととのえ、さらにふくらませるためにパン用オーブンに入れておいたのだが、そのまま忘れてしまっていた。メグが居間でサリー・ガーディナーをもてなしていると、急にドアが開いて、小麦粉だらけ、すすだらけ、顔は真っ赤でざんばら髪の人物があらわれ、けわしい声で言った――

「ねえ、パン種って、鍋のふちからこぼれてたら十分ふくらんでるよね？」

サリーが笑いだした。けれどもメグはうなずいて眉毛《まゆげ》をできるかぎり高くつり上げてみせたので、入口につっ立っていたお化けは即座に姿を消し、あわててパン種をオーブンにつっこんだ。ミセス・マーチはあちこちに顔を出してなりゆきを確かめ、ベスをなぐさめてから出ていった。ベスがシーツを作ってやっているそばで、世を去りし友はドミノの箱におさまっていた。ミセス・マーチの灰色のボンネットが角を曲がって見えなくなると、奇妙な無力感が娘たちをとらえた。それが絶望に変わったのは、数分後にミス・クロッカーがやってきて、お昼に招待されていると言ったときである。

ミス・クロッカーというのは痩《や》せて顔色の悪い独身のおばあさんで、とがった鼻とするどい眼の持ち主、どんな細かいことも見逃さずゴシップの種にするというしろものだった。姉妹はミス・クロッカーが嫌いだったが、あのかたには親切になさいと両親から教えられていた。ミス・クロッカーは年寄りで貧乏で、友達もほとんどいなかったからである。そこでメグはミス・クロッカーに安楽椅子《いす》をゆずり、もてなそうとつとめた。するとミス・クロッカーはいろいろ質問し、あらゆるものにけちをつけ、知り合いのうわさ話をはじめた。

この日の午前中にジョーがあじわった不安と災難と苦労は、とうてい言葉には表せない。そしてジョーが出した昼食は、のちのちまで冗談の種になった。これ以上のアドバイスはこわくて求められなかったので、ひとりでできるかぎりやってみたが、料理というものはエネルギーと善意だけではどうにもならないことが身にしみた。ぐつぐつに煮えたお湯でアスパラガスを一時間ゆでたところ、穂先がとれて茎は筋《すじ》だけになった。パンは黒こげだった。サラダのドレッシングが自分でもおそろしくまずかったので、他のすべてを投げ出してドレッシング作りに没頭したからである。ところがドレッシングそのものも、最後にはどう手を加えても食用に適さない状態におちいってしまった。ゆでたロブスターは謎《なぞ》の赤い物体としか思えなかったが、ジョーはやみくもに叩《たた》いたりつついたりして殻をむいた。ほんのわずかな中身をレタスの山に盛りつけたところ、どこに載《の》っているやらさっぱり分からなくなった。アスパラガスが冷めるといけないのでポテトを急がねばならず、生焼けにしてしまった。ブランマンジェはだまだらけで、イチゴは見かけほど熟していなかった。売り場では並べ方をうまく「化粧」してあったのだ。

「まあ、おなかが減ってるならビーフとパンとバターがあるさ。ただ、昼までかかって苦労が実らないのは頭にくるな」いつもより三十分おそく昼食のベルを鳴らしたジョーは、暑苦しくて疲れきり、しかも気分が沈んでいた。テーブルに並べたごちそうを食べにくるのは、あらゆる美食になれっこのローリーと、あのミス・クロッカーである。ミス・クロッカーの好奇心たっぷりの眼はすべての失敗を見ぬき、よく回る舌はそれらの失敗を全世界にひろめるだろう。

　出すものすべてが一口だけで残されるのを見て、かわいそうにジョーはテーブルの下に隠れたくなった。エイミーはくすくす笑うし、メグは困りはてた様子だし、ミス・クロッカーは口をすぼめている。ローリーはせっかくの食事を明るくしようと、必死でしゃべったり笑ったりしていた。ジョーの最後の望みはフルーツだった。たっぷり砂糖をかけ、水差しになみなみ入れたリッチなクリームをそえてあるのだ。きれいなガラス皿がくばられると、クリームの海に浮かんだ小さな薔薇色《ばらいろ》の島をみんなが安堵《あんど》した様子で眺めたので、ジョーは上気した頬が少しだけすずしくなり、ほっと息をついた。ミス・クロッカーが最初にひとくち食べたが、急に変な顔になって、あわてて水を飲んだ。よさそうなイチゴだけより分けると数がひどく少なくなっていたので、ジョーは自分にはよそわないでおいた。ローリーの様子をうかがうと、雄々しく食べすすめているが、口元がかすかにゆがみ、眼は皿をじっと見つめていた。繊細なフルーツの大好きなエイミーはスプーンにたっぷり盛って口に運んだが、とたんにむせ、ナプキンで顔を隠してすっとんでいった。

「ど、どうしたの?」ふるえあがったジョーが叫んだ。

「これ、塩よ。クリームも酸《す》っぱくなってる」お手上げのジェスチャーをしてメグが答えた。

ジョーはうめき声をもらして椅子に沈みこんだ。そうだ、仕上げに急いでひと振りしたとき、キッチンのテーブルには容器がふたつあった。それに、牛乳は冷蔵庫に入れてなかったんだっけ。真っ赤になったジョーはもうすこしで泣きだすところだったが、ちょうどローリーと眼が合った。さんざんな苦労にもかかわらず陽気さを失わないローリーの眼を見たとたん、これがどれだけこっけいな事態かということがジョーにも分かった。ジョーは笑いだし、涙が頰に流れるまで笑いつづけた。ほかのみんなも笑った——姉妹が「不平屋《クローカー》」というあだ名で呼んでいるミス・クロッカーまで。こうして、災難だらけの昼食会はパンとバターとオリーブと笑い声で陽気なお開きとなった。

「いま片づける気力はないから、お葬式を出して気を落ちつけよう」みんなが立ちあがるとジョーが言った。ミス・クロッカーは、別の食事の席でこの最新ニュースを語ろうというのでそそくさと帰っていった。

ベスのことを思って、みんなが気を落ち着けた。ローリーが果樹園のシダの茂みにお墓を掘り、心やさしい飼い主がぽろぽろ涙をこぼしながら小さなピップのひつぎを入れ、埋められた墓穴の上にコケが敷かれて、墓石にはスミレとハコベの花輪が置かれた。墓碑銘は、ジョーが昼ごはん作りに悪戦苦闘しながら考えたものだ——

ここに眠るはピップ・マーチ
　六月七日に世を去りぬ
　愛され　深く悼《いた》まれて
　忘れがたなき小鳥となりぬ

お葬式が終わると、ベスは部屋にひっこんだ。悲しみとロブスターで胸が苦しかったのだ。けれども、休んでいるひまはなかった。ベッドメイキングがまだだった。枕《まくら》を叩いてふくらませたり、ものを片づけたりしているうちに、ベスの悲しみはだいぶ軽くなってきた。メグはジョーをてつだって饗宴《きょうえん》の残りものを始末した。作業は午後の半分かかり、くたくたになったふたりは夕食をお茶とトーストですませてしまうことにした。ローリーはエイミーを馬車でドライブに連れだしたが、これはボランティアと言うべき行ないだった。例の酸っぱくなったクリームのせいで、エイミーはたいそう不きげんだったのだ。昼下がりにミセス・マーチが帰ってくると、メグとジョーとベスは家事にはげんでいた。ベスの戸棚をひとめ見ただけで、実験の一部が成功したことは明らかだった。

主婦たちに休むひまも与えずに何人かの訪問客がおとずれ、出迎えのためにひと騒動あった。出迎えたあとも、お茶を買いに走ったり、用足しに行ったりしなければならなかった。ぎりぎりまで放っておいた縫い物もいくつかあった。夜露が下りて静かなたそがれ時がやってくると、六月の薔薇が美しいつぼみをつけているポーチに少女たちはひとりまたひとりと集まり、疲れきった様子、苦難をのりこえた様子でうーんと言ったりため息をついたりしながら腰を下ろした。

「ひどかったねえ、きょうは！」と、いつもどおりジョーが最初に口を開いた。

「いつもより短く感じたけど、すごく落ち着かない一日だった」とメグ。

「まるで、うちじゃないみたいだったわ」とエイミー。

「マーミーとピップがいないと、ほんとにそうね」ベスはため息をつき、頭の上にあるからっぽな鳥かごを涙目で見やった。

「母さんなら、ここにいますよ。鳥さんは、そうしたければ明日にでも買ってあげます」

ミセス・マーチはそう言いながら四人のあいだに腰を下ろした。母さんの休日も、娘たちの休日より大して愉快だったわけではなさそうだ。

「実験には満足できた？　それとも、あと一週間やってみる？」ベスが母さんに身を寄せ、ほかの三人が太陽のほうを向く花のように顔をかがやかせてこちらを見ると、母さんは言った。

「やらない！」ジョーがきっぱり言った。

「わたしも」と、ほかの三人が声をそろえた。

「じゃあ、すこしは仕事があって、すこしはひとの役に立って生きられるほうがいいのね？」

「だらだらしたり遊び回ったりしてばかりじゃ、割に合わないよ」ジョーが首をふった。「もうあきあきしちゃったから、今すぐなにか仕事を始めるつもり」

「簡単な料理をおぼえるのはどうかしら。それなら役に立つし、女なら知らないではすまされませんからね」ジョーの昼食会を思い出したミセス・マーチは、声をあげて笑った。途中でミス・クロッカーに出くわして、すべてを聞いていたのだ。

「母さん！　わたしたちにまかせてどこかに行ってしまったのは、わたしたちを試すためだったの？」メグが叫んだのは、きょう一日ずっとこの疑いを抱いていたからだ。

「そうよ。みんながここちよく過ごすためには、ひとりひとりが自分の仕事をきっちりこなさなくちゃならないと知ってもらいたかったの。ハンナとわたしが仕事を代わってあげていたあいだは、わりとうまく行ったわね。そのときだって、あなたたちはすごく幸せで思いやりがあるふうには見えなかったけど。それで、ちょっとした教訓のために、みんなが自分勝手にしたらどうなるか体験してもらおうと思ったの。おたがいに助け合って、毎日の仕事のおかげでたまの休みがいっそう楽しいようにして、ちょっとずつがまんして折れ合って、このうちをみんなにとっていっそう心地よくすばらしい場所にしていかない？」

「そうする、母さん、そうする！」娘たち全員が叫んだ。

「それじゃあみんな、自分の小さな荷物をまた背負いましょう。荷物が重く思えることはあっても、荷物を背負うことはわたしたちのためになるし、背負うこつをおぼえれば軽くなるのよ。仕事は心の健康にいいし、いくらでもたっぷりあるわ。仕事のおかげでわたしたちは退屈《アンニュイ》と不善におちいらずにすむの。仕事は健康で元気に暮らす助けになるし、自分は力があって一本立ちなんだと思わせてくれる。お金やファッションよりもずっとね」

「わたしたち、働き蜂《ばち》みたいに働くよ。それも喜んで。ぜったいに！」とジョーが言った。「かんたんな料理をおぼえるのが、休み中の仕事。そうすれば、次の昼食会は成功だね」

「マーミー、これまではやってもらっていたけど、父さんのシャツひとそろいはわたしが作るわ。縫い物は好きじゃないけど、やればできるし、がんばってみる。けっこういいものを持ってるのにあれがないこれがないなんて不平を言うより、そのほうがよっぽどいいもの」と、これはメグだ。

「わたしはまいにち勉強して、音楽やお人形にばっかりかまけないようにする。頭がわるいんだから、遊ぶより勉強しないといけないもの」というのがベスの決心だった。

エイミーも姉たちにならって、けなげにも宣言した。「わたしはボタンの穴のつくりかたを覚えて、言葉をまちがえないようにする」

「みんな、すごい！ やっぱり実験をやってよかったけど、もういちどやる必要はないわね。ただ、もうひとつの極端に走って奴隷《どれい》みたいに働きづめになるのもだめよ。仕事も遊びも、時間を決めてやってね。毎日を有益で愉快なものにして、時間をうまく使って、時間の価値が分かっているところを見せてちょうだい。そうすれば若いころは楽しいし、年を取っても後悔しないですんで、人生そのものが大成功。たとえ貧乏でもね」

「母さん、覚えておく！」とみんなが言った。そして実際、そうしたのである。

12　キャンプ・ローレンス

郵便局長はベスだった。たいていうちにいるので定期的に局を確認できるし、小さなドアを開けて郵便をくばるという仕事が大のお気に入りだったのだ。七月のある日、ベスは両手にいっぱい郵便をかかえて入ってくると、家じゅうを回って、まるで本物の〈ペニー・ポスト〉みたいに手紙や小包を配達した。*42

「はい、母さんの花束！　ローリーって、ぜったい忘れないのね」そう言うと、ベスは新鮮な花束を「マーミーのコーナー」にある花びんにいけた。親切なローリーは、そこに飾る花をいつも送ってくれるのだ。

「ミス・メグ・マーチ、手紙が一通、手袋が片方」つづいての配達先は、母さんのそばにすわってシャツの袖口《そでぐち》を縫っている姉である。

「あら、わたしが忘れてきたのは左右ひと組なのに、片方しかないの」灰色のコットンの手袋を見ながらメグが言う。

「もう片方、ベスが庭に落としたんじゃない？」

「いいえ、そんなことないわ。もともと局に片方しかなかったもの」

「いやだわ、片方だけなんて！　まあいいでしょ、もう片方もそのうち出てくるかも。手紙のほうは、わたしが訳してほしいって言ってたドイツ語の歌。たぶん訳したのはミスター・ブルックね、ローリーの筆跡じゃないから」

ミセス・マーチが目をやると、メグはギンガムチェックのモーニングガウン姿もたおやかで、ひたいで揺れる小さな巻き毛とあいまってたいへん女らしく見えた。そんな風情《ふぜい》で、きっちり巻かれた白い布のロールがいっぱい並ぶ小さな作業台のまえに座って縫い物をしているのだ。母さんの胸に浮かんだ思いに気づかないメグは、指をいそがしく動かして縫い物をしながら歌をうたっていた。心の中にあるのは、ベルトにさしたパンジーとおなじくらい無邪気で清らかな、娘らしい空想だ。その様子にミセス・マーチは思わずほほえみ、満足を覚えた。

「ドクター・ジョーには手紙が二通、本が一冊、それにおかしな古い帽子。帽子は局の屋根にひっかけてあったんだけど、あんまり大きくて局ぜんたいにかかってた」ジョーが書きものをしている書斎に入っていきながら、ベスは笑った。

「ローリーのやつ、油断もすきもならないね！　わたしが言ったんだよ、暑い季節になると毎日のように顔が焼けちゃうから、つばの広い帽子が流行しないかなって。そしたらローリーは言うんだよね、『流行なんか気にすることないだろ？　大きな帽子をかぶって、快適に過ごしなよ！』ってさ。持ってたらそうしたいところだって言ったから、こんな変な帽子を送ってきて、かぶるかどうか試そうっていうんだね。おもしろいや、かぶろうじゃない。流行なんか気にしないってところを見せてやる」そう言うと、ジョーは古ぼけたつば広の帽子をプラトンの胸像にかぶせておいて、手紙を読みはじめた。

一通は母さんからで、それを読んでいるうちにジョーは頬が赤くなり、眼がうるんできた。こんな手紙だったのだ――

「だいじなジョー、

あなたがかんしゃくを抑える努力をしているのを見て、わたしがどれだけ満足しているかお知らせしたく、一筆さしあげます。あなたは自分の努力がうまくいったり失敗したりしても誰にも言わないし、たぶん、それを知っているのはあなたが日々の助けをもとめる大いなる友だけだと思っているのでしょう。そのことは、あなたのガイドブックの表紙がすりきれているのを見ればわかります。でも、わたしもあなたの努力をぜんぶ見ていますよ。その努力は真剣なものだと、わたしは心から信じています。成果が表れてきていますもの。ジョー、たゆまず勇敢にお進みなさい。母さんは愛するあなたに誰よりも深い同情を寄せています。そのことを忘れずに、がんばって」

「うれしいなあ！　何百万ドルもらったって、山ほどほめられたって、これにはかなわないや。ああ、マーミー、わたしがんばってるよ！　がんばりつづけて、いやになったりしないよ。マーミーが助けてくれるんだものね」

机につっぷして、ジョーは書きかけのささやかなロマンスに幸せの涙をこぼした。というのも、ジョーは母さんの言うとおり、よりよい人間になろうとする自分の努力を誰も知らないし分かってくれもしないと思いこんでいたのである。母さんからの励ましは思いがけないものだったばかりか、ジョーがいちばん尊敬する人のものであるがゆえに二倍も貴重で、二倍の力を与えてくれた。破壊王アポリオンと対決して打ち倒す決意をさらに強くしたジョーは、アポリオンに不意を襲われたときの防御として、そしてまた努力を忘れないためのお守りとして、手紙をドレスの内側にピンでとめた。さあ、いいニュースでも悪いニュースでもどんと来いという気分になって、ジョーは二通目の手紙を開けた。大ぶりな、勢いのある筆跡でローリーは書いていた——

「ディア・ジョー
よう、よう！

イギリスの男の子と女の子のグループが、あした僕に会いにきます。いっしょに楽しくやりたいと思っています。天気がよければロングメドウにテントを張っておいて、全員をボートで連れ出して、ランチとクロッケーでもてなしたいと思うんだ——たき火をしたり、ジプシー流に料理をしたり、いろいろやってさ。むこうもいいやつらで、そういうことが好きです。男の子たちの統率にはブルックが来てくれるし、女の子の監督はケイト・ヴォーンがやってくれる。きみたちにも来てほしいんだ。ベスも連れてこなきゃだめだよ、だれにもちょっかいは出させないから。食べ物は心配いらない——食べ物も他のすべても僕が手配する——とにかく来てくれ、頼んだよ！

ああ、いそがしい

君のローリー」

「すごい！」とジョーは叫び、メグのところにすっとんでいって知らせを伝えた。

「行っていいよね、母さん！　ローリーが大助かりするよ、わたしボートが漕《こ》げるし、メグは料理ができるし、ベスとエイミーだって何かの役に立つでしょ*43」

「ヴォーンきょうだいというのが、あんまり上流階級の大人たちでないといいんだけど。あなた、その人たちのことは知ってるの、ジョー？」とメグが聞いた。

「四人きょうだいだってことだけ。ケイトは姉さんより上で、双子のフレッドとフランクはわたしくらい、末っ子のグレイスは九歳か十歳。ローリーは外国で知り合って、フレッドとフランクが気に入ったんだって。ケイトが話題になると唇をきゅっとすぼめてたから、ケイトのことはそれほど好きでもないみたいだけど」

「フランスの生地のプリントドレスが汚れてなくてよかった。こういう機会にぴったりだし、すごく似合うんだもの！」メグは自慢げだ。「ジョー、あなた、ちゃんとした服はある？」

「真紅とグレイのセーラードレスでじゅうぶんだよ。ボートを漕いだり歩きまわったりするつもりだから、糊《のり》がきいててもしかたない。どう、ベスは来る？」

「男の子が話しかけないようにしてくれるなら」

「そうするよ、心配ない！」

「わたし、ローリーは喜ばせたいの。それにミスター・ブルックも、すごく親切な人だからこわくない。でも、遊びに入るとか、歌うとか、話をするとかはだめ。わたし、いっしょけんめいお手伝いして、じゃまにならないようにするわ。ジョーがそばにいてくれるんなら、わたし行く」

「そうこなくっちゃ。ベス、あんたは恥ずかしがりを克服しようと努力してるよね。わたし、そういうとこが好き。弱点と戦うのは簡単じゃないよ、それはわたしも知ってる。明るいほめ言葉がはげみになるんだよね。ありがと、母さん」そういってジョーは、肉が落ちた母さんの頬にキスをした。ミセス・マーチにとっては、若かりしころの薔薇色《ばらいろ》をした豊かな頬にキスされるよりも、今のキスのほうがうれしかったろう。

「わたしには箱入りのチョコレート・ドロップと、模写したかった絵が来たよ」と、エイミーが自分の郵便を見せる。

「わたしにはミスター・ローレンスからお手紙。今夜、ランプがともされるより早い時間にきて、ピアノを聞かせてくれって」ベスと老紳士の友情は美しく花開いていた。「じゃあ、これからみんなで働きまくって、今日のうちに仕事を二倍片づけちゃおう。あしたは気がねなく遊べるようにさ」そう言ったジョーは、今にもペンをほうきと取りかえそうな勢いだ。

翌朝はやく、一日のいい天気を約束しようと少女たちの部屋にさしこんだ太陽は、こっけいな場面に出くわすことになった。姉妹はそれぞれに、晴れの日にふさわしいと思った準備をととのえていたのである。メグは前髪をカールさせる紙をいつもよりたくさんつけ、ジョーは日焼けでガサガサになった顔にコールドクリームを塗りたくり、ベスは迫りくる別れのつぐないにジョアンナといっしょのベッドで寝ていた。しかし、なんといっても圧巻はエイミーで、きらいな低い鼻を洗濯ばさみではさんで高くしようとしていたのである。これは画家が画板に紙をとめるのに使う種類のものだったから、エイミーの目的にはまったく適切で効果的だった。このおかしな情景を見て太陽も愉快になったらしく、いきなりさんさんと輝きだしてジョーの眼をさまさせ、こんどはジョーがエイミーの鼻の装飾に気づいて大笑い、その声で全員が起こされることになった。

お日さまと笑い声は遠足には幸先《さいさき》がいい。まもなく、どちらの家でも活動がはじまった。まっさきに用意をすませたベスはお隣で何が起こっているか報告しつづけ、窓辺からの実況中継で姉妹の身じたくを活気づけた。

「テントをかついだ男の人が出てきたわ！　あ、ミセス・バーカーがランチを詰めてる。ふたのついたかごが一個、すごく大きなバスケットが一個。ミスター・ローレンスが空を見てるわ、風見鶏《かざみどり》も。ミスター・ローレンスもくればいいのに！　ローリーが船乗りみたいなかっこうしてる――すてき！　あっ、どうしよう！　人がいっぱい乗った馬車が来た――背の高い女の人、小さな女の子。こわい、男の子がふたりいるわ。ひとりは足が悪いみたい。かわいそう、松葉杖《まつばづえ》ついてる！　ローリーはそんなこと言ってなかったけど。ねえ、早くしましょ！　遅刻しちゃう。あれっ、ネッド・モファットがいるわ。まちがいない。見て、メグ！　あれ、わたしたちが買物してたときに姉さんに挨拶《あいさつ》した人じゃない？」

「ええ、そうね。どうしてあの人が来るのかしら？　どこかの高原に行ってるはずなんだけど。サリーがいるわね。間にあってよかった。わたしの服、大丈夫？」メグは気がせく様子でたずねた。

「デイジーの花みたいにきれいだよ。すそをちょっと持ち上げて、帽子はまっすぐ。そういうふうに傾けるのって気取って見えるし、風がひと吹きしたら飛んでっちゃうよ。よし、じゃあ行こう！」

「ちょっと、ちょっと、ジョー！　あなた、そのとんでもない帽子をかぶっていくつもり？　あんまりよ。男のかっこうなんて、許さないから」メグのご立腹の原因は、ジョーが赤いリボンで頭に結ぼうとしている帽子だ。ローリーが冗談のつもりで送ってきた、例のつばが広い古風な麦わら帽子《レグホーン》である。

「おあいにくさま、かぶらせてもらうよ！　これ、いいんだよね。日かげが広くて、軽くて、しかも大きくって。形も面白いじゃない。それにわたし、男になってもいいよ、そっちのほうが楽なら」そう言い残してジョーはずんずん歩きだし、ほかの三人も後にしたがった。生き生きした一団となった四姉妹は、全員が自分好みの夏服で、すてきな帽子のつばの下で幸せな表情をしている。

ローリーが走り出てきて、たいへん愛想よく姉妹をお客たちに紹介した。庭の芝生が応接室となって、しばしにぎやかな場面が展開された。メグが喜んだことに、ミス・ケイトは二十歳《はたち》だが服装はごくあっさりしていて、アメリカの娘たちがお手本にできそうだった。ミスター・ネッドはメグに会いたいがためにわざわざ来たというので、メグもたいそういい気持ちになった。いっぽうジョーは、どうしてローリーがケイトを話題にしたときに「唇をきゅっとすぼめた」のか理解できた。このお嬢さんの

「気安く近寄らないで」と言わんばかりの雰囲気は、ほかの娘たちの自由で気軽な態度とは正反対だったのだ。ベスは男の子たちを観察し、足の悪いほうの子は「こわい」どころかおとなしくて弱々しいことに気づいて、それならこの子に親切にしようと決心した。エイミーの見るところ、グレイスはお行儀のよくて明るいお嬢ちゃんのようだった。二分ばかり黙っておたがいを見つめていたあと、ふたりは急に親友になった。

テント、ランチ、クロッケーの用具は先に送られていたので、一行はまもなくボートにのりこんだ。ふたつのボートはいっしょに河へ押し出され、岸に残ったミスター・ローレンスが帽子を振った。ローリーとジョーがひとつのボートを漕ぎ、もうひとつはミスター・ブルックとネッドが漕いだが、双子の片割れでやんちゃすぎるほうのフレッド・ヴォーンは別の小さなボートで興奮したミズスマシのように動きまわり、大きなボートのどちらかをひっくり返そうとやっきになっていた。ジョーは、自分のおかしな帽子は感謝決議が出てもいいくらい多種多様な役にたっていると主張した。まずは、こっけいな外見で笑わせてみんなのうちとけるきっかけを作った。それに、自分がボートを漕ぐのに合わせて大きく揺れて涼しい風を送っているし、急に雨でも降り出せば全員が入れる傘となるというのだ。ケイトはジョーのふるまいにだいぶ驚いてジョーがオールを河に落として「なんだよ、これー！」と叫んだとき、それに、場所を代わろうとしたローリーがジョーの足につまずいて「悪いね、兄弟《マイ・ディア・フェロー》、痛くなかった？」と言ったとき。しかし、この奇妙な娘を観察しようと何度か柄つき眼鏡を目に当てたミス・ケイトは「変わってるけどだいぶ頭がいい」とジョーを判定し、遠くからほほえみかけるようになった。

もうひとつのボートに乗ったメグは、漕ぎ手ふたりと向かい合う好ポジションにいた。漕ぎ手たちも眼前の眺めを気に入ったようで、オールの返しぶりはふだんにない「修練と技巧」を示していた。ミスター・ブルックはおちついた無口な青年で、きれいな茶色の眼といい声の持ち主だった。メグは彼の静かな物腰をすてきだと思い、役に立つことをいっぱい知っている百科事典みたいな人だと考えた。メグに直接話しかけることは少なかったが、視線はしばしばメグのほうを向いており、メグもこれは嫌《けん》悪《お》のまなざしではないという確信が持てた。ネッドは大学生だったので、言うまでもなく、すべての新入生《フレッシュマン》が当然の義務と考えている気取りをすべて見せびらかしていた。さして頭はよくないが、たいへん人がよくて陽気だから、全体として見ればピクニックのお供にはぴったりだった。サリー・ガーディナーは白い畝《うね》織《お》りのドレスを汚すまいとたえず気にしつつ、神出鬼没のフレッドとおしゃべりをしていた。フレッドのいたずらは、ベスの絶えざる恐怖の的となっていた。

ロングメドウまでは遠くないのだが、一行が着いたときにはすでにテントが張られ、クロッケーのゲートも地面に立てられていた。ここちよい緑の野原の真ん中に三本の枝ぶりのいい樫《かし》の木が立ち、クロッケー用になめらかに刈り込まれた芝生がそばにあった。*44

「キャンプ・ローレンスへようこそ！」一同がボートから下りると、若い招待主がうれしそうに叫んだ。「ブルックがこの基地の総司令官、僕は兵站《へいたん》部長。他の男たちは参謀将校で、きみたち女の人はお客さまだよ。テントはお客さまのために特に張られたもので、あの樫の木が応接間。この樫の木が食堂で、三本目が厨房《ちゅうぼう》だ。それじゃあ、暑くなるまえにクロッケーをやって、それから食事を考えよう」

フランク、ベス、エイミーとグレイスは腰を下ろし、ほかの八人のプレイを観戦した。ミスター・ブルックはメグとケイトとフレッドを選び、ローリーはサリー、ジョー、ネッドと組んだ。イギリス勢はなかなかうまかったが、アメリカ勢はその上をいき、独立戦争の精神がのりうつったかのように縦横無尽の戦いぶりを見せた。ジョーとフレッドは何度かせりあい、一度などは喧嘩《けんか》しそうになった。ジョーは最後のゲートを通過したあとのショットをしくじって、かなり頭に来ていた。フレッドはジョーのすぐ後につけており、ジョーより先にショットの順番が回ってきた。フレッドが打つと、ボールはゲートの柱に当たり、一インチはねかえって止まった。ゲートを通過させるためのショットがもういちど必要なわけだが、ゲートの近くには誰もいなかった。フレッドはボールに駆け寄ると、こっそりつま先でつついてゲートを通してしまった。

「よし、通った！　見てろよ、ミス・ジョー、あんたのボールをどかせて先にゴールするから」若紳士はこう叫んで、次のショットを用意しようとマレットを振った。

「あんた、足で押したでしょ。見てたよ。わたしの番だよ」ジョーがきびしくとがめた。

「冗談じゃない、動かすもんか！　はずみでちょっと転がったかもしれないけど、ルール違反じゃないよ。さあ、どいてよ。ゴールのペグに当てるんだから」

「アメリカではそういうズルはしないよ。でも、あんたがやりたいならお好きにどうぞ」むかっ腹を立ててジョーが言った。

「ヤンキーのほうがよっぽどくせものじゃないか。みんな知ってるよ*45。さあ、行くぞ」とフレッドはやりかえし、「クロッケー・ショット」でジョーのボールを遠くへはじき飛ばした。

ジョーはフレッドを罵倒《ばとう》してやろうと口を開きかけたが、きわどいところで自分をおさえ、ひたいまで真っ赤にして棒立ちになったあと、近くのゲートをマレットでぶっ叩《たた》いた。そのあいだにフレッドはゴールのペグにボールを当て、勝ちほこった様子で「上がり」と宣言した。自分のボールを取りに行ったジョーは、茂みのなかでだいぶ長いあいだ探していた。けれども戻ってきたときには冷静さを取りもどしていて、辛抱づよく自分の順番を待った。はじき飛ばされるまえの位置に戻すのに数ショット必要だった。敵方がほとんど勝ちという情勢で、ジョーのボールがやっとゲートを通過して「クロッケー・ショット」がジョーに与えられたのである。グラウンドに残っているのはケイトとジョーのボールだけで、ケイトのボールはペグの近くまで来ていた。

「ありゃー、お手上げだ！　ケイト、こいつはやられるぜ。さっき僕がミス・ジョーのボールをはじき飛ばしたお返しに、こんどは姉さんのがはじき飛ばされちゃう」決着を見ようとみんなが集まってくるなか、フレッドが興奮した声で叫んだ。

「ヤンキーがくせものだっていうのはね、敵に寛大にするくせがあるからだよ」と言ってジョーが送った眼つきに、フレッドは赤くなった。「とくに、敵に勝つときはね」そうつけくわえて、ジョーはケイトのボールには当てず、巧みなショットでペグに当てて勝利をものにした。

ローリーが帽子を放り上げた。それから、お客さまたちが負けたのに喝采《かっさい》するのはまずいと考えなおしてばんざいは中止し、ジョーにささやいた——

「りっぱだったよ、ジョー！　あいつ、たしかにズルしたよ。僕は見てたもの。あいつにそう言ってやるわけにはいかないけど、もう二度とやらないだろうな。まちがいない」

メグはアップにしていた三つ編みが垂れてしまったのをピン留めしてもらうという口実でジョーを呼びよせ、ほめてやった——

「あの子、すごく挑発的だったわね。でもよく我慢したわ、わたし感心した」

「ほめないでよ、メグ、だってわたし、今でもビンタしてやりたいくらいなんだから。茂みのなかで怒りがおさまるまで待っていなかったら、まちがいなく爆発してたと思う。いまもふつふつ煮えてるから、あいつがこっちを避けてくれればいいんだけど」

ジョーは唇をかんで、大きな帽子の下からフレッドをにらみつけた。

「ランチの時間だ」時計を見ながらミスター・ブルックが言った。「兵站部長、火をおこして水をくんできてくれ。ミス・マーチとミス・サリーと僕はテーブルをセッティングする。コーヒーをいれるのがうまいのは誰ですか？」

「ジョーです」メグは妹が推薦できてうれしそうだった。しばらく受けてきた料理のレッスンがこの名誉を与えてくれたんだと思いながらジョーはコーヒーポットのそばに陣取り、子供たちが乾いた木の枝を集め、男の子たちは火をおこしたり近くの泉から水をくんだりした。ミス・ケイトはスケッチをし、ベスはフランクと話しながらトウシンソウを編んでお皿を作っていた。

総司令官と幕僚たちはやがてテーブルクロスを広げ、いかにもおいしそうな食べ物や飲み物の数々を並べてシダの葉できれいにかざった。コーヒーができたとジョーが告げ、全員がもりもり食べはじめた。若いうちは消化不良などありえないし、運動は健康的な食欲を呼びさますものである。たいへん愉快なランチだった。すべてがもの珍しくこっけいに思えて、何度も笑いの波が起こっては、近くで草を食べていた年寄りの馬をおどろかせた。面白いことにテーブルが傾いていたので、カップや皿がちょっとしたことで滑りだし、ドングリがミルクの中に落ち、小さな黒いアリたちが無断でおやつをちょうだいし、木から垂れ下がったふわふわした毛虫が何事ならんとのぞきこんだ。白い頭の子羊が三びき垣根の向こうから顔を出し、河の向こうにいた無作法な犬はここを先途《せんど》とばかりに吠《ほ》えたてた。

「塩のほうがいいんなら、用意はあるよ」ジョーにいろいろなベリー類のはいった皿を渡しながら、ローリーが言った。

「ありがと。でもわたし、クモのほうが好み」クリームの海でおぼれ死んでしまった不注意な小さいクモ二匹をつまみ取りながら、ジョーは答えた。「あの悲惨な昼食会のことをわざわざ思い出させるなんて、いい度胸だよね。あなたのパーティはどこから見ても完璧《かんぺき》なのに」ふたりとも笑いだし、陶器の皿が足りなくなっていたのでひとつの皿から分け合って食べた。

「あのときはものすごく楽しかったから、ついまだ言っちゃうんだ。このパーティは僕には何の名誉にもならないよ。なにもしてないんだから。うまく行ってるのはメグとブルックときみのおかげだし、僕は心の底から感謝してる。もう食べられなくなったら、次はどうしよう？」ランチが終わると、切り札を使ってしまったように感じてローリーはたずねた。

「涼しくなるまで、ゲームでもしようよ。わたしは〈作家たち《オーサーズ》〉を持ってきたし、たぶんミス・ケイトはもっと新しくて面白いのを知ってるんじゃないかな。*46 行って聞いてみたら。あの人、キャンプの仲間なんだから、もっといっしょにいてあげないと」

「きみも仲間じゃないのかい？　僕、彼女はブルックとうまく行くと思ってたんだけど、ブルックはメグに話しかけてばかりだし、ケイトはあのばかげた柄つき眼鏡でふたりをながめてるだけなんだ。まあ、行ってくる。だから、僕にお行儀のお説教なんかしなくていいよ。きみはお説教なんか柄《がら》じゃないもの、ジョー」

なるほど、ミス・ケイトはいくつか新しいゲームを知っていた。女子たちはこれ以上の食べ物は要らないと言ったし、男子たちはもう入《はい》らないと言ったので、全員が「応接間」の木の下に集まって「でたらめ物語」というゲームをすることになった。

「だれかがお話をはじめるの。どんなばかげた話でもいいわ。好きなだけ話していいけど、大事なのは途中の山場でやめること。そしたら、べつの人が交代して、同じようにするの。うまくいけばとってもおかしくって、悲劇も喜劇もごたまぜのお話ができあがるわけ。じゃあ、最初はミスター・ブルック」ケイトが命令するような身ぶりで言ったので、メグはびっくりした。メグはローリーの先生に対しても、ほかの男性に対するのと同じく丁重に接していたのだ。

ふたりの若いレディの足元のあたりで草の上に寝そべって、ミスター・ブルックは命じられたとおり話しだした。きれいな茶色の眼が、きらきら光る河にじっとそそがれている。

「むかしむかし、ひとりの騎士が運をためそうと思って世界へ出てゆきました。剣と楯《たて》のほかには何も持っていなかったからです。騎士の旅は長くて、ほとんど二十八年もつづき、つらいことばかりでしたが、ついにとある善良な年老いた王さまの宮殿にたどりつきました。というのも、王さまはこんなお触れを出していたからです――わしが大事にしているみごとな若い馬で、まだ馴《な》らされていないのがおる。これを馴らしてみせたものには、ほうびをとらせようぞ、とね。やってみましょうと申し出た騎士は、ゆっくり確実に馴らしてゆこうと決心しました。というのも、この若駒《わかごま》はまっすぐな気性のやつで、癇《かん》のつよい暴れ馬ではありましたけれども、あたらしいご主人にはすぐなついたからです。毎日、調教の時間になると、騎士はこの馬に乗って街じゅうを回りました。そうするあいだも、騎士はある美しい顔をさがしておりました。夢で何度も見たけれども、じっさいに出会ったことがなかったのです。ある日、人けのない通りを進んでいた騎士は、荒れはてた城の窓辺にその顔を見つけました。大喜びした騎士がこの古城には誰が住んでいるのかとたずねたところ、あそこには何人かのお姫さまが魔法でとらわれの身となっており、身代金《みのしろきん》をつくるために朝から晩まで糸をつむいでいるのだという話でした。ああ、その身代金が自分に払えたならと騎士は思いましたが、なにしろ貧乏でしたから、毎日お城のまえを通ってあの顔を探し、日の光のもとで眺めることができたらと願うばかりでした。そしてついに、騎士は決心しました。城に入りこみ、どうやればあなたがたをお救い申し上げることができるでしょうかとお姫さまたちにたずねよう。そこで騎士が大扉を叩くと、扉はさっと開きました。そこに現れたのは——」

「絶世の美女で、うっとりしたように『やっと！　ああ、やっと！』と叫びました」と話をひきとったケイトは、かねてからフランスの小説を読みあさり、そのスタイルにぞっこんになっていた。「『この人だ！』と絶叫したギュスターヴ伯爵《はくしゃく》は、歓喜のあまりお姫さまの足元にひざまずきました。『ああ、どうかお立ち下さいまし！』と言って、お姫さまは大理石のような白い手をさしのべました。『立ちませぬ！　あなたをどのようにお救いすればいいのかお教えくださるまでは』と、騎士はひざまずいたまま断言しました。『ああ、わたくしは残酷な運命によって、暴虐《ぼうぎゃく》な城主が成敗されるまでこの城にいなければなりません』『その悪党はどこに？』『紫の間でございます。勇敢なかた、どうかそこにゆき、わたくしを絶望からお救いください』『仰《おお》せの通りにいたしましょう。お待ちあれ、勝って戻るにあらざれば、死んで戻るまでのこと！』勇ましい言葉とともに騎士は駆け去り、紫の間の扉を開けて、まさに入ろうとしたそのとき——」

「ばかでかいギリシャ語の辞書が飛んできて騎士にぶちあたりました。黒いガウンを着た老人が投げつけたのです」とネッド。「サー・なんとかは即座に立ちなおり、暴君を窓から放り出すと、いざやかの姫のもとに戻らんとしましたが、とたんに閉まったドアによってひたいに一撃をくらいました。ドアに鍵《かぎ》がかけられたので、騎士はカーテンを引き裂いて縄ばしごを作り、半分ばかり下りたところで縄ばしごがぷつりと切れて、騎士は六十フィート下の堀へとまっさかさま。ところがアヒルなみに泳げたのでパチャパチャと城を回りこみ、小さな扉のまえに出ました。扉はふたりの大男に守られていたので、騎士がふたりの頭をつかんでガチンコとぶつけると頭はクルミのように割れました。そこで騎士は怪力をちょいと使って扉をぶちやぶり、一フィートもほこりの積もった石段を駆けあがりました。その石段には、拳《こぶし》ほどもあるガマガエルや巨大なクモがうじゃうじゃおりました――あなたなら気が狂いそうなクモですよ、ミス・マーチ。石段を上がりきった騎士を待っていたのは、息の止まるような、血の凍るような光景でした――」

「真っ白な服を着て顔をヴェールでおおった背の高い人物が、やせ細った手にランプを持って立っていたのです」メグが話を続けた。「その人物は手まねきし、お墓のように暗くて冷たい廊下をすべるように進んでゆきました。よろい姿の彫像が両側にほの暗く立ちならび、死のような沈黙があたりを支配し、ランプが青く燃えるなか、幽霊のような人物はときどきこちらをふり返って、白いヴェールごしにおそろしい眼の光を見せつけます。ふたりがカーテンのかかった扉のまえに出ると、向こうから美しい音楽が聞こえてきました。騎士はいきなり入ろうと飛びだしましたが、あの幽霊が後ろからひきとめ、騎士をおどすようにあるものを振ってみせました。それは――」「嗅《か》ぎ煙草《たばこ》入れだったのです」ジョーが身の毛もよだつ声で言ったので、観客は笑いころげた。「『かたじけない』と騎士はお礼を言い、ひとつまみ鼻から吸ったのですが、とたんに七回もすごいくしゃみが出て、首がもげてしまいました。『うわっはっは！』と女の幽霊は笑い、鍵穴からのぞいてお姫さまが必死に糸をつむいでいるのをたしかめると、犠牲となった騎士をひろいあげて大きなブリキの箱に入れました。そこには、おなじく首をなくした十一人の騎士がイワシの缶詰のようにぎゅうぎゅう詰められていました。十一人の騎士はみな立ちあがり――」「水夫踊《ホーンパイプ》りをはじめました」ジョーの息つぎをねらってフレッドが割りこんだ。「騎士たちが踊るうちに、ぼろぼろのお城は帆をめいっぱい広げた軍艦に変身しました。『前部三角帆《さんかくほ》出せ！　中檣帆《ちゅうしょうはん》絞れ！　風よけ方向に舵《かじ》取れ！　砲手位置につけ！』と艦長がどなります。ポルトガルの海賊船が、波に乗ってぐっとせり上がってきたのです。前部の帆柱に、インクのように真っ黒な旗がひるがえっています。『ものども、いざ戦え』と艦長。とてつもない戦いの始まりです。もちろんイギリス海軍が勝ちました——イギリス海軍は無敵なのであります。海賊の船長を捕虜に取り、海賊船に横づけしてみると、甲板は死体の山、舷門《げんもん》は血の河です。なにしろ命令は『最後まで刀をふるって死ね』でしたから。『水夫長、帆桁《ほげた》のロープで船長の手をしばれ。この男がいますぐ罪を白状せぬなら、舷側《げんそく》から突き出した板の上を歩かせて処刑だ』とイギリスの艦長が言いました。ポルトガル人は石のように黙ったまま、板の上を進みはじめました。陽気な水夫たちが狂ったように歓声を上げます。ところが抜け目のない海賊はざんぶと海に飛びこみ、軍艦の下にもぐりこんで穴を開けましたので、あわれ軍艦は帆を出したまま、縄とび歌にあるとおり『そこ、そこ、そこ、海の底』へと沈みゆく。かかる折しも——」

「こまったわ！　わたし、なにを言えばいいんでしょう？」とサリー。フレッドは自分のでたらめ話に、お気に入りの海洋小説からいただいてきた海事用語だの歴史上の事実だのをめちゃくちゃに盛り込んだのである。「ええと、軍艦は海の底へと沈みゆき、かかる折しも、美人の人魚が出てきて歓迎してくれましたが、首なしの騎士たちがつまっている箱を見てなげき悲しみ、親切にも騎士たちを塩水づけにして、どんな秘密があるのか調べようとしました。人魚は女ですから、知りたがりだったのです。そのうちに潜水夫がもぐってきたので、人魚はこう言いました。『この箱には真珠が入っていますの。あなた、もって上がれるようならおもちになって』というのも、人魚はあわれな騎士たちを生き返らせたかったのですが、重い箱を自分では水面まで持っていけなかったからです。そこで潜水夫は箱をかついで水面に出ましたが、開けてみると真珠が入っていなかったのでがっかりしました。潜水夫は箱を広くてものさびしい野原に置き去りにしましたが、それを見つけたのは――」

「小さなガチョウ飼いの女の子でした。この野原で、よく肥えたガチョウを百羽も飼っていたのです」サリーのでたらめの種がつきたので、エイミーが後をひきとった。「女の子は騎士たちをかわいそうに思って、あるおばあさんに、どうすればこの人たちを助けられるのとたずねました。『ガチョウに聞いてみなされ。あれらは何でも知っておりますでな』とおばあさんは答えました。そこで女の子はガチョウたちにむかって、この人たちは頭をなくしちゃったようなんだけど、代わりになるものはないかしらとたずねました。ガチョウたちがいっせいに口をひらき、ガアガアさけんで言うには――」

「『キャベツだよ!』」即座にローリーがつづけた。「『あっ、そうね』と女の子は言って、畑から十二個のりっぱなキャベツをもってきました。女の子がキャベツをのせてやると、騎士たちはすぐさま生き返り、女の子にお礼を言って、大喜びしながら行ってしまいました。どの騎士も、もとの頭とキャベツ頭の違いに気がつきませんでした。だいたいこの世はキャベツ頭だらけなので、なにも問題はなかったのです。さて、このお話の主人公である騎士はあの美しい顔をまた探しにゆきましたが、聞けばお姫さまたちはつむいだ糸がたまったので身代金を払い、ひとりを残してみんな結婚しにいったというではありませんか。騎士は大いにうろたえ、ずっと苦難をともにしてくれた若駒にまたがると、どのお姫さまが残っているのか確かめるためにお城に駆けつけました。生け垣ごしにのぞいてみると、かの愛する姫君が庭で花をつんでおります。『薔薇《ばら》を一輪くださいませんか？』と騎士は言いました。『こちらにいらしてくださいな。わたしからそちらに行くようなはしたないことはできませんもの』蜜《みつ》のように甘い声でお姫様は言いました。騎士は生け垣をのりこえようとしましたが、なぜか生け垣はどんどん高くなってゆきます。騎士にはのりこえられそうにありませんでした。かき分けて向こうに抜けようとすると生け垣はどんどん厚くなって、騎士は絶望しかけましたが、気を取りなおすと枝また枝をしんぼうづよく折りとって小さな穴をあけ、そこからのぞいて『入れてください！　入れてください！』と懇願しました。ところがお姫さまは分からないらしく、しずかに薔薇をつんでいるばかり。こうなっては、生け垣をやぶって押し入るしかありません。騎士がそうしたかどうかは、フランクが教えてくれるでしょう」

「無理だよ。僕、ゲームはやらないもの。いつだって」フランクは、この変てこりんなカップルをセンチメンタルな袋小路から救い出すという任務に困り果てた様子だ。ベスはいち早くジョーの後ろにかくれていたし、グレイスは眠りこんでいた。

「それじゃ、あわれな騎士は生け垣にはまりこんだまま放置かい？」とたずねたミスター・ブルックは、まだ河をながめながら、ボタンホールにさした野ばらをいじっていた。

「お姫さまも、しばらくすると騎士に花束をあげて、門を開いてくれたんじゃないかな」ローリーは笑みをうかべながら、先生のほうにドングリを投げた。

「なんてまあ、はちゃめちゃなお話！　でも何度かやれば、かなりうまいのが作れそう。〈真実《トゥルース》〉は知ってる？」自分たちがでっちあげたお話にみんなが笑ったあと、サリーがたずねた。

「そうでありたいけど」メグがきまじめに答える。

「〈トゥルース〉っていうゲームのことよ」

「どういうゲーム？」とフレッド。

「あのね、みんなで両手を重ねるの。それで適当な数をきめて、上から一、二、三と手をひっこめていくのね。その数に当たった人は、だれに何を聞かれてもほんとのことを答えないといけないわけ。とっても面白いのよ」

「やってみようよ」新しい実験に目のないジョーが言った。

ミス・ケイト、ミスター・ブルック、メグとネッドは断ったので、フレッドとサリーとジョーとローリーが両手をかさねて順に抜いていった。当たったのはローリーだった。

「あなたのヒーローはだれ？」とジョー。

「おじいさまとナポレオン」

「ここにいる女の子でいちばんきれいだと思うのは？」とサリー。

「マーガレット」

「いちばん好きなのは？」と聞いたのはフレッドだ。

「ジョーさ、もちろん」

「なんてばかげた質問ばっかり！」ジョーは軽蔑《けいべつ》したように肩をすくめた。ほかのふたりは、ローリーのかざりけのない答え方に笑いだしていたが。

「もういちどやってみよう。〈トゥルース〉って、悪いゲームじゃないな」とフレッド。

「あんたにはとくに効き目があるさ」と、ジョーは低い声で言った。

次に当たったのはジョーだった。

「きみの最大の欠点は？」とフレッドが聞いた。自分に欠けている正直の美徳を、ジョーが持ち合わせているかどうかためそうというのだ。

「気が短いこと」

「今いちばん欲しいものは？」とローリー。

「靴ひも」とジョーは答えた。ローリーの意図がわかったので、はずしてやったのだ。

「それ、ほんとじゃないよね。いちばん欲しいものを答えなきゃ」

「天才。わたしに天才を与えたいと思わない、ローリー？」相手のがっかりした顔にむかって、ジョーはしてやったりとほほえんでみせた。

「男性の美徳のうち、もっとも大事だと思うのは？」サリーが尋ねた。

「勇気と正直」

「こんどは僕だ」と、手が最後まで残ったフレッドが言った。

「よし、言ってやろうよ」とローリーがささやいたので、ジョーはうなずき、即座にたずねた。

「クロッケーでズルをしなかった？」

「うん、まあ、ちょっとだけ」

「いいぞ！　さっきの話だけど、『シー・ライオン』*47の盗作じゃない？」とローリー。

「そうとも言う」

「イギリス人はあらゆる点で完璧だと思ってない？」とサリー。

「そう思わないほうが恥ずかしいね」

「こいつは本物のジョン・ブルだな。じゃあ、ミス・サリー、もういちど手を重ねるまでもなくあなたの番だね。最初から手きびしくいかせてもらうよ。自分はちょっとした男たらしだと思ってない？」ローリーがそう聞いたとき、ジョーはちょうどフレッドにうなずいて平和の回復を宣言したところだった。

「まあ、生意気！　もちろん違うわよ」とサリーは叫んだが、その様子は答えと反対だった。

「いちばん嫌いなものは？」フレッドが尋ねる。

「クモとライスプディング」

「いちばん好きなものは？」とジョー。

「ダンスとフランスの手袋」

「うーん、〈トゥルース〉ってすごくばかげた遊びに思えるけどなあ。〈オーサーズ〉

はもっと実《み》があるから、気分転換にそっちをやろうよ」とジョーが言った。

ネッドとフランク、それに小さな女の子たちも加わって〈オーサーズ〉がプレイされるあいだ、年上の三人は離れたところに腰をおろして雑談した。ミス・ケイトはまたスケッチブックをとりだし、マーガレットはその様子をながめ、ミスター・ブルックは本をもって草の上にねころがったが読みはしなかった。

「ほんとにお上手なんですね。わたしも絵が描けたらいいのに」メグの声には、賞賛と後悔の念がいりまじっていた。

「お習いになりません？　趣味も才能もおありになると思うわ」ミス・ケイトは保護者然として答えた。

「時間がないんです」

「お母さまがほかの教養を身につけさせようとなさってるのね。うちの母もそうでしたわ。でもわたし、自分で勝手に絵のレッスンを受けて素質があるところを見せましたから、母も後押ししてくれたんです。教わっていらっしゃる家庭教師の先生から、レッスンを受けることはできません？」

「わたし、家庭教師がいないんです」

「忘れていましたわ。アメリカの若いレディは、イギリスのわたしたちよりも学校に通うかたが多いんでしたね。とてもりっぱな学校が多いと父が申しておりましたわ。私立学校に通っていらっしゃるの？」

「いいえ、学校にも通っていません。わたし、自分が家庭教師なんです」

「あら、ほんとに！」とミス・ケイトは言ったが、その口調は「まあ、なんておそろしい！」と言っているも同然だった。ミス・ケイトの表情のなにかに赤面させられたメグは、こんなに正直に言わなければよかったと思った。

ミスター・ブルックが眼を上げ、いそいで口を挟んだ。「アメリカの若いレディは、ご先祖たちと同じく独立を重んじるんですよ。自分で稼ぐ女性は感心され、尊敬されるんです」

「ええ、もちろんそうね！　そういうふうになさるのは、とても正しいことですわ。イギリスでも、おおぜいの身元のしっかりしたりっぱなお嬢さんが同じことをなさっています。貴族の家庭で雇われますのよ。ジェントルマンの娘さんですから、育ちもいいし教養もありますもの」ミス・ケイトの口調にはお為《ため》ごかしなところがあって、それがメグのプライドを傷つけた。家庭教師という仕事が、つらいだけでなく身を落とすもののように思えた。

「例のドイツ語の歌の訳ですが、メロディには合いましたか？」気まずい沈黙をやぶってミスター・ブルックが言った。

「ええ、とっても！　すごくきれいでした。どなたが訳されたか存じませんけれど、ありがとうございます」そう言ったとき、沈んでいたメグの顔はぱっと明るくなった。

「ドイツ語はおできになりませんの？」ミス・ケイトが驚いたようにたずねた。

「あまりできないんです。教えてくれていた父が出征しましたし、独学では進みが遅くて。発音を直してくれる人がいませんから」

「いま、ちょっとやってごらんなさい。ここにシラーの『メアリー・スチュアート』があります。それに、教えるのが好きな家庭教師もいますよ」ミスター・ブルックは誘うような笑みをうかべて、読んでいた本をメグのひざに置いた。

「むずかしいでしょ、ちょっとこわいわ」メグは感謝しつつも、隣に教養ゆたかな若いレディがいるので気がひけた。

「元気づけに、わたしが少し読んであげましょう」と言って、ミス・ケイトは作中のもっとも美しい部分のひとつを読み上げた。発音は完璧だが、表情がまるでなかった。

ミスター・ブルックはなにもコメントせずに本をメグに返した。メグは何の気なしに言った——

「『メアリー・スチュアート』って、詩で書かれていると思っていました[*48]」

「一部はそうですよ。この部分を読んでごらんなさい」

ミスター・ブルックは口元にふしぎな笑みを浮かべながら、あわれなメアリーの嘆きの言葉のページを開いてみせた。

メグは新しい先生がテキストを指し示すのに使う細長い草の葉のうごきを追いながら、ゆっくり、おずおずと読んだ。音楽的な声のやわらかい抑揚が、いつしかシラーの厳格な言葉づかいに詩情を与えていた。緑色のガイドがゆっくりとページを下りてゆくうち、この悲しい場面の美しさに聞き手の存在を忘れたメグの声によって、不幸な女王の言葉にかすかな悲劇の響きが生まれた。ミスター・ブルックの茶色の眼とうっかり視線を合わせていたら、メグは読むのをやめたはずだ。しかしメグはいちども眼を上げなかったので、授業がとぎれることはなかった。

「とてもいいですよ！」メグが読みおえると、ミスター・ブルックは多くのまちがいを無視して言った。その様子は、たしかに「教えるのが好き」そうだった。

ミス・ケイトは柄つき眼鏡を持ち上げ、目の前のささやかな活人画《タブロー》をじっくり観察したあと、スケッチブックを閉じて教えさとすように言った――

「アクセントはお上手だし、時間をかければすらすら読めるようになるでしょう。どうかお勉強なさい、ドイツ語は教師にとって役に立つ教養ですから。ちょっとグレイスを見てこなきゃ、おいたが過ぎるようだから」そう言って歩み去りながら、ミス・ケイトは肩をすくめて考えた。「わたし、たかが家庭教師の女の子のお守りをしにきたんじゃないわ。たしかにあの子、若くてきれいだけど。ほんとにヤンキーって変な人たち！　こういう人たちとばかり付き合っていたら、ローリーはだめになってしまうんじゃないかしら」

「忘れていましたわ、イギリスの人たちは女の家庭教師を見下していて、アメリカ人と違うふうに扱うんだってことを」去ってゆくミス・ケイトの姿をむっとした表情で見送りながらメグが言った。

「男の家庭教師だってイギリスでは冷遇されますよ。僕は経験で知っています。われわれ働く人間にとってアメリカほどいい場所はありませんよ、ミス・マーガレット」

そう言うミスター・ブルックの態度がいかにも満足していてほがらかなので、メグは自分の立場を嘆いたのが恥ずかしくなった。

「でしたら、アメリカに住んでいてよかったと思います。わたし、家庭教師の仕事は好きになれませんけど、教えがいもけっこうあるんですから、不平は言わないようにします。ただ、あなたほど教えるのが好きだったらよかったのに」

「ローリーが生徒なら、あなたも教えるのが好きになるでしょう。彼が来年には生徒でなくなるのが残念ですよ」ミスター・ブルックはステッキで何度も草を突き刺した。「大学に行くんですね？」メグの唇にのぼったのはこの質問だけだったが、眼はこうつけくわえていた。「そしたら、あなたはどうなさるの？」

「ええ、あの子もそろそろいい年ですから入学すべきですよ。彼が大学に行ったらすぐに、僕は軍隊に志願します」

「いいことだわ！」とメグは叫んだ。「わたし思うんです、若い男の人は志願したいと願わなきゃ嘘《うそ》だって。うちに残る母親や姉妹にとってはつらいことですけど」メグの声に悲しみの響きが加わった。

「僕は姉妹も母親もいませんし、友人もほとんどいませんから、生きようと死のうと同じことですよ」ミスター・ブルックは吐き捨てるように言うと、なんとはなしに掘ってしまった穴にしおれた薔薇を入れて、小さな墓のように土をかぶせた。

「ローリーとおじいさまがいるじゃありませんか。わたしたちも、あなたの身に何かあったらとても悲しいでしょう」メグは心をこめて言った。

「ありがとう。そう聞いてうれしいですよ」ミスター・ブルックは明るい顔にもどって言いかけたが、言い終えるより先にネッドがお嬢さんたちに乗馬の腕前を見せびらかそうと例の年寄りの馬に乗ってパカポコやってきたので、この日はもう静けさの余地がなくなってしまった。

「馬に乗るのって楽しいよね？」ネッドに先導された子供たちがあたりを駆け足で一周したあと、ふたりで立って休んでいるときにグレイスがエイミーに言った。

「だいすき。パパがお金持ちだったころにはメグがよく乗ってたけど、いまはもう馬を飼ってないの――エレン・ツリーは別だけど」エイミーは笑いながらつけくわえた。

「エレン・ツリーのこと教えてよ。それってロバ？」グレイスは興味をそそられたようだ。

「えーとね、ジョーは馬に目がないし、わたしもそうなんだけど、うちには古い横乗りの鞍《くら》しかなくて、馬はいないの。そのかわり庭にリンゴの木があって、ちょうどいいところに低い枝が生えてるのね。だからわたし、その枝に鞍をのせて、枝が上を向いてるあたりに手綱をつけたの。それがエレン・ツリー。[*49] いつでも好きなときに乗って遊べるの」

「おかしなの！」とグレイスが笑った。「わたし、うちでポニーを飼ってて、フレッドやケイトといっしょにほとんど毎日パークで乗ってるの。とてもすてきなのよ、友達もいっぱい来るし、ローはレディやジェントルマンでいっぱいだし」

「いいわね！　わたし、いつかは外国に行きたいと思ってるの。でも、ローよりまずローマかな」とエイミーは言った。ローとは何かまったく知らず、かといってグレイスにたずねるのは死んでもいやだったが。*50

エイミーとグレイスのすぐうしろに座っていたフランクは、ふたりの会話が聞こえた。元気な男の子たちがふざけ回るのをながめながら、フランクはいらだたしげに松葉杖《まつばづえ》を押しのけた。ちらばった〈オーサーズ〉のカードをひろい集めていたベスが眼を上げ、シャイだけれどもやさしい声で言った——

「疲れてるみたいね。わたしにできること、何かある？」

「話をしてよ。ひとりで座ってるの、退屈だもの」フランクが家でだいぶ甘やかされていることは明らかだった。

恥ずかしがりやのベスにとって、これはラテン語で演説をしろというのも同然の要求だった。けれども、今は逃げ場もなく、ジョーのうしろにかくれることもできないうえ、かわいそうなフランクが訴えるような眼でこちらを見ている。ベスはやってみようと決心した。

「どんなお話がいいの？」と聞いたとたん、ベスはカードをつかみそこね、さらに手をすべらせて半分がた落っことしてしまった。

「そうだね、クリケットとか、ボート遊びとか、狩りとか」フランクはまだ、自分の体力に合わせた楽しみを知らないのだった。

「まあ！　どうしましょう！　そういうの、ぜんぜん知らない」とベスは考え、うろたえるあまりフランクの不幸もわすれてしまった。フランクに話をさせようと思って、ベスは言った。「わたし狩りを見たことないんだけど、あなたはよく知ってるのよね」

「前は知ってた。でも、もう二度と狩りはできないんだ。横木が五本ある高い柵《さく》を飛びこえようとして、けがをしたから。だから僕はもう、馬に乗ることも犬を追って走ることもできない」フランクが深いため息をついたので、ベスは、知らずにひどいことを言ってしまった自分がいやになった。

「イギリスの鹿《しか》って、アメリカのぶかっこうなバッファローよりもきれいなんでしょう」ベスはなんとか話題を探そうとして大平原のことを考え、ジョーが大好きな男の子向けの本を一冊だけ読んでおいてよかったと思った。

バッファローという話題はフランクを落ちつかせ、満足させてくれたようだった。ほかの人を楽しませたいという気持ちで、ベスは我を忘れた。「こわい」男の子たちから守ってほしいと懇願したはずのベスがその男の子のひとりに話をしているという珍しい光景は、ジョーを驚かせも喜ばせもしたが、当のベスはそのことにまるで気づいていなかった。

「ベスはいい子だなあ！　あの男の子がかわいそうになって、親切にしてあげているんだよ」クロッケーのグラウンドからベスにほほえみかけながら、ジョーが言った。

「わたしいつも言ってるでしょ、あの子は小さな聖人だって」メグの口調は、もはやそのことに疑いなしと言いたげだ。

「フランクがあんなに大きな声で、あんなに長いあいだ笑うのってはじめて」グレイスがエイミーに言った。ふたりはいっしょに座ってお人形さんについて論じたり、ドングリの固い部分でティーセットを作ったりしていた。

「姉のベスは、その気になればとてもろあくてきなのよ」ベスの成功に大満悦してエイミーが言った。ほんとうは「蠱惑的《こわくてき》」と言いたかったのだが、グレイスはどちらの言葉もはっきり知らなかったので、「露悪的」でも十分よさげに聞こえたし、いい人なんだという意図は伝わった。

　サーカス風のパレードと、追っかけっこと、今度は和気あいあいのクロッケーのゲームで午後は暮れていった。日が沈むとテントは片づけられ、残りの食べ物はかごに詰められ、クロッケーのゲートは引き抜かれ、ボートにみんなが乗りこんで、一同は声をかぎりに歌いながら河を家に向かった。センチメンタルな気分になったネッドが歌ったセレナーデは、

ひとり、われはひとり、悲しいかな、われはひとり

というフレーズを何度もくり返すものだった。また、

　われら共に若く、共に心あるに
　　ああ、なぜにかくも冷たく離れ立つや[*51]

という部分ではあんまり切々とした眼でメグを見やるものだから、メグはぷっと吹きだしてネッドの歌をだいなしにしてしまった。

「どうやったらそんなに残酷になれるわけ?」と、元気なコーラスの声にまぎれてネッドはメグにささやいた。「一日じゅうあの気取ったイギリスの女にくっついておいて、今は僕を鼻で笑うなんて」

「そんなつもりはなかったの。でも、あんまりおかしかったからがまんできなくて」とメグは弁明したが、ネッドの非難の前半部分には答えなかった。モファット家のパーティやその後の母さんとの会話を思い出したメグは、たしかにネッドを避けていた

のだ。

ネッドはむくれ、サリーになぐさめてもらおうとして、いささか意地の悪い声でこう言った。「あの子、男たらしの才能はぜんぜんないよな?」

「ちっともないわね。でも、わたしには大事な友達《ディア》よ」とサリーが答えた。友人の欠点をばらしつつ、かばっておこうという作戦だ。

「ともかくも、手負いの鹿《ストリックン・ディア》にはほど遠いけどね」ネッドは才気のあるところを見せようとして言った。大学に入りたてのジェントルマンの才気など、たいがいこの程度である。*52

けさ集合した芝生の上で、この小さな集いは解散した。おやすみ、さよならという挨拶があたたかく交わされたのは、ヴォーンきょうだいがこれからカナダに行く予定だったからである。庭を抜けてうちへと帰ってゆく四人姉妹を見送りながら、ミス・ケイトはさっきと違って下に見るような調子なしでこう言った。「アメリカの女の子って、ちょっと見せびらかすようなところはあるけど、よく知ってみればいい人たちね」

「そのとおりです」とミスター・ブルックが答えた。

13 それぞれの空中楼閣

九月のある暑い日の午後だった。ローリーはハンモックに寝そべってただただ揺られるというぜいたくを味わいながら、隣の人たちはどうしているだろうと思った。が、見にいくだけの気力はわいてこなかった。ときどきやってくる不調のさなかだったのだ。朝からなすところなく過ごしてしまったのが不満で、やりなおせたらいいのにという気分だった。暑いせいでなまけ心がついたローリーは、勉強をさぼってミスター・ブルックの忍耐力をぎりぎりまですりへらし、午後はずっとピアノを練習しておじいさまに叱《しか》られ、飼い犬の一匹が狂犬病にかかったんじゃないかとほのめかしてメイドたちを半狂乱にさせ、あげくには馬の手入れが悪いと思いこんで厩舎係《きゅうしゃがかり》と大げんかになったあと、やけくそになってハンモックに飛びこみ、世界全体のばかさかげんにかんしゃくを起こしていた。だが、しばらくすると、あんまりいい日なのでひとりでにきげんが直ってきた。頭上にひろがるマロニエの深い緑の葉むらを見あげていると、ありとあらゆる夢想がわいてきた。世界一周の船で波をのりきってゆく自分を思い描いていたところ、人の声がして、いきなり陸《おか》に連れもどされた。ハンモックの網目のあいだからのぞくと、遠足にでも行くような様子でマーチ姉妹が家から出てきた。「いったい何をするつもりだろう？」とローリーが考え、ねむい眼を開いて見なおしたのは、隣人たちの様子がなんだかおかしかったせいである。全員が帽子の広いつばをはためかせ、茶色い麻の袋を肩にしょって、それぞれが何かを手に持っている。メグはクッション、ジョーは本、ベスは杓子《しゃくし》、エイミーは画帳。四人して静かに庭をつっきり、裏手のゲートから出て、家と河のあいだにある丘をのぼりはじめた。

「あれっ、ずるいぞ！」ローリーは考えた。「僕をおいてピクニックに行くなんて。ボートじゃないよな、艇庫の鍵《かぎ》はもってないんだから。そのことを忘れたのかな。よし、鍵を届けて、どうなるかやってみよう」

帽子は半ダースもあるはずなのに、見つけるのにしばらくかかった。つぎは鍵をさがしまわったあげく、ポケットに入っていることに気づいた。そんなこんなで、ローリーが垣根をとびこえて駆けだしたときには姉妹はほとんど見えなくなっていた。艇庫に近道をしたローリーは、姉妹がやってくるのを待った。ところが誰もこないので、ローリーは丘にのぼって見にいった。丘の一部は松の茂みにおおわれていて、この緑の木立の真ん中から、松の葉の静かなため息やこおろぎの眠たげなさえずりよりもいっそう澄んだ声が聞こえてきた。

「おや、こいつはいい眺めだ！」茂みのあいだからのぞいたローリーは、すでにはっきり目をさまし、いつもの人のいい少年にもどっていた。

それはたしかに、美しい小光景だった。日陰のかたすみに座った姉妹のうえに、お日さまと影の作る模様がゆれうごき――薫《かお》る風が髪をもちあげ、ほてった頬をさまし――四人の森の小人たちが仕事にいそしむ様子は、友達ばかりの水入らずのよう。メグはクッションにすわって白い手でたくみに針をあやつっており、ピンクのドレスで緑のなかに腰を下ろした姿には、薔薇《ばら》のように清らかなやさしさがある。ベスは近くの芹《せり》の深い茂みに落ちた松ぼっくりを探し出してよりわけ、これからかわいい品物を作ろうというところだ。[*53] エイミーはひとむらのシダをスケッチ中で、ジョーは編み物をしながら本を朗読している。それをながめていた少年の顔を、ふと影がよぎった。自分は招かれていないから立ち去るべきだと思ったのだ。それでもローリーが居残ったのは、自分のうちがひどくさびしく思えたせいであり、ローリーの落ちつかない魂にこの森のなかの小さな集いがひどく魅力的に見えたせいでもある。ローリーがあんまりじっとしているので、収穫でいそがしいリスが何も知らずに近くの松の木を駆けおりてきて、ふとローリーに気づき、あわてて駆けもどってけたたましく威嚇《いかく》した。ベスが眼を上げ、樺《かば》の木のうしろからのぞいている羨望《せんぼう》の眼に気づくと、にっこりほほえんでローリーを呼びよせた。

「仲間に入ってもいいかな？　それともお邪魔？」ゆっくり近寄りながらローリーは言った。

メグが眉毛《まゆげ》をつりあげたが、ジョーがしかめっ面《つら》をしてメグを黙らせ、即座に言った。「もちろんいいよ。あらかじめ言ってもよかったんだけど、こんな女の子のゲームには興味ないだろうと思って」

「きみたちのゲームはいつでも好きさ。でも、メグがいてほしくないって言うなら帰るよ」

「かまわないわよ、ローリーもなにか仕事をするなら。ここでは、怠けるのはルール違反」メグは真剣だったが、口調はおだやかだった。

「ありがとう。ちょっとここにいさせてくれるんなら、何でもするよ。うちはサハラ砂漠なみに退屈なんだもの。縫い物、朗読、松ぼっくり細工、スケッチ、どれにしよう？　それともいっぺんにやろうか？　なんでも命令してよ、覚悟はできてる」そう言って腰を下ろしたローリーの服従の表情は、見ていて面白かった。

「かかとの部分を編んじゃうから、そのあいだこの本を朗読してよ」と言って、ジョーが本を渡した。

「はい、先生」おとなしく答えたローリーは、「働き蜂《ばち》の会」に入れてもらえたことにどれだけ感謝しているか示そうと、表情たっぷりに朗読を始めた。

物語は長いものではなく、読みおえたローリーはごほうびがわりにおずおずと質問した。

「あの、先生、聞いていいですか。きわめてためになるうえに魅力的なこの会合は、新しいものでしょうか？」

「言っていいかしら？」とメグが妹たちにたずねた。

「ローリーは笑いだすよ」エイミーが警告するように言った。

「かまうもんか」とジョー。

「ローリーも気に入ると思うわ」とベスがつけくわえた。

「もちろん気に入るさ！　ぜったい笑ったりしない。ジョー、こわがらずに話してよ」

「こわいだって！　じゃあ、教えてあげる。わたしたち、昔は『天路歴程ごっこ』をよくやったものだけど、今年はいままでずっと真剣な巡礼をつづけてきたわけ」

「うん、知ってる」と、ローリーがわけ知り顔でうなずく。

「誰から聞いたの？」とジョーが詰問《きつもん》する。

「そのへんの妖精《ようせい》」

「いいえ、わたしが言ったの。姉さんたちとエイミーがみんな出かけてしまって、ローリーがおちこんでいた晩に。ローリーは面白がってくれたから、怒らないでね、ジョー」ベスがおずおずと言った。

「ベス、あんたに秘密を守るのは無理だね。まあいいや、手間がはぶけたから」

「先を教えてよ」とローリー。ジョーはちょっとむっとした様子で、編み物に没頭していた。

「あ、わたしたちが新しい計画を立てたところまでは聞いてないの？　えっとね、わたしたち、休みをむだにしないためにそれぞれ目標を立てて、信念をもって取り組むことにしたわけ。そろそろ休みが終わるでしょ。でも、目標はぜんぶ達成したから、だらだらしないでよかったと思っているところ」

「そうだろうね」と言いながら、ローリーは怠けてすごした日々を後悔した。

「母さんは、わたしたちになるべく外の空気に当たれっていうの。だからここに仕事をもってきて、楽しくやるんだ。気分を出すために、持ち物は麻袋に入れて、古い帽子をかぶって、杖《つえ》をついて丘をのぼって、昔みたいに巡礼を演じるわけ。この丘のこと、わたしたちは『喜びの山』って呼んでる。ずっと向こうが見渡せて、いつかは住みたいと思ってる場所まで見えるから[*54]」

ジョーが指さしたので、ローリーは身体《からだ》を起こしてながめた。森の切れ目から、広くて青い河の向こうが見えた。まずは対岸の草地、そして大きな街を包みこむように緑の丘がつらなり、その稜線《りょうせん》は大空に接している。太陽は低くかたむき、天空は秋の夕日の輝きにみたされていた。金や紫の雲が丘のてっぺんにかかり、くれないに染まった光を受けて銀白の峰々がそびえ立ち、「天の都」の雲つく塔のようにきらめいていた。

「きれいだなあ！」ローリーが感じ入った声を出した。どんな種類の美しさでも、すぐさま見て取る力があるのだ。

「晴れた日にはよくこうなるの。すばらしいのはいつでもだけど、一度だってながめは同じじゃないから、わたしたちよく見にくるのよ」この風景を絵にすることができればと思いながらエイミーが答えた。

「ジョーはよく、みんなでいつかは住みたい場所の話をするの。ほんとの場所よ、豚やにわとりがいて、干し草づくりができるような。それもいいけど、わたし、あのきれいな空のあたりがほんとの国だったらなあ、そこに行けたらなあって思うの」ベスが夢想するように言った。

「それよりも美しい国があるわ。そこになら、いい人間でいつづければいつかは行けるのよ」メグがいつものやさしい声で答えた。

「待っているあいだはすごく長いし、いい人間でいつづけるのって大変。わたし、いますぐツバメみたいに飛んでいって、『天の都』の輝く門に入りたい」

「あんたは入れるさ、ベス、いずれはね。心配いらない」とジョー。「わたしだよ、戦って仕事して、坂をのぼって待ちつづけて、けっきょく入れないかもしれないのは」

「僕が道づれになるよ、いくらかでも気が楽になるんなら。きみたちの『天の都』が見えるところまで行くためには、僕はうんと旅をしないとだめだね。僕が後からきたら取りなしを頼んでいいかな、ベス？」

小さな友達はローリーの表情にある何かが気にかかったが、それでも、うつろいゆく雲をおだやかな眼でながめながら明るい声で言った。「ほんとにそこに行きたいと願って、一生ずっとほんとに努力しつづければ、入れるはずよ。あの門には鍵もかかってないし、門番だっていないと思うの。わたしね、いつも本で読んだとおりに想像してるのよ。おそろしい河から上がってきたあわれなクリスチャンを光りかがやく天使たちが手をのばして迎える、あの場面のままに」

「わたしたち、みんな空中にお城を築くものだよね。それが実現して、そこに住むことができたら楽しくない?」しばらく黙っていたあとでジョーが言った。

「僕は空中にお城を築きすぎたから、どれを実現させたいか分からないや」ローリーはながながと横たわって、さっきの裏切り者のリスに松ぼっくりを投げつけている。

「いちばんいいのを選ばなきゃ。どんなお城?」とメグがたずねた。

「僕が教えたら、メグのも教えてくれる?」

「いいわよ、妹たちも教えるなら」

「教えるさ。じゃあ、ローリーから!」

「見たいだけ世界を見てまわったら、ドイツに落ちついて、好きなだけ音楽をやりたい。有名な音楽家になった僕を、世界じゅうの人が聴きにおしかけるんだ。お金やビジネスにわずらわされないで、おもいきり楽しんで、好きなことをやって生きたい。これが僕の好きなお城。メグのは?」

マーガレットはちょっと言い出しにくいようで、いもしない蠅《はえ》を追うようにシダの葉を顔の前で振りながら、考え考えこう言った。「わたしはきれいな家に住んで、ぜいたくな品物でいっぱいにしたい。おいしい食べ物、きれいな服、りっぱな家具、付き合いがいのある人たち、それにお金がどっさり。わたしがその家の女あるじになって、好きなように切りまわして、自分は働かないでもいいように召使をおおぜい雇うの。そうなったら楽しいでしょうね！　わたし、その家で怠けるわけじゃないのよ。良いことをいっぱいして、みんなに心から愛されたい」

「その空中楼閣には、男のあるじはいないの？」ローリーが抜け目なくたずねた。

「わたし『付き合いがいのある人たち』って言ったでしょ」メグは誰にも顔を見られないよう、靴ひもを念入りに結びはじめた。

「こう言えばいいじゃない。素晴らしい、頭のいい、善良な夫と、天使みたいな子供たちがほしいってさ。姉さん、それなしではお城は完璧《かんぺき》じゃないと思ってるのに」ジョーが野暮《やぼ》を言う。本人はまだ恋を思ったこともなく、小説以外のロマンスをばかにしているのだ。

「あなたのお城は、馬とインクつぼと小説があればいいんでしょ」メグはすねたように言った。

「いいね、それ！　アラビア馬でいっぱいの厩舎、本がずらりと並んだ部屋。魔法のインクつぼで字を書くから、わたしの小説はローリーの音楽と同じくらい有名になるの。そんなお城に住むまえに、なにかすごいことがやりたいな——英雄的なこと、すばらしいこと、なんでもいいけど——死んだあとまで忘れられないようなのを。それが何かはまだわからないけど、いつでも探してるよ。いつか、みんなをびっくりさせてあげるからね。わたし、本を書いて、お金持ちで有名になるつもり。そうなったらいいな、それがわたしの好きな夢」

「わたしの夢は、父さんや母さんといっしょにいつまでもうちにいて、家族のお世話をてつだうこと」ベスが満足した様子で言った。

「ほかに何もないの？」とローリー。

「あのピアノをいただいてから、完璧にしあわせだもの。わたしの願いは、みんなが元気でいっしょにいられることだけ。ほかには何もないわ」

「わたしはいっぱい願いがあるけど、いちばんの願いは画家になって、ローマに行って、いい絵を描いて、世界一の芸術家になること」というのが、エイミーのささやかな望みだった。

「僕たち、だいぶ高望みだよね？　ベスは別だけど、みんなお金持ちで有名になって、あくまで豪華に生きたいんだもの。僕らのうち、ひとりでも望みはかなうかなあ」物思いにふける牛のように草を嚙《か》みながら、ローリーが言った。

「空のお城の鍵、わたしは持ってるよ。でも、扉を開けられるかどうかはこれから次第だね」ジョーが謎めいたことを言う。

「僕も鍵はもってるけど、扉に合うか試させてもらえないんだ。ちくしょう、大学か！」ローリーはいらだたしげに息をついた。

「わたしの鍵はこれ！」と、エイミーが鉛筆をふってみせる。

「わたし、鍵がないの」メグがわびしげに言った。

「あるじゃないか」ローリーが即答する。

「どこに？」

「顔に」

「ばか言わないで、こんなもの役に立たないわ」

「そのおかげでいいものが手に入らないかどうか、楽しみに待ってるといいよ」ローリーが笑い声を上げたのは、自分が知っているつもりでいるチャーミングな小さい秘密のことを思ったせいだ。

メグはシダのうしろで顔を赤くしたが、それ以上はたずねず、あの騎士の話をしたときのミスター・ブルックと同じく、何かを待つような表情で河のむこうを見やった。

「これから十年たってみんな生きていたら、もういちど集まって見てみようよ。何人が願いをかなえたか、今よりどれくらい願いに近づいたか」ジョーはいつだって計画を立てるのが好きである。

「十年なんて！　わたし、いくつになるかしら――二十七よ！」とメグが叫んだ。十七歳になったからには、もう大人のつもりでいるのだ。

「あなたとわたしは二十六だね、テディ[*55]。ベスは二十四、エイミーは二十二。やだなあ、敬老会だよ！」とジョーが言った。

「僕はそれまでに、誇りにできるようなことがやれればいいな。でも、ひどい怠け者だからね。たぶん僕は『だらだら過ごし』ちゃうよ、ジョー」

「あなたに必要なのは動機だって母さんが言ってたよ。動機さえみつかれば、すばらしい仕事をするでしょうってね」

「えっ、そう？　じゃあ、必ず仕事をするよ、チャンスさえあれば！」ローリーはだしぬけにエネルギーがわいてきたように座りなおした。「おじいさまを喜ばせることができれば満足すべきだろうし、僕もやってはいるんだけど、ぜんぜん性に合わないのがつらいんだよね。おじいさまはインド相手の貿易商だったから、僕にもそうなれと言うんだけど、そんなものになるくらいなら銃殺されたほうがましだよ。僕はきらいなんだ、お茶も、シルクも、香辛料も、おじいさまの船が運ぶがらくたはどれも。

僕がひきついだら、船なんかいつ沈んだってかまわないよ。大学に行くだけで十分じゃないか。四年間もおじいさまの言いなりになるんだから、ビジネスから解放してくれたっていいよね。でもおじいさまはもう心を決めてるから、僕は同じ道をたどるしかないんだ。父さんみたいに逃げ出して好き勝手やるなら別だけど。おじいさまといっしょにいてくれる人さえいれば、僕、あしたにでもそうするよ」

ローリーの口調は激していて、すきあらば実行に移してしまいそうな感じだった。ローリーはあっという間に大人になりつつあって、怠けぐせとはうらはらに、押さえつけられるのが嫌いなところはいかにも若い男だった——自分一人で世界にのりだしてみたいというのは、若い男を駆りたててやまない望みなのだ。

「じゃあさ、まかせられた船でとっとと出発して、気のすむまで帰ってこないのがいいよ」そんな冒険を思うとジョーは想像力に火がつき、「テディのつらい立場」といつも呼んでいるものに同情をそそられた。

「それは正しくないわ、ジョー。あなたはそんなふうに言うべきじゃないし、ローリーもジョーのアドバイスを真《ま》にうけてはだめ。いいこと、ローリー、あなたはおじいさまの願いどおりにすべきよ」メグが最大限に母親らしい調子で言った。「あなたが大学でベストを尽くせば、あなたが喜ばせようとしていることをおじいさまも分かってくださって、将来を無理におしつけるようなことはなさらないわ。あなたも言うとおり、おじいさまのそばでおじいさまを愛せるのはあなたしかいないんだから、許しを得ずにどこかに行くようなことをしたらきっと後悔するわよ。やけになったり腹をたてたりしないで、自分のすべきことをするの。そうしたら、必ず報われるわ。あのミスター・ブルックがみんなに尊敬され愛されているように」

「ミスター・ブルックのこと、なにを知ってるの？」ローリーはメグのよきアドバイスに感謝しつつも、お説教めいた部分は気に入らなかった。とはいえ、さっきはめずらしく激してしまったので、話題が自分ではなくミスター・ブルックに移るのがありがたかった。

「おじいさまがうちの母におっしゃったことだけよ。ミスター・ブルックはお母さまがお亡《な》くなりになるまでよくお世話をなさって、どこかのお金持ちから子供の家庭教師として海外についてこないかという申し出があったときにも、お母さまといっしょでなければといってお断りになったのね。それで今は、お母さまの介護を手伝ってくれた老婦人の面倒を見ていらっしゃるの。そのことは誰にもおっしゃらないけど、親切で、忍耐づよくて、他にないほどいい方だと思うわ」

「そうだったのか、ブルックっていいやつだなあ！」ひと息に語りおえたメグが熱心さのあまりのぼせてしまった様子で言葉を切ると、ローリーは心から言った。「おじいさまらしいや、ブルックのことを秘密でぜんぶ調べておいて、他の人たちがブルックを好きになるようにブルックのいいところを話してまわるなんてね。ブルックは、そっちのお母さまがどうしてああも親切にしてくださるのか分からなかったみたいだけど――僕といっしょに招待して、お母さま独特のやさしい友達みたいな態度でもてなしてくださったりね。ブルックはお母さまのことを淑女のかがみだと思ったみたいで、それから何日もお母さまのことで持ち切りだったよ。あなたたちのことも、ほめまくっていたな。僕の望みがかなうことがあったら、まっさきにブルックにお礼をしたいね」

「今すぐできることがあるわよ。勉強をさぼってミスター・ブルックを悩ませるのをおやめなさい」メグがぴしゃりと指摘した。

「あれ、どうしてそんなことを？」

「あなたのうちから帰っていくときのミスター・ブルックの表情でわかるの。あなたがちゃんと勉強していれば、満足げな顔つきで足どりも軽やか。あなたに悩まされたときには、沈んだ顔でのろのろ歩かれるのよ、ひきかえして教えなおしたいみたいに」

「えーっ、そりゃないよ！　僕がちゃんとしてたかどうか、ブルックの顔つきで記録を取ってたみたいじゃないか。そっちの窓のまえを通るときにブルックがにっこり笑っておじぎするのは分かってたけど、そんな報告システムがあるなんて知らなかった」

「システムなんかないから、そう怒らないで。それと、わたしがこんなこと言ってたなんて告げ口はなしよ！　わたし、あなたの勉強の進みぐあいが気になってただけ。いま言ったことは秘密ですからね」メグが叫んだ。うっかりあんなことを言ってしまって、どうなるかと思ったらしい。

「僕は告げ口なんかしないよ」と言ったローリーの態度は、ジョーのいわゆる「ローリーはときどき貴族そのものって感じ」だった。「ブルックが気象台のかわりなら、こっちは心していい天気でいなきゃっていうだけ」

「お願い、怒らないで。わたし、お説教したり告げ口したり、ばかなこと言ったりするつもりじゃなかったの。ただ、ジョーが変なアドバイスを吹き込んでるみたいだったから、後悔するようなことにならないようにと思って。あなたはわたしたちにとてもよくしてくれているから、つい兄弟みたいに思って、心に浮かんだことをそのまま言ってしまうの。許してちょうだい、悪気はなかったのよ！」メグは愛情をこめて、おずおずと手をさしだした。

思わずかっとなったことを恥じ入って、ローリーはメグの親切な小さい手を握りしめ、さっぱりした様子で言った。「僕こそ許してもらわなきゃ。今日はずっと調子が悪くて、思わずやつあたりしちゃったんだ。メグのことは姉さんみたいに思ってるし、僕の悪いところはどんどん教えてほしいよ。だから、たまに不きげんなことがあっても気にしないで。ほんとは感謝してるんだ」

根にもっていないことを示そうとして、ローリーはがんばった。メグの布を折ってやり、ジョーを喜ばせようと詩を暗唱し、ベスには松ぼっくりを落としてやり、エイミーのシダのスケッチを手助けしてやって、「働き蜂の会」の会員にふさわしいところを見せた。亀《かめ》の日常的習慣を熱心に議論しているあいだに（愛想のよい亀が一匹、河から上がってきていたのだ）、かすかなベルの音が届いて、ハンナがお茶を淹《い》れはじめたことが分かった。夕食に間に合うには、今すぐ出発しなければならない。

「また来ていいかな?」とローリーが聞いた。

「ええ、どうぞ。教科書に出てくる男の子みたいにお行儀がよくて、勉強が好きなら」メグがほほえむ。

「うん、がんばる」

「それじゃ、おいでよ。スコットランド流の編み物を教えてあげる。いまちょうど、軍隊用の靴下の需要が多いんだ」ジョーがそうつけくわえ、庭のゲートのまえで別れるきわには、編みかけの靴下を青い軍旗のように振ってみせた。

　その夜、たそがれの光のなかでベスがミスター・ローレンスにピアノを弾いているあいだ、ローリーはカーテンのかげにかくれて小さなダビデが奏《かな》でる音楽に耳をかたむけ、いつもと同じく、素朴な音楽によって魂のざわめきをしずめられた[*56]。見ると、老人は白髪頭を手で支え、深く愛した亡き子をやさしく思い出しているのだった。きょうの午後の会話を思い出した少年は、喜んで犠牲をさしだそうという決心を思い出してこう考えた。「僕の城は手放そう。おじいさまが僕を必要とするかぎり、そばにいてあげよう。おじいさまには僕しかいないんだから」

14　秘密

　十月に入って、昼間も肌寒く、午後が短くなってゆくころ、ジョーは屋根裏部屋でたいへん忙しくしていた。もう二、三時間ばかり、お日さまが高い窓から暖かくさしこむなか、古いソファの上でせっせと書きものを続けていたのだ。目の前に置かれたトランクに紙が何枚か広げられ、ジョーのペットであるネズミのスクラブルが頭の上の梁《はり》をいったりきたりしている。スクラブルが連れている上の息子は元気な若ネズミで、ひげをたいそう自慢にしているのがよく分かった。仕事に没頭していたジョーは最後のページがいっぱいになるまでペンを走らせ、いきおいよく署名し、ペンを放り出して叫んだ――

「できた、わたしの最高傑作！　これでだめなら、もっといいものが書けるようになるまで待つしかないね」

ソファにもたれかかると、ジョーは原稿を最初から最後まで念入りに読みなおし、そこここにダッシュを書き加え、小さな風船のような形の感嘆符をあちこちばらまいた。それから原稿をスマートな赤いリボンでたばね、一分ばかりじっとながめた。真剣で、望みをかけるようなそのまなざしを見れば、ジョーがこの作品に心血をそそいだことは明らかだ。屋根裏部屋でジョーが机がわりに使っているのは、壁にとりつけられた古い箱型オーブンだ。その中に原稿と何冊かの本がしまわれ、スクラブルが入れないようになっていた。スクラブルはジョーと同じ文学好きで、そのへんに本を置いておくとジョーが貸本屋を始めたとでも思うらしく、ページをかじり取ってしまうのである。このブリキの箱からジョーはもう一束の原稿を取り出し、両方をポケットに入れると、ペンをかじりインクをなめる友達はそのままに、そっと階段を下りていった。

音を立てないよう気をつけながら帽子をかぶって上衣《うわぎ》をはおり、裏手の高窓から低いポーチの屋根に出たジョーは、屋根から草の土手に下り、そこから遠回りで表通りまで行った。通りに出ると身なりをととのえ、乗合馬車を呼びとめて、なにやら楽しげな秘密をかかえた様子で街をめざした。

ジョーを観察している人間がいたなら、ジョーの動きはどう考えても変だと思ったにちがいない。馬車から降りたあとは、ひどく足早に、人通りの多い街路のとある番地をめざした。少し迷ったあとその番地にたどりつくと、ジョーは玄関口にはいり、うすよごれた階段を見やり、数分のあいだ身じろぎもせず立っていたあと、だしぬけに通りに出て全速力で歩き去った。この一連の動きをジョーが数度にわたってくり返すのを、向かいの建物の窓辺でくつろいでいる若い紳士が黒い眼でおもしろそうにながめていた。みたび戻ってきたジョーは、ぶるぶるっと身体《からだ》をふるい、帽子をぐいっと目深《まぶか》に引き下げると、歯医者で歯をぜんぶ抜かれるような様子で階段を上がっていった。

入口を飾っているもののなかには、歯医者の看板もあった。若い紳士は、ゆっくり開いたり閉じたりしてみごとな歯並びを見せつけている顎《あご》の模型をしばらく見やったあと、上着をはおり、帽子を取りあげ、一階に下りて玄関前から通り向かいの様子をながめ、笑みをうかべながらも身ぶるいしてひとりごちた——

「ひとりで来るなんて、あの人らしいや。でも、痛い目にあわされたりしたら、だれかがうちまで連れ帰ってやらないと」

十分後に階段を駆け下りてきたジョーはひどく顔を赤くして、なにかよほどの試練を終えたばかりの様子だった。若い紳士に気づいてもちっとも喜んだ様子はなく、かるく会釈《えしゃく》だけして通りすぎた。が、ローリーは後を追い、同情をこめて言った——

「ひどい目にあわされた？」

「それほどでも」

「ずいぶん早く済んだね」

「うん、助かった！」

「どうしてひとりで行ったの？」

「誰にも知られたくなかったから」

「やっぱり、変なこと言うなあ。何本やったの？」

ジョーはきょとんとした顔で友達を見返したが、やがて、ひどくおかしそうに笑いだした。

「できれば二本と思ったんだけど、来週まで待たなきゃならないみたい」

「何がそんなにおかしいの？　さては何か隠してるな、ジョー」ローリーはわけが分からない様子で言った。

「あなただって。ビリヤード・サルーンなんかで何してたわけ？」

「失敬申しあげますが、あれはビリヤード・サルーンじゃなくてジムだよ。フェンシングのレッスンを受けてたんだ」

「そうなの、それはよかった！」

「どうして？」

「わたしがあなたから教えてもらえるから。そしたら『ハムレット』がやれるよね、あなたにレアティーズの役をやってもらって。フェンシングの決闘、見せ場になるよ」

ローリーが少年らしい心からの笑い声を上げたので、何人かの通行人がおもわず笑顔になった。

「教えてあげるよ、『ハムレット』をやってもやらなくても。すごく面白いし、しゃきっとするんだ。ただ、きみがいま『よかった』ってきっぱり言ったの、それだけが理由じゃないよね？」

「ええ、あなたの行ってたのがビリヤード・サルーンでなくてよかったと思って。あいうところには行かないんだよね。行くの？」

「しょっちゅうじゃないけど」

「わたし、行ってほしくないな」

「別に害はないよ。ジョー、うちにもビリヤードはあるけど、うまい相手がいないと面白くないんだ。僕はビリヤード好きだから、ときどき行って、ネッド・モファットなんかと一勝負やるんだよ」

「えっ、それはよくないなあ。そのうちどんどんビリヤードにおぼれて、時間とお金をむだにするようになって、ああいうろくでもない男たちの仲間入りだよ。あなたはもっとまっとうな人で、みんなのいい友達でいてくれると思ってたのに」そう言って、ジョーは首を振った。

「ときどきちょっとした害のない遊びをしただけで、まっとうでないってことになっちゃうわけ?」ローリーはむっとした顔になった。

「どこで、だれとやるかによるよ。わたし、ネッド・モファットや仲間の連中が好きじゃないし、あなたにもああいうのと付きあってほしくないな。ネッドはうちに来たがってるんだけど、母さんはネッドはうちに入れないって言ってる。あなたがあの男みたいになったら、わたしたちが今みたいにいっしょにさわぐのを母さんは許してくれないよ」

「そうかな?」ローリーは不安になったようだ。

「そうだよ。母さんは流行ばっかり追ってるような若い男がきらいだもの。そんなのと付きあわせるくらいなら、わたしたちを小物入れの箱にしまっちゃうと思うな」

「まあ、まだ箱の出番じゃないよ。僕は流行を追う連中の仲間じゃないし、仲間入りする気もないもの。でも、やっぱりたまには害のないおふざけがしたいよ。きみもそうじゃない？」

「うん、そういうのなら誰も気にしないから、ふざければいいさ。でも、道を踏みはずすようなことはしないでよね？　そうなったら、わたしたちの楽しい時間もおしまいだよ」

「よしわかった、二回蒸留したウィスキーなみに混じりっけのない聖人になってやろうじゃないか」

「かんべんしてよ、聖人なんて。素朴で、正直で、まっとうな男の子でいてくれれば、それでいいんだ。あなたがミスター・キングの息子さんみたいになったら、わたし、どうしたらいいかわからない。あの人、お金をいっぱい持ってて、でも使い方は知らなくて、酔っぱらったり賭《か》け事をしたりして、最後には姿を消して、お父さんの名前で借金するだとか、おそろしいことばかりやったんだよ」

「僕もそうなりそうだってわけ？　恐れ入るね」

「そんなこと思わないよ――思うわけないじゃない！――でも、お金は大きな誘惑だってみんな言うよね、だからときどき、あなたが貧乏だったらいいのにって考えちゃうんだ。そしたら、心配しないですむから」

「僕のことが心配なの？」

「ちょっとね。あなたときどき、落ちこんだり不満そうだったりするでしょ。あなたはすごく意志が強いから、いったん悪いことしはじめたら誰にも止められないんじゃないかって」

ローリーは返事をしないまま、二、三分歩きつづけた。ジョーはローリーの怒ったような眼を見て、言わなきゃよかったと思った。もっとも、ローリーの唇はジョーの警告を面白がっているらしい笑みをたたえていたけれども。

「このお説教、うちに帰るまでつづけるつもり？」しばらくしてローリーはたずねた。

「そんなことしないよ。どうして？」

「そういうつもりなら、僕は乗合馬車で帰ろうと思ってさ。でも、そうじゃないなら、いっしょに歩いて帰る途中でとても面白い話をしてあげる」

「じゃ、お説教はやめ。その話、すごく聞きたいな」

「よーし、じゃ行こう。これ、秘密の話だから、僕が話したらそっちの秘密も話すんだぜ」

「わたし、秘密なんか」とジョーは言いかけて、はっと口をつぐんだ。そうだ、秘密があるのだ。

「あるじゃないか。きみは隠し事なんかできないよ。さっさと〈告白《ハク》〉しちゃいなって。でないと、僕も話さない」

「あなたの秘密って、すてきな話？」

「もちろん！ きみの知ってる人たちの話で、すっごく面白いんだぜ！ きみも聞いておいた方がいい話だから、僕は話したくてうずうずしてるんだ。さあ！ そっちから」

「うちに帰っても話さないでおいてくれる？」

「話すもんか」

「からかう種にもしない？」

「僕は人をからかわないよ」

「からかうじゃない。あなた、なんでも聞き出しちゃうんだよね。どういうこつがあるのか知らないけど、生まれながらの聞き出し屋だよ」

「そりゃどうも。さあ、言った言った！」

「あのね、わたし、短篇をふたつ新聞の編集の人にあずけてきたんだ。返事は来週きかせてくれるって」ジョーはローリーの耳元でささやいた。

「やったね！ アメリカ随一の女性作家ミス・マーチ！」ローリーが帽子を投げ上げ

てまたキャッチしたので、喜んだのは二羽のアヒル、四匹の猫、五羽のニワトリ、六人ばかりのアイルランド系の子供たちである。もう街の外まで来ていたのだ。

「しーっ！　たぶん、何にもなりやしないんだから。でも、やってみないことには気がすまなかったの。これ誰にも言ってないんだよ、がっかりさせるといけないから」

「うまく行かないわけがないよ！　だってさ、ジョー、このごろやたらと活字になるがらくたにくらべたら、きみの小説はシェイクスピアだもの。見たいなあ、活字になったところ。ぼくらも誇らしいじゃないか、女性作家ジョー・マーチがデビューするとなったら？」

ジョーの眼が輝いた。自分の能力を買われるのはいつだってうれしいものだし、友達からの称賛ときては新聞の書評一ダースでほめられるより心に響くのだから。

「それで、あなたの秘密は？　フェアプレイだよ、テディ。そうでないと、二度とあなたの言うこと信じないから」ローリーのはげましの言葉に燃え上がった希望の火を消そうとして、ジョーは言った。

「これ話したら、僕はぎゅうぎゅうにしぼられるかもな。でも、話さないなんて約束はしなかったから話すよ。面白いニュースが入ったら、君にあらいざらい話さないと落ちつかないもんね。それでさ、僕、知ってるんだよ。メグの手袋がどこにあるか」

「それだけ？」ジョーは拍子ぬけの顔をしたが、ローリーはうなずき、眼を輝かせた。謎《なぞ》めいた情報をいっぱいためこんだ表情だ。

「今はそれだけでいいんだよ。手袋がどこにあるか聞いたら、きみもなるほどと思うから」

「じゃあ、教えて」

ローリーはかがみこんで、ジョーの耳に三つの言葉をささやいた。その効果は、こっけいなものだった。ジョーは棒立ちになって、驚きと不愉快のいりまじった表情で一分ばかりまじまじとローリーを見つめ、それから歩きだして、投げつけるようにこう言ったのである。「あなた、どうして知ってるの？」

「見たんだよ」

「どこで？」

「ポケット」

「ずっとそこに？」

「うん。ロマンティックじゃない？*57」

「ぜんぜん。それ、ひどいよ」

「気に入らない？」

「気に入るわけないでしょ。ばかにしてる。そんなこと、許されない。なんなのよ、もう！　メグがなんて言うだろう？」

「誰にも言わない約束だよ、お忘れなく」

「そんな約束してない」

「暗黙の了解だよ。僕はきみを信用したんだぜ」

「まあ、すくなくとも当分は言わない。でも、いやな話。教えてくれなきゃよかった」

「喜ぶと思ったんだけどなあ」

「メグを誰かがさらっていくと聞いて？　ノー・サンキュー」

「誰かがきみをさらっていく段になれば、そう悪い気はしないと思うけど」

「そんなことするやつがいたら、ただじゃおかない」ジョーは猛然と言った。

「僕も！」ローリーはその場面を想像してクックッと笑った。

「わたし、秘密って性に合わないんだよね。この話を聞いてからずっと、心をさかなでされた気分」ジョーは感謝どころではないらしい。

「じゃあ、この丘の下りを駆けっこしよう。気分が変わるよ」とローリーが提案した。

　まわりには誰もおらず、目の前にはでこぼこのない道が誘うように広がっていた。

誘惑に勝てなかったジョーは、いきなり駆けだした。やがて、帽子と櫛《くし》を落とし、さらに走りながらヘアピンをまきちらした。先にゴールしたローリーは、自分の治療法が成功したことに大満悦だった。息をきらしてゴールしたアタランタは、髪をなびかせ、眼を輝かせ、頰を上気させていて、不満の表情はもうなかった[*58]。

「わたし、馬だったらよかった。そしたら、このすばらしい空気を吸いながら何マイルだって息を切らせずに走れるのに[*59]。ああ、楽しかった。でも、こんなに走ったせいで、まるっきり男みたいになっちゃったね。お願い、わたしの落としたものを拾ってきてよ、いい子だから」そう言ってジョーがどさりと座りこんだ土手は、カエデの木がまきちらす赤い葉がじゅうたんになっていた。

ローリーはのんびりした足どりで落とし物を拾いにいき、ジョーは三つ編みの髪をまとめなおしながら、ちゃんとした外見にもどるまで誰もこないといいけれどと思った。けれども、来たものがあった。ほかならぬメグで、どこかの家を訪ねてきたと見えて一張羅のよそおいが実にレディらしい。

「あなた、いったいここで何してるの?」メグは妹のはしたない姿を、お上品な驚きの眼で見やった。

「落ち葉あつめ」両手にかき集めたばかりの薔薇《ば ら》色《いろ》の葉を並べかえながら、ジョーはしとやかに答えた。

「ヘアピンあつめもね」とローリーが言って、半ダースばかりのピンをジョーの膝《ひざ》に投げた。「この道にはヘアピンが生えるんだよ、メグ。櫛と、茶色の麦わら帽子も」

「走ってたのね、ジョー。みっともない！　そういうおふざけ、いつまでつづけるつもり？」メグは非難するような口調で言いながら、自分の袖口《そでぐち》の様子をなおし、髪をなでつけた。風にあおられて乱れていたのだ。

「リューマチのおばあさんになって、松葉杖《まつばづえ》のお世話になるまで。わたしを早く大人にしようったって無駄だよ、メグ。姉さんが急に変わっただけでもたいへんなんだから、わたしはなるべくずっと小さい女の子でいさせて」

そう言いながらジョーが並べた落ち葉をのぞきこむように顔を伏せたのは、唇が震えるのを隠すためだった。さいきんマーガレットが急速に大人の女性になりつつあるのを感じていたところに、さっきのローリーの暴露話である。いずれは来るほかない別れがジョーは怖かったが、それが一挙に近づいて思えたのだ。ローリーはジョーの顔にうかんだ不安に気づき、メグの注意をそらそうと急いで言った。「どこに行ってたの、そんなにめかしこんで？」

「ガーディナーさんのお宅。サリーが、ベル・モファットの結婚式のことをくわしく教えてくれたの。とっても豪華な結婚式で、式がすんだらパリで冬を過ごしにいったんですって。すてきよねえ！」

「ベルがうらやましいの、メグ？」とローリーが言った。

「ええ、ほんとはね」

「よかった！」とジョーが言って、帽子のひもをぎゅっと結んだ。

「どうして？」メグはけげんそうだ。

「だって、姉さんがお金持ちにこだわるなら、うっかり貧乏な男と結婚したりせずにすむじゃない」ジョーはそう言って、ローリーにしかめつらをしてみせた。ローリーがひそかに、めったなことを言うもんじゃないというサインを送ったのだ。

「わたし、誰とも『うっかり結婚』したりしないわよ」とメグは言って、威厳たっぷりの様子で先を歩いていった。後からついてくるふたりが笑ったりささやきあったり小石を飛びこえたりしているのをメグは「子供みたいなことをして」と思ったが、実のところ、よそいきの服さえ着ていなければメグも仲間入りをしたかもしれなかった。

　それからの二週間というもの、ジョーの様子があんまり変なのでほかの姉妹は困惑しきりだった。郵便配達がベルを鳴らすとドアに飛んでゆき、ミスター・ブルックと顔を合わせると突っかかるようにふるまい、悲しみに満ちた眼でメグをじっと眺めていたかと思うといきなり飛びついてメグをゆさぶり、キスをするという謎の行動で、しかもローリーと暗号めいた表情をやり取りしては「スプレッド・イーグル」がどうしたこうしたと言い続けているので、姉や妹たちがあのふたりはどうかしていると騒ぎだす始末だった[*60]。ジョーがひそかに窓から抜け出してから二度目の土曜日、窓辺で縫い物をしていたメグが仰天《ぎょうてん》したことには、ローリーがジョーを庭じゅう追いかけ回し、最後にエイミーのあずまやでつかまえたのである。そこで何が起こっているのかメグには見えなかったが、けたたましい笑い声が何度か聞こえ、何やら話す声、新聞をガサゴソさせる音がそれに続いた。

「あの子をどうしたものかしら？　レディらしくふるまう気がまったくないんだから」ジョーとローリーの追いかけっこをあきれ顔で見ていたメグが、ため息をついた。

「わたし、そのほうがいいわ。ジョーはいまのままのほうが、おかしくってかわいいもの」ベスはジョーが自分以外の人間と秘密をもっているらしいことに先日から少し傷ついていたが、それを表に出すようなことはなかった。

「こまったものだけど、ジョーにおとしやかなふるまいをさせようとしても無理よね」とエイミーがつけくわえた。近くに座って自分用のフリルを作っているエイミーは、巻き毛をたいへんきれいにまとめていた——フリルといい髪型といい、どちらもエイミーのお気に入りで、ものすごくエレガントな、レディらしい気持ちにさせてくれるのだった。

ややあって、ジョーが足取りも軽く入ってくると、ソファのうえに横になり、新聞を読むふりをしはじめた。

「なにか面白い記事でもあるの？」お姉さま然とした様子でメグがたずねる。

「小説が一本だけ。ま、大したものじゃなさそうだけど」新聞の名前が見えないよう注意しながら、ジョーは答えた。

「朗読してよ。そうしたらわたしたちも楽しめるし、姉さんはおいたをしないですむから」最高に大人っぽい声でエイミーが言った。

「題名はなんていうの？」どうしてジョーは新聞のうしろに顔を隠すんだろうといぶかしみながら、ベスがたずねた。

「恋敵の画家たち」*61

「面白そうね。読んでよ」とメグ。

ジョーは「えへん！」と大きな咳《せき》ばらいをし、うんと息を吸い込んでおいて、ひどく早口に読みはじめた。姉妹はひきこまれながら聞いた。ロマンティックでちょっと悲劇的な物語で、最後には登場人物のほとんどが死んでしまうのだった。

「すばらしい絵を説明するところがよかったわ」ジョーが読みおえると、エイミーが好意的なコメントを寄せた。

「わたしは恋愛の部分がよかった。ヴァイオラとアンジェロって、わたしたちがお芝居でよく使う名前ね。ふしぎじゃない?」と言ったメグは、「恋愛の部分」が悲劇的だったせいで涙を拭《ぬぐ》っている。

「だれが書いたの?」最後までジョーの顔が見えなかったベスがたずねた。

朗読者はいきなり座りなおし、新聞を投げすてて上気した顔をあらわにすると、きまじめさと興奮がいりまじったおかしな様子で大声を出した。「あなたの姉さん!」

「あなたが?」とメグが叫んで、縫い物を取り落とした。

「よく書けてたわ」エイミーがいっぱしの批評家のようにのたまう。

「やっぱり! やっぱりそうだったのね! ジョー、ほんとにすごい!」ベスは姉に駆けよって抱きしめ、このとてつもない成功に有頂天になった。

いやはや、みんなの喜びようときたら! メグは「ミス・ジョゼフィーン・マーチ」という名前が活字になっているのをじっさいに見るまで信じようとしなかった。エイミーは芸術にかかわる部分をたいそう懇切に批評したばかりか、続篇のヒントまであたえてくれたが、男女の主人公がどちらも死んでしまっているので残念ながら沙《さ》汰《た》やみとなった。ベスはよほど興奮したらしく、部屋をスキップしてまわりながら歓喜の歌をうたった。ハンナは入ってきて話を聞くと、「あのジョーがしでかした」ことにびっくりして「ほんにまあ、どえらいことで！」と叫んだ。ミセス・マーチは娘を心から誇りに思った。ジョーは眼に涙を浮かべながら笑いころげ、ここはひとつ、クジャクみたいに得意になっておしまいにしようと言った。『翼を広げたワシ《スプレッド・イーグル》』紙はその名のとおり、手から手へ渡されながらマーチ家全体に誇らかな翼をはためかせたのである。

「ねえ、どうやったのか教えてよ」「新聞はいつ来たの？」「原稿料はいくら？」「父さんがなんて言うかしら」「ローリーが聞いたら笑いださない？」家族全員がジョーをとりかこみ、いっせいに叫んだ。愚かにして愛情深いマーチ家の人々は、家庭にちょっとした喜びが訪れると大祝賀会をもよおさずにいられないのだ。

「まあまあ、そうまくし立てないで。いまからぜんぶ話すよ」ジョーはそう言いながら、『エヴリーナ』を出版できたときのミス・バーニーだって「恋敵の画家たち」の掲載がきまったいまの自分ほどいい気分だったろうかと考えた。*62 自分が短篇をどうやって売りこんだか話しおえたジョーは、つけくわえて言った。「あずけた原稿の結果を聞きにいったら、編集長はこう言ったの。『どっちもよかった。しかし、うちは新人に原稿料は出さないんだ。掲載して紙面案内欄に加えるだけだが、これはいい練習になるし、もっとうまくなれば原稿料は自然とついてくる』って。だから二本ともお願いしますって言ったら、きょうになってこれが送られてきたんだ。ローリーが見つけて、どうしても読ませろっていうから読ませてあげたわけ。編集長はね、面白かった、もっと書いてくれ、次のやつには原稿料を出すってさ――ああ、ほんとにうれしい。いずれは生活費を自分で稼いで、家族を支えられるようになるかもしれないでしょ」

ここでジョーの息が切れた。ジョーは新聞に頭をうずめ、わき出てくる涙でささやかな作品を濡《ぬ》らした。独立した人間になること、愛する人たちの称賛をかちえることはジョーがいだく最も大事な望みだったし、きょうの出来事はその幸せに向けての第一歩に思えたのだ。

15　電報

「十一月って、一年でいちばんいやな月」どんより曇った日の午後、窓辺に立ったマーガレットが霜枯れの庭をながめながら言った。

「だからわたし、十一月生まれなんだよ」もっともらしくそう言ったジョーは、鼻の頭にインクのしみができているのに気づいていない。

「なにかとても楽しいことが起こってくれれば、十一月もいい月だって言えるようになるわ」とベス。もともと楽天的なので、十一月にさえ希望を捨てていないのだ。

「そうかもしれないけど、うちには楽しいことなんてひとつも起こらないじゃない」気分が沈んでいたメグは言った。「まいにちまいにち仕事に追われて、変化なんかまるでないし、楽しみだってほんの少しきり。踏み車につながれた囚人みたい」

「まいったな、わたしたちどこまで陰気なんだろ！」とジョーが叫んだ。「まあ、無理もないよね。ほかの子たちがはなやかにやってるそばで、姉さんは年がら年じゅうあくせくだもの。わたし、小説のヒロインにはすてきな運命を作ってやれるんだから、姉さんにもそうしてあげたいところなんだけど！　それでなくても美人で性格もいいんだから、あとはお金持ちの親戚《しんせき》がとつぜん遺産を残してくれるとか。そしたら姉さん、相続人のご身分で世間に出て、これまで自分をばかにしてきた連中の求婚をきっぱりはねつけて外国に行って、レディ・なんとかの称号つきで帰ってこられるのにさ。そりゃもう、まぶしいほどエレガントに」

「そういう遺産の残しかた、最近はやらないのよ。男は働かなきゃならないし、女はお金のために結婚しなきゃならない。こんな世の中ってあるかしら」メグは吐きすてるように言った。

「ジョーとわたしが、みんなの財産を作ってあげる。まあ、十年待っててよ。うまく行かないわけないから」そう言ったエイミーは、すみっこに腰を下ろして「泥団子」づくりの最中だ。エイミーが作る鳥や果物や人の顔の粘土細工をハンナがそう呼ぶのである。

「そんなに待てやしない。それにわたし、インクや粘土をあんまり信用してないのよね。ふたりの志《こころざし》はうれしいけど」

ため息をついたメグは、霜枯れの庭にまた目をむけた。ジョーはうーんとうなり、やる気をそがれたようにテーブルに頬づえをついたが、エイミーはせっせと粘土をこねつづけた。反対側の窓辺に座っていたベスが、笑みをうかべて言った。「楽しいことがふたつ、今すぐ起きるよ。マーミーが通りをやってきたし、ローリーも何かいい知らせがありそうな様子で庭をつっきってきたもの」

ふたりは同時に入ってきた。ミセス・マーチはいつものように「父さんから便りはあった？」とたずねたし、ローリーはローリーで、相手をそらさない独特の調子で言った。「誰かいっしょに、馬車で出かけない？　数学のやりすぎで頭がもやもやしちゃったから、さっと一走りしてリフレッシュしようと思うんだ。ぱっとしない天気だけど空気はいいし、ちょうどブルックを送っていくところだから、外は陰気でも馬車のなかは陽気だよ。どうだい、ジョー。きみとベスは来るだろう？」

「もちろん行くよ」

「お誘いはありがたいけど、わたし忙しいの」そう言って、メグは裁縫かごをさっと取り出した。さいきん母さんと話しあった結果、すくなくともメグ自身のためには、ミスター・ブルックといっしょの馬車に乗りすぎないほうがいいということになっていたのだ。

「じゃあ、わたしたち三人ね。すぐ用意するから」とエイミーが叫んで、手を洗いに駆けだしていった。

「お母さん、なにか僕にできることはありませんか?」ローリーはミセス・マーチの椅子《いす》の背もたれに両手をかけて、いつもどおりの愛情ぶかい態度と口調で言った。

「大丈夫。ただちょっと、郵便局に寄ってきてもらえないかしら。手紙が届く日なんだけど、郵便屋さんがまだなのよ。父さんはお日さまみたいに習慣を守る人だから、たぶん途中でおくれたんでしょう」

と、玄関のベルがけたたましく鳴って母さんの言葉をさえぎった。ややあって、ハンナが手紙をもって入ってきた。

「あのいやな『デンポー』でございますよ」ハンナの様子は、用紙が爆発してあたりをめちゃめちゃにするのではないかと恐れているようだった。*63

「電報」という言葉を聞いたとたん、ミセス・マーチはひったくるように受け取り、二行のメッセージに目を走らせると、椅子にどさりと座りこんだ。顔はまっさおで、小さな用紙から飛びだした弾丸に心臓をつらぬかれたようだった。ローリーは水を取ってこようと階段を駆けおり、メグとハンナが母さんを助け起こすと、ジョーがおびえた声で電報を読み上げた——

「ミセス・マーチ
ゴシュジンキトク　スグコラレタシ
　S・ヘイル
　ワシントン、ブランクビョウイン」

全員が息を呑《の》んで耳をすました部屋の、なんという静けさ！　窓の外が、いかに暗く見えたことか！　そしてまた、世界全体がどれほど急に姿を変えてしまったことだろう。少女たちは母親のまわりに集まりながら、これまでの幸せと生活の支えがふいに消えさってしまいそうに感じていた。ミセス・マーチはすぐに我にかえり、メッセージをもういちど読むと、娘たちのほうに両腕を伸ばし、忘れようもない声音でこう言った。「すぐに行くけれど、間に合わないかも。ああ、みんな！　みんな助けて、わたしが耐えられるように！」

数分というもの、部屋に聞こえるのはむせび泣きの声ばかりだった。切れ切れのなぐさめの言葉や、助けを約束するやさしい言葉や、望みをつなごうとするささやきが時としてそこにまじっても、結局は涙にのみこまれてしまうのだった。最初にしっかりしたところを見せたのはハンナで、本能的な知恵をはたらかせてほかの全員にお手本を示した。ハンナにとって、仕事をすることで解決できない苦しみはほとんどなかったのだ。

「神さまが旦那《だんな》さまをお助けくださいますように！　わたしゃ、泣いて時間をむだにするより、いますぐお発《た》ちの用意をしますよ」涙をエプロンでぬぐったハンナは力強い声でそう言うと、ごつごつの手でミセス・マーチの手をあたたかく握りしめ、三人分のいきおいで仕事をするために立ち去った。

「ハンナの言うとおりよ。泣いているひまなんかないわ。みんなも落ちついて。わたし、考えなくてはいけないから」

かわいそうな娘たちは、なんとか泣きやもうとした。椅子にすわりなおした母さんは、顔こそ青ざめていたが気力を取りもどしており、自分の悲しみをわきにどけて娘たちのための計画を考えはじめた。

「ローリーはどこ？」しばらくすると母さんは考えがまとまり、最初になすべきことを見定めた様子だった。

「ここにいます。何でもいいからやらせてください！」ローリーは隣の部屋から急いで出てきた。たとえ自分のような友達でも一家をおそった悲しみのショックを見ていてはならないと考えて、引っこんでいたのだ。

「わたしがすぐ行くという電報を打ってきて。次の汽車は朝早くだから、それに乗ります」

「ほかにはありませんか？ 馬は何頭もそろっています。僕、どこへでも行きます――なんでもしますよ」地の果てまでも飛んでいきそうな様子でローリーは言った。

「マーチ伯母さんのところに手紙を届けて。ジョー、ペンと紙をちょうだい」

このあいだ清書したばかりの短篇から裏の白いページを破りとって、ジョーは母さんのまえにテーブルを引きよせた。ジョーにも分かっていたのだ、長くてつらい旅の費用を伯母さんから借りるしかないことは。父さんのためにいくらかでも足しになるなら、なんでもしたい気持ちだった。

「じゃ、ローリー、お願い。でも、むちゃくちゃに飛ばして事故で死んだりしないでね。そんな必要はどこにもないから」

ミセス・マーチのアドバイスが無視されたのは明らかだった。五分後、大事にしている駿馬《しゅんめ》にまたがって窓の外をすっ飛んでいったローリーの様子は、自分の命がかかっているかのようだった。

「ジョー、軍人義援会の事務所に行って、わたしは失礼しますとミセス・キングに言っておいて。それと、途中で買い物をお願い。品物は書いておきます。看護の用意をしなきゃいけないから、どうしても要るの。病院にそなえつけの品は質がよくない場合があるしね。ベス、ミスター・ローレンスのところにいって、いいワインを二本ばかりいただいてきて。父さんのためなら、物もらいでもなんでもします。最高のものをそろえなきゃ。エイミー、ハンナに言って黒いトランクを出してもらって。それとメグ、あなたはこっちにきて身じたくを手伝ってちょうだい。わたし、どうかしてしまいそう」

手紙を書き、ものを考え、指示を出すのをいっぺんにやるのだから、どうかしてしまっても無理はない。メグは母さんに、仕事はわたしたちがやるからしばらく自分の部屋で休んでいてと懇願した。娘たち全員が、突風に吹かれた落ち葉のように散っていった。あの紙切れ一枚に呪《のろ》いの力がこもっていたかのように、おだやかで幸せだった家庭は一瞬でばらばらになってしまった。

ベスといっしょに駆けつけたミスター・ローレンスは、病人の手当てのために思いつくかぎりの品物を持ってきた。ご不在のあいだお嬢さんがたを守る仕事は安心しておまかせくださいとミスター・ローレンスが保証したので、母さんはほっとした様子だった。それどころかミスター・ローレンスは、愛用のドレッシングガウンの提供からワシントンへの同行にいたるまで、ありとあらゆることを申し出てくれた。しかし、同行というのは無茶だった。ミセス・マーチも老紳士にそんな長旅をさせることはきっぱり断ったが、この申し出に母さんが眼に見えてほっとした表情を浮かべたのは事実である。だれにとっても、長旅に不安は禁物なのだ。ミスター・ローレンスもその表情を見逃さなかったようで、もじゃもじゃの眉毛《まゆげ》をきゅっと寄せて両手をこすりあわせ、すぐ戻りますと言い残して出ていった。みんなはそれきりミスター・ローレンスのことを忘れていたが、しばらくしてメグが片手にオーバーシューズ、片手にお茶のカップを持って玄関を出ようとしたところ、いきなりミスター・ブルックに出くわしたのである。

「たいへんお気の毒です、ミス・マーチ」ミスター・ブルックの親切で穏やかな声が、メグのとりみだした心にしみいった。「僕がワシントンまでお母さまに同行します。たまたまミスター・ローレンスの仕事で行くんですが、こういうときにお役に立てるなら本当に幸いです」

メグが手を差しのべたとたんにオーバーシューズが床に落ち、紅茶もあとを追いそうになった。このときメグがうかべた感謝の表情を見るためなら、ミスター・ブルックはずっと多くの時間と手間もいとわなかっただろう。

「なんてご親切なの！　もちろん母はお受けするでしょう。そばについていてくださる方がいらっしゃると知れば、母もひと安心だと思います。ありがとうございます、ほんとに！」

メグは感激のあまり自分のことをまるで忘れていたのだが、ややあって、自分を見下ろしている茶色の眼にこもっている何かに気づいた。あら、お茶がさめてしまうと言うと、メグは先に立って居間へ案内し、母を呼んでまいりますと言い残して部屋を出た。

準備万端ととのうところに、ローリーがマーチ伯母さんからの返事を持って帰ってきた。中身は要求どおりの金額と、数行のメッセージである。だいたいマーチが軍隊に志願するのが馬鹿《ばか》げている、どうせろくなことにならないと最初から言ってあるでしょう、今後はわたしのアドバイスをよくお聞きなさいというのである。ミセス・マーチは手紙を暖炉の火にくべ、お金は財布に入れて、出発の準備をつづけた。唇をぎゅっと閉じている理由はジョーならよく分かったにちがいないが、ジョーはその場にいあわせなかった。

日が落ちるまでの短い時間がどんどんたっていった。用足しはすべておわったので、メグと母さんは必要な縫い物にかかり、ベスとエイミーはお茶を用意し、ハンナはアイロンがけを「おっそろしい勢い」で終えてしまったが、それでもジョーは帰ってこなかった。みんな心配しはじめ、ジョーなら何かとんでもないことをやりかねないというので、ローリーが探しにでかけた。しかし入れ違いになったようで、ジョーはひとりで帰ってきた。面白がっているような、怖がっているような、満足と後悔が入り混じった奇妙な表情をしている。この表情に家族はとまどったが、ジョーが母さんのまえにお札の束を置いたのにはいっそう困惑した。ジョーは少し声をつまらせながら、こう言ったのである。「これ、わたしから。父さんの看病と、うちに連れて帰るのに役立てて！」

「まあ、こんなものをどこで！　二十五ドルも！　ジョー、なにか軽率なことをしたんじゃないでしょうね？」

「してない。ほんとにわたしのお金。誰かにせびったわけでも、借りたわけでも、盗んだわけでもないよ。自分で手に入れたんだよ。母さんも叱《しか》ったりしないと思うんだ、持ちものを売っただけだから」

そう言いながらジョーがボンネットを取ると、まわりから悲鳴が上がった。豊かだった髪の毛が短く切られていたのだ。

「髪の毛！　あのきれいな髪の毛が！」「ジョー、どうしてそんな？　あなたのいちばんの自慢だったのに」「こんなことをするには及ばなかったのに」「なんだかジョーじゃなくなったみたいだけど、そういうところが好き！」

みんなが声を上げ、短くなった頭をベスがやさしく抱きよせるなか、ジョーはなんでもない顔をしようとしたが、誰もそんなことではだまされなかった。ジョーは茶色いふわふわを指でかきまぜ、つとめて気に入っているふりをしながら言った。「国の運命が変わるってほどのものじゃないんだから、そんなに泣くことはないよ、ベス。これ、虚栄をなおすにはいい薬だよ。髪の毛自慢になりすぎてたところだもんね。長いモップがなくなったのは、頭にいいよ。軽くて涼しいから気持ちいいし、散髪屋さんの話では、すぐに巻き毛の短髪にできるってさ。ボーイッシュで、かっこよくて、手入れも簡単なんだって。ああ、すっきりした。だから、どうかお金を受け取って。それで夕食にしようよ」

「もっとくわしく聞かせてちょうだい、ジョー。わたしはすっきりどころじゃないけれど、責めることはできない。あなたが自分で決めてやったことはよく分かるもの。あなたが言う『虚栄』を、愛のために犠牲にしたわけね。でも、そんなことする必要はなかったし、そのうち後悔しやしないかしら」とミセス・マーチが言った。

「しないよ、後悔なんて！」ジョーは勇ましく言いきった。今度のいたずらは叱られる一方じゃないと分かって、だいぶほっとしていた。

「どうして、そんなことしようと思ったの？」エイミーがたずねた。きれいな巻き毛を切られるくらいなら、首を切り落とされるほうがましだと思いながら。

「なんていうか、父さんのためにどうしても何かやりたくってさ」みんながテーブルを囲んだところで、ジョーが言った。健康な若い人は、苦難のさなかでさえ食欲はあるのだ。「わたし、母さんが借りたような大金を借りる度胸はないし、マーチ伯母さんがここぞとばかりに嫌味を言ってくるのは目に見えてたんだよね。だいたい、ちっちゃい銀貨一枚でも貸してくれって言おうもんなら嫌味たらたらの人でしょ。メグは三ヶ月ぶんの給料をぜんぶ家賃に回したのに、わたしは服を何枚か買っただけだよね。それで悪い子みたいな気がしたし、どうしてもお金を作らなきゃって思ってさ。たとえこの鼻をもがれようと」

「悪い子だなんて思うことないのよ。あなたは冬物を一枚も持っていなかったし、いっしょけんめい働いたお金をごく質素な服に使っただけなのに」そう言ったミセス・マーチの眼を見て、ジョーの心は温められた。

「髪の毛を売るなんて、最初は思いつきもしなかったんだよね。でも、何ができるかって思いつめながら道を歩いてるうちに、そのへんの豪華な店に飛びこんでひょいとお金を盗《と》ってきかねない気がしてさ。ちょうどそのとき、散髪屋さんのウィンドウに長い髪の毛の束が値札つきで飾ってあるのが見えたの。黒い色のやつなんか、長いことは長いけどわたしの髪の毛より貧弱で、それでも四十ドルするんだよね。あっ、これでわたしもお金を作れるぞってひらめいたから、それ以上なにも考えずにお店に入っていって、髪の毛を買ってもらえますか、いくらになりますかって聞いてみたの」

「よくそんな勇気が出せたよね」おそれいったようにベスが言った。

「まあ、その散髪屋さんってのが、自分の髪の毛にオイルを塗るくらいしか能のなさそうなちっちゃい人だったしね。最初はなんだかぎょっとしてたよ、女の子がいきなり飛びこんできて髪の毛を買ってくれなんて言ったことがなかったみたいでさ。その色ははやりじゃないし、だいたい髪の毛そのものにはたいして価値がなくて、加工するから値段がつくんだとか何とか、ぐずぐず言ってたよ。時間は遅くなってくるし、いますぐできるんでなきゃ最初からやらないほうがよかったなんて気になってきてね。わたし、いったん始めたことは最後までやらないと気がすまないほうだしさ。だから散髪屋さんにどうかお願いしますって言って、どうしてこんなに急いでるか話したの。そんなことするのは馬鹿だったかもしれないけど、おかげでむこうが気を変えてくれたんだよね。わたし興奮しちゃって、しっちゃかめっちゃかな調子で事情を話してたんだけど、それを奥さんが聞きつけて、すごく親切に言ってくれたんだ――『このお嬢さんのためだと思って買っておあげなさいな、トマス。わたしだって、余るほど髪の毛があったら、ジミーのためにいつでも同じことをするだろうと思うもの』」

「ジミーってだれ？」とエイミーがたずねた。話を聞くときには、ちゃんと解説が入るほうが好きなのだ。

「息子さんで、軍隊にいるんだって。そういうことがあると、知らないどうしでもすごく親しくなれるもんだよね？　散髪屋さんがチョキチョキやっているあいだじゅう奥さんが息子さんの話を聞かせてくれたから、気がまぎれてよかったよ」

「最初のはさみが入ったとき、ぞっとしなかった？」メグが身ぶるいしながらたずねた。

「散髪屋さんが道具を取り出したとき、髪の毛を最後に見て、それでおしまい。わたし、こんなちっちゃいことでぐずぐず言わないの。ただ、白状すると、長いつきあいだった髪の毛がテーブルの上に広げられて、短くて固いのしか残っていない頭をさわってみたときは変な気がしたよ。なんだか、腕か脚をなくしちゃったみたいでさ。奥さんはわたしが髪の毛を見てるのに気づいて、記念にって言って長いのをひと房くれた。これ、マーミーにあげるけど、たかが過去の栄光の思い出だからね。短髪ってすごく楽だから、もう二度とたてがみは生やさないと思うんだ」

ミセス・マーチは波うつ栗色《くりいろ》の毛の房を輪にして、もともと机に入っていた短い白髪といっしょにしまった。声に出しては「ありがとうね」と言っただけだったが、母さんの表情の何かに気づいた娘たちは話題を変え、なるべく陽気な口調で話しだした。ミスター・ブルックが親切だとか、あしたは上天気らしいとか、父さんが帰ってきたらお世話をできるのが幸せだとか。

誰もベッドに入りたがらなかったので、十時になると、ミセス・マーチは最後にできあがった針仕事を置いて「歌いましょう」と言った。ベスがピアノにむかって父さんの好きな讃美歌《さんびか》を弾きはじめ、全員が元気に歌いだしたが、やがてひとり、またひとりと声がとぎれ、最後にはベスだけが心のすべてをこめて歌いつづけた。ベスにとっては、音楽こそがやさしい慰め手だったから。

「それじゃ、おやすみなさい。あまりおしゃべりはしないのよ、あしたは早いから寝られるだけ寝ておいたほうがいいわ。おやすみ、みんな」讃美歌が終わり、誰ももう一曲歌おうとはしないのを見て、ミセス・マーチが言った。

娘たちは母さんに静かにキスし、大事な病気の父さんが隣の部屋で寝ているかのようにそっとベッドにむかった。やがてベスとエイミーは大きな心配をかかえながらも寝入ってしまったが、メグはこれまでの短い人生で最も真剣な考えを追いながら起きていた。ジョーは身動きもせず横になっていたから、メグはジョーが寝入ったのだと思ったが、しばらくして押し殺したむせび泣きの声がした。メグはジョーの濡れた頰にさわって、声を上げた――

「ジョー、どうしたの？　父さんのことで泣いてるの？」

「そうじゃないよ、今は」

「じゃあ、何を泣いてるの？」

「わたしの――わたしの髪の毛」かわいそうに、ジョーはこらえきれずに叫んだ。枕《まくら》に顔を押しつけて動揺を隠そうとしても、むだなことだった。

メグも、笑いごとだとは全く思わなかった。傷ついた英雄《ヒロイン》にこの上なくやさしいキスを与え、抱きしめてやった。

「後悔はしてない」ジョーは声を詰まらせながら言い張った。「もう一回できるんなら、あしたにでもやるよ。こんなにばかみたいに泣いちゃうのは、みえっぱりで自分勝手なわたしなんだよね。これ誰にも言わないでよ、ぜんぶ済んじゃったんだから。姉さんは寝てると思ったから、なけなしのきれいなものがなくなっちゃったのを勝手に悲しんでたわけ。姉さん、どうして起きてたの？」

「寝られないの、すごく心配で」とメグは言った。

「なにか楽しいことを考えなよ、すぐ寝つけるから」

「やってみたけど、よけい目が冴《さ》えちゃうのよ」

「なにを考えたの？」

「ハンサムな顔。とくに眼」とメグは答えて、暗闇《くらやみ》のなかで自分だけにほほえんだ。

「眼は何色がいい？」

「茶色——必ずってわけじゃないけど——青もいいし」

ジョーが笑いだした。メグは、ほかの人に言わないのよと厳命してから語気をやわらげて、ジョーの髪の毛をカールさせてあげるとやさしく約束した。そして眠りに落ち、空中楼閣での暮らしを夢に見た。

時計が十二時を打つころ、静まりかえったふたつの寝室に人影があらわれて、音もたてず滑るようにベッドをめぐっていった。ここではベッドカバーをととのえてやり、そこでは枕を置きなおしてやり、足を止めてはそれぞれの寝顔に愛情のこもったまなざしを向け、無言の祝福をこめてキスし、母親ならではの熱い祈りをささげた。その人がカーテンをかかげて夜の闇をのぞきこんだとき、お月さまが不意に雲のうしろから姿を見せ、明るく慈悲ぶかい顔のように光をそそいだ。その顔は、夜のしじまにささやいているようだった――「ご安心なさい！　雲のうしろには、かならず光があるのですから」

16 手紙

冷えきった灰色の夜明けのなかで姉妹はランプをともし、これまでにない熱心さで聖書の一章を読んだ。というのも、ほんものの苦難の影がさしはじめたいま、これまでの生活がどれだけ豊かな日の光にみたされていたかが身にしみたからである。四人それぞれが手にした小さな本には、助けとなぐさめがつまっていた。服を着ながら四人がいっしょに決心したのは、ほがらかに希望にみちて母さんを送り出そう、不安な旅路につく母さんを涙や嘆きで悲しませないようにしようということだった。階段を下りてゆくと、すべてのものがいつもと違って見えた。外はひどく暗くて静かなのに、家のなかは煌々《こうこう》とランプがともされて騒然としているのだ。こんな早い時間の朝食にはみんな慣れていなかったし、なじみのはずのハンナの顔さえ、ナイトキャップをかぶったまま台所を飛びまわっているところを見ると別人のようだった。大きなトランクはすでに用意ができて玄関においてあり、母さんの外套《がいとう》とボンネットはソファの上にあった。母さんはテーブルについて何か食べようとはしているのだが、あまりに青ざめ、眠れなかった夜と不安とで憔悴《しょうすい》しきった様子だったから、娘たちもさっきの決心を実行できそうになかった。メグの眼にはひとりでに涙がわきつづけたし、ジョーは一度ならず台所のタオル掛けのかげに顔を隠すしかなかった。ベスとエイミーの幼い顔に悩みが深くきざまれた様子は、まるで悲しみというものを初めて経験するかのようだった。

ほとんど誰もしゃべらなかったが、出発の時間がせまって馬車を待ちながら座っていたとき、ミセス・マーチが娘たちにむかって口を開いた。娘たちは誰もかいがいしく母さんの世話をやいており、ショールをたたんでやるもの、ボンネットのひものよじれを直してやるもの、オーバーシューズをはかせてやるもの、旅行かばんの口を閉じてやるものと、それぞれに忙しくしていた――

「みんな、わたしはあなたたちをハンナとミスター・ローレンスにまかせていきます。ハンナはほんとによく世話をしてくれるでしょうし、ミスター・ローレンスはまるでご自分の娘のようにしっかり守ってくださるでしょう。だからあなたたちの身の上は案じていないけれど、やっぱり心配なのは、あなたたちが苦しみを正しくひきうけないのじゃないかということ。わたしがいなくても、悲しみで落ちつきをなくしてはだめ。怠けたり、忘れようとしたりすることで自分たちをなぐさめるのもだめ。いつものとおり仕事をするのですよ、仕事は神さまが授けてくださったなぐさめだから。希望を持って、いそがしく働きつづけなさい。それと忘れないようにね、何が起ころうとも、あなたたちが父のない子になることはないのよ」

「はい、母さん」

「メグ、しっかり落ちついて、妹たちのめんどうを見てね。家事はハンナと相談して、困ったことがあったらミスター・ローレンスに相談なさい。気を長くもつのよ、ジョー。やけっぱちになったり、軽はずみなことをしたりしてはだめ。まめに手紙を書いてね。あなたは勇気ある女の子だから、わたしたちみんなを助けて元気づけてね。ベス、つらいことは音楽で乗りきって、家事をひとつひとつこなすのよ。エイミー、姉さんたちをできるだけ手伝って、わがままを言わないで、おうちで元気にしていてね」

「わかった！　きっとそうします！」

馬車がガタガタと近づいてくる音に、全員がぎくりとして耳をすました。本当につらい一瞬だったが、少女たちはよく耐えた。誰も泣かず、その場を逃げ出さず、悲しみにくれもしなかった。とはいえ、父さんへ愛情こめた伝言をたのむ心は重かった。遅すぎて伝わらないかもしれないという思いがのしかかっていたのだ。四人はつつましく母さんにキスし、できるだけなごやかに寄りそい、母さんの乗った馬車が出発するときにはほがらかな顔で手をふろうとつとめた。

ローリーとおじいさまも見送りにきていた。母さんに同行するミスター・ブルックがいかにも強く賢くて親切そうなので、少女たちはその場で「ミスター・グレートハート」と名づけた。*64

「行ってきます！　わたしたちみんなに、神さまのご加護がありますように」ミセス・マーチはささやいて、いとしい娘たちの顔につぎつぎとキスし、急いで馬車にのりこんだ。

馬車が走りだすと、太陽があらわれた。振り返った母さんの目には、門口に立っている四人を照らす太陽がなにか良い前ぶれのように見えた。娘たちもそれに気づき、ほほえみながら手を振った。馬車がカーブを曲がるまえに母さんが見たのは、四人の顔のかがやきと、後ろで護衛のように立っている三人の姿――年老いたミスター・ローレンスと、忠実なハンナと、献身的なローリーだった。

「みんな、なんて親切なんでしょう」母さんがそう言って向きなおると、同行する青年の顔にも同じ思いやりと共感があらわれていた。

「親切にしないでいられるでしょうか」とミスター・ブルックは答え、誘いかけるような笑みをうかべた。それを見たミセス・マーチも、ほほえまずにはいられなかった。こうして、長旅の始まりはお日さまとほほえみとほがらかな言葉に恵まれたのである。

「はーっ、まるで地震のあとだね」隣人たちが朝食をとりに帰ってゆき、姉妹もひといき入れようという段になってジョーが言った。

「母さんがいないと、うちの半分がなくなったみたい」メグの声はやるせなかった。

ベスが口をひらいたが、声にならず、ただ指さしてみせた。母さんのテーブルの上にはきれいにつくろった長靴下がつみあげられ、あわただしい最後の一瞬まで母さんが娘たちを思って仕事を続けていたことを示していた。ささやかなことではあったが、娘たちの心ははげしく打たれた。さっきの勇敢な決心はどこへ行ったのか、全員が耐えられなくなって泣きじゃくりはじめた。

賢明なハンナは四人をしばらく泣くがままにさせておき、涙の雨が上がるきざしが見えてからコーヒーのポットを片手にはせ参じた。

「さあ、お嬢さんがた、おっかさんが言われたことをよく思い出して、めそめそするんじゃありませんよ。こっちに来て、みんなでコーヒーを飲みましょう。それから仕事にとりかかって、一家の面目《めんぼく》をほどこそうじゃありませんか」

コーヒーは貴重品だったから、この日の朝にコーヒーが出たのはハンナが大いに気をきかせたわけである。よしよしとうなずいてみせるハンナの笑顔といい、コーヒーポットの注ぎ口からたちのぼる魅力的な香りといい、だれも抵抗はできなかった。四人はテーブルにちかより、ハンカチーフをナプキンととりかえ、十分もすると自分をとりもどしていた。

「『希望を持って、いそがしく働きなさい』か。ほんとにそうだよね。だからさ、いちばんよくそれを守れるのはだれか競争しようよ。わたし、いつもどおりマーチ伯母さんのところに行く。でも、さぞかしお説教をくらうだろうなあ！」コーヒーの一口ごとに元気づけられてジョーが言った。

「わたしもキング家に行ってくる。ほんとはここで家事をしていたいんだけど」メグは眼を真っ赤にしてしまったのが恥ずかしいらしい。

「姉さんがいなくても大丈夫よ、ベスとわたしで完璧《かんぺき》にやるから」エイミーが胸を張る。

「何をすればいいか、ハンナが教えてくれるわ。姉さんたちが帰ってくるころには、ぜんぶきれいにしておく」とベスがつけくわえ、すぐさま皿洗い用の小型モップと桶《おけ》をとりだした。

「心配ごとって、とっても面白いわ」お砂糖を食べながら、エイミーがもっともらしく言った。

ほかの三人は思わず笑いだし、それでみんな気分がよくなった。もっともメグは、お砂糖のボウルになぐさめを見出《みいだ》せる若いレディにあきれた様子で首を振ったが。

焼きたてのパイを見てジョーは日常にかえった。いつもどおり仕事に出かけるさい、メグとジョーは母さんの顔を見なれている窓を悲しげにふりかえった。その顔がいまはないのだ。けれどもベスはマーチ家のささやかな儀式を覚えていたようで、薔薇色《ばらいろ》の頰をした中国の首ふり人形のように窓辺でこくこくとうなずいていた。

「さすがはわたしのベスだよ！」感謝の表情で帽子をふりながらジョーは言った。

「じゃあね、メギー。キング家の子供たちが今日はあんまりふざけ回らないでくれるといいけど。父さんのことはくよくよしないんだよ」と、別れぎわにつけくわえた。

「マーチ伯母さんも、それみたことかなんて言わないといいけどね。その髪、とっても似合ってるわよ。ボーイッシュで、いい感じ」短い巻き毛の頭はのっぽな妹の肩のうえでひどく小さく見えておかしかったが、メグは頰がゆるむのを表に出すまいとつとめた。

つた。

「それだけがなぐさめだね」そう言って、ローリー風に帽子にちょいと触ってあいさつすると、ジョーは冬枯れの日に毛を刈られてしまった羊のような気分で別の道を行った。

ワシントンからの便りは娘たちをたいそう安心させた。まだ危険は脱しきっていないものの、あらゆる看護婦のなかで最も有能でいちばんやさしい女性がそばにいてくれるため、父さんは目に見えてよくなっていたのだ。ミスター・ブルックはまいにち速報をよこし、メグは一家の長としてそれを朗読する役目を独占した。速報の内容は週を追って明るくなっていった。最初のうち、みんなやたらに手紙を書きたがった。ぱんぱんにふくらんだ封筒をポストにそっと投函《とうかん》する役は姉妹が順ぐりで受け持ったが、ワシントンと通信を行なうというので重要人物になったような気がしたものである。これらの通信がどんなものだったか知っていただくために、ひとつ架空の配達便を強奪して、中身を読んでみよう――

「大事な母さんへ――

母さんの最新の手紙がわたしたちをどれだけ幸せにしたか、とうてい文字には表せません。あんまりいい知らせでしたから、みんな読みながら笑ったり泣いたりしてしまいました。ミスター・ブルックはほんとに親切なかたですね。ミスター・ローレンスのご用事のおかげでミスター・ブルックが母さんのそばにずっとついていられるのは、なんという幸運だったでしょう。母さんにも父さんにも、すごく尽くしてくださっているようですもの。妹たちはまるで純金のようにいい子にしています。ジョーは縫い物を手伝ってくれるし、力仕事はまかせろと言ってききません。あの子の『道徳の発作』が長続きしないことを知っていなければ、過労になってしまうんじゃないかと心配するところです。ベスは時計のように正確に仕事をこなしていますし、母さんの言いつけをけっして忘れません。父さんのことが心配でたまらず、ピアノを弾くとき以外ははしゃぐこともありません。エイミーはわたしの言うことをよく聞きますし、わたしも気にかけてお世話をしています。髪の毛は自分で手入れできるようになったので、ボタンの穴のかがりかたと、靴下のつくろいかたを教えています。エイミーもいっしょけんめいですので、帰っていらしたら上達ぶりに喜ばれると思います。ミスター・ローレンスは、ジョーの言葉を借りれば『年とったお母さんニワトリみたいに』わたしたちの面倒を見てくださいますし、ローリーはとても親切で気さくです。わたしたちが陽気でいられるのは、ローリーとジョーのおかげです。父さんと母さんがいないせいで、どうしても時々は落ちこんでしまって、孤児のような気分になりますから。ハンナはまるで聖人のようで、けっして叱《しか》りつけず、わたしのことをちゃんと「ミス・マーガレット」と呼んで立ててくれます。みんな元気で忙しくしています。でも、昼も夜も、父さんと母さんに帰ってきてほしいと、そのことばかり考えています。父さんに愛していると伝えてください。母さんもどうかお元気で。

メグ」

香りのついた便箋《びんせん》にきれいに書かれたこの手紙は、次のものとは大違いである。こちらは外国製の薄い大判用紙に猛烈ないきおいで書かれており、しみがあちこちに飛んで華をそえ、文字にはありとあらゆる飾りだのくるくるだのがくっついている――

「大事なマーミー――

父さんに万歳三唱！　ブルックはいいやつだね、父さんが持ち直したのをすぐさま電報で知らせてくれるなんて。わたしは電報をかかえて屋根裏にかけあがり、神さまのご親切に感謝しようとしたのですが、『うれしい！　ほんとにうれしい！』と叫ぶことしかできませんでした。でも、これだって正式なお祈りと同じくらいいよね？　心のなかには無数の祈りがあったんだもの。わたしたち、とってもおかしな時間をすごしています。今のわたしはそれを楽しむことができるようになりました。みんなが猛烈に親切にしてくれて、愛の小鳩《こばと》一家に囲まれているみたいだからです。メグがテーブルの上席についてお母さんっぽくふるまおうとしているところを見たら、母さんは笑うだろうと思います。メグは日ごとにきれいになっていくので、わたしはときどきメグに恋をしてしまいます。ベスとエイミーはほんとに大天使のようで、わたしはといえば——うーん、わたしはジョーであって、それ以外のものにはならないでしょう。そうだ、ローリーとけんかしそうになったことを書いておかないと。どうでもいいことでずけずけ言ったら、ローリーが怒ってしまったのです。正しかったのはわたしなんですが、言葉の使いかたが間違っていました。ローリーは、わたしがごめんなさいと言うまで来ないからと言ってずんずん帰ってしまいました。わたしは誰がそんなこと言うもんかと叫びかえして、ものすごく腹を立てました。そんなのが一日じゅう続いたので、わたしは悪いことをしている気分になって、母さんがいてくれたらと心から思いました。ローリーもわたしもプライドが高いし、『ごめんなさい』ってとっても言いにくいよね。でもわたしは、ローリーからごめんなさいと言いにきてくれると思っていました。だって正しいのはわたしなんですから。でもローリーは来ませんでした。わたしは夜になって、エイミーが河にはまったときに母さんが言ったことを思い出しました。そこであの小さな本を読んだら気分が晴れて、少なくともわたしは怒ったままで一日を終えないことにしようと決心しました。それで、ローリーのところにごめんなさいを言いに行ったのです。ところがローリーも同じだったようで、庭の門のところではちあわせをしました。ふたりで笑って、ごめんなさいを言いあって、これからも気持ちよくつきあえることになりました。

きのうハンナの洗濯を手伝ったのですが、そのときハンナのいわゆる「詩《ポーム》」ができました。父さんはわたしが書くばかげたものが好きなので、この手紙に入れておきます。父さんに史上もっとも温かなハグをしてあげてください。母さんにはわたしから、一ダースのキスを。

しっちゃかめっちゃかなジョー」

しゃぼん水の中から

わたしは洗い桶の女王さま　陽気に歌うよ
　白い泡をむくむく上げて
せっせと洗い　きれいにすすぎ　ぎゅっと絞って
　物干しひもにはさみで留めりゃ
気持ちいい空気の中ではためいて
　さんさんお日さま　乾かしてくれる

心だって　魂だって
　一週間の汚れを洗い
水と空気の魔法をかけて
　布地みたいにまっさらにしたい
そうすりゃ　地球の全体が

まごうかたなき洗濯びより
人に役立つ暮らしの道に
心の花はやすらかに咲く
働き者の心には
悲しみ　心配　憂鬱《ゆううつ》なし
不安があっても　ほうきを取って
ひと掃きすれば消えちまう
やれありがたい　仕事があれば
日ごとの暮らしが忙しく
健康　強さ　希望が生まれ
わたしは陽気に言うのです――
「頭は考え　心は感じる
だけど仕事は手がひきうけた！」

「大切な母さん

紙に余裕がありませんので、わたしは愛の気持ちだけを送ります。それと家の中でだいじに育てているパンジーの押し花、これは父さんに見てもらいたくて。朝はかならず聖書を読み、一日ずっといい子でいようとつとめ、夜は父さんが好きな讃《さん》美歌《びか》を歌ってから寝ます。でも『まことなるものの国』はもう歌えません。歌うと泣きそうになるのです。みんなとても親切にしてくれるので、わたしたちは母さんがいない悲しさを別にすれば幸せにやっています。エイミーがページの残りを使わせてよと言っているので、ここでやめにしないといけません。火口《ほくち》つぼのふたは忘れずに閉めました。時計のねじ巻きと窓あけは毎日やっています。

父さんが『ベスのものだよ』と言っているほうのほっぺたにキスしてあげてください。お願い、どうかはやく帰ってきて。愛をこめて。

小さなベス」

「親愛なる母さん《マ・シェール・ママ》

みんな元気ですわたしはいつも勉強していてけっして姉さんたちに反抗しません――メグがそれを書くなら反坑でしょって言ってるので両方いれておきます好きなほうをとってください。メグはとてもやさしくて夜のお茶のときにはいつもゼリーを食べさせてくれますジョーはそれを食べさせておけばエイミーはきげんがいいからたすかるよと言っています。わたしはもうすぐ十三歳になるのでもっとリスペックしてもらいたいのだけどローリーはちっともしてくれません、わたしのことをヒヨコちゃんとよんだり、わたしがハッティ・キングみたいにメルシーとかボンジュールとか言ったら小ばかにしたみたいにフランス語でぺらぺら話しかけてきたりします。青いドレスのそでがすり切れてしまったのでメグがあたらしいのとつけかえてくれたのですが前身ごろだって色がおちているのでそでの方が青くみえるようになってしまいました。いやでしたけど文句はいいませんでしたわたしはにんたい強いですでもハンナがわたしのエプロンにもっとのりをきかせてそば粉のおかしをまいにちつくってくれればいいと思います。ハンナならできるでしょ？　ねえこのクスエチョン・マークうまく書けてない？　メグはわたしの句読点とつづりはおそろしくひどいなんて言っていてきずつきます、でもわたしやることが多すぎてとまってるひまがないのです。アデュー、パパに山ほどの愛をおくります。

愛情ふかき娘
エイミー・カーティス・マーチ」

「マーチのおくさま
みんなよくやってるってことだけ一こともうしあげます。おじょさんたちはかしこくて、すごいいきおいでとびまわってます。ミス・メグはきっといいおくさんになるでしょう。かじが好きですしびっくりするくらい早くこつをのみこみます。ジヨーはいのいちばんにとびだしますが、まえもってけえさんしたりしないので、どういうことになるか分かりやしません。げつよう日にはおけ一ぱいのせんたくをしたのですが、しぼるよりさきにのりをつけてしまい、ピンクのキャラコのドレスを青いこなせっけんでそめてしまったものですから、わたしもうわらい死にするかとおもいました。ベスはたいしたおちびさんで、わたしはすごくたすかってます。気がまわってたよりになります。なんでも身につけようとしていて、あのとしでいち場にもでかけます。それにかけいぼもつけていて、わたしもてつだいますがすごいものですよ。これまでは大へんせつやくできています。お言いつけどおりコーヒーはしゅう一かいしかおだししてませんし、食じだってしっそでけんこうてきです。ローリーぼっちゃんはいつもどおりいたずらずきで、家がひっくりかえるようなことをときどきしでかします。でもおかげでおじょさんたちはげんきがでます、わたしもおじょさんたちにはげんき一ぱいでいてほしいです。おじいさまは山ほどいろいろなものをおくってくださるので気づかれしますが、よかれとおもってやってくださるのですからもんくを言えたもんじゃありません。パンだねがふくらんできたので、きょうはここまでです。だんなさまにどうかよろしく、はいいんがなおっていらしゃいますように。

あらあらかしこ
ハンナ・マレット」

「第二病棟婦長どの
最前線に異常なし、総員の状態良好、兵站部《へいたん》も順調、銃後防衛隊はテディ大佐指揮のもとつねに任務に就き、総司令官ローレンス将軍は軍を毎日閲兵、補給掛将校マレットが陣営の秩序を保ち、夜はライオン少佐が歩哨《ほしょう》をつとむ。ワシントンからの朗報に接し二十四の祝砲が放たれ、本営にて正装のパレードがおこなわれたり。総司令官は心づくしの祈りを送るものにて、小官もまた同様なり。
テディ大佐」

「奥様
お嬢さんがたは元気です。ベスとうちの孫が毎日様子を知らせにきてくれます。ハンナは使用人の鑑《かがみ》というべきで、美しいメグをドラゴンのように猛然と守っています。好天気がつづいているのを喜ばしく思います。どうかブルックを使ってやってください。費用が見積もりを上回るようでしたら、遠慮なくご相談を。ご主人に不足のないようにしてさしあげてください。回復なさってきたとのこと、神に感謝です。

あなたのまことの友にしてしもべ、

ジェイムズ・ローレンス」

17 おさない真心

一週間というもの、この古い家にみちわたった道徳心は近隣すべてをまかなえるほどの量だった。それはもう驚異的なもので、全員が天使のような心ばえの持ち主となり、自分を無にする行ないが大流行した。もっとも、父さんの危篤《きとく》という最初の心配がなくなると、娘たちの見上げた努力は知らず知らずのうちに少しゆるみ、昔どおりの様相を呈してきた。あのモットーを忘れたわけではないけれども、希望を忘れないことも忙しく働くこともだんだん簡単に思えてきた。こうなると、あれだけ懸命につとめたのだから〈勤勉〉氏には休日が必要だとみんなが感じ、実際ふんだんに休日を与えたのである。

ジョーは短くなった頭をちゃんと覆《おお》わなかったせいでひどい風邪をひき、よくなるまで来なくていいとマーチ伯母さんに申しつけられた。というのも、伯母さんは風邪引きの鼻声で本を読まれるのがきらいだったのである。ジョーはもっけの幸いとばかり家にこもり、屋根裏から地下室まで精力的な探索をおこなって本をかきあつめ、読書とアーセニカム[*65]で風邪を治そうというわけで心地よくソファに横になった。エイミーは家事と芸術が両立しがたいのに気づいて、もっぱら泥団子づくりに精を出した。メグはキング家に教えにゆきつつ家では縫い物をした――というか、したつもりになっていたが、実のところ、母さんに長い手紙を書いたりワシントンからの通信を何度も読み返したりしてすごす時間のほうが長かった。ベスだけは、少しばかり怠けたりぐちをこぼしたりすることはあっても、おおむねしっかり仕事を続けていた。自分がすべき毎日の雑用を着実にこなし、ほかの三人の仕事まで多くを肩がわりした。三人はどうも忘れっぽくて、いまの家内の様子は振り子がお留守になった時計のようだったからだ。母さんが帰ってきてほしい、父さんはどうなるのだろうという思いが心にのしかかった折には、ベスはとある戸棚に閉じこもり、とあるガウンのひだに顔をうずめてひそかにすすり泣いたり、自分だけで静かに祈りをささげたりした。ベスがどうやって落ちこみから立ち直っているのかは誰も知らなかったが、ベスがやさしくて助けになることはみんなが痛感しており、ちょっとした事柄で悩んだ折などにはベスのなぐさめやアドバイスを求めるようになっていた。

いまの経験によって自分という人間が試されているのだとは誰も気づかず、最初の興奮が過ぎ去ると、よくやったのだからほめられていいはずだと思うようになっていた。そう、よくやったのは確かである。問題はそれが続かなかったことだった。この教訓を、姉妹は大きな不安と後悔によって学ぶことになった。

「メグ、フンメルさんのところの様子を見てきてほしいんだけど。母さんが、あの人たちのことを忘れないようにって言ってたでしょ」ベスがそう言ったのは、ミセス・マーチが出発して十日後のことだった。

「今日の午後は、疲れてるから無理」縫い物をしながらロッキングチェアで心地よく揺れていたメグが言った。

「ジョー、あなたはだめ？」とベスがたずねた。

「天気が悪すぎるよ、わたし風邪だし」

「治ったんじゃなかったの」

「ローリーと出かけられる程度には治ったけど、フンメルさんたちを見舞いにいくほど治ってないんだよ」ジョーは笑ったが、自分の言い分に筋が通らないのに気づいたようで、少しばつが悪そうだった。

「ベスが自分で行ったら？」とメグ。

「これまで、まいにち行ったのよ。でも、いま赤ちゃんが病気で、わたしではどうしたらいいか分からないの。ミセス・フンメルは働きに出てるから、ロットヒェンが赤ちゃんのお世話をしてるんだけど、だんだん悪くなっていて。だから、姉さんかハンナが行ったほうがいいと思うの」

ベスの口調が真剣だったので、メグもあした行くと約束した。

「ハンナになにかおいしいものでも作ってもらって、届けにいきなよ。外の空気にあたると気持ちいいよ」そう言って、ジョーは弁解がましくつけくわえた。「わたしが行きたいところだけど、いま書いてる短篇を終えてしまいたくてさ」

「わたし、頭が痛いし疲れてるから、姉さんたちのどっちかが行ってくれないかなと思ったんだけど」

「そろそろエイミーが帰ってくるから、エイミーがお使いに行ってくれるわよ」とメグが言った。

「じゃあ、わたし少し休んで待つわ」

そうしてベスはソファに横になり、姉たちはそれぞれの仕事にもどって、フンメル一家は忘れられた。一時間たってもエイミーは帰ってこず、メグは新しいドレスを着てみるために自分の部屋に行き、ジョーは短篇に没頭し、ハンナは台所の火のまえでぐっすり眠りこんでいた。そんななか、ベスは静かにフードをかぶり、かわいそうな子供たちに食べさせるありあわせの品をバスケットに入れて寒い戸外に出た。ベスは頭が重く、眼には悲しげな色がうかんでいた。ベスが帰ってきたときにはもう日が暮れており、やっとの思いで二階に上がって母さんの部屋に閉じこもったベスに気づいたものはいなかった。三十分後、ジョーが「母さんの物置部屋」に何かを取りにいき、薬棚のうえに座っているベスを見つけた。ひどく弱った様子で眼を赤くし、手には気つけの樟脳《しょうのう》の瓶をにぎっている。

「あれっ！　どうしたの？」とジョーは叫んだが、ベスは近寄るなというように腕を伸ばし、早口でたずねた——

「姉さん、猩紅熱《しょうこうねつ》にかかったことあるわよね？」

「ずっと前に、メグからうつされてさ。どうして？」

「じゃあ、言うわ——ジョー、赤ちゃんが死んじゃったのよ！」

「赤ちゃんって？」

「ミセス・フンメルの赤ちゃん。お母さんが帰ってくるまえに、わたしにだっこされたまま死んじゃったの」泣きじゃくりながらベスが叫んだ。

「えっ、それは怖かったでしょ！　わたしが行けばよかった」母さんの大きな椅子《いす》に座ってベスを抱きよせたジョーの顔には、後悔の色があった。

「怖いことなんかなかった。でも、すごく悲しくて！　ひと目で悪いとわかったんだけど、お母さんがお医者さんを呼びに行ったってロットヒェンが言うの。だからわたし、ロットヒェンを休ませようと思って赤ちゃんをだっこした。眠ってるように見えたんだけど、とつぜん小さな叫び声をあげて、ぶるぶるっと震えて、それきり動かなくなったの。わたしは足を温めたし、ロッティは牛乳をあげたんだけど、ぴくりとも動かなくて、それで死んだと分かったのよ」

「ね、泣かないで！　それでどうしたの？」

「座ったままそっとだっこしていたら、ミセス・フンメルがお医者さんをつれて入ってきた。お医者さんは赤ちゃんが死んでるって言ってから、喉《のど》が痛いと言ってるハインリヒとミンナのほうを見たの。『猩紅熱です。もっと早く相談してくれないと』って、お医者さんは不きげんそうに言ったわ。ミセス・フンメルは、貧乏ですから自分で治そうとしたのですが手遅れになってしまいました、生きている子たちを助けてやってください、でもお金はまわりの方々にすがるしかありません、って言ったわ。そうしたらお医者さんもにこっとして、さっきより親身になったんだけど、ほんとに悲しくて、わたしみんなといっしょに泣いてたのね。そしたら、お医者さんが急にこっちを向いて言ったの、すぐにうちに帰ってベラドンナを飲みなさい、でないと猩紅熱にかかるぞって」

「そんなこと！」とジョーは叫び、おびえた表情をうかべながら妹をかき抱《いだ》いた。「ああ、ベス、あんたが病気になったりしたら、わたし、自分を許せない！　どうしたらいいんだろう？」

「こわがらないで。わたしの場合、そんなにひどくならないと思うから。母さんの本を調べてわかったんだけど、猩紅熱の始まりは頭痛と喉の痛みとだるさらしいの。ちょうどわたしと同じね。それで、ベラドンナを飲んだら気分がよくなった」ベスは冷たい手を熱いひたいに当てながら、もう大丈夫な顔をしようとした。

「母さんがいてくれたら！」と叫んでジョーは医学書をひっつかんだが、ワシントンははるかかなたのように思えた。医学書の該当ページを読み、ベスの様子をながめ、ひたいに手を当て、喉の奥をのぞきこみ、深刻な声で言った。「一週間以上あの赤ちゃんの世話をして、もう症状が出かかっている子供たちといっしょにいたわけだよね。あんたのもおそらく猩紅熱だよ、ベス。ハンナを呼んでくる。ハンナは病気のことはなんでも知ってるから」

「エイミーは来させないでね。猩紅熱にかかったことがないし、うつしたくないから。

姉さんとメグがもういちどかかることってある？」ベスは気がかりそうにたずねた。

「それはないと思う。かかったってかまうもんか。わたしみたいな自分勝手な豚にはいい薬だよ。あんたを行かせておいて、自分はくだらない小説を書いてたなんて！」

そうつぶやいて、ジョーはハンナに相談しにいった。

善良なハンナはあっという間に目をさまし、即座に先頭に立って動きはじめた。心配はいりませんよ、とハンナはジョーにうけあった。猩紅熱なんてものは誰でもかかるし、手当てさえしっかりやれば誰も死んだりしません。その言葉をぜんぶ信じたジョーは、だいぶ安心しながらハンナといっしょに二階のメグを呼びにいった。

「それじゃあ、こうしましょう」ベスの様子をたしかめ、いくつか質問をしてからハンナが言った。「バングズ先生を呼んできます。ちょっと診てもらうだけのことだけど、すぐやりましょう。それからエイミーは、うつされないようにしばらくマーチ伯母さまのところにあずけます。あんたがたおふたりのどっちかが家にのこって、二日ばかりベスをあやしておいてくださいな」

「もちろんわたしが残るわ、最年長ですもの」メグは心配そうで、自分を責めている様子だった。

「わたしが残るよ、ベスが病気になったのはわたしのせいだから。母さんにお使いはぜんぶやるなんて言っておいて、しなかったんだもの」ジョーが言い張る。

「ベスさんや、どっちがいいですかね？　ふたり残ることはございませんから」とハンナ。

「ジョー、お願い」と言ってベスは、安心しきった様子で姉に頭をあずけた。それであっさり決着がついた。

「じゃあ、わたしエイミーに言ってくる」メグはすこし傷ついていたが、つまるところはほっとしていた。メグは看病がきらいで、ジョーは好きだったからだ。

エイミーは打診されたとたんに断り、マーチ伯母さんのところに行くくらいなら猩紅熱にかかったほうがいいと過激なことを言った。メグは道理を説き、懇願し、はては命令したが、どれも無駄だった。エイミーは絶対にいやだからねと言い張り、メグはどうしようもなくなって引き下がると、ハンナにどうしたらいいかたずねにいった。メグが戻ってくるより先に、ローリーが居間にはいってきて、ソファのクッションに頭をうずめて泣きじゃくっているエイミーを見つけた。エイミーはいきさつを話した。なぐさめてもらえると期待していたのだが、ローリーはただポケットに手をつっこんで部屋を歩きまわり、小さな音で口笛を吹きながら眉根《まゆね》をよせて考えこんでいた。しばらくしてローリーはエイミーのそばに腰を下ろし、相手になんとか言い聞かせようとするときの声で言った。「ここはものの分かる大人の女になって、メグたちの言うとおりにしたほうがいいよ。おっと、まあそう泣かずに、僕がどれだけいいプランを持ってるか聞いてほしいね。きみがマーチ伯母さんのところに行ったら、僕がまいにち行って連れ出してあげるよ。馬車でも散歩でもいい。楽しくやろう。そのほうが、ここでただ落ちこんでいるよりよくないかい？」

「わたし、邪魔ものみたいによそにやられるのが気に入らないの」エイミーは傷ついた口調で言いだした。

「邪魔だって！　とんでもない。きみの健康のためなんだぜ。病気になりたくないだろ？」

「そりゃ、なりたくないわよ。でも、たぶんなると思うの。ずっとベスといっしょにいたから」

「だからこそ、今すぐ行ったほうがいいんだよ。行けば、うつされずにすむかもしれないだろ。空気が変わって、ちゃんとお世話をしてもらえば、元気でいられるよ。たとえかかってしまっても、このうちにいるより軽くすませられる。今すぐ出発したほうがいい、猩紅熱ってのは笑いごとじゃすまないんだ」

「だってマーチ伯母さんのところはすごく退屈だし、伯母さんっていつも機嫌がわるいんだもん」エイミーはだいぶおびえた様子だった。

「僕がまいにちベスの様子を伝えにいくし、遠乗りだってできるんだから、退屈なんかじゃないよ。あのおばあさんは僕のことを気に入ってるし、僕もできるかぎりご機嫌をとるようにするから、なにをしたってケチはつかないさ」

「パックにひかせた軽馬車で連れ出してくれる？」

「連れ出すとも、ジェントルマンの名誉にかけて」

「まいにち来てくれる？」

「こないわけがないよ」

「ベスが治ったら、すぐ迎えに来てくれる？」

「一秒の遅れもなくはせ参じるさ」

「お芝居にも連れていってくれる？」

「許しが得られれば、一ダースのお芝居でも」

「それなら――たぶん――行ってもいいかな」エイミーはゆっくりと言った。

「よーし、いい子だ！　じゃ、メグを呼んで降参するって言ってあげなよ」ローリーはエイミーの頭をなでてやったが、実はエイミーは「降参する」ことよりもこれが大嫌いなのだ。

ローリーが起こした奇跡を見ようと、メグとジョーが階段を駆けおりてきた。エイミーは、自己犠牲の権化《ごんげ》になったような気分で、お医者さんがベスは病気になると言うんならマーチ伯母さんのところに行くと約束した。

「おちびさんの調子はどう？」とローリーがたずねた。ベスは特別のお気に入りだから、ローリーは見かけ以上に心配していたのである。

「母さんのベッドに寝ていて、さっきよりはよくなったみたい。赤ちゃんが亡《な》くなったので動揺したんでしょうけど、たぶんただの風邪だと思うの。少なくとも、ハンナはそう思うって言ってる。でも、ベスが心配そうなのは確かだし、それを見ているとわたしも落ちつかなくなってくるの」とメグが答えた。

「世の中って、どうしてこんなに難しいんだろう！」とジョーが言って、やけを起こしたように髪の毛をかきむしった。「一難去ったと思ったら、すぐさま別の一難だもの。母さんがいないと、たよりにできるものがないんだ。どうしたらいいかわからないよ」

「まあまあ、ヤマアラシのものまねはやめなって。見栄《みば》えのいいもんじゃないしさ。とりあえずそのおつむを直して、僕にできることはないか教えてくれよ。お母さまに電報を打つとか、何かしようか？」ローリーがたずねた。いちばん自慢にできるはずの髪を友達が売ってしまったことには、まだ納得できないのである。

「そのことで困っているのよ」とメグが言った。「ベスの病気がほんとに重いなら母さんに知らせるべきだと思うんだけど、ハンナはだめだって言うの。母さんが父さんを置いて帰ってくるわけにはいかないから、ふたりを心配させるだけだって。ベスはそう長いあいだ寝つきはしないだろうし、ハンナは病気のときどうすればいいかよく知ってるし、母さんもハンナのアドバイスに従えって言ってたからそうすべきなんだろうけど、わたし、なにか安心できないの」

「うーん、それは僕にも何とも言えないな。お医者さんがきたあとに、おじいさまの意見を聞いてみるのはどうだろう」

「そうするわ。ジョー、すぐにバングズ先生を呼んできて」メグが命じた。「先生に診てもらうまでは、なにも決められないから」

「おっと、ジョー、そのまま。当家の使い走りは僕だよ」帽子をつかみながらローリーが言った。

「お忙しいんでしょう」とメグが言いかけた。

「いや、きょうの勉強はすましちゃった」

「休暇なのに勉強してるの？」とジョー。

「隣の人たちがいいお手本になったからね」そう答えて、ローリーは部屋から飛びだしていった。

「さすが、わたしのローリーだよ。将来えらくなるね」ジョーは垣根をとびこえるローリーを見ながら、感心したようにほほえんだ。

「よくやってくれているわ――子供にしてはね」というのが、メグのいささか恩知らずな反応だった。この問題にはさして関心がないのである。

バングズ先生がやってきて、ベスは猩紅熱の症状が出ているが軽く済むだろうと言った。しかし、フンメル家とのいきさつを聞くと深刻な顔になった。エイミーは即刻立ちのくよう命じられ、夜道の危険から守る手だても用意された。ジョーとローリーを護衛にしたがえ、堂々と出発していったのである。

マーチ伯母さんの出迎えは、いつもどおり温かかった。

「こんどは何の用?」伯母さんが眼鏡ごしにぎろりと睨《にら》んだとき、椅子の背もたれにとまっていたオウムが叫んだ。

「あっちへお行き。ここは男子禁制だよ」

ローリーは窓際《まどぎわ》にしりぞき、ジョーが事情を説明した。

「それごらん。貧乏人にちょっかいを出して回るからこういうことになるんだよ。エイミーが泊まっていくならお作法をみっちり仕込んであげるけど、病気になられちゃ困りますよ。どうせ病気になるんだろうけど——今も病気みたいじゃない。ちょっとエイミー、泣くんじゃありません。わたし、人がグスグス言ってるのを聞くと気が立つんだよ」

じっさいエイミーは泣きだしかけていたのだが、ローリーがすかさずオウムのポリーのしっぽを引っぱったので、ポリーはギャッと鳴いてこう叫んだ——

「なに、するのさっ！」その言い方があまりおかしかったので、エイミーは泣くかわりに笑ってしまった。

「お母さんからの便りはどうなの？」老婦人は不きげんにたずねた。

「父はだいぶいいそうです」ジョーはなんとか笑いをこらえて言った。

「あら、そう？　いつまでもつかしらね。マーチは昔からスタミナがなかったよ」というのが、元気の出るお答えだった。

「はっはっは！　死ぬなんて言いなさんな、嗅《か》ぎタバコでもめしあがれ、さいなら、さいなら、さいなら！」しゃがれ声を上げたポリーは、背もたれの上で踊りながら老婦人の帽子に足をかけようとしている。さっきからローリーがお尻《しり》をくすぐっているせいだ。

「おだまり、恩知らずの老いぼれ！　それとジョー、あんたはすぐお帰り。こんな夜おそくに、そんなおつむの軽い子といっしょにふらふらしているのは風儀が悪い――」

「おだまり、恩知らずの老いぼれ！」ポリーはそう叫ぶと、椅子からどすんと飛び降り、「おつむの軽い子」のところまで走っていってくちばしでつついた。ローリーは最後の一言に笑いころげていた。

「こんなところ、とうてい耐えられそうにないわ。でも、とにかくやってみよう」と、マーチ伯母さんとふたりきりになったエイミーは考えた。

「あっちへお行き、この化け物！」ポリーが金切り声で叫んだ。あまりといえば失礼な言い分に、エイミーは思わずすすり泣いていた。

18 暗い日々

ベスはやはり猩紅熱《しょうこうねつ》で、みんなが思っていたよりもずっと悪かった。それを知っていたのはバングズ先生とハンナだけである。メグやジョーは病気のことなど何も知らなかったし、ミスター・ローレンスはベスに会うことを許されなかったので、ハンナが自分ひとりの判断ですべてを決めた。バングズ先生も手は尽くしたものの、いそがしい人だったから、ハンナというすばらしい看護婦の裁量に多くをゆだねたのである。メグはキング家の人々にうつすといけないというのでうちに閉じこもって家事を監督しながら、多大な不安と少々の罪悪感を抱いていた。罪悪感というのは、ワシントンへの手紙にベスのことを書かなかったからである。母さんをだますのが正しいとは思えなかったのだが、ハンナの考えには従うよう母さんから言われていたし、ハンナ自身は「奥さまをそんなつまらないことで心配させる」のをどうしても聞き入れようとしなかった。ジョーは朝から晩までベスにつきっきりだったが、これは難しい仕事ではなかった。ベスはたいへんがまん強く、意識がしっかりしているかぎりは一言のぐちも言わず苦しみに耐えていたからである。しかし、熱が発作的に高くなると、ベスはしゃがれて割れた声でうわごとを言いはじめ、大好きな小さなピアノを弾くかのように掛けぶとんの上で指を動かすこともあった。歌おうともするのだが、喉《のど》があまりに腫《は》れていて、とうてい音楽にならなかった。そんなときのベスは周りに集まる見なれた顔も見分けられず、間違った名前で呼び、母さん、母さんとすがるような声を出すのだった。ジョーはこわくなり、メグは本当のことを書かせてほしいと懇願し、ハンナさえ「考えときましょう、まだ危なくはないけど」と言った。そこに追い打ちをかけるように、ワシントンから知らせが届いた。ミスター・マーチは肺炎が再発して、当分は帰れそうにないというのである。

毎日がどれほど暗く思えただろう、家の中がどれほど悲しくわびしく見えただろう、仕事をしながら待つことしかできない姉妹の心はどれほど重かったろう――かつては幸せだった家庭に、死の影がさすようになってからというもの！　メグはひとりで針仕事をしながらしばしば涙を落とし、今という時になって、自分がお金で買えるようなぜいたくよりもはるかに貴重なものにどれだけ恵まれていたかを理解したのだった。

愛し愛されること、守り守られること、そして平和と健康のなかにこそ、人生の真の喜びはあるのだ。ジョーもまた、今という時になって、薄暗くした部屋で小さな妹が病に苦しむさまが目の前にせまり、あわれな声が耳に響きつづけるなか、ベスという人間の美しさとやさしさがつくづく身にしみ、ベスの存在がみんなの心の奥底にある傷つきやすい部分に根をおろしていたことを痛感したのである。ベスの無私なる願いがどれほどの価値を持っていたかも、今にして分かった。ベスの願いとは、ほかの人たちのために生きることであり、人が誰しも持っているはずの素朴な美徳を実行して家庭を幸せな場所にすることだった。この美徳こそは、才能や金銭や美貌《びぼう》よりもずっと人が愛すべきもの、大事にすべきものなのだ。そしてエイミーは、追放の地において、うちに帰ってベスのために仕事ができるようになる日をせつに望み、今ではどんな奉仕だってつらくもなければ面倒でもないと感じ、自分がなまけた仕事をベスの勤勉な手がどれだけ代わってやってくれたかを思い出して悲しみと後悔に暮れたのだった。ローリーは、休むことを知らない幽霊のようにマーチ家をおとずれつづけていた。ミスター・ローレンスは、たそがれのひとときをあれだけ楽しくしてくれたおさない隣人のことを思い出させられるのがつらくて、グランドピアノに鍵《かぎ》をかけてしまった。それどころか、近隣の誰もがベスの病気を悲しんだ。牛乳屋さん、パン屋さん、食料品店や精肉店のご主人がベスさんのお加減はいかがですかとたずねたし、あわれなミセス・フンメルはマーチ家にやってきて自分の考えが足りなかったと謝り、ミンナをつつんで埋葬するための布を恵んでもらって帰っていった。*66 近所の人たちからなぐさめと回復のお祈りがあいつぎ、ベスをよく知っていたはずの姉妹でさえ、あのシャイで小さなベスにどれほどたくさんの友達がいたか知って驚いたのだった。

そのあいだも、ベスは古ぼけたジョアンナをかたわらに寝かせてベッドに横たわっていた。熱にうなされるさなかにも、ベスはひとりぼっちのジョアンナを忘れなかったのだ。猫たちにも会いたくてしかたない様子だったが、熱をうつすといけないからと言ってベスは決して連れてこさせなかった。病状が安定しているときには、ジョーのことを深く気づかいつづけていた。エイミーにも愛情に満ちたことづけをし、母さんにはなるべく早く手紙を書くからと言っておいてと周囲に頼んだ。そして何度も、父さんが自分に忘れられてしまったと思わないように何か書いて送りたいから鉛筆と紙を持ってきてと頼んだ。けれども、意識がはっきりしている時間さえやがてなくなって、ベスは何時間も身をよじりながらうわごとを言うようになり、それが終わって深い眠りに落ちても元気が戻ることはなかった。バングズ先生は日に二度往診し、ハンナは不寝番《ふしんばん》をうけもち、メグはいつでも送れる電報の文案を机のなかに隠し、ジョーはベスのベッドのそばを離れようとしなかった。

十二月の初日は、マーチ家にとってまさに冬枯れの日だった。身を切るような風が吹きすさび、雪がどんどん積もり、一年そのものが死の準備に入ったかのようだった。午前の診察にやってきたバングズ先生は、ベスの様子をじっと観察し、熱で熱くなった手をしばらく自分の手に取ったあとそっと下ろし、小声でハンナに言った――

「ミセス・マーチがご主人を置いてこられるようなら、連絡を取ったほうがいいでしょう」

ハンナはただうなずいた。唇のふるえが抑えられず、言葉を発することができなかったのだ。メグは先生の言葉を聞いたとたん、全身の力が抜けたように椅子にすわりこんだ。ジョーは青ざめた顔で一分ほどその場に立っていたが、不意に居間に駆けこんで電報の文案をひっつかみ、大急ぎで防寒着を着こむと、吹雪のなかに飛びだしていった。すぐに戻ってきて、音を立てないように外套《がいとう》を脱いでいるところにローリーが手紙を持って入ってきた。ミスター・マーチがまた快方にむかっているというのだ。ジョーはその手紙をありがたく読んだが、心のなかにある重苦しいものが去らないらしく、表情はみじめなままだった。ローリーは急いでたずねた――

「どうした？　ベスの病状が悪いの？」

「いま、母さんを電報で呼びよせたところ」悲痛な顔つきでゴム長靴をひっぱりながら、ジョーは答えた。

「よくやった！　自分で決めたの？」ジョーの手が震えているのに気づいたローリーは玄関の椅子にジョーをすわらせ、頑固な長靴を脱がせてやった。

「いいえ、お医者さまがそうしろって」

「えっ、ジョー、まさかそこまで？」ローリーはぎょっとした顔になった。

「そう。わたしたちの顔を見てもベスはわからない。このあいだまでは、壁に這《は》ったツタの葉のことを『緑色の鳩《はと》の群れ』なんて言ってたんだけど、それも言わなくなった。もうわたしのベスじゃないみたい。誰も耐える助けになってくれないんだ。母さんと父さんはワシントンだし、神さまはあんまり遠くて、探しても見つからない」

流れ落ちる涙で頬をぬらしながら、ジョーは闇《やみ》をまさぐるような様子で両腕を伸ばした。ローリーはジョーの両手を取り、喉の奥から上がってくるかたまりを必死で抑えながらささやいた――

「僕がついてる。この手をしっかり握って！」

ジョーは口がきける状態でなかったが、それでもローリーの手をしっかり握った。人間そのものというべき温かい手に包みこまれたことで、荒れはてていた心にうるおいが戻り、ジョーはこのような苦難を乗り切るただひとつの支えである神の腕《かいな》に近づけたようだった。ローリーはやさしくなぐさめてやりたいと思ったが、この場にふさわしい言葉が出てこなかった。そこで、なにも言わずに立ったまま、ミセス・マーチがよくやっていたようにジョーのうなだれた頭をなでてやった。ローリーにできることのうちでは、これが一番だった。雄弁な言葉より、はるかになぐさめる力があった。ジョーもローリーの言葉にならない同情を感じ取り、沈黙のうちに、愛情というものが悲しみに与えてくれる安らぎを知ったのだった。ややあって、泣いたことで気持ちの落ちついたジョーは涙をぬぐい、感謝をこめてローリーを見上げた。

「ありがとう、テディ。だいぶ気分がよくなったよ。さっきほどひとりぼっちじゃないし、何があっても耐える努力ができそう」

「なんとかなると信じるんだ。それだけでだいぶ楽になるよ、ジョー。しばらくしたらお母さまが戻ってこられて、すべてがうまく行くさ」

「父さんが持ち直してくれてよかった。母さんも、いったん父さんから離れることを後ろめたく思わずにすむだろうから。ああ、それにしても！　弱り目に祟《たた》り目ってのはあるんだね。しかもわたし、いちばん重い部分をしょいこんだみたい」ジョーはため息をつき、涙でぬれたハンカチーフを乾かすために膝《ひざ》に広げた。

「メグが公平に分担してくれないわけ？」ローリーは腹にすえかねた様子で言った。

「そんなことない。努力してくれてるよ。でもね、メグはわたしほどベスを愛してるわけじゃないし、ベスになにかあってもわたしほどつらくないと思うんだ。ベスはわたしの良心なんだから、ベスをあきらめるなんてわたしできない！　ぜったい！」

ジョーはまた顔をぬれたハンカチーフにうずめ、望みが消え去ったように泣いた。これまで気を張ってもちこたえ、涙ひとつこぼさなかった反動だ。ローリーも自分の眼をてのひらでぬぐったが、喉の奥のつかえがとれて唇が震えなくなるまでは口がきけなかった。男らしいとは言えないかもしれないけれど、ローリーには他にしようがなかったのだ。筆者《わたし》もそのことをうれしく思う。ややあってジョーのむせび泣きがおさまると、ローリーは明るい調子で言った。「ベスは死んだりしないよ。だって、あんなにいい子で、僕らみんなが愛してるじゃないか。神さまだって、こんなに早くベスを連れていったりなさらないよ」

「いい子だって、大事にされてる人だって、死ぬことはあるんだよ」ジョーはうめくように言ったが、ともかくも泣くのはやめた。疑いや怖《おそ》れはあっても、やはり友達の言葉で気分が上向いたのだ。

「かわいそうに！　よほどまいってるね。すてばちになるなんて、きみらしくないよ。

ちょっと待ってて、すぐ元気が出るようにしてあげる」

ローリーは階段を二段ずつ駆けあがってゆき、ジョーはテーブルの上にあったベスの小さな茶色いフードに悩みやつれた顔をのせた。ベスがそこに置いたきり、誰も動かそうとしていなかったフードだ。それにはなにか魔法の力があったにちがいない。心やさしい持ち主の従順な魂がジョーに乗りうつったらしく、ローリーがグラスにつ いだワインを持って駆けおりてくると、ジョーはにっこり笑ってグラスを受けとり、勇ましくもこう言ったのだ。「乾杯——ベスの健康のために！　あなたはいい医者だよ、テディ。それに最高の友達。いったい、どうやったらお返しができるんだろう？」ローリーの親切な言葉が乱れた心を落ちつかせてくれたように、ワインは身体《からだ》に力を与えてくれた。

「そのうち請求書を送るさ。それとね、今夜は、ワインをがぶ飲みするよりも心の芯《しん》を温めてくれるものが用意してあるんだ」そう言ってほほえんだローリーは、なにやらひそかな満足を覚えている様子だった。

「えっ、それって何？」ジョーは一瞬、好奇心で不安を忘れていた。

「実はきのう、僕からお母さまに電報を打ったんだ。そしたらブルックが返事をよこして、お母さまはすぐに発《た》つ、今夜こっちに着くから万事うまく行くっていうのさ。

どうだい、うれしいだろ？」

たいへんな早口でそう言いながら、ローリーはあっというまに顔を赤くしてとりのぼせた様子だった。姉妹をがっかりさせたりベスに衝撃を与えたりしないよう、計画は秘密にしてあったのだ。ジョーはまっさおになって椅子から飛び立ち、ローリーが話し終えたとたん、首っ玉にかじりついてびっくりさせた。喜びのきわまった声でジョーは叫んだ。「ああ、ローリー！　母さんが！　うれしい、ほんとにうれしい！」

それからはもう泣かず、いきなりけたたましく笑い、突然の知らせにすこし混乱したかのように身ぶるいして友達を抱きしめた。ローリーは仰天しつつも、たいそう機転のきくところを見せた。すなわち、ジョーの背中をやさしく叩《たた》いてやり、落ちついてきたと見てとるや、二度ばかり控えめにキスしたのである。とたんにジョーは正気づいた。階段の手すりにつかまり、そっとローリーを押しのけると、息を切らしながら言った。「だめ！　そういうつもりじゃなかったんだ。わたし、はしたなかったね。でも、あなたがハンナの目をぬすんでそんなことをしてくれたのかと思うと、あんまりいとしくて飛びついちゃったんだ。話を聞かせてよ、もうワインはなしで。あれ飲むと、とんでもないことしちゃうから」

「したっていいよ！」ローリーはネクタイを直しながら笑った。「なんて言うかさ、僕も気になったし、おじいさまも気になってたんだよね。僕ら、ハンナが監督の役をやりすぎてるんじゃないかと思って、お母さまに知らせようと決心したんだよ。もしベスが——その、ベスに何かあったら、お母さまは僕らを許さないだろうし。それで僕、きのうおじいさまを説きつけて、確かにそろそろ手を打つべきだって言わせたんだ。よしきたっていうんで、郵便局に飛んでいったわけ。だって、お医者さんが深刻な顔してるのに、ハンナときたら、電報を打ったほうがいいんじゃないかって僕が言ったら頭ごなしに叱《しか》りつけたんだから。僕は女の人に命令されるのが大きらいだから、あれで心が決まって実行に移したんだよ。*67 お母さまはまちがいなくいらっしゃる。深夜便が着くのは二時だ。僕が迎えに行ってくるから、きみはあのすばらしいご婦人の到着まで、表立って有頂天にならないように注意してベスのお守りをしてくれないか」

「ローリー、あなた天使だね！　どうやったらお礼ができるだろう？」

「もういちど、首っ玉にかじりついてくれよ。あれ、よかったな」ローリーはいたずらっぽい表情になった——この二週間で初めてだ。

「ノー・サンキュー。おじいさまがいらしたら、そっちにかじりついておくよ。もう冗談はよして、家に帰って休んでおいて。今夜は半分徹夜だもんね。ありがとう、テディ、ありがとう！」

すでに片隅に逃げこんでいたジョーは、こう言い終えるとふいに台所に飛びこみ、物入れの上に腰かけて、集まってきた猫たちに「うれしい、ああ、ほんとにうれしい！」と告げた。いっぽうローリーは自分の家に戻りつつ、こいつは我ながらなかなかの傑作だと考えた。

「あんなにおせっかいな男って見たことがないですよ。でもまあ、許しましょ。わたしだって、ミセス・マーチがすぐ来てくだされぱいいと思ってるんです」ジョーがい い知らせを伝えると、ハンナは肩の荷が下りた様子で言った。

メグは静かに歓喜したあと、手紙をじっくり読んだ。そのあいだジョーは病室を整《せい》頓《とん》し、ハンナは本人の言葉を借りれば「思いがけないお連れさんがいるといけないんで、パイを二個ばかり焼き」はじめた。新鮮な空気が家のなかをひと吹きし、お日さまよりすばらしいものが静かな部屋のすべてを明るくしたかのようで、すべてのものが希望に満ちた変化を感じ取っているらしく思えた。ベスの小鳥はまた歌いはじめ、エイミーが窓辺で育てている薔《ば》薇《ら》のなかに半開きのつぼみが一個みつかり、暖炉の火はいつにない陽気さで燃えさかるように思われ、少女たちは互いとすれちがうたびに青ざめた顔に輝くような笑みをうかべて抱き合い、相手をはげますように「母さんが帰ってくる！　母さんが帰ってくるんだよ！」とささやいた。喜びの輪に加わらないのはベスだけだった。望みや喜びも、疑いや危険もまったく知らないまま、深い昏睡《こんすい》のなかにあった。あわれを誘う光景だった。かつて薔薇色だった頰が青ざめて落ちくぼんでいるさま――かつて忙しく働いていた手が力なくやせ細っているさま――かつては笑みをたやさなかった唇がものも言わなくなっているさま――かつてはきれいに整えられて美しかった髪の毛が枕《まくら》の上で乱れほつれているさま――それらのすべてが。ベスは一日じゅうそのようにして横たわり、ときどき「お水！」とつぶやくばかりだった。唇はからからに乾いて、言葉を作ることもままならなかった。一日じゅうジョーとメグはベスをベッドの上からのぞきこみながら、じっと見つめ、待ち、希望をつなぎ、神さまと母さんを信じた。そして一日じゅう雪は降りつづけ、身を切るような風が吹きすさび、時間はのろのろと過ぎていった。それでも、夜はついにおとずれた。ベッドの両側に詰めたままのふたりの姉は、時計が鳴るたびに眼を輝かせて顔を見合わせた。一時間たつごとに、救いがより近くまで来るからだ。往診に来た先生は、どう転ぶにせよ真夜中ごろがヤマですな、そのころまた来ますと言いおいて帰っていった。

消耗しきったハンナはベッドのすそに置いたソファに横になったと思うと、すぐに眠りこんでいた。ミスター・ローレンスは居間を歩きまわりながら、帰ってきたミセス・マーチの不安な顔に向き合うよりも南軍の砲列にわが身をさらすほうが楽だと感じていた。ローリーはじゅうたんの上に横たわって眠っているふりをしていたが、実際はじっと暖炉の火を見つめていた——ローリーの黒い眼を美しいまでに柔らかく澄んで見せる、あの物思わしげな表情で。

メグもジョーも、この晩のことをのちのちまで忘れなかった。ベスを見守りつづけるふたりに眠りはまったくおとずれず、こうしたときに人を襲うおそろしい無力感だけがつのっていった。

「神さまがベスを助けてくださったら、わたし二度と不平を言わない」メグが真剣な声でささやいた。

「神さまがベスを助けてくださったら、わたし、一生ずっと神さまを愛してお仕えする」ジョーも同じく熱をこめて答えた。

「心なんかなかったらいいのに。こんなに痛むなんて」しばらく後にメグがため息をついた。

「人生にこんなにつらいことがたくさんあるなら、どうやって生き抜けばいいのか分からないよ」絶望した様子で妹がつけくわえた。

そのとき時計が十二時を打ち、ふたりはわが身の嘆きを忘れてベスを見つめた。青ざめたベスの顔を変化がよぎったように思えたのだ。家はまだ死んだように静まりかえり、深い沈黙を破るのは風の悲しげなうなり声だけだった。疲れきったハンナは眠りつづけており、小さなベッドに死の青白い影が下りるのを見たように思ったのはメグとジョーだけだった。一時間が過ぎたが、そのあいだに起こったのはローリーが駅に向けてそっと出発したことだけだった。さらに一時間――やはり、誰もこなかった。あわれな娘たちに、不安と恐怖がおそいかかった。吹雪で汽車がおくれているのか、途中で事故でも起こったかと。とりわけ恐ろしいのは、ワシントンで悲しいことがあったのではという考えだった。

二時を回ったころ、ジョーは窓辺に立って、死者の衣のような雪に一面をおおわれた世界はなんと陰気に見えるのだろうと考えていた。と、ベッドのそばで身動きの音がした。さっとジョーが振り返ると、メグが母さんの安楽椅子のそばで膝をついていた。顔は隠れていてわからない。冷たい手でなでられたような恐怖を感じながら、ジョーは考えた。「ベスが死んだんだ。メグはわたしに言うのがこわいんだ」

すぐさま持ち場に戻ったが、敏感になっていたジョーの眼には大きな変化が起こったように見えた。発熱のほてりと苦痛の色が消えている。誰もに愛されたベスのおさない顔だちは完全な安らぎを得たように青白くおだやかだったので、ジョーは泣く気にも悲しむ気にもなれなかった。最愛の妹の上にかがみこんだジョーは、湿り気をおびたベスのひたいに心をこめた唇でキスし、そっとつぶやいた。「さよなら、わたしのベス。さよなら！」

あたりの気配で起こされたかのようにハンナがはっと目をさまし、急いでベッドに近寄り、ベスをながめ、脈をとり、口元に耳を当てて呼吸の音をたしかめた。それから、エプロンを頭からかぶり、ぺったりすわりこんで身体を前後に揺らしはじめ、声をしのばせながら叫ぶように言った。「熱が下がっとります。すやすや寝とられますよ。お肌に湿り気が戻ってるし、息も楽そうです。ありがたや！　こんなことがあるなんて！」

このうれしい事実をメグとジョーが信じられないでいるうちに、先生が入ってきて、そのとおりだと言った。先生の外見はぱっとしなかったけれども、笑みをうかべて父親のようなまなざしでこちらを見ながらこう言ったときの顔は天使のように見えた。「そうですよ、お嬢さんがた。この子は助かると思います。騒がないようにしてよく寝かせてやることですな。目をさましたら——」

ベスが目をさましたら何を与えるべきか、ふたりとも聞いていなかった。暗い廊下にそっと出ると、階段に腰かけてお互いを抱きしめ、言葉にならない思いをたたえた心で喜びあっていたのだ。部屋に戻って忠実なハンナからキスと抱擁を受けたふたりが見ると、ベスは普段とおなじように片手を頬の下で枕にして横になっていた。あの恐ろしい血の気のなさも消え去り、眠りに落ちたばかりのようにおだやかに息をしている。

「母さんがいま来てくれたらなあ！」冬の夜がしらじらと明けそめるころにジョーが言った。

「これ見て」近づいてきたメグの手には、開きかけの白い薔薇があった。「手ににぎらせてあげるにはまだつぼみが固いと思ったのよ、もしベスが――その、わたしたちのところにいなくなるようなことがあっても。でも、夜のうちに開いたのね。だからこの花瓶にいけておくわ、ベスが目をさましたときに最初に見るのがこの小さな薔薇と母さんの顔だといいから」

日の出の美しさといい、この世界のすばらしさといい、メグとジョーの疲れきった目に映ったものは実にかけがえがなかった。ふたりが窓を開けて早朝の景色を見やったとき、長く悲しい不寝番は終わりを告げたのだ。

「おとぎ話の世界みたいね」メグはカーテンのうしろに立ってまばゆい銀色の景色を

ながめながら、誰にともなくほほえんだ。

「聞いて！」いきなり立ちあがりながら、ジョーが言った。

そう、下のドアでベルが鳴っていた。ハンナが叫んだと思うと、ローリーの声がこの上なくうれしそうにささやいた。「さあ！　来られたよ、お母さまが来られた！」

19 エイミーの遺言状

　こんなことがうちで起こっているあいだ、エイミーはマーチ伯母さんの家でひどい目にあっていた。ここはうちとは大違いだと痛感したエイミーは、生まれてはじめて、自分が家庭でどれだけ愛されかわいがられてきたか分かったのだった。マーチ伯母さんはひとをかわいがったりしなかった。そんなみっともないことができるかというのである。もっとも、お行儀のいいエイミーのことは気に入ったので親切にしてやるつもりだったし、もともと伯母さんの古ぼけた心のなかには甥《おい》の娘たちに対して甘いところがあった。もっともご本人は、そんなことを認めるのは沽券《こけん》にかかわると思っていたけれども。というわけで、伯母さんはエイミーを幸せにするために八方手をつくしたのだが、いやはや、そのとんちんかんぶりときたら！　歳《とし》をとって皺《しわ》や白髪が増えても心が若い人というのはいるもので、そういう人たちは子供たちのちいさな悩みや喜びに共感して心を開かせることができるし、賢明なる教訓を愉快な遊びのうしろに隠して、じつに美しいかたちで子供と友情を結ぶこともできる。けれどもマーチ伯母さんにそんな才能はなく、規則だの命令だのお上品な流儀だの退屈なお説教だのでエイミーを殺しそうになってしまった。エイミーは姉のジョーよりも従順で聞き分けがいいと思った老婦人は、この子をできるかぎりマーチ家の自由と行きすぎから矯正《きょうせい》してやることこそわが義務だと思い定めたのである。そこでエイミーの教育を一手にひきうけ、自分が六十年前に仕込まれたのとまったく同じようにエイミーを仕込もうとした。このやり方にエイミーは心からげんなりし、ばかに厳しいクモがいるクモの巣に引っかかってしまった蝿《はえ》のような気分になった。

毎朝、お茶を飲んだカップは自分で洗わねばならず、古風なスプーンやずんぐりした銀のティーポット、それにグラスのたぐいはぴかぴかに光るまで磨き上げねばならなかった。それが終わると部屋のお掃除なのだが、これがまた、何と手のかかる仕事だったろう！　ほんの少しのちりもマーチ伯母さんの眼をのがれることはできないというのに、この家の家具ときたら猫足だの彫刻だののがやたらについていて、いくらはたきをかけても伯母さんのお目がねにはかなわなかった。その後はオウムのポリーに餌《えさ》をやったり、愛玩犬《あいがん》の「モップ」の毛をすいてやったり、一階と二階を十回以上往復してものを取ってきたり伯母さんのご用を召使に伝えたりしなくてはならない。老婦人はたいへん足が悪く、専用の大きな椅子《いす》をめったに離れなかったのである。こうした面倒な雑用をこなしたあとにお勉強が待っていたが、これこそはエイミーが持ちあわせている美徳を毎日とことんまですり減らすものだった。そのあとの一時間は運動か遊びにあてられていて、エイミーはそれを生きがいにしていた。ローリーは毎日やってきてマーチ伯母さんをくどき落とし、エイミーを表に連れだしてよいという許しを得た。そこでふたりは散歩したり馬車にのったりして、たいへん愉快に過ごした。昼食のあとは本を朗読し、老婦人が寝ているあいだずっと身動きせずに座っていなければならなかった。伯母さんは最初の一ページで眠りこんでしまうので、じっとお座りの長さはたいてい一時間あった。そのあとにはパッチワークやタオルの登場である。エイミーはおもてむき猫をかぶって針を使いながら、心のなかで反乱を起こしていた。それが夕方まで続いたあとは、夜食のティーが出るまで好きにしていてよかった。ところが夜がまた最悪で、マーチ伯母さんが若いころの経験を語ってくれるのだが、これがもうお話にならないくらい退屈ときている。エイミーはさっさとベッドに入って過酷な運命にぞんぶん涙を流したかったが、いざ横になると、ひと粒かふた粒の涙をしぼりだしただけで寝入ってしまうのだった。

ローリーと老メイドのエスターがいなければ、こんなにみじめな時間を耐え抜くことはできないだろうとエイミーは思ったものだ。オウムのポリーだけでも、エイミーの頭をおかしくさせるのに充分だった。エイミーが自分を崇拝していないことに早くも気づいたポリーは、仕返しにありとあらゆるいたずらを仕掛けたのである。エイミーが近寄ってくるたびに髪の毛をひっぱり、エイミーが鳥かごの掃除を終えたとたんにパン入り牛乳の皿をひっくり返し、奥さまが昼寝をはじめたと見るやモップをつついてきゃんきゃん吠《ほ》えさせ、人前でエイミーをののしりというわけで、年寄りオウムの性《しょう》のわるさを余すところなく見せつけた。それにエイミーは、犬のモップにも我慢がならなかった。これはでっぷり肥《ふと》った不きげんなけだもので、エイミーが毛づくろいをしてやるたびにうなって吠えたてた。食べ物がほしいときには、四本の脚をぜんぶ空中に突きだしてあおむけにひっくり返り、この上なくばかげた表情をしてみせるのだが、これがまた日に十回は下らないときている。料理番のおばさんはいつも怒っており、年寄りの御者は耳がきこえなかったので、新しくやってきた若いレディを気にとめたのはエスターだけだった。

エスターはフランス人の女性で、「マダム」と呼んでいるマーチ伯母さんともう何十年もいっしょに暮らしており、自分なしでは手も足も出ない老婦人を意のままにあやつっていた。本当の名前はエステルというのだが、マーチ伯母さんからエスターに変えなさいと命じられ、カトリックからプロテスタントへの改宗は決してせまらないという条件で従ったのだった。エスターは「マドモワゼル」が気に入ったので、マダムのつけるレースをととのえる折など、そばに座っているエイミーにフランス暮らしのあれこれを話して楽しませてくれた。それに、大きな邸《やしき》のなかをエイミーが自由に歩きまわれるようにしてくれ、巨大な衣装戸棚や古めかしいチェストにしまってある珍しくて美しいものをながめるのも許してくれた。マーチ伯母さんは、何でも集めるといわれるカササギなみに物をためこむ人だったのだ。エイミーをいちばん喜ばせたのは、インド渡りのキャビネットだった。*68 これには奇妙な引き出しや小さな整理棚がいっぱいついており、見ただけではわからない秘密の隠し場所におよそあらゆる装飾品がしまってあった。貴重品もあれば面白いだけの品もあったが、程度の差こそあれどの品もアンティークだった。これらの品々をながめたり並べたりすることに、エイミーは深い満足感を覚えた。とりわけ宝石箱は面白かった。ベルベットのクッションの上に、四十年前に評判の美人を飾った品々が鎮座していた。マーチ伯母さんが社交界デビューの折につけたガーネットのセット、結婚式の日に父親からプレゼントされた真珠、恋人から贈られたダイヤモンド、黒玉《こくぎょく》で作られた喪服用の指輪やピン、亡《な》くなった友達の肖像が描かれていて中にはシダレヤナギの形に編んだ遺髪をおさめた不思議なロケット、マーチ伯母さんのひとりだけの小さな娘がつけたベビー・ブレスレット。マーチ伯父さんの大きな時計、何人もの子供がおもちゃにした赤い封蠟《ふうろう》。特別の箱におさめられているのはマーチ伯母さんの結婚指輪で、もう伯母さんの太い指にははまらないけれども、いちばんの貴重品にふさわしく丁寧にしまいこまれていた。

「好きなのをあげると言われたら、マドモワゼルはどれを選びますか？」とエスターがたずねた。こうした折にはそばに座ってエイミーがいたずらをしないように見張り、最後には貴重品に鍵《かぎ》をかける役目なのである。

「わたし、ダイヤモンドがいちばん好きなんだけど、ダイヤモンドのネックレスはないでしょ。わたし、ネックレスが好きなんです。すごく気品があるから。選ばせてもらえるなら、これかな」と答えてエイミーが感じ入ったようにながめたのは、金と黒檀《こくたん》のビーズをつらねて輪にしたもので、同じ材料で作られた分厚い十字架が下がっていた。

「それ、わたしもとっても欲しいんですけど、ネックレスに使うわけじゃないんですよ。ええ、そう！　わたしにとってはロザリオなんです。わたしは敬虔《けいけん》なカトリックですから、ロザリオとして使わなければ」とエスターは言って、いつかは手に入れたいという表情でそれをながめた。

「じゃあこれは、エスターさんが鏡の上にいつもかけてる、あのいい香りの木のビーズと同じように使うものなの？」

「そのとおりですよ、お祈りに使うんです。こんなに立派なロザリオをお祈りに使ったら、*69聖者さまたちもお喜びになるでしょう。自分を飾りたてる宝石として使うんでなくてね」

「エスターさん、あなたは祈ることでずいぶん心が落ち着くみたいね。お祈りを終えて下りてくるときは、いつもおだやかで満ち足りた様子だもの。わたしもそうできればいいのに」

「マドモワゼルがカトリックでいらしたら、ほんとの安らぎがお分かりになるんですけどねえ。でも、そういうわけには行きませんから、マドモワゼルは毎日ひとりになれる時間を見つけて、瞑想《めいそう》とお祈りをなさるといいですわ。わたしがマダムより前にお仕えしていた善良なご婦人はそうなさってました。そのかたは小さい礼拝堂をお持ちで、悩みごとがあるときなど、そこにこもって安らぎを得ていらっしゃいましたよ」

「わたしがそうするのも正しいかしら？」とエイミーはたずねた。たったひとりでマーチ伯母さんの家にいる自分には何らかの助けが必要だと思えたし、あの小さな本のことも、いつも習慣を思いださせてくれるベスがいないと忘れがちだったからだ。

「すばらしいことですわ、チャーミングですわ。マドモワゼルがお望みでしたら、わたし、あの小さな衣装戸棚をよろこんで礼拝堂に仕立ててさしあげます。マダムには何も言わずに、マダムがお眠りになったらそっとひとりで行って、しばらくよいことを考えたり、神さまがお姉さまをお救いくださるように祈ったりなさいまし」

エスターは心から敬虔な信者だったから、アドバイスは真剣だった。こまやかな情愛の持ち主であるエスターは、悩める姉妹たちのことを深く気にかけていたのである。エスターの提案が気に入ったエイミーは、自分があてがわれた部屋の隣にあるからっぽの戸棚を改造してもらうことに同意した。礼拝堂があればもっといい人間になれるのではないかと思ったのだ。

「きれいなものがこんなにたくさんあるけど、マーチ伯母さんが亡くなったらどこに行くのかしら」とエイミーは言い、きらきら光るロザリオを惜しそうに戻して、宝石箱をひとつひとつ閉じていった。

「あなたとお姉さまたちのところですよ。わたし、知ってます。マダムが大事なことまで教えてくださいますのでね。わたし、マダムの遺言状の立会人になりましたから、そうなることを知ってるんです」エスターはほほえみながらささやいた。

「すてき！　でも、伯母さんが今くださったほうがいいわ。事態のきひのばしって、面白くないもの」ダイヤモンドを最後にちらりとながめながら、エイミーは言った。

「若いレディがこういうものをおつけになるのは早すぎますわ。最初に婚約なさった方には真珠を――マダムはそうおっしゃっておいででした。あと、これは何となくですけれど、小さいトルコ石の指輪はマドモワゼルがお帰りになるときに伯母さまがくださるんじゃないかしら。マダムはいつもあなたのことを、お行儀がよくて物腰もチャーミングだっておっしゃってますもの」

「えっ、ほんとに？　あのすてきな指輪がいただけるんなら、わたし子羊にでもなんでもなる！　キティ・ブライアントの指輪なんかより、はるかにきれいなんですもの。わたし、やっぱりマーチ伯母さんのこと好き」うっとりした表情で青い指輪をつけてみたエイミーの顔には、なんとしてもこの指輪をもらえるような人間になろうという決意があらわれていた。

その日からエイミーは従順の見本のようになり、老婦人は自分がほどこした教育の成功ぶりにご満悦の様子だった。エスターは戸棚に小さなテーブルを据えつけ、その前に足乗せ台を置き、使われなくなって閉ざされたままの部屋から持ってきた絵をテーブルの上にかけた。大して貴重な絵だとはエスターは思わなかったが、題材が適切なので借りてきたのである。どうせマダムは気づかないだろうし、気づいたとしても叱《しか》られはすまいというわけだ。だが実のところ、これは世界でも名の通った絵の模写でかなりの貴重品だったから、美を愛してやまないエイミーの眼は聖母の慈悲ぶかい顔を見あげて飽きることがなく、心は自分自身のやさしい思いでわきかえっていた。テーブルの上にエイミーはあの小さな新約聖書と讃美歌集を置き、かたわらの花瓶にはローリーが持ってきたうちでよりぬきの花をいっぱいにいけた。そんな場所にエイミーは毎朝やってきては「ひとりで座って、しばらくよいことを考えたり、神さまがお姉さまをお救いくださるように祈ったり」したものである。エスターは銀の十字架がついた黒いビーズのロザリオをくれたので、エイミーはそれも絵のそばにかけた。プロテスタントのお祈りにふさわしいかどうか分からず、実際には使わなかったのだ。

小さなエイミーがまったく本気でこんなことをしたのは、家庭という安全な巣からひとりとりのこされた身のたよりなさゆえに、誰かしっかりと手をさしのべてくれる存在がほしくてたまらず、天からすべての子供らを父の愛で包んでくださる強くてやさしい友へと本能的に目をむけたからである。おのれを知りおのれを律するのに必要な母さんの助けは得られないものの、すでにどこを探すべきか教わっていたから、エイミーは歩むべき道を全力で探し、神を信頼しつつその道を歩もうとしたのだった。けれどもエイミーはやはり年端《としは》のゆかぬ巡礼であって、いまがいま、背中の荷はとても重く思われた。自分のことは忘れ、ほがらかでいつづけ、正しいことを行なえるだけで満足しようとエイミーはつとめたけれども、そんな様子に気づいたりほめてくれたりする人はいなかった。とてもとてもよい人間になろうとする努力をはじめたエイミーは、その第一歩として、マーチ伯母さんと同じように遺言状を作ろうと思い立った。もし自分が病気になって死んでしまったら、自分の持ちものが正しく気前よく分かち合われるようにしたいというのである。エイミーの眼には老婦人の宝石と同じくらい貴重な宝物ばかりだから、ひとにあげると考えただけで心が痛んだ。

ある日の自由時間を使って、エイミーは重要書類をできるかぎりうまく書きあげた。一部の法律用語はエスターが助けてくれた。この気のいいフランス女性が立会人として署名してくれると、エイミーは肩の荷が下りた気になって、第二の立会人になってもらいたいローリーに見せる機会がくるまでしまっておいた。その日は雨だったので、エイミーは大きな部屋のひとつで遊ぼうと思い、ポリーを連れて二階にあがった。この部屋には古風な衣装がいっぱい入った戸棚があって、エスターは衣装を着て遊んでもいいですよと言っていた。エイミーのお気に入りの遊びは、金や銀の刺繡《ししゅう》で飾りたてた古いドレスに身を包んで横長の鏡のまえを行ったりきたり、典雅に腰をかがめるお辞儀をしたり、ひきずった裳裾《もすそ》を振って衣《きぬ》ずれの音を楽しんだりすることだった。エイミーはこの遊びに夢中になるあまり、ローリーが玄関のベルを鳴らしたのにも、ローリーが顔をのぞかせてこっちを見ているのにも気づかずに威厳たっぷりの様子で行きつ戻りつし、扇をひらひらさせたり頭をつんとそらしたりしていた。頭には巨大なピンクのターバンが巻かれており、青地に金銀刺繡のドレスや黄色いキルトのペティコートと変てこな取り合わせを見せていた。靴はヒールが高かったのでおっかなびっくり歩かねばならず、ローリーが後でジョーに話したところでは笑ってしまいそうな恰好《かっこう》だったという。きんきらきんの取り合わせでちょこちょこ歩いているエイミーのすぐ後ろで、ポリーが雄《おす》ながらにせいいっぱい真似《まね》しようというのか、頭をつんとそらして横歩きをしながら、時々足をとめて笑ったり、こんなふうに叫んだりしていたのである。「どう、いいでしょう？　あっちへお行き、この化け物！　言葉をつつしみなさいっ！　かわいいわねえ、キスしてちょうだい。はっはっは！」

エイミーの女王さまきどりを邪魔すまいというので、ローリーは必死におかしさをこらえながらノックし、たいそう寛大に迎え入れられた。

「そこに座っててゆっくりしてて。わたし、衣装をかたづけちゃうから。あとで、とっても真剣な相談があるの」ローリーにたっぷりご威光を見せつけ、ポリーを隅っこに追いやってしまうと、エイミーは言った。「あの鳥こそ、わたしの人生最大の試練ね」とつぶやきながらエイミーがうずたかいピンクの布を頭から外すそばで、ローリーは椅子にまたがる形で腰を下ろした。「きのうなんか、伯母さんがいねむりを始めたから、わたしは身動きひとつしないようにがんばってたのに、ポリーのやつ、かごの中でギャーギャー鳴いたり暴れたりしはじめたの。それでわたし、かごから出してやったんだけど、ちょうどそのとき、近くに大きなクモがいたのね。わたしが棒でついたら、本棚の下に逃げ込んだわ。ポリーはまっすぐ後を追いかけて、しゃがんで本棚の下をのぞきこむと、眼をくりんと動かしながら、あのおかしな調子で言ったの。『出てらっしゃい、お散歩しましょ』って。これ、笑うなっていうほうが無理でしょ。なのに、わたしが笑ったらポリーが悪態をついて、それで伯母さんが目をさまして、わたしもポリーもいっしょに叱られたわけ」

「で、そのクモはポリー爺《じい》さんのお誘いに乗ったの？」ローリーはあくびをしながら聞いた。

「うん。でも、出てきたとたんポリーが死ぬほどこわがって、伯母さんの椅子に駆け上がって『つかまえて！　つかまえて！　つかまえて！』ってわめいたの。それでわたし、クモを追っかけまわしたんだけど」

「嘘《うそ》つけ！ バカヤロ！」とオウムが叫び、ローリーのつま先をつついた。

「マーチ伯母さんのペットでなきゃ首をへし折ってやるところだぞ、この老いぼれ鳥」ローリーがこぶしを振ってみせると、オウムは小首をかしげ、しゃがれ声で重々しく言い放った。「うれしいねえ！ 胸がふくらんでボタンが飛んじゃいそう！」

「さあ、用意できた」衣装戸棚を閉めたエイミーは、ポケットから一枚の紙を取り出した。「これを読んで、ちゃんと法律にかなった文書になっているかどうか教えてほしいの。ぜひやっておくべきだと思ったのよ、だって人生は不確かだし、死んだあとでけんかの種になるっていやだもの」

ローリーは笑いださないように唇をかみしめ、さも深刻そうな様子のエイミーからちょっと顔をそむけて読んだ。綴《つづ》りまちがいの多さを考えれば、ローリーが謹厳な顔を崩さなかったのはあっぱれと言える――

わたくしの唯言状

わたくしエイミー・カーティス・マーチは、正気の状態にて、この世におけるわたくしの持ちものを以下のとおり異贈いたします。その内容とは——つまり、すなわち——

父さんにはわたくしのいちばんよく描けた絵、スケッチ、地図、芸術作品を額縁ごと。あとわたくしの百ドルも好きにしていいです。

母さんにはわたくしの服ぜんぶ、ただしポケットのついた青いエプロンをのぞく——あとわたくしの肖像とメダルを、愛をこめて。

親愛なる姉マーガレットには、トルク石の指輪を（伯母さまからいただければ）。それに鳩《はと》の絵が描いてある緑色の箱、さいきんわたくしが作った本物のレースを首巻き用に、それとわたくしが描いたマーガレットの肖像を「おちびさん」の思い出に。

ジョーには封ろうで修理してあるブローチと、ブロンズのインクスタンド——ふたはジョーがなくしたけど——それにわたくしの宝物の石こうのうさぎを、ジョーのお話を燃やしてしまったおわびに。

ベスには（ベスがわたくしより長生きしてくれたら）わたくしの人形と手箱、おうぎ、麻のカラーと新しい部屋ばき、これはベスがやみあがりで細くなっていたら。そしてここにわたくしは、ぼろぼろのジョアンナをからかったことにかんする謝罪もベスにのこします。

わたくしの友人で隣人のシオドア・ローレンスにはペーパーマッシェー*70の画帳カバーと、わたくしが粘土で作った馬を。彼は首がないなんて言っていたけれど。それと苦難の時にわたくしにたいへん親身にしてくれたお礼に、わたくしの芸術作品からすきなのをひとつ。ノートル・ダム大聖堂の絵がいちばんいいと思います。

わたくしたちの老いたる庇護《ひご》者ミスター・ローレンスにはふたに鏡のついた紫の箱をペン入れとして。これをごらんになれば、世を去りし娘が家族へのご親切、とりわけベスへのご親切に感謝していることが思い出されるでしょう。

なかよしの遊び友だちキティ・ブライアントには、ブルーのシルクのエプロンと金のビーズの指輪とキスを。

ハンナにはハンナがほしがっていたまるい箱とわたくしのパッチワークをぜんぶ、わたくしをしのぶよすがに。

かくしてわたくしの最も貴重なる財産をおわけしたからには、みなさまご満足なさり、死せる者を責められないでしょう。わたくしもみなさまを許し、審判の日にラッパが鳴ったときにはふたたびお目にかかれると信じております。アーメン。

この唯言にわたくしは手ずから封印いたします。時は期限一八六一年十一月二十日。*71

エイミー・カーティス・マーチ

証人　エステル・ヴァルノール
シオドア・ローレンス

最後の名前は鉛筆で書いてあり、エイミーはローリーに、そこはインクで署名しなおしてちゃんと封蠟つきで厳封してくれとたのんだ。

「なんでこんなものを書いたんだい？　誰かから聞いたの、ベスが形見分けをしたのを？」エイミーが赤いテープと封蠟と細いろうそくとペン立てつきのインクスタンドをさしだすと、ローリーもきまじめな顔になって問い返した。

エイミーはいきさつを説明し、心配そうに聞いた。「ベスはどうしたの？」

「言わないほうがよかったな。でも、言ってしまったからにはぜんぶ話すよ。このあいだ、ベスがすごく弱ってしまったことがあって、そのときにジョーに言ったんだ。ピアノはメグに、小鳥はきみに遺《のこ》す、それにあのかわいそうな人形はジョーに遺すから、わたしのためだと思って大事にしてねって。遺すものがそれだけしかなくてごめんなさいと言って、あとのみんなには髪の毛を切り取ってくれたよ。おじいさまには、愛のまごころをさしあげますって。ベスは遺言状なんて考えもしなかった」

ローリーはそう言いながら下を向いて署名し、封蠟を押した。眼を上げたのは、大粒の涙が紙の上に落ちたせいである。エイミーはこのうえなく心配そうな顔をしていたが、口に出した言葉はこれだけだった。「ゆいごん状においかをつけることってあるよね？」

「ああ、追加《ついか》条項か」

「わたしのにもそれをつけて——わたくしの巻き毛はすべて切って、友だちにおくばりくださいって。忘れてたけど、そうしてほしいの。巻き毛を切ったせいでかわいくなくなっても」

ローリーは条項を追加しながら、エイミーが最後にもっとも大きな犠牲を払おうとしているのを思って笑みをうかべた。それから一時間ほど遊んでやり、エイミーが経験した試練をすべて聞き出した。けれども、ローリーが帰ろうとするとエイミーはローリーの袖《そで》を引いてひきとめ、ふるえる声でささやいた。「ベス、ほんとにあぶないの？」

「かもしれない。でも、とにかくよくなると祈ろう。泣くのはやめて、ね」ローリーが兄のように抱きしめてやると、エイミーも落ちついたようだった。

ローリーが帰ると、エイミーはあの小さな礼拝堂に行き、うすあかりのなかに腰を下ろして、とめどない涙とずきずき痛む心でベスのために祈った。やさしい姉がいなくなったら、トルコ石の指輪を百万個もらったって慰められないと思いながら。

20　ないしょの話

母と娘たちの再会を語る言葉を筆者《わたし》は持たないようである。そのようなひとときは経験してこそ美しいものであって、描き出すとなるとたいへん難しい。だから大方は読者の想像力にまかせ、次の点を述べておくにとどめよう。すなわち、家のなかがまじりっけなしの幸せにあふれていたこと、そしてメグのやさしい願いがかなえられたこと。というのも、ベスが長い回復の眠りからさめたとき、ベスの眼が最初に見たのはまさしくあの小さな薔薇《ばら》と母さんの顔だったからである。物事をふしぎに思うほどの気力がまだなかったベスはただにっこりほほえみ、自分を抱いてくれている愛のこもった腕に身をまかせて、必死の望みがついにかなえられたと感じたのだった。それからベスはまた眠り、メグとジョーが母さんのお世話をした。眠っていてさえ自分の手にすがりつくベスのやつれた手を、母さんは放そうとしなかったのだ。ハンナはほかのやり方では興奮をおさめられず、遠路の客のためにとんでもなく豪華な朝食を「ばーんと作って」いたから、メグとジョーが忠実な若いコウノトリのように母さんに食べさせた。そのあいだに母さんがささやき声で語ったのは、父さんの容態、病院で看護をつづけるというミスター・ブルックの約束、帰りの汽車が吹雪でおくれたこと、疲れと不安と寒さでぼろぼろになって駅に着いたときにローリーのほがらかな顔が口では言えないほどの慰めになってくれたことなどだった。

なんと変わった、でも喜ばしい日だったろう！　外は物みながきらきら輝く陽気で、世界が初雪を全身で歓迎しているかのようだったが、家のなかはきわめてひっそりと安らかだった。全員が寝ずの看病で疲れきって眠っており、安息日の静けさが支配する家を守るかのようにハンナがドアの前でこっくりこっくり居眠りをしていた。重荷が下りたという幸せそのものの感覚とともにメグとジョーは疲れた目を閉じ、嵐《あらし》にもてあそばれた二艘《そう》の小舟がおだやかな入江で錨《いかり》を下ろしたように横たわって眠った。ミセス・マーチはベスのそばを離れようとせず、大きな椅子《いす》にかけて眠っていた。それでもしばしば眼をさまし、まるで失ったお宝を取りもどした守銭奴のように、ベスをながめやり、その身体《からだ》に手を触れ、心配げに考えこんでいた。

そのあいだにローリーはエイミーの見舞いに走った。一夜のできごとをあまり上手に語ったものだから、驚いたことにマーチ伯母さんまで「グスンときていた」そうで、「だから言ったでしょうが」などとは一度も言わなかったらしい。このときのエイミーが実にしっかりしていたのは、例の小さな礼拝堂で考えたことがほんとうに実を結びはじめたというものではないだろうか。話を聞きおわったエイミーはすぐに涙をぬぐい、一刻も早く母さんに会いたいという思いをおさえて、ローリーの「エイミーはすばらしいリトル・ウーマンだったでしょう」という意見にマーチ伯母さんが文句なしに賛成したときにもトルコ石の指輪のことなどちっとも考えなかった。ポリーでさえ感銘を受けたらしく、エイミーのことを「いい子だね、ボタンが飛んじゃいそう」と言い、きわめて愛想よく「いっしょにお散歩しましょ」と誘ったものだ。エイミーとしても外の銀世界を散歩したいところではあったが、ふと見ると、ローリーがけなげに眠気を隠そうとしつつときどき首を垂れて眠りこんでいる。そこでエイミーはローリーがソファでひと休みするよう説得し、母さんへの手紙を書きにいった。長い時間をかけて書きおえたエイミーが戻ってみると、ローリーは両手を枕《まくら》に長々と横たわってぐっすり眠っており、マーチ伯母さんは珍しい思いやりの発作を起こしたのか、カーテンを引いてやって何もせずに座っていた。

しばらくすると、マーチ伯母さんとエイミーはローリーが夜まで目をさまさないのではないかと思いはじめた。実際そうなってもおかしくなかったが、ローリーを一気に目覚めさせたのは、母さんの姿を見たエイミーがあげた喜びの叫び声だった。この日、街の内外には幸せな小さい女の子がたんといたはずだが、筆者《わたし》としては、エイミーこそもっとも幸せだったろうと思う。母さんの膝《ひざ》に座って自分が経験した試練を話したエイミーは、よくやったねと言いたげなほほえみを受け、愛情こめて抱きしめられたのだから。それからエイミーは母さんとふたりきりであの礼拝堂に行った。なぜこんなものを作ったのか説明されたときも、母さんは叱《しか》るようなことは何も言わなかった。

「それどころか、とてもいいと思うわ」くすんだ色のロザリオからあのすりきれた小さな本へ、そして常緑樹の葉で編まれた輪がふちどりとなっている美しい絵へと目をやりながら、母さんは言った。「わたしたちを怒らせたり悲しませたりするようなことが起きたとき、心を静めにいける場所があるようにするのはすばらしい考えよ。わたしたちの人生にはつらいときがたくさんあるけれど、助けを求めるべきかたに助けを求めれば必ず耐えられるもの。あなたもそれが分かったんでしょう、おちびさん？」

「そうよ、母さん。わたし、家にもどったら大きな戸棚のすみっこにわたしの本を置いて、あの絵の模写をかけようと思うの。わたし、模写してみたのよ。聖母さまのお顔はあんまり美しくてわたしには描けなかったけど、赤ちゃんのほうはだいぶうまくいって、とても気に入ってるの。わたし、イエスさまも小さな子供だったことがあると思うのが好きなのね、そうしたら私もイエスさまからそんなに遠くない気がして、勇気が出るから」

聖母のひざの上でほほえむ幼児《おさなご》キリストをエイミーが指してみせたとき、ミセス・マーチはエイミーの持ち上げられた手にあるものを見つけて笑みをうかべた。ミセス・マーチは何も言わなかったけれども、エイミーはその笑みが意味するものを察し、しばらく黙っていたあと厳粛に言った——

「これ、母さんに話すつもりでいたんだけど、忘れてしまって。この指輪、きょう伯母さんからいただいたの。わたしを呼びよせてキスして、指にはめてくださったの。それから、あなたはわたしの誇りだよ、ずっと手元に置いておきたいくらいだよっておっしゃった。輪っかが大きすぎるから、トロコ石がずれないようにするためにおかしな留め金をくださったの。母さん、わたしいつもこの指輪をつけていたいんだけど、かまわない？」

「とってもきれいだけど、あなたはそういう飾りをつけるには若すぎるんじゃないかしら、エイミー」そう言ってミセス・マーチが見やったぽっちゃりした小ぶりの手は、スカイブルーの石で作った輪が人差し指をかこみ、ごくごく小さい金色の手を組み合わせた風変わりな形の留め金で固定されていた。

「みえを張りたいわけじゃないの」とエイミーは言った。「わたしがこれを好きなのは、きれいだからというだけじゃないと思う。あのお話に出てくる女の子がブレスレットをつけたみたいに、この指輪に思い出させてもらいたいことがあるの」

「マーチ伯母さんを?」と言って、母さんは笑った。

「そうじゃなくて、自分中心はだめだってことを」エイミーの様子は熱心で真剣そのものだったから、母さんも笑うのをやめ、エイミーの小さな計画にしっかり耳をかたむけた。

「わたし最近『自分のいけないところ』について考えて、自分中心なのがいちばんいけないと思ったの。だから、できるならいっしょけんめい直そうと思って。ベスは自分中心じゃないから、みんながベスを愛して、この子がいなくなったらどうしようと思うのよね。わたしが病気になってもみんなは半分も心配しないだろうけど、それはいまの私に心配される価値がないから。でもわたしはたくさんの友達に愛されて惜しまれたいから、できるだけベスのようになりたいと思うの。わたし、なにか決心してもすぐ忘れてしまうほうだけど、いつでも思い出させてくれるようなものがあれば、もっとちゃんとできるはずよ。そんなふうにしてもいい？」

「いいわよ。わたしは、大きな戸棚のあの片隅のほうが効果があると思うけど。指輪をつけて、できるだけがんばりなさい。きっとうまくいくと思うわ、いい人間になろうという決心があれば半分は達成できたのと同じですもの。それじゃ、わたしは家に帰ってベスのお世話をしないと。くじけないのよ、エイミー、すぐ迎えに来ますからね」

その晩、メグがミセス・マーチの無事の到着を知らせようと父さんあての手紙を書いているあいだに、ジョーはそっと階段を上がってベスの部屋に入り、自分のいつもの場所に母さんがいるのを見ると、一分ばかり黙ったまま髪の毛を指でかきまぜ、決心のつかない顔つきで立っていた。

「どうしたの？」秘密を打ち明けずにはいられなくなるような表情で、ミセス・マーチは手をさしのべた。

「聞いてもらいたいことがあるの」

「メグのこと？」

「勘がいいなあ！　そう、メグのこと。つまらない出来事なんだけど、なんだか気になって」

「ベスが寝てるから、小さい声で聞かせて。あのモファットがまたこのへんをうろうろしてるんじゃないでしょうね？」ミセス・マーチはとがった声を出した。

「そうじゃないよ。あいつがそんなことしてたら、わたしが目の前でドアを閉めてやるから」とジョーは言って、母さんの足元の床にすわりこんだ。「この夏、メグがお隣に手袋を忘れてきたことがあるんだけど、片方しか返ってこなかったの。みんなそのことは忘れてたけど、ローリーがわたしに教えてくれたんだよ、ミスター・ブルックが持ってるって。ベストのポケットに入れてあったんだけど、うっかり落としたことがあって、テディがミスター・ブルックをからかったら、ミスター・ブルックがメグを好きだと白状したんだって。これまで告白しなかったのは、メグがあんまり若くて自分が貧乏すぎるからだっていうの。こんなの、ひどくない？」

「メグはミスター・ブルックが好きだと思う？」ミセス・マーチは気がかりな顔になった。

「かんべんしてよ！　わたし、愛だの恋だの、そういうことはぜんぜん分からないんだから！」そう叫んだジョーの表情は、興味と軽蔑《けいべつ》がいりまじったおかしなものだった。「小説だったら、若い女が恋をしてるっていうしるしは、ドキンとするとか、赤くなるとか、気が遠くなるとか、やつれるとか、馬鹿《ばか》みたいなことばかりでしょ。メグはそんなことしてないよ。しっかり飲み食いしてるし、たっぷり寝てるし、常識人そのもの。わたしがミスター・ブルックの話をしても、眼をそらしたりしないし。テディが恋人がどうとか言ってからかうと、ちょっとだけ赤くなるけどね。テディにはそんなことするなって言ってあるけど、聞きやしないんだ」

「じゃあ、あなたの考えでは、メグはジョンに興味ないのね？」

「誰に？」ドキンとした様子でジョーが言った。

「ミスター・ブルックに。わたしが『ジョン』と言ったのは、病院でいっしょに看病しているうちにそうなったからなんだけど、彼もそれが気に入ってるみたい」

「困ったなあ！　それじゃ、母さんはミスター・ブルックの味方をするんだ。あの人、父さんによくしてくれたし、母さんはあの人を追いはらわないし、メグはその気があれば結婚しちゃうってことよね。やり方がずるいよ！　父さんをまめに看病して、母さんに取り入って、自分のことを好きにならせるなんて」ジョーはまた、腹立ちまぎれに髪の毛を引っぱった。

「ジョー、まあ落ちついて。どうしてそういうことになったか話すから。ジョンはミスター・ローレンスのお言いつけでわたしといっしょにワシントンに来たんだけど、あんまり父さんに尽くしてくれるものだから、わたしたちも好きにならずにいられなかったの。メグのことは、どこまでも率直に紳士らしく話してくれたわ。あのかたのことを愛していますが、求婚するのはいごこちのいい家を自力で手に入れてからにしますって。だから今は、メグを愛し、メグのために働くことを許してほしい、メグが自分を愛してくれるように努力する権利を認めてほしいっていうの。あんなにすばらしい青年ですもの、わたしたちも聞き入れないわけにいかなかったわ。メグがあの歳《とし》で婚約するなんていうことは許さないけど」

「あたりまえだよ。バカじゃない、そんなことしたら！　なんだかまずいことになりそうな気はしてたけど、これじゃ、思ってたより悪いよ。できることならわたしがメグと結婚して、この家族で守ってあげたいくらい」

この奇妙な計画にミセス・マーチは思わず頬をゆるめたが、口調は真剣だった。

「ジョー、いまのはあなたを信頼して聞かせた話なんだから、メグにはまだ何も言わないでね。ジョンが戻ってきて、メグとふたりでいるところをよく見たら、メグが彼のことをどう思っているかはっきり見きわめられると思うの」

「メグのほうでも、いつも言ってる『きれいな茶色の眼』を見れば向こうがどう思ってるか分かるだろうし、そうなったら万事休すだね。だいたいメグの心はやわらかいんだから、誰かがセンチメンタルな眼を向けただけでも、日なたに置いたバターみたいにとろけちゃうよ。メグってば、母さんの手紙よりもミスター・ブルックから来た短い報告を何度も何度も読み返してたし、それをからかったわたしのことをつねるし、眼の色は茶色が好きだとかジョンはわりといい名前だとか言うし、これはどう見たってあの人にほれちゃうよ。そうなったら、わたしたちの水入らずの平和も、お楽しみも、ここちのいい時間もおしまい。目に浮かぶよ！　家じゅうでいちゃいちゃするもんだから、わたしたちが遠慮しないといけなくなる。メグはあちらさんに夢中になっちゃって、わたしをかまってくれなくなる。ブルックは、どういう手を使うのかしらないけど財産を作る――それで、メグをさらっていって、家族に穴ぼこをあけるんだ。わたしはものすごく悲しくなるし、何もかもどうしようもなくなっちゃう。まったく、なんてことだろう！　わたしたちみんなが男の子だったらよかった。そしたら、こんなにやっかいなことにならなくてすむのに！」

ジョーは絶望した様子であごをひざの上に乗せ、憎らしいジョンに向けて拳《こぶし》を振ってみせた。ミセス・マーチがため息をついたので、ジョーはほっとしたように眼を上げた。

「母さんも気に入らないんだね？　よかった。ミスター・ブルックは、勝手にビジネスで成功でもすればいいよ。わたしたち、メグにはひとことも言わないで、これまでどおり楽しくやろうよ」

「ため息をついてしまったのはよくなかったわ。あなたたちはいずれみんな、自分の家庭を作って行ってしまう。それが自然だし、正しいことでもあるの。でもわたし、娘たちをなるべく長いあいだ手元に置いておきたいのは確かだし、こんなに早くそうなってしまったのは残念なのよ。メグはまだ十七だし、ジョンがメグのために家庭をつくってあげるまでにはまだ何年かあるでしょうし。父さんとわたしの一致した意見は、メグがはたちになるまでは婚約も結婚もさせないということ。メグとジョンがお互いを愛しているなら、時が来るまで待てるでしょう。それが愛の証《あかし》ですもの。メグはしっかりした心の持ち主だから、あの子が彼を冷たくあしらうなんてことはありえない。ああ、わたしのかわいらしい、心やさしいメグ！　あの子には、すべてがうまく行くことを願うわ」

「お金持ちと結婚してくれたほうがよくないの？」とジョーが聞いたのは、母さんの言葉が最後のほうでやや頼りなげに聞こえたからである。

「お金はいいもの、頼りになるものよ、ジョー。わたしは、娘たちが日々のお金に事欠くようにもなってほしくないし、大きすぎるお金に誘惑されてほしくもないの。わたしの願いは、ジョンがなにかいいビジネスで地位を築いて、借金をせずにメグを快適にできるようになること。莫大《ばくだい》な財産とか、社交界での地位とか、だれそれ夫人という名前とか、そういうのには興味がないの。愛と誠実さに地位やお金がくっついてくるなら、わたしもありがたく受け入れて、あなたたちの幸運をよろこぶでしょう。でも、わたしが経験から知っているのは、日々のパンが正直に手に入る質素な小さい家が本物の幸せをたっぷり与えてくれること。それに、多少の貧乏を経験すれば、ささやかな楽しみがずっとよく味わえるようになること。わたしはメグの結婚生活がつつましやかに始まってくれれば満足なの。わたしに人を見る目があるなら、メグは善良な男の人の心という富をふんだんに手に入れるわけだし、それは財産よりもいいものなのよ」

「分かるよ、母さん、それはわたしも賛成。でも、わたしがメグのことでがっかりしてるのは、自分にも計画があったからなんだよね。メグにはそのうちローリーと結婚してもらって、死ぬまでぜいたくに包まれながら暮らしてほしかったの。そうなったら楽しくない？」さっきより明るい顔を上げて、ジョーはたずねた。

「でも、ローリーはメグより若いし」とミセス・マーチは言いかけたが、ジョーがさえぎった――

「そんなの問題じゃないよ。ローリーって、歳よりしっかりしてるし、背だって高いもの。その気になれば、ずいぶん大人らしくふるまうこともできるし。それに金持ちで、気前がよくて、善良で、わたしたちみんなを愛してる。だからわたし、自分の計画がだめになっちゃったのがもったいないんだ」

「ローリーはメグの相手ができるほど大人じゃないし、今のところは風見鶏《かざみどり》なみにあっちを向きこっちを向きしているから、夫として頼りにはならないわ。勝手に計画を作ってはだめよ、ジョー。いくら友達でも、結婚は本人の心と時の流れにまかせなきゃ。そういう問題にくちばしをつっこむのは危険だし、あなたの言う『ロマンティックなたわごと』を頭に入れないようにしないとね。友情がこわれるもとよ」*72

「うん、わかった。でもわたし、物事がもつれた紐《ひも》みたいにこんがらかっていくの、好きじゃないんだよね。とくに、ここをチョンと切ってそこを引っぱったらそれで解決みたいな場合には。頭の上にずっと鉄板を載せておいたら成長しないですむ、なんてことだといいのにな。でも、つぼみは薔薇になるものだし、子猫はおとなの猫になるもの——あーあ、もったいない！」

「鉄板と猫がどうしたの？」書き終えた手紙を手に、そっと部屋にはいってきていたメグが言った。

「わたしがよく言うたわごとだよ。わたし、もう寝る。行こう、メグ」ジョーはそう言って、こんがらかっていた長い手足を自動式のパズルのようにほどきはじめた。

「ええ、そうなさい。それと、この手紙よく書けているわ。わたしからもジョンによろしくって書きくわえておいて」メグの手紙に目を走らせていたミセス・マーチは、メグに手紙を返しながら言った。

「あの人のこと『ジョン』って呼んでるの？」メグは笑みをうかべて、無邪気な眼で母さんの眼をのぞきこんだ。

「そうよ。父さんの看病をいっしょにやっていらい、あの人はわたしたちの息子みたいなもの。わたしたち、とっても好きなのよ」ミセス・マーチはメグの視線に熱心な眼でこたえた。

「うれしいわ。あのかた、とても孤独でいらっしゃるから。じゃあ母さん、おやすみなさい。母さんがいてくれるとどれだけ落ちつくか、言葉では言えない」というのが、メグの物静かな答えだった。

　母さんがメグに与えたキスには深い愛情がこもっていた。メグが立ち去ると、ミセス・マーチは満足とさびしさの入りまじった声で言った。「まだジョンのことを愛してはいないみたい。でも、いずれは愛することを覚えるでしょう」

21　いたずらっ子ローリー、仲介人ジョー

次の日ずっとジョーは難しい顔をしていた。知ってしまった秘密は重かったが、謎《なぞ》めいた思わせぶりな態度にならずにいられないのだ。メグもジョーの変化に気づいたが、わざわざ理由をたずねはしなかった。これまでの経験から、ジョーを操縦するにはあまのじゃくに出るにかぎると知っていたメグは、そしらぬ顔をしていれば向こうから話してくるに違いないと判断したのである。ところが、ジョーが沈黙を守りつづけたのでメグはあてが外れた気がした。しかもジョーは何やら一枚上に立っているような態度なのでメグは完全にへそを曲げ、それならこっちもというのでつんとすまし返って、母さんのお世話に没頭した。こうなると、ジョーは空回りである。ベスの看護役を代わったミセス・マーチは、長いあいだ家に閉じこもりきりだったのだから、しばらくは休んだり運動したり好きなようにすればいいとジョーに申し渡していた。

エイミーはいないので、あてになるのはローリーだけだ。しかし、ローリーは遊び相手としては楽しいけれども、いまのジョーには荷が重かった。その手のことにかけては右に出るもののいないローリーだから、ジョーの秘密をわけもなく聞きだしてしまうだろう。

予感は当たっていた。いたずら好きなローリーは、秘密の存在をかぎつけるが早いか探索にのりだし、ジョーをさんざん困らせた。甘いことを言い、取り引きをもちかけ、からかい、おどしをかけたり叱《しか》りつけたりした。無関心をよそおって、不意打ちで落とそうともした。知ってるんだぞと言ってみたり、べつに知りたくないねと言ってみたりもした。そして最後に、ジョーがこうも頑固に言おうとしないからにはメグとミスター・ブルックに関係がある秘密に違いないと見当をつけた。先生が秘密を打ち明けてくれないなんてひどいと怒ったローリーは、軽んじられた仕返しをどうしてくれようと知恵をしぼった。

メグはこの問題を忘れてしまったようで、父さんが帰ってくるのを迎える準備に熱中していた。が、だしぬけに変化が起きた。ここ二日ばかり、メグは心ここにあらずの状態だった。話しかけられると飛び上がりそうになり、目が合うと赤くなり、口をぴたりと閉ざし、縫い物をするときもおびえたような不安げな顔だった。母さんにたずねられたときにはだいじょうぶと答え、ジョーにたずねられたときには「ほっといて」とはねつけた。

「メグも感じてるんだね――恋の雰囲気を。進みぐあいがずいぶん早いよ。症状がほとんどぜんぶ出てる。不安そうだし、不きげんだし、食べ物ものどを通ってないし、横になっても眠れないみたいだし、いつもすみっこにひっこんで冴《さ》えない顔してる。『鈴の音色で流れる小川《ブルック》』っていうあの歌をうたってたこともあったし、母さんみたいにあの人のことを『ジョン』って呼んで、ヒナゲシみたいに真っ赤になったこともあるよ。どうしたもんだろう？」ジョーの口調には、どぎつい手段も辞さないような響きがあった。

「待つしかないわね。構ったりせずに、気を長くもって親切にしてあげるの。父さんが帰ってきたら、それで万事解決よ」というのが母さんの答えだった。

翌朝、例の小さな郵便局の中身をみんなに配りながらジョーが言った。「手紙だよ、メグ。四方が封してある。*73 変だなあ！　テディはわたしあての手紙には封をしないのに」

ミセス・マーチとジョーはしばらくそれぞれの仕事に没頭していたが、急にメグの悲鳴が聞こえた。ふたりが眼を上げると、メグは恐怖の表情で手紙を見つめていた。

「どうしたの、メグ？」と叫んで母さんが駆けより、ジョーはメグを驚愕《きょうがく》させた手紙を手に取ろうとした。

「こんなはずないわ――すべてが誤解――そんな手紙はお送りしていません？　ああ、なんてことでしょう――ジョー、あなた、どうしてこんなひどいいたずらができるわけ？」メグは両手で顔をおおい、ひどく傷ついた様子で泣きだした。

「わたし？　何もしてないよ！　いったい何のこと？」ジョーは困惑して叫んだ。

ふだんはおだやかな眼を怒らせながら、メグはくしゃくしゃに丸めた便箋《びんせん》をポケットから出してジョーに投げつけ、憤然とした声で言った――

「これ、あなたが書いたんでしょ。あのいたずら小僧も一枚かんでるのね。こんなことをするのがどれだけ失礼で卑怯《ひきょう》で残酷か、あんたたちにはわからないの？」

この言葉はジョーを素通りした。ジョーと母さんは、特徴のある筆跡で書かれた手紙を読むのにかかりきりだったのだ――


「最愛のマーガレット――

僕はもう恋心をおさえられません。そちらに戻るまでに、自分の運命を知らずにいられないのです。ご両親にはまだ話す勇気が出ませんが、僕たちが互いに愛し合っていることがわかれば許してくださると思います。ミスター・ローレンスは僕になにかいいポストを紹介してくださると思うので、そのあかつきには、晴れて僕の妻となってください。ご家族にはまだ何も言わないでほしいのですが、希望ある言葉をローリーに託してお伝えくだされば願っています。

あなたのジョン」

「なんてやつだろう！　あっちの言ったことは母さんにしか伝えないでおいたのに、そのお返しがこれだもの。これからぎゅうという目にあわせて、ごめんなさいと言わせてやる」今すぐ正義を実行せんものと燃えたつ気持ちでジョーは叫んだ。が、母さんが引きとめた。母さんの眼には、めったに見たことのない色が浮かんでいた——

「お待ちなさい、ジョー。まずはあなたに潔白の証《あかし》を立ててもらわないと。あなたはこれまでさんざんいたずらをしでかしてきたから、この件にも一枚加わっているんじゃないかと思うの」

「誓うよ、母さん、そんなことしてない！　こんな手紙は見たこともなかったし、話にだって聞いてない。ほんとだよ、わたしがこうやって生きてるのと同じくらい！」ジョーの態度が真剣そのものだったので、母さんもメグもジョーを信じた。「もしわたしが一枚かんでたら、こんなのよりずっとうまくやって、もっと抑えた調子の手紙にするよ。ミスター・ブルックがこんな文章を書かないこと、分かりそうなもんでしょ」そうつけくわえて、ジョーは軽蔑《けいべつ》したように手紙を放り出した。

「字が似てると思ったんだけど」とメグは口ごもって、手に持った手紙と筆跡を比べはじめた。

「ちょっと、メグ、ひとつめの手紙に返事を書いたんじゃないでしょうね？」ミセス・マーチが叫ぶ。

「書いちゃったの！」メグはまた顔を隠した。こんどは恥ずかしさのあまりだ。

「まずいよ、それ！　たのむから、あのいたずら小僧をここに連れてこさせて。謝らせてから、お説教してもらう。つかまえてくるまで、気が休まらないよ」ジョーはまたドアに向かおうとした。

「だめ！　ここはわたしにまかせて。思ったより深刻なようだから。マーガレット、隠さずにすべてお話しなさい」そう命令してミセス・マーチはメグのそばに腰を下ろしたが、ジョーがとびださないようにしっかり押さえてもいた。

「最初の手紙はローリーが届けてくれたの。何も知らないような顔で」メグは眼を伏せたまま話しだした。「わたし、最初は心配になって、母さんに話そうと思ってたの。でも、母さんがミスター・ブルックのことを好いているのを思い出して、それなら二、三日だけ小さな秘密にしておいてもいいかなという気になったのよ。ほんとにバカみたいだけど、ほかの誰も知らないんだって考えると楽しくなっちゃって。それで返事を書きはじめたんだけど、書いてるうちに、小説に出てくる女の子みたいな気分になってしまったの。母さん、許して。わたし、バカだった罰はもう受けたでしょ。これからは、ミスター・ブルックの顔をまともに見られやしない」

「ミスター・ブルックにどんなことを書いたの？」とミセス・マーチ。

「まだ若すぎるから何もできません、家族に秘密を持ちたくないから父に話をしてくださいとだけ。お気持ちには感謝していますし、友達でいつづけたいと思っていますが、もっとずっと後まで友達以上にはなれませんって」

ミセス・マーチは喜んだように笑みをうかべたし、ジョーは手を打ち合わせて、笑いながら叫んだ――

「姉さん、キャロライン・パーシーなみの貞淑の鑑《かがみ》だよ！*74 聞かせて、メグ、さっきの返事はどんなだった？」

「前とぜんぜん違う調子なの。わたしは恋文など一度もお送りしておりません、おたくのいたずら好きなジョーさんがわたしたちの名前を勝手に使ったのは残念です、だって。とっても親切で寛大なお返事だけど、分かるでしょ、わたしがどんなに恥ずかしいか！」

メグは絶望を絵にしたような形で母さんに身を投げかけ、ジョーはローリーに悪態をつきながら部屋じゅうを足音も高く歩きまわった。と、いきなり足を止め、二通の手紙を手に取ってじっとにらんだあと、自信ありげに言った。「ブルックはどっちの手紙も見てないね。両方ともテディが書いたんだ。姉さんの手紙はあいつが持ってるんだよ、秘密を教えないわたしを出しぬいてやった記念に」

「あなたも秘密を持ったりしちゃだめよ、ジョー。わたしは痛い目にあってしまったけど、あなたは何でもちゃんと母さんに話して、面倒ごとに巻き込まれないようにしなきゃ」メグが忠告する。

「わかってないなあ！　今回は、母さんがわたしに秘密を教えてくれたんだよ」

「もういいでしょう、ジョー。わたしがメグをなぐさめるから、そのあいだにローリーを呼んできて。隅から隅まではっきりさせて、こんないたずらはきっぱりやめさせます」

ジョーが駆けだしてゆくと、ミセス・マーチはメグにミスター・ブルックの真情をやさしく説いて聞かせた。「それで、あなたの気持ちはどう？　あのかたに家をつくってもらえるまで待てるくらい愛してる？　それとも、さしあたりは自由でいたい？」

「あんまり怖くて心配な思いをしたから、当分は恋なんてものと関係なしでいたい――ひょっとすると、ずっと」メグは腹がおさまらない様子で言った。「ほんとにジョンがこのくだらない出来事を知らないんなら、ジョンには何も言わないで。ジョーとローリーにも口止めしておいてね。いやよ、だまされてつけこまれて馬鹿《ばか》にされるなんて――冗談じゃないわ！」

いつもはおだやかなメグが本当に腹を立て、この悪ふざけでプライドが傷つけられていると見てとったミセス・マーチは、誰にも話さないし、よほど注意して処理するからと保証してメグを落ちつかせた。ローリーの足音が廊下から聞こえたとたんメグは図書室に逃げこみ、ミセス・マーチがひとりで容疑者を迎えた。ジョーはローリーが来ないといけないと思って呼び出しの理由を教えていなかったのだが、ローリーはミセス・マーチの顔を見た瞬間にすべてを察し、後ろめたそうな様子で帽子をくるくる回しはじめたから、犯人であることは一目瞭然《いちもくりょうぜん》だった。ジョーは外すように言われたが、囚人が脱走しないかという怖《おそ》れを感じたので、外の廊下を衛兵のように行ったりり来たりすることにした。居間の話し声は高くなったり低くなったりしながら三十分もつづいたが、この面談のあいだになにが起こったかはメグにもジョーにもわからなかった。

ふたりが呼ばれて入っていくと、ローリーは母さんのそばに立って反省のきわみのような表情をしていた。ジョーは即座にローリーを許してしまったが、そのことは口に出さないほうがいいだろうと考えた。メグはローリーの平謝りを受け入れ、ミスター・ブルックはこの冗談のことをぜんぜん知らないと聞いておおいに安堵《あんど》した。

「ブルックには、このことは死ぬまで言いません――たとえ拷問《ごうもん》を受けたって。だから許してください、メグ。僕、心の底から反省しているし、それを示すためならなんでもやります」しんそこ恥じ入った様子でローリーはつけくわえた。

「許せるようにがんばってみる。でも、あれはほんとにジェントルマンらしくないやり方だったでしょ。あんなにずる賢くてあくどいことをあなたがやれるなんて思わなかったわ、ローリー」メグはそう答えながら、少女らしい困惑をきびしい非難の態度でおおい隠そうとつとめていた。

「どこから見ても最低のやり口だったから、一ヶ月は口をきいてもらえなくて当然だと思う。でも、そんなことしないでくれるよね？」ローリーが嘆願するように両手をもみしだき、この上なく謙虚な反省をこめて眼をぐるぐるさせつつ例の訴求力満点の口調で言ったものだから、いくらローリーのしたことが極悪でも、いつまでもにらみつけているわけにも行かなかった。メグは許してあげると言い、ミセス・マーチは謹厳な顔でいつづけようとしたものの、思わず表情がゆるんでしまった。なにしろローリーは、罪をつぐなうためならどんなにつらいことでもする、傷ついた乙女メグのまえでは虫けらなみにつつましくすると言明したのだから。

ジョーだけはつんとした態度で立ったまま、ローリーに心を柔らかくしたりはすまいとつとめたが、表情をひきしめて全面的な非難を表現するていどが関の山だった。もっとも、一度か二度ジョーのほうを見やったローリーはといえば、ジョーに雪どけの気配がなさそうだと感じ、そのせいで傷ついた。そこで、ジョーには背を向けたままあとのふたりの話を聞き、最後に深く一礼して無言のまま出ていった。

ローリーの姿が見えなくなったとたん、ジョーはもっと寛大にしておけばよかったと感じた。メグと母さんが二階に行ってしまうと、さびしい気がして、テディがいればいいのにと思った。それでもしばらく突っ張ったあげく、衝動に負けて、ちょうど返す本があったのをいい口実に、隣の大きな邸《やしき》へ足を向けた。

「ミスター・ローレンスはいらっしゃいますか?」ちょうど下りてくるところだった

メイドにジョーはたずねた。

「はい、いらっしゃいます。でも、今はちょっとお目にかかれないんじゃないでしょうか」

「ご病気か何か？」

「いえ、とんでもない！　ただ、ちょっとミスター・ローリーとけんかをなさったんです。ときどきあるんですけど、ミスター・ローリーはなにかしらご機嫌が悪くて、そうなるとだんなさまも腹をお立てになりますから、わたしは近づかないようにしています」

「ローリーはどこにいますか？」

「部屋に閉じこもって、ノックをしても返事もなさらないんですよ。お食事、どうしたもんでしょうねえ。用意ができてますのに、おふたりとも召し上がらないんです」

「わたしが行って、どうしたのか聞いてみます。わたし、ミスター・ローレンスもローリーも怖くないから」

ジョーは二階に上がり、ローリーの小さな勉強部屋のドアを思いきりノックした。

「やめろっ、やめないと僕がドアを開けてやめさせるぞ！」若い紳士が、脅かすような声で言った。

ジョーは即座にもういちどノックした。とたんにドアが開いたので、ローリーがうろたえているすきにジョーは押し入った。これはほんとにかんしゃくを起こしているなと見てとったジョーは、ふだんからローリーの扱いをこころえていたので、反省の表情を作り、女優のようにひざをついて、おずおずした声で言った。「さっきはあんなに不愛想でごめんなさい。そのつぐないにきたの。それが済むまで帰れない」

「いいんだ。さあ、バカなまねはやめて立ちなよ、ジョー」と、ローリーのほうはいい気なものである。

「ありがとう、そうする。何があったのか聞いていい？　おだやかでない顔をしてるけど」

「肩をつかんでゆさぶられたんだ。許さない！」怒りがこみ上げてきた様子でローリーはうなった。

「誰に？」

「おじいさまに。他のやつだったら、僕は——」傷ついた若者は、言い終えるかわりに右腕をぶんと振ってみせた。

「そんなこと？　わたしもよくゆさぶるけど、あなた怒らないじゃない」ジョーはなだめるように言った。

「ばからしい！　君は女の子だから、あんなの遊びじゃないか。他の男が僕をゆさぶるなんて、僕は許さない」

「今みたいにおっそろしい様子をしていたら、誰も気軽にゆすぶったりしないだろうね。どうしてそんなことに？」

「お母さまにどうして呼び出されたのか言おうとしないからって、それだけのことで。言わない約束をしておいて、それを破ったりするわけがないよ」

「なにか口実をつけてごまかすわけにはいかなかったの？」

「だめなんだ。裁判の文句じゃないけど『真実を、真実の全体を、そして真実のみを』話せってわけ。メグを巻きこまずにすむんなら、僕に関係ある部分だけ話してもよかったんだけどね。でも、それは無理だから、僕はじっと黙ってたんだ。そしたら、おじいさまの言い方がだんだん激しくなってきて、最後には襟首をつかまれてさ。それではらわたが煮えくり返ったもんだから、何かしでかすといけないと思って逃げてきちゃった」

「襟首をつかむのはほめられたやり方じゃないけど、おじいさまも反省してると思うな。一階に行って仲直りしなよ、わたしが手伝ってあげるから」

「やだよ！　みんなに説教されてこづきまわされるなんてごめんんだ、ただのいたずらだったのに。そりゃあ、メグのことはすまなく思ったから、男らしく謝ったさ。でも、悪くもないのにまた謝るなんてお断りだね」

「おじいさまは事情をご存じないから」

「僕のこと信頼してるんなら、赤ん坊みたいな扱いはやめてくれなきゃ。だめだよ、ジョー。おじいさまに思い知らせてやるんだ、男一匹、自分の世話くらいは自分で焼けるってことを。誰かのエプロンのひもにぶらさがって言い訳しにいくなんて、誰がそんな子供みたいなこと」

「困るなあ、そう短気だと！」ジョーはため息をついた。「これ、どうやって片づけるつもり？」

「おじいさまがごめんなさいって言って、騒ぎの原因は教えられないっていう僕の言葉を信じてくれなきゃ」

「そんな無茶な！　おじいさま、そんなことなさらないよ」

「そうしてくれるまで、僕は下におりていかない」

「ねえ、テディ、ちょっと考えてみてよ。あなたが折れてくれれば、わたしにできそうなことを説明するから。いつまでもここに閉じこもってるわけにもいかないでしょ。メロドラマのまねしてどうするのさ？」

「だいたい僕、もうこのうちには長いことといないから。そっと抜け出して、どこかに旅に出るよ。おじいさまが僕のことを恋しくなったら、むこうからすぐに折れるさ」

「そうかもしれないけど、わざわざ心配させるのはよくないよ」

「説教しないで。僕、ワシントンに行ってブルックと合流するんだ。あっちはいろいろ面白いみたいだから、今度のごたごたのうめあわせに思いきり愉快にやるよ」

「それ、面白そうだなあ！　わたしも行けたらいいのに！」ジョーはメントール*75の役回りも忘れて叫んでいた。大軍勢が駐留している首都ワシントンでの暮らしが、まざまざと目に浮かんだのだ。

「じゃあ、来なよ！　いいじゃないか？　きみが行けばお父さまをびっくりさせられるし、僕はブルックのやつに活を入れてやる。最高のいたずらになるよ。ねえ、やろうよ、ジョー！　元気でいますから探さないでくださいっていう手紙を残して、今すぐ出かけるんだ。お金なら僕が持ってる。きみにもいい経験になるし、お父さまに会いに行くんだからぜんぜん悪いことじゃないよ」

一瞬、ジョーは賛成しそうな気配だった。ローリーの計画は無茶だったが、ジョーの気性にはぴったりだったのだ。狭い場所で心配ばかりしている生活にはもううんざり、変化がほしくてたまらないところだったから、父さんに会いに行くという目的と、ワシントンの駐屯地《ちゅうとんち》や病院をこの目で見て自由で愉快な経験ができるという期待がいりまじって生まれた誘惑は大きかった。外界にあこがれるように窓を向いたジョーの眼は輝いていたが、やがて視線はその窓の向こうに立っている古い家にとまり、ジョーは悲しい決断のしるしに首をふった。

「わたしが男の子だったら、いっしょに家出して最高の時間が過ごせるんだけどね。でも、わたしはただの女の子。おとなしくうちにいるしかないんだよ。誘惑しないで、テディ。そのプランはどうかしてる」

「そこがいいんじゃないか！」ローリーは言いつのった。今のままでいたくないという発作におそわれ、囲いを破りたいあまり見境《みさかい》がなくなっていたのだ。

「やめて！」ジョーは叫んで、両手で耳をふさいだ。「お上品なお嬢さんになるのがわたしの運命なら、さっさと覚悟を決めたほうがいいんだよ。わたしが来たのはお説教をするため。思わずスキップしたくなるような、楽しい夢を聞かされるためじゃないんだからね」

「メグならこんな提案には冷や水を浴びせるにちがいないけど、きみはもっと根性があると思ってた」ローリーは含むところありげに言いかけた。

「おだまり、バッド・ボーイ。腰を下ろして、自分の罪深さを考えるんだね。わたしの罪をふやすようなことはしないで。わたしがおじいさまを説得して、あなたをゆさぶったことを謝るようにしたら、家出はやめてくれる？」ジョーは真剣な声でたずねた。

「やめるけど、そんなの無理だよ」とローリーは答えた。「仲直り」したいのはやまやまだが、まずはつぶされた面子《めんつ》を立ててもらわないと気がすみそうにないのだ。

「孫をなんとかできるなら、おじいさまだってなんとかできるさ」ローリーの部屋から立ち去りながらジョーはつぶやいた。ローリーは両手で頬杖《ほおづえ》をついて、鉄道の路線図をのぞきこんでいる。

「どうぞ！」ジョーがノックすると、普段からぶっきらぼうなミスター・ローレンスの声がいっそうぶっきらぼうに答えた。

「わたしです、お借りした本をお返ししようと思って」部屋に入りながら、ジョーはなるべく角の立たないように言った。

「もっとお貸ししましょうかな？」腹にすえかねるものがあるらしい老紳士はけわしい顔つきだったが、それを表に出すまいと努力している様子だった。

「ええ、お願いします。サム御大《おんたい》が気に入りましたから、二巻目も読んでみたいと思って」ボズウェルの『ジョンソン伝』第二巻を借りてあげれば少しは懐柔できるかなと思って、ジョーは言った。あの活気あふれる伝記をすすめてくれたのは、ミスター・ローレンスなのだ。*76

もじゃもじゃの眉毛《まゆげ》をすこし緩めそうにしながら、ミスター・ローレンスは車輪のついたはしごをジョンソン関係の棚の下に押していった。ジョーは軽やかな足取りではしごを上がり、いちばん上の段に腰かけて『ジョンソン伝』の第二巻を探すふりをしたが、実のところは、この訪問の剣呑《けんのん》な目的をどう切り出したものかと頭を悩ませていた。ミスター・ローレンスはジョーが腹に一物あるのに感づいたらしく、大股《おおまた》で部屋を何往復かしたあと、急にジョーのほうを向いて話しだした。びっくりしたジョーは『ラセラス』を取り落とし、ページの見開きを床にぶつけてしまった。

「あの子はいったい何がしたいんでしょうな？　おっと、弁護されては困りますよ！　うちに帰ってきたときの様子からすれば、何かいたずらをしでかしたのは一目瞭然だ。ところが、わたしが聞いてもちっとも話そうとしない。それで、少々手荒にゆさぶってでも聞き出そうとしたら、いきなり二階に駆け上がって、部屋に閉じこもってしまいおったのです」

「ええ、たしかにローリーは悪いことをしましたけど、わたしたちはローリーを許して、他の人には言わないと約束したんです」ジョーは言いにくそうに話しだした。

「それではいかん。あんたたちのようなやさしいお嬢さんがたの約束を楯《たて》に取ろうとは、卑怯千万《ひきょうせんばん》だ。よからぬことをしたのであれば、すべてを白状し、許しを乞《こ》い、罰せられねばならん。さあ、ジョー、話しておしまいなさい！　知らぬままでは済ましませんぞ、わたしは」

ミスター・ローレンスの様子があまりにいかめしく、口調があまりに鋭いので、ジョーはできることなら逃げ出してしまいたかった。そうも行かなかったのは、ジョーがはしごのてっぺんに腰かけ、ミスター・ローレンスが下に立っていたからである。『天路歴程』ではないが、行く手をふさぐライオンというやつだ。ここは踏ん張って、道を切り開くしかない。

「いいえ、お話しするわけにはまいりません。母の名誉にかけても。ローリーはもう白状し、許しを乞い、罰せられたんです。わたしたちが話さないのはローリーをかばうためではなくて、別の人を守るためなんです。おじいさまが関わってこられると、話がややこしくなるだけです。お願いですからやめてください。わたしも悪かったんですけど、もう解決しました。ですから、そんなことは忘れて、『ランブラー』かなにか、楽しいお話をしましょうよ」

「『ランブラー』なぞどうでもいい！　そこから下りてきて誓っていただきたい、うちのいたずら小僧が忘恩や侮辱のふるまいに及んだのではないと。もし、これだけお世話になっておきながらあの子がそんなことをしたのであれば、わたしはこの手でむち打ってやります」

怖ろしげな文句ではあったが、ジョーはそこまでこわくなかった。口では何を言っても、この頑固じいさんが孫には指一本上げられないことを承知していたからだ。そこで従順にはしごから下りて、メグの名前は出さず、真実を曲げることのない範囲でなるべく罪が軽くなるようにローリーのいたずらを説明した。

「ふうむ！　ははあ！　なるほど、もしあの子が話そうとしなかったのが約束のためで、単なる意地っぱりでなかったのなら、許してやりましょう。あれは頑固者で、こうと決めたら動かないところがありましてな」そう言いながらミスター・ローレンスは髪の毛に手をつっこんでかきまぜたものだから、ついには嵐《あらし》に巻きこまれた人のようになってしまった。これまで固く結ばれていた眉毛は、ほっとした様子でやわらいできた。

「わたしもそうなんです。『ハンプティ・ダンプティ』の歌にありますよね、『王様の馬ぜんぶ、家来全員をもってしても』だめだって。でも、王様の馬や家来を動員するより、やさしい言葉ひとつのほうがわたしには効くんです」一難を脱したとたんまた一難に巻きこまれてしまうたちらしい友人ローリーをなんとかかばおうと、ジョーは言った。

「わたしがあの子にやさしくないということですかな?」ミスター・ローレンスの声が鋭くなった。

「いえ、そんなことは。ときどきやさしすぎるくらいなのに、ローリーがふざけたことをすると気が短くなりすぎるというほうが近いんじゃないでしょうか。そうお思いになりませんか?」

ジョーはきっぱり話をつけようと覚悟を決め、まったく動じない様子でいようとつとめたが、この大胆な言い分を口にしたあとはすこし身ぶるいが出た。ジョーが大いに安堵し、驚きもしたことには、老紳士は眼鏡をテーブルにカシャンと投げ出しただけで、このように率直な答えを返したのだった——

「なるほど、あんたのおっしゃる通りだ! わたしはあの子を愛しようとつとめているんだが、あまりにふざけていると思えることがよくありましてな。このままでは、いったいどうなることやら」

「どうなるか言いましょう——ローリーは逃げ出してしまいますよ」そう言った瞬間、ジョーは後悔した。ジョーが言いたかったのは、ローリーは締めつけに耐えられるほうではないからもうすこし寛大に接してやってほしいということに尽きたのだが。

ミスター・ローレンスは上気していた顔の色を急に失って、椅子《いす》にすわりこんだ。うろたえたような視線の先にあったのは、テーブルの上に掛けられていたハンサムな青年の肖像だった。ローリーの父親はじっさいに家から逃げ出して、高圧的な父親が禁じた相手と結婚したのだ。昔を思い出して後悔していらっしゃるんだと気づいたジョーは、言葉に気をつければよかったと思った。

「あの、ローリーだって、めったなことでは家を飛びだしたりしないと思います。勉強で疲れはてたときに、ときどき言ってみるだけ。わたしもそんな気分になることがあるんです、とくに髪を切ってからは。だから、わたしたちを探すおつもりでしたら、男の子ふたりの尋ね人広告を出して、インド行きの船を探してごらんになるといいでしょょ」

そう言いながらジョーも笑ったし、ミスター・ローレンスも心配がとけた様子で、この話全体を冗談と受け取りはじめたらしかった。

「こいつは、とんだいたずらお嬢さんだ。どうやったら、そんな口がきけるのかな？ 年寄りに対する尊敬も、しっかりしたお育ちもどこへ行ってしまったんですかな？ まったく、男の子も女の子も！ 神経にさわることおびただしいが、いなくなられては困るんだ」そう言うと、ミスター・ローレンスは上きげんな様子でジョーのほっぺたをつねった。

「あなたが行って、あの子を食事に呼んできてくださらんか。ぜんぶ分かった、と伝えてください。それに、じいさん相手に悲劇のまねごとはやめろ、とな。わたしはあれが我慢ならんのです」

「ローリーは来ませんよ。話せないものは話せないと言ったのに信じてもらえなかったから、すごく傷ついているんです。それに、ゆさぶられたのをすごく根に持っているし」

ジョーは深刻な顔をしようとしたのだが、失敗したらしい。ミスター・ローレンスが笑いだしたので、ジョーは勝利を確信した。

「あれはわたしが悪かった。こっちがゆさぶられなかったのを、ありがたく思うべきでしょうな。やつは、わたしがどう出ることを期待しとるんだろう?」老紳士は自分の気むずかしさが少し恥ずかしくなった様子だった。

「わたしだったら、おわびの手紙を書くと思います。それを受け取るまでは下りてこないと、ローリーは言っています。ワシントンに行くとか、むちゃくちゃなことばかり口走るんです。でも、ちゃんとしたわび状を受け取れば、ローリーも自分がどれだけばかなことを言ってるか分かって、また友達になって下りてきてくれるでしょう。やってみてください。ローリーは楽しい遊びが好きだから、口でわびるよりも手紙のほうが効きます。わたしがローリーに届けて、人の道を教えてきますから」

ミスター・ローレンスはジョーをじろりと見やり、眼鏡をかけて、ゆっくりと言った。「あんたという娘さんは、なかなかの策士だ！　しかしわたしは、あんたとベスにならば鼻づらを引き回されたってかまわんです。さあ、紙をください。このくだらん騒ぎの始末をつけてしまいましょう」

ミスター・ローレンスが書いた手紙の文章は、他のジェントルマンにひどい侮辱を与えてしまったジェントルマンのわび状にふさわしいものだった。ジョーはミスター・ローレンスのはげた頭のてっぺんにキスし、階段を駆けあがってローリーの部屋のドアの下からわび状をさしこんだあと、鍵穴《かぎあな》ごしにローリーに、こうなったからには素直で礼儀正しくなさいとか何とか無理な注文をつけた。ドアにはまた鍵がかけられていたので、ジョーはわび状が効果を発揮するのにまかせようと思い、静かに立ち去りかけた。と、部屋から飛びだしてきたローリーが階段の手すりをすべりおり、下で待ちかまえて、最高にあけっぴろげな表情でジョーに言った。「きみはほんとにいいやつだよ、ジョー！　おじいさまにどやしつけられた？」ローリーは笑った。

「いいえ。だいたいのところ、おだやかだった」

「あれっ！　じゃあ、僕がぜんぶ食らったたってわけか。それに、きみまで僕を見捨てたみたいだったし、もうどうにでもなれって気分でさ」ローリーは弁解するように言いかけた。

「そんな言い方しちゃだめ。人生の新たなページを開いてまた始めるのだよ、テディ君」

「僕は新しいページを開くたびによごしてばかりなんだ、むかし持ってた書き取り帳とおんなじように。新しい始まりだってあんまり多すぎて、終わりまでたどりつかないしさ」ローリーは悲しげである。

「まあ、ごはんを食べてきなよ。気分がよくなるよ。男の人って、おなかが減るとかならず悲観的になるからね」そう言って、ジョーはさっそうと玄関から出ていった。

「そいつは男性全般へのひぼーしゅーちょーだぞ」と、ローリーはエイミーの口まねをした。それから、反省した人が食べるという「ごめんなさいのパイ」をおじいさまといっしょにきっちり食べた。おじいさまはこの日ずっと、まるで聖人のようにおだやかで、物腰もびっくりするくらい丁重だった。

みんな、一件はこれにて落着し、小さな暗雲は吹きはらわれたと思っていた。ところが、このいたずらはじっさいに害をなしたのである。他の人たちは忘れても、メグは忘れなかったのだ。メグも誰かさんのことを口には出さなかったけれども、その人のことをむやみやたらに考え、いつもにまして多くの夢を見た。ある日、切手を探して姉の引き出しをかきまわしていたジョーは、「ミセス・ジョン・ブルック」と試し書きされた紙きれを見つけてしまった。ジョーは悲痛なうめき声を上げて紙きれを火にくべ、ローリーのいたずらのせいで災いの日が近づいてしまったじゃないかと考えたものである。

22 楽しき野べ

それからの平和な数週間は、嵐《あらし》のあとの日ざしのようだった。病人たちは急速に回復し、ミスター・マーチは新年早々に家に帰れるのではないかと手紙に書いてよこした。ベスも昼間はずっと書斎のソファに横になっていられるようになり、最初のうちはかわいがっている猫たちと遊んでいたが、しばらくすると、予定よりずっと遅れてしまったお人形たちのための縫い物をはじめた。これまで活発に動いていた手足がすっかり固くなって弱っていたので、ジョーが持ち前の強い腕にベスを抱いて、まいにち家を一周して空気にあたらせてやった。メグは「ベスちゃん」においしいものを作ってあげるためなら、白い手を真っ黒にしたりやけどしたりすることもいとわなかった。例の指輪の忠実なる奴隷《どれい》となったエイミーは、帰宅のお祝いに自分の宝物を何でもあげようとして、受け取ってもらうための説得に大わらわだった。

近づいてきたクリスマスは、今年もまたマーチ家に魔法をかけた。ジョーが次から次に立てた計画は、並はずれて陽気な今回のクリスマスに景気をつけようというのでとうてい実行不可能なものだったりばかばかしいくらい壮大だったりして、他の人々を爆笑させた。ローリーも夢想ぶりではひけを取らず、かがり火を焚《た》こうとか、花火を打ち上げようとか、あげくの果ては凱旋門《がいせんもん》を作ろうとか言っていた。激論と却下がくり返されたすえ、ほぼ負けを認めざるをえなくなった野心家たちはしょぼんとした表情で引き下がったが、ふたりで顔を合わせるたびにけたたましい笑い声を上げているところを見ると、たいして恐れ入ったわけでもなさそうだった。

例年になくおだやかな天気が数日つづき、それにふさわしくすばらしいクリスマスがおとずれた。ハンナは「めったにない楽しい日になるってことが、骨のずいから分かりますよ」と言っていたが、これぞ真の予言者のあかしというもので、なるほど今日という日はあらゆることが大成功へとつながっているようだった。まずはミスター・マーチから、まもなく帰れるはずだという手紙が届いた。それから、これまでになく元気の出たベスが、母さんの贈り物――やわらかいメリノウールで作った深紅のショール――に包まれて窓辺までいそいそと運ばれ、ジョーとローリーからの捧《ささ》げものをながめることができた。他のみんなに「負け知らず」と名づけられたこの二人組は、その名にふさわしいところを見せようと大活躍していた。まるで妖精《ようせい》のように夜中にはたらき、思わず笑いたくなるようなサプライズを用意したのである。庭に立っていたのは、堂々たる女の子の雪だるま《スノー・メイデン》だった。頭にはヒイラギの冠をいただき、片手に果物と花のバスケット、もう片手には新曲の巨大な楽譜を丸めたものを持ち、冷たい雪でできた肩には虹《にじ》のようにあざやかなアフガン織りのショールを巻き、クリスマス・キャロルを歌っている。その歌詞は、口にくわえたピンク色の長い紙にしるされていた――

雪の乙女《ユングフラウ》からベスへ

神よ守れよ　クイーン・ベスを
　つらきことども打ち払い
幸《さち》に恵まれ　すこやかに
祝えよ　今日のクリスマス。

働き蜂《ばち》に果物を
　香りの高き花々も
ピアノのためには新曲を――
　アフガン織りであたたかに。

見よ　ジョアンナの肖像を
　描《か》けるはわれらがラファエロ二世
精魂こめたる筆づかい
　美しく　また真実《まこと》なり。

納めたまえや　深紅のリボン
　しっぽに巻くべし　マダム・ゴロニャン
アイスクリームはメグの手作り――
　バケツのなかの白き峰《モンブラン》。

作り手ふたりの情《じょう》と愛

雪なる胸にこもりたり
山の乙女とわれらが真情
納められたし　ローリーとジョー。

これを見て、ベスはどれほど笑ったことだろう！　プレゼントの数々を届けるために、ローリーは駆け足で何往復しただろう！　それにまたジョーが、どれほどおかしなスピーチをプレゼントに添えたことだろう！

「ほんとに幸せ。父さんさえいてくれたら、それ以上は何もいらない」ベスはおだやかに満足の吐息をもらしながら言った。雪だるまとプレゼント攻勢の興奮をしずめるためにジョーが抱え上げて書斎に運び、「雪の乙女《ユングフラウ》」が贈ったみずみずしいぶどうを口に入れてやったところである。

「わたしも」とジョーが言い、長いあいだほしかった『ウンディーネとシントラム』の入ったポケットを叩《たた》いてみせた。

「わたしだって」とエイミーが口をそろえた。さっきから眺めている聖母子像の銅版画は、母さんがきれいな額に入れてプレゼントしてくれたのだ。

「もちろん、わたしも」と叫んだメグは、初めて着るシルクのドレスのつややかなひだをなでている。ミスター・ローレンスが、ぜひにと言ってプレゼントしてくれたのだ。

「わたしもよ、みんな!」ミセス・マーチが感謝のこもった声を上げた。その眼は夫の手紙からベスの笑顔へとうつり、手は娘たちが胸につけてあげたばかりのブローチをやさしくなでている。白、金色、栗色《くりいろ》、濃い茶色の髪の毛で作ったものだ。

世の中はだいたい味気《あじけ》ないものだが、それでもときどきおとぎ話のようなことが起こって、大いにわたしたちの心をなぐさめてくれる。もうこれ以上は幸せになれないとみんなが言った三十分後、その「これ以上」がやってきたのだ。ローリーが居間のドアを開け、そっと頭だけ突き出した。その顔は、たったいま宙返りを決めたばかりのよう、あるいはインディアンの雄叫《おたけ》びを上げたばかりのようだった。抑えこんだ興奮が顔からあふれ出しそうで、声は平静を装《よそお》いながら喜びを隠せない調子だったから、その場の全員が椅子《いす》から飛び立った。もっとも実際には、ローリーはちょっと変な声で息を切らしながらこう言っただけだったが。「マーチ家のみなさん、クリスマスのプレゼントがもうひとつ届いてますよ」

この言葉をほとんど言いおわらないうちに、ローリーはひょいと脇《わき》にどけられた。ローリーが立っていた場所に進み出たのは、眼の下までマフラーに覆《おお》われた背の高い男だった。横に立ったもうひとりの背の高い男が腕をささえており、こっちは何か言おうとしながら言葉が出てこない様子である。言うまでもなく、その場の全員が突進した。数分というもの、みんな頭が真っ白になってしまったようで、いろいろ奇天烈《きてれつ》なことが起こっているのに誰も何も言わなかった。ミスター・マーチは四組の愛情に満ちた腕に抱きしめられ、姿が見えなくなってしまった。ジョーは不覚にも気が遠くなりかけ、食器用の戸棚がある小部屋でローリーに介抱してもらうしかなかった。ミスター・ブルックはメグにキスし、いやこれは間違いでなどと言い訳していた。ふだん気品たっぷりのエイミーは椅子に足を取られてころび、立ち上がるひまさえ惜しいように父さんのブーツにすがりついて泣いた。その様子は、全員の心をゆすぶった。ミセス・マーチが最初に我にかえり、みんなを抑えるように両手を上げて言った。

「静かに！　ベスがいるのよ！」

だが、遅かった。書斎のドアがふいに開いて、赤いショールに包まれた小さな身体《からだ》があらわれ——弱った手足に喜びが力をふきこんだのだ——ベスは父さんの腕のなかへまっしぐらに駆けこんだ。それからどうなったかは、書くまでもあるまい。心にこみ上げるものがあふれ出して過去の苦しさを洗い流し、あとに残るは現在の幸せだけだった。

この場面はちっともロマンティックではなく、腹の底からの笑いが全員をしゃきっとさせた――というのも、台所から飛びだしてきてドアの向こうでおいおい泣いていたハンナが、肥《ふと》った七面鳥を抱えたままだったのだ。笑いがおさまると、ミセス・マーチはミスター・ブルックが夫をねんごろに世話してくれたお礼を言いはじめた。するとミスター・ブルックはミスター・マーチが休まねばならないことを急に思いだし、ローリーの腕をひっつかんでどこかに行ってしまった。それからミスター・マーチとベスは休むように命じられ、おとなしく従った。といっても、ふたりでひとつの大きな椅子に腰かけ、ひっきりなしにしゃべるという形だったが。

ミスター・マーチは語った――予告なしに帰ってみんなを驚かせたいと思ったこと、天候がよくなってきたので医師が出発を許してくれたこと、ブルック君が献身的に看護してくれたこと、彼はまったく見上げたりっぱな青年であること。ここでミスター・マーチはしばらく言葉を切り、火かき棒でやたらに薪《まき》をつついているメグを見やったあと、何かをたずねるように妻にむかって眉《まゆ》を上げてみせたのだが、その理由は読者の想像におまかせしよう。ミセス・マーチが静かにうなずき、何か召し上がりませんか、とだしぬけに尋ねた理由についても同様である。ジョーは両親が交わした視線とその意味に気づき、ワインとビーフティー*77を取ってくると言ってつかつかと出ていった。バタンとドアを閉めたときには「茶色い眼をした、見上げたりっぱな青年なんて大きらい！」とつぶやいたものである。

その日の昼ごはんほど豪勢なクリスマスの食事はなかった。例の肥った七面鳥は、ハンナの手によって詰め物をされ、こんがり焼かれて飾りつけられ、見るからにおいしそうだった。クリスマスプディングも同様で、ほんとに口のなかでとろけた。ゼリーもまたそうで、エイミーはハチミツのつぼに落ちたハエのように味わいつくしていた。どの料理も大成功だったが、ハンナの意見ではそれは神さまのお慈悲と言うべきであって、「わたしゃあもうぼーっとしちまって、プディングを焼いたり七面鳥にレーズンを詰めて蒸したりしなかったのが奇跡でございますよ。ふきんに包んで煮こまなかっただけでもめっけもの」というのであった。

ミスター・ローレンスと孫のローリーもお相伴にあずかった。ミスター・ブルックも招かれた――ジョーがミスター・ブルックを陰気な眼でにらみつけるので、ローリーはおかしくてしょうがなかったが。テーブルの上座にふたつ並べられた安楽椅子にはベスと父さんがすわり、チキンと果物を少しだけ、いかにもおいしそうに食べていた。一同はなんども乾杯し、お話を語りきかせ、歌をうたい、昔の人が言うところの「思い出ばなしのくさぐさ」にふけって、文句なしに楽しい時間をすごした。クリスマスにはそり乗りに行こうという話もあったのだが、少女たちは父さんのもとを離れようとしなかった。そこでお客たちは早く帰ってゆき、たそがれの色が濃くなるころ、幸せな一家は暖炉の火をかこんで腰を下ろした。

「たった一年まえ、わたしたちは何もないクリスマスだって文句を言ってたんだよね。覚えてる?」さまざまな事柄が話題になった長い会話の切れ目に、ジョーがたずねた。

「こうやって終わってみると、けっこう楽しい一年だったじゃない!」メグは暖炉の火を見ながらほほえみ、ミスター・ブルックにでれでれしなかった自分をほめていた。

「わたし、たいへんな一年だったと思うわ」エイミーは指輪に暖炉の火が光るのをながめながら、感慨ぶかげな表情になっている。

「一年がたってよかった、父さんが帰ってきたんだもの」父さんの膝《ひざ》にすわっていたベスがそっと言った。

「わたしの小さな巡礼さんたちにはかなりきびしい道のりだったたね、とくに終わりのほうは。でも、みんな勇ましく歩きつづけたし、背中の重荷もそろそろ転げ落ちるころじゃないかな」ミスター・マーチは父親らしい満足な表情を浮かべて、まわりに集まった四つの年若い顔を見つめていた。

「それ、どうして知ったの？　母さんが話した？」とジョー。

「いや、あんまり。一を聞けば十を知るというやつさ。それに今日も、いくつか発見をしたよ」

「教えて、どんな発見なの！」父さんの隣に座っていたメグが叫んだ。

「まずはこれだ！」ミスター・マーチは安楽椅子のひじ掛けに載せられていた手を取り、固くなった人さし指、手の甲のやけど、てのひらにできた二、三個のまめを指してみせた。「わたしは覚えているよ、以前この手は白くてすべすべしていて、おまえは手をそのままに保つことが何よりも大事だと思っていたね。あのころの手も美しかったが、わたしにとってはいまの手のほうがはるかに美しいよ——欠点に見えるもののなかに、小さな歴史が読み取れるからね。メグは虚栄心を燔祭《はんさい》の捧げものにしたわけだ。この固くなったてのひらはただのまめなんかより貴重なものをつかんだのだろうし、この傷だらけの指がした縫い物はよほど長持ちしてくれるだろう。なにしろ、ひと針ひと針に真心がこもっているから。メグ、わたしはね、白い手やお上品な教養よりも、家庭を幸せにしてくれる女性らしい技《わざ》を高く買うよ。この小さくて勤勉な手を握れることはわたしの誇りだし、しばらくはこの手をよそに渡したくないね」

　長いあいだ忍耐強くこなした労働へのご褒美《ほうび》をメグが求めていたとすれば、自分の手が父さんの手に力強く握られ、よくやったと言わんばかりの笑みが向けられただけで十分だった。

「ジョーはどう？　お願い、ほめてあげて。ジョーもいっしょけんめいやったし、とってもとってもわたしによくしてくれたの」ベスが父さんの耳にささやいた。

ミスター・マーチは笑い、向かいに座ったのっぽの娘に目をやった。ジョーは、ふだん見せない柔和な表情を浅黒い顔に浮かべている。

「髪の毛は短いカールになったけれども、一年前の『わが息子ジョー』とは違うね」とミスター・マーチは言った。「いま、わたしの前にいるレディは、襟もまっすぐにピンでとめているし、靴ひもはきちんと結んでいるし、前とちがって、口笛を吹いたり乱暴な口をきいたりじゅうたんに寝そべったりもしない。ちょうどいま顔がだいぶやせて青白いのは、看護づかれと不安のせいだろう。けれどもわたしは、その顔をながめていたいね。以前よりおだやかな顔になったし、声も静かになった。やたらに跳ねまわったりせず、動作は物静かだ。それに、ある年下の子をまるで母親のようにいたわる様子は見ていて気持ちがいい。わが野生の娘がいなくなったのは、たしかに惜しいよ。けれども、かわりにやってきたのが丈夫で働き者で心のやさしい女性なら、わたしはまったく満足だ。黒羊も毛を刈られたせいで思うところがあったのかどうかは知らないが、ひとつ確かなことがある。ワシントンじゅう探しても、わたしのまっすぐな娘が送ってくれた二十五ドルで買うのにふさわしいほど美しいものは見つからなかったよ」

ジョーのするどい眼がしばらくうるみ、やせた顔は暖炉の火に照らされて薔薇色《ばらいろ》になった。父さんの称賛を聞きつつ、自分はたしかにその一部だけは受けとる資格があると感じていたのだ。

「つぎはベスね」エイミーは自分の番が来るのを心待ちにしつつ、ベスを先にする思いやりを見せた。

「ベスは自分を前に出さない子だから、うっかりほめすぎて逃げだされてもこまるな。もっとも、前ほど引っ込み思案ではなくなったようだが」父さんは上きげんに言いかけたが、そのベスをあと一歩で失うところだったのを思い出し、やさしく抱き寄せて頬ずりをした。「もうだいじょうぶだね、わたしのベス。いつまでもそうであってくれるよう、神さまに祈ろう」

一分ほど黙っていたあと、ミスター・マーチは足もとの足置き台にちょこんと腰かけているエイミーを見おろし、金色に輝く髪をなでてやりながら言った――

「見ていると、エイミーはチキンを食べるときも骨っぽい下《ドラムスティック》もでがまんしているし、午後じゅうずっと母さんのお使いでかけ回っていたし、今夜はメグに席をゆずったし、だれに対してもしんぼう強く明るく接していたね。それに、ほとんどだだをこねないし、鏡を見てしなをつくったりしないし、指にはめている美しい指輪のことさえ口にしない。ということは、エイミーは他の人のことをもっと考え、自分のことは以前ほどかまわないようになったわけだ。それにまた、小さな粘土人形を作るのと同じくらい注意ぶかく自分という人間を形作ってゆく決心もしたのだろう。わたしはそれがうれしいんだ。エイミーが優美な彫像を作ったならそれも誇らしいだろうが、もっとはるかに誇らしいのは、自分とまわりの人たちの生活を美しくする才能をもった愛すべき娘になってくれることだよ」

「いま何を考えてるの、ベス？」エイミーが父さんに感謝し、指輪のことを話しおえるとジョーがたずねた。

「きょう読んだ『天路歴程』のこと。いろいろな苦難にあったあと、クリスチャンとホープフルは白い百合《ゆり》が年じゅう咲いている美しい緑の野べに出て、いまのわたしたちと同じように幸せな気分で休むでしょ。旅路の終わりへ足を向けるまえに」とベスは答えた。*78 そして、父さんの腕からそっと抜け出してゆっくりピアノへ向かいながらつけくわえた。「歌の時間ね。わたし、いつもの席につきたい。巡礼たちが聞いた、羊飼いの少年の歌をうたってみる。父さんはこの詩が好きだから、父さんのために音楽をつけてみたの」

そう言うと、ベスはいとしい小さなピアノのまえに座った。鍵盤《けんばん》にそっと触れ、一同がまた聞けるとは思っていなかったやさしい声で、自分の伴奏に合わせてうたった。その古風な讃美歌《さんびか》は、まことにベスに似つかわしいものだった——

屈せる人は倒るることなく
　まずしき人に驕《おご》りなし
つましきものはとこしえに
　神の導きにあずかれば。

いま持てるものに　われは満足
　少なくとも　また多くとも
されど主よ！　心の平安　なお与えたまえ
　御身《おんみ》の恵みに限りなし。

巡礼の旅路に出《い》づる者らには
　俗世の富は重荷なり
地上《ここ》では少し　天国《かしこ》に至福
　これこそ世々の願いにあれば。

23　マーチ伯母さん、決着をつける

次の日、母と娘たちは女王蜂《ばち》のまわりに集まる働き蜂のようにミスター・マーチの近くをゆきかっては、新しくやってきた病人を見守り、世話し、要望を聞くことにこれつとめた。その勢いときたら、ミスター・マーチが「親切で殺され」かねなかったほどである。ミスター・マーチがベスの横たわるソファのそばで大きな椅子《いす》にいくつもクッションをあてがわれて座り、ほかの三人がそば近くにひかえ、ハンナがときどき顔をのぞかせて「なつかしい旦那《だんな》さまのご機嫌をうかがう」さまを見れば、一同の幸せは欠けるところなく完全に思われた。とはいえ、幸せが完全になるためにはあと一押しが必要であり、年上の人々はそのことに気がついていたが、だれも言葉に出そうとはしなかった。ミスター・マーチとミセス・マーチはメグを目で追いながら、どうしたものだろうというように顔を見合わせていた。ジョーはときどきハッと現実に返るらしく、一度などはミスター・ブルックが玄関に忘れていった傘にむかって拳《こぶし》を振っていた。メグは心ここにあらず、はずかしそうに口をつぐんで、ベルが鳴るたびに飛びあがりそうになり、ジョンの名前が話題に出るたびに赤くなっていた。エイミーは「みんな何かを待ってそわそわしてるみたい。変よね、父さんは帰ってきたのに」などと言い、ベスは無邪気にも、となりの人たちはどうしていつもどおり姿を見せないのだろうといぶかしんでいた。

午後に通りかかったローリーは、メグが窓辺にいるのを見たとたんにメロドラマの発作におそわれたようだった。雪のなかだというのに片膝《かたひざ》をつき、胸を両手でたたき、髪の毛をかきむしり、恩寵《おんちょう》を乞《こ》うかのように両手を組みあわせて祈ってみせた。ばかなまねはやめてあっちに行ってとメグが言うと、ローリーは濡《ぬ》れてもいないハンカチーフの涙をしぼるふりをし、絶望のどん底といった態度でよろよろと角を曲がって姿を消した。

「いったい、なんのまねかしら？」メグは何もわかっていないふりをして笑ってみせた。

「姉さんのジョンがいずれはこうなるよっていう実演だね。心にぐっとこない？」ジョーが鼻で笑いとばす。

「『姉さんのジョン』なんて言わないで。はしたないし、本当でもないわよ」ところがメグは、『姉さんのジョン』という言葉の響きが気に入ったかのように、味わいながら発音したのである。「あまりしつこくからかうのはよして、ジョー。言ったでしょ、あの人のこと大して好きなわけじゃないって。それ以上言わなきゃならないことなんか何もないし、これまでどおりお友達づきあいをしてればいいのよ」

「それは無理だよ、だって姉さんは『言わなきゃならないこと』を言っちゃったんだもの。ローリーのいたずらのせいで、隠してたことがぜんぶ表に出たわけ。わたしはもう分かってる、母さんだってね。いまの姉さんはこれまでとぜんぜん違って、わたしからすごく遠いところにいるみたい。わたし、しつこくからかうつもりなんかないし、男らしく耐えるつもりでいるけど、早く決めてほしいのは確かだよ。待つのって、きらい。だからさ、その気があるんならさっさと片づけちゃってほしいんだけど」ジョーの口調は、子供がだだをこねるようだ。

「だって、あの人からなにか言ってくるまでは、女のわたしから言いだすわけにいかないじゃない。でも、あの人はなにも言ってこないわよ。わたしがまだ若すぎるって父さんが言ったんですもの」メグは縫い物にかかりっきりの様子をつくりながら、口もとに奇妙な笑みをうかべている。つまり、年齢という点に関しては父さんと必ずしも意見が一致しないというわけだろう。

「でもさ、いざあの人がなにか言ってきたら、姉さんは返事ができなくて、泣きだすか真っ赤になるだけで、やすやすと言いなりになっちゃうよね。きっぱり『お断りします』なんて言えやしない」

「おあいにくさま、わたしはそこまでばかでも弱虫でもないわよ。どんな返事をすべきか、ちゃーんと知ってます。不意打ちでうろたえたりしないように、しっかり計画してあるんだもの。世の中、なにがあるか分かりやしないんだから、用意はしておこうと思って」

あなたとちがって大人なんですからねと言わんばかりである。わざとではなくて、そうせずにいられないのだと思うとジョーはおもわず笑みがうかんだ。メグのそんな態度は、頬を美しく染める色が濃くなったり薄くなったりする様子と同じく、たいへんよく似合っていた。

「あの、よかったら、なんて言うつもりなのか教えてもらえない？」ジョーは大人を尊敬するような口調で言った。

「いいわよ。あなたも十六なんだから、こんな話の聞き手になっていい年頃だし、わたしの経験はそのうちあなたの役にも立つかもしれないものね。あなただって、こういうことがあるかもしれないもの」

「それはないね。ひとさまの惚《ほ》れたはれたは見てて面白いけど、わたしがやるなんてばかみたい」ジョーはびっくりしたように言った。

「そうでもないと思うけど。あなたが誰かをとても好きになって、向こうもあなたを好いてくれたら」メグはひとりごとのように言って、庭の外の小道に目をやった。夏の夕暮れ時など、恋人たちがいっしょに通ってゆくのをよく見た場所だ。

「姉さん、あの男になんて言うか教えてくれるんじゃなかったの」姉のささやかな夢想をジョーが遠慮なくさえぎった。

「あ、そのこと。わたし、これだけ言うつもり。冷静に、きっぱりとね。『ご親切にありがとうございます、ミスター・ブルック。けれどもわたし、父と意見が一致しておりますの、今はまだどんなお約束をするにも若すぎると。ですから、どうかこれ以上はおっしゃらないで。今までどおりお友達でいましょう』」

「はーん！　それはまた、お堅くて冷たいもんだね。でも、姉さんはぜったいそう言えないし、たとえ言ったとしても向こうが承知しないよ。小説に出てくるふられた求婚者みたいなことをあの男がやりつづけてごらん、姉さんはあの男を傷つけるより降参するほうを選ぶね」

「選ばないわよ！　もう心は決まっておりますって言って、堂々と退場してみせるわ」

そう言いながら立ちあがったメグは「堂々退場」の予行演習にかかろうとしたが、折も折、廊下から足音が聞こえた。メグはあわてて座りこみ、ものすごい勢いで縫い物をはじめた。ひと筋の縫い目を時間内に終わらせられるかどうかに命がかかっているようである。この突然の変化を見たジョーは吹きだしそうになるのをこらえ、ドアの向こうの誰かが遠慮がちにノックすると、とうてい歓迎とは言いがたい厳しい表情でドアを開けた。

「や、どうも。傘を取りにきたんです——というか、その、お父様のおかげんはどうかと思いまして」ミスター・ブルックは言った。部屋にいる娘たちの表情があからさまに内心を表していたので、みんなの顔を見回しながらいささかまごついた様子だ。

「傘ですか、たいへん元気にしております。父は棚に入れてありますので、取ってきますね。あなたがお見えだと、傘に言ってまいります」父さんと傘をみごとに入れ違えた返事をすると、ジョーはそっと部屋から抜け出した。あとはメグが例のスピーチをして、堂々退場するのを待つばかり。ところが、ジョーの姿が見えなくなるが早いか、メグはおずおずとドアに近より、こんなことをつぶやいたのである——

「あの、母がお目にかかりますから、どうかおかけになって。呼んでまいります」

「待って、行かないでください。僕が怖いんですか、マーガレット？」そう言ったミスター・ブルックの表情がいかにも傷ついて見えたので、メグはよほど失礼なことを言ってしまったに違いないと感じた。ひたいの小さな巻き毛の生えぎわまでメグが真っ赤になったのは、ミスター・ブルックが自分を初めてマーガレットと呼んだせいでもあり、彼の口からその名前が出ると本当に自然でやさしく聞こえるのに驚いたせいでもあった。できるだけ友好的で落ちついて見えるように、メグは相手を信頼した様子で手をさしのべ、感謝の心をこめて言った――

「あなたが怖いわけがあるでしょうか、父にあんなによくしてくださった方なのに？わたし、ちゃんとお礼ができればと、そればかり考えているんです」

「どうすればお礼になるか、お教えしましょうか？」ミスター・ブルックはメグの小さな手を自分の大きな手でつつみこみ、茶色の眼に深い愛をこめてメグをみおろした。メグは胸がどきどきし、逃げ出したいような、この場に留まって聞きたいような気分だった。

「いいえ、だめ、教えないで――うかがわないほうがいいと思うの」メグは手を引っこめようとした。さっき「怖くない」と言明したにもかかわらず、おびえた顔つきだった。

「迷惑はおかけしません。すこしでも僕のことを好いてくださっているのか、それが知りたいだけです。僕はあなたを心から愛しています」情《じょう》のこもった声でミスター・ブルックはつけ加えた。

冷静でとりすましたスピーチをするなら今だったが、メグにはできなかった。ひとことだって思い出せなかったのだ。そこでメグはうなだれて「わたし、自分でもわかりません」と答えたが、あんまり小さい声だったので、ジョンはこのばかみたいな答えを聞き取るためにかがみ込まなければならなかった。

その手間をかける価値はあったとミスター・ブルックは考えたようで、満足した笑みをうかべ、感謝をこめてメグのふっくらした手をにぎりしめ、説き伏せるように言った。「ご自分で見きわめようとは思いませんか？　僕は知りたくてしょうがないんです。最後にはむくわれるのかどうか分かるまで、仕事にも手がつきません」

「わたし、まだ若すぎます」とメグは口ごもり、どうしてこんなに心が乱れるのだろうと思った。心が乱れるという感じは、悪いものではなかったが。

「待ちますよ。そのあいだに、僕を好きになる方法を学んでくだされ ばいい。そんな勉強はつらいですか？」

「学ぶ気になれば、つらくはないでしょうけど――」

「学ぶ気になってください、メグ。僕は教えるのが好きですし、これはドイツ語よりやさしいから」ジョンはたたみかけながらメグのもう片方の手も取ったので、身をかがめてのぞきこんでくる視線からメグが顔を隠すすべはなくなってしまった。

ジョンの口調はたしかに嘆願するようだった。けれども、メグが勇気を出してちらりと見たところでは、ジョンの眼は愛情がこもっていると同時にほがらかで、成功する自信がある人間に特有の笑みをたたえていた。これにメグはカチンときた。アニー・モファットから教わったばかげた男性操縦術がふと思い出された。どんなに心根のよい若い女性でも胸のうちに権力愛を隠し持っているものだが、それが急に目をさまし、メグを支配した。奇妙な高揚を覚えたメグは、他にどうすればいいのか分からないまま、気まぐれな衝動に身をまかせ、両手を引っこめてつっけんどんに言った。

「そんな気にはなりません。どうかお帰りになって、わたしにお構いにならないで！」

あわれ、ミスター・ブルックは空中楼閣の崩れ去る音が耳全体にとどろいているかのようだった。こんな状態のメグは見たことがなかったので、とまどうばかりだった。

「本気でおっしゃっているんですか？」立ち去ろうとするメグを追いながら、不安げな声でミスター・ブルックはたずねた。

「ええ、本気。そういうことにわずらわされたくないんです。父も、まだそんな必要はないと言っています。だからわたし、気乗りがしません」

「そのうち気を変えてくださることを期待してはいけませんか？　僕は待ちますし、じゅうぶんな時間がたつまで誰にも言いません。どうか僕をおもちゃにしないでください、メグ。そんな人だとは思わなかったのですが」

「そんなもこんなも、わたしのことを思うのをおよしになって。わたし、思われたくないんです」恋人の忍耐力と自分自身の権力をためすふるまいに、メグはいじわるな満足を覚えていた。

ミスター・ブルックは青ざめた深刻な表情で、メグが大好きな小説の男性主人公にさっきよりずっと近くなっていた。もっとも、ミスター・ブルックは自分のひたいを叩《たた》きもしなかったし、部屋を行ったり来たりすることもなかった。ひたすら熱望をこめたやさしい眼でこちらを見ているばかりなので、メグは我にもあらず心がゆるむのを感じた。次にどうなるか、筆者《わたし》としても何とも言いかねる状況だが、この興味津々《しんしん》の瞬間に足をひきずって入ってきたのがマーチ伯母さんだった。

この老婦人は、甥《おい》の顔を見たいという衝動に勝てなかったのである。外の空気に当たるために馬車でそのへんを一周していたときにローリーに出くわし、ミスター・マーチが到着したと聞いて、そのまま馬車をマーチ家に向かわせたのだ。一家は全員が家の奥で忙しくしていたから、伯母さんは驚かせてやるつもりでそっと入ってきた。なるほど、ふたりだけは大いに驚かせることができた。メグは幽霊でも見たように飛び上がるし、ミスター・ブルックはあっというまに書斎へ姿を消してしまった。

「おや、まあ！　これはいったい何なの？」真っ青になった若いジェントルマンから真っ赤になった若いレディへと目を移し、杖《つえ》で床をドンとたたきながら老婦人は叫んだ。

「父の友だちです。あの、ほんとにびっくりしました、伯母さまがおいでになるなんて！」メグは口ごもりながら、これはお説教をくらうにちがいないと感じた。

「それくらい分かりますよ、あんたの顔を見れば」マーチ伯母さんはぴしゃりと言って、腰を下ろした。「それよりも、お父さまのお友だちとやらは、いったい何を言ってあんたを牡丹《ぼたん》の花みたいに真っ赤にさせたわけ？　あんたたち、よからぬことをしていたね。何があったのか、今すぐ白状なさい！」伯母さんはまた床をドンとやった。

「ちょっと話してただけです。ミスター・ブルックが傘を取りにいらして」と言いながらメグは、ミスター・ブルックと傘が無事に脱出したことを願った。

「ブルック？　ローリーの先生の？　はーん！　分かりましたよ。前からぜんぶ知ってるんですからね。ジョーがお父さまの手紙を読んでくれたとき、いらない部分まで読みかけたものだから、わたしが問いつめて聞き出したの。メグ、まさかあんた、求婚を受け入れたんじゃないでしょうね？」かんかんに怒った様子でマーチ伯母さんはたずねた。

「しーっ！　あの人に聞かれます！　あの、母を呼んできましょうか？」困りはててメグが言った。

「お待ち。あんたに聞きたいことがあるの。はっきり答えて、いますぐ安心させておくれ。いったいあんたは、このクックと結婚するつもりなの？　そんな気でいるなら、わたしのお金は一文だってあんたには渡しませんからね。そのことをよく知って、分《ふん》別《べつ》をなさい」老婦人はおっかぶせるように言った。

さて、このマーチ伯母さんなる人物は、この世でもっともおとなしい人々にも反抗心を起こさせるという技《わざ》の大家《たいか》で、しかもその技を好んで披露した。どんな人間にもあまのじゃくなところはあるものだし、若くて恋している人間となればなおさらである。マーチ伯母さんがメグにジョン・ブルックを受け入れるよう懇願したのだったら、メグはそんなのお話になりませんと答えたかもしれない。ところが実際には、あの男を好きになるなと頭ごなしに命令されたメグは、すぐさま彼を好きになる決心を固めてしまった。もともと憎く思っていないところにあまのじゃくが加わったのだから、難しいはずがない。すでにだいぶ興奮していたメグは、ふだんにない勢いで老婦人に反抗した。

「マーチ伯母さん、わたしは自分の結婚したい人と結婚します。ですから伯母さんは、遺《のこ》したい人にお金をお遺しになればいいでしょ」そう言ってメグは、断然決心したというようにうなずいてみせた。

「おや、なんてことを！　それがわたしの忠告に対する返答なの？　いずれ後悔しますよ。ボロ家で愛が育つかどうかやってみて、失敗したときにね」

「お邸《やしき》で愛を育てるのに失敗しても、同じことでしょ」メグがやり返す。

マーチ伯母さんは眼鏡をかけ、あらためてメグを観察した――この娘がこんな態度に出るのを見るのは初めてだったのだ。メグはほとんど無我夢中で、たいそうな勇気と独立心がわき出てくるのを感じていた――ジョンを弁護し、その気さえあれば自分には彼を愛する権利があるのだと主張できるのがうれしかった。マーチ伯母さんもしょっぱなからガツンとやったのは間違いだったと気づき、しばらく間をおいて、できるかぎりおだやかな口調で言い直した。「ねえ、メグや、そう分からないことを言わずにわたしの忠告をお聞きなさい。わたしは親切心で言っているんだよ。人生の第一歩でつまずいて、一生をだいなしにしてほしくないからね。あんたは条件のいい結婚をして、家族を助けなきゃならないんですよ。お金持ちと結婚するのがあんたの義務なの。そのことをわきまえてもらわないと」

「父と母はそう考えていません。それに、ふたりともジョンを好いています。たしかに彼は貧乏ですけど」

「あんたの両親はね、赤ん坊ほども世間知ってものがないんだよ」

「そのほうがいいです」メグは大胆に言い放った。

マーチ伯母さんはそれを無視し、お説教を続けた。「このルック、、、というのは貧乏で、お金持ちの親戚《しんせき》もいないんでしょうが？」

「いません。でも、心の温かい友だちはたくさんいます」

「友だちがいたってご飯は食べていけませんよ。やってみるといいわ、すぐ愛想をつかされるから。あの男はちゃんとしたビジネスなんかないでしょう？」

「ええ、今は。でも、ミスター・ローレンスが助けてくださいます」

「長続きはしないね。ジェイムズ・ローレンスみたいな気むずかしい年寄りが、なんのあてになるもんか。つまりあんたは、お金も地位もビジネスもない男と結婚して、今よりもあくせく働きつづけようっていうんだね。わたしの言うことをきいてもっとうまくやれば、一生安泰でいられるのに？　あんたはもっと賢い子かと思っていましたよ、メグ」

「一生の半分待ったって『もっとうまくやる』なんて無理！　ジョンはりっぱな人だし、頭もいいんです。才能だって山ほどあります。働く気力にあふれているし、エネルギッシュで大胆だから、きっと出世するでしょう。誰だってあの人を好いているし、尊敬もしています。あの人がわたしを大事に思ってくださるのは、わたしの誇りです。貧乏で、若すぎて、頭も弱いわたしを」熱をこめて言いきったメグは、ふだんにまして美しかった。

「子供だねえ。あの男は知ってるんですよ、あんたに金持ちの親戚がいることを。だからこそ、あんたを好きにもなるわけよ」

「マーチ伯母さん、なんていうことをおっしゃるの？　ジョンはそんないやしい人間とは違います。そんなふうにおっしゃるんなら、もうなにもうかがいません」かっとなったメグは、老婦人の言い分があんまりだという以外のことをすべて忘れていた。

「わたしのジョンはお金のために結婚するような人じゃありませんし、わたしだってそうです。わたしたち、喜んで働くつもりですし、待つ気もあります。貧乏なんか怖くありません。だって、今までの貧乏暮らしも幸せだったから。最後にはきっとジョンといっしょになれるでしょう、彼はわたしを愛しているし、わたしだって――」

メグがここで言葉を切ったのは、急に思い出したせいである。そうだ、わたしは心を決めていないんだった。「わたしのジョン」に、帰ってくださいなんて言ってしまったんだった。しかもジョンは、さっきとは正反対のわたしの言葉を隣で聞いているかもしれない。

マーチ伯母さんはおそろしく腹を立てていた。甥夫妻の美しい娘に有利な結婚をさせようとかねて決心していたせいもある。そしてまた、目の前にいる若い娘の顔がいかにも幸せそうで、この孤独な老婦人はわびしさゆえに意固地《いこじ》になってもいた。

「いいでしょう。わたしは手を引かせてもらいます！　まあ、なんて聞き分けのない子だろう。いまのばかなふるまいのせいで、あんたは思いもよらないほどの財産をふいにしたんですよ。なんですって？　だれがこんなところに長居するもんですか、あんたにはがっかりだし、お父様に会う気もなくなってしまったわ。結婚しても、わたしからは何も期待しないことね。あんたの大事なミスター・ブックのお友だちが、さぞやよく面倒を見てくれるでしょうよ。わたしは、こんりんざい縁切りですからね」

そう言うと、メグの目の前でドアをたたきつけて、マーチ伯母さんはぷりぷりしながら馬車で走り去った。そのついでに、伯母さんはメグの勇気をごっそり持っていってしまったようである。ひとりになったメグは、笑えばいいのか泣けばいいのかわからない様子だった。が、どっちにするか決めるよりはやく、メグはミスター・ブルックに抱きしめられていた。ミスター・ブルックはひと息に言った。「聞かずにいられなかったんだ、メグ。僕に味方してくれてありがとう。マーチ伯母さんにもお礼を言わなきゃね、あなたが少しは僕を大事に思ってくれていると分かったのは、伯母さんのおかげだもの」

「わたしも分かっていなかったのよ、伯母さんがあなたの悪口を言うまで」メグが言いかけた。

「僕は帰らなくていいんだね、ここにいて幸せになってもいいんだね――メグ、どうなの？」

冷酷なスピーチののち堂々退場する機会が、ふたたびおとずれたわけである。が、メグはとうていそんなことはできなかった。ジョーに言わせればふがいなさの極みだろうが、メグははずかしげに「ええ、ジョン」とささやいて、ミスター・ブルックのベストに顔をうずめたのだ。

マーチ伯母さんが出ていってから十五分後、ジョーがそっと階段を下りてきて、居間のドアの前でしばし立ち止まり、向こうで何も音がしないのを確かめると、しめしめとばかりに笑みをうかべてうなずいた。「わたしたちが計画したとおり、姉さんはあいつを追い返したんだ。これであの一件はおしまい。ようし、中に入っておいしいところを聞いて、おもいっきり笑ってやろうっと」

　ところが残念無念、ジョーは笑うことができなかった。それどころか、ドアを開けたとたん目に飛びこんできた光景に、その場で棒立ちになってしまったのである。眼がかっと開かれたのと同じくらい、口はぽかんと開かれていた。ジョーのつもりでは、敵の敗北をお祝いかたがた、うっとうしい求愛者を追いはらった姉の意志の強さをほめたたえるはずだったのだ。ところが何たることぞ、かの敵は落ちつきはらってソファに腰かけており、意志が強いはずの姉は敵の膝のうえに鎮座して、ふやけきった降参の表情を浮かべているのである。ジョーがひゃっと息を呑《の》んだところは、ふいに冷水のシャワーを浴びせられたようだった——あまりの成りゆきに、本当に息の根が止まってしまったのだ。この奇妙な音を聞きつけた恋人たちは、ふり向いてこちらを見た。メグが飛び上がった様子は、誇らしさ半分、はずかしさ半分といったところだった。ところがジョーのいわゆる「あの男」ときたら、あろうことか笑いだし、あっけに取られているジョーにキスして、平然とのたまったのである。「ジョー義妹《ねえ》さん、どうか祝ってくださいよ！」

どこまでばかにすれば気がすむんだろう！　いくらなんでもひどすぎる！　両手をめちゃくちゃに振り回したジョーは、なにも言わずに逃げ出した。二階に駆けあがると病人たちの休んでいる部屋に押し入り、悲劇的な声で叫んで一同を驚かせた。「お願い、だれか早く下に行って！　ジョン・ブルックがひどいことをしてるのに、メグはそれが気に入ったみたい！」

ミスター・マーチとミセス・マーチは大急ぎで部屋を後にした。ジョーはベッドに倒れこむと、嵐《あらし》のように激しい言葉づかいで、恐ろしい知らせをベスとエイミーに伝えた。ところが、妹たちはそれをたいへん愉快で興味深いできごとと受け取ったらしく、ジョーはちっとも同情してもらえなかった。こうなっては是非もなく、ジョーは屋根裏にひきこもり、ネズミたちに悲嘆を打ち明けたものである。

この日の午後、居間でなにが起こったのかは誰にも分からなかった。ただ、長時間の話しあいが行なわれたのはたしかである。いあわせた友人たちがおどろいたことには、ふだん無口なミスター・ブルックはおそるべき雄弁と熱心さで自分の立場を説きあかし、今後の計画を語り、すべてを自分の思うとおりにさせてしまった。

お茶が入りましたという知らせのベルが鳴ったときにも、ミスター・ブルックはメグのために手に入れるつもりの天国の全容を解説できておらず、堂々とメグの手を取って夜食の席へとみちびいた。ふたりともあまりに幸せそうなので、ジョーも陰気な顔をしたりミスター・ブルックに嫉妬《しっと》したりする勇気が出なかった。エイミーはジョンの献身ぶりとメグの落ちつきぶりにたいへん感銘を受けていた。ベスは遠くからにこにこと笑いかけ、マーチ夫妻は若いカップルをながめてまことに満ち足りた様子だった。なるほど、マーチ伯母さんが「赤ん坊ほどにも世間知ってものがない」と言ったとおりである。みんなあまり食べなかったけれども心から幸せそうで、この古ぼけた部屋さえも、一家がこの家に引っ越してきていらい初めてのロマンスのせいで驚くばかりの輝きをおびるように思われた。

「『楽しいことなんか何も起こらない』なんてもう言えないよね、メグ？」エイミーはそう言いながら、愛し合う人たちをどんな構図でスケッチしようかと考えていた。

「ええ、とても言えないわ。わたしがそう言ってから、なんていろんなことが起こったんでしょう！　まるで一年もたったみたい」至福の夢にひたったメグは、日常茶飯の事柄にまともに取り合うひまがないのだった。

「今回は悲しみのすぐあとに喜びが来そうね。変わり目がもう来ているんじゃないかしら」ミセス・マーチが言った。「たいていの家族には、ときどき、山あり谷ありの一年がやってくるみたい。わたしたちにとっては今年がそんな年だったけど、けっきょくは幸せな結末ね」

「来年はもっと幸せな結末がいいよ」とジョーがつぶやいたのは、目の前でメグが赤の他人に夢中な様子を見せるのがどうにもがまんできないせいだった。ジョーはほんの数人だけを深く愛するたちで、お互いの愛情が少しでもなくなったり弱まったりすると考えただけで怖かったのだ。

「僕としては、これから三年目の年こそ今年より幸せな結末を迎えてほしいですね。いや、そうしてみせますよ、それまで生きていて計画を実行できれば」そう言ってミスター・ブルックがメグにほほえんだ様子は、いまや自分に不可能はないとでも言いたげだった。

「三年って、待つにはずいぶん長いと思わない？」結婚式を早く見たくてしょうがないエイミーがたずねた。

「用意ができるまでに身につけなくちゃならないことがいっぱいあるから、わたしにはすごく短く思えるわ」そう答えるメグの顔には、これまでにないやさしさと真剣さがこもっていた。

「あなたは待っているだけでいいんですよ。仕事は僕がします」と言ったジョンは、仕事はじめとして、メグが落としたナプキンをひろってやった。その表情を見たジョーはおもわず首をふったが、ちょうどそのとき、表のドアがバタンと閉まる音がした。ジョーは救われた思いで考えた。「よし、ローリーが来た。ふたりきりで、筋の通った話をしよう」

しかし、ジョーはまちがっていた。高揚の極みで躍るように入ってきたローリーは、「ミセス・ジョン・ブルックに」と書かれた結婚式ふうの巨大な花束をかかえていた。すべてが自分の巧妙きわまる計らいで実現したのだと考えているのは明らかだ。

「ブルックは自分のやり方を押し通すと思っていたよ――いつだってそうなんだ。この男が何かをやる気になったら、天がくずれてきてもやり通すからね」花束を差し出し、お祝いの言葉を述べたあとでローリーは言った。

「おほめにあずかり、まことに恐縮。そんなふうに言ってくれたのは幸先がいいから、今すぐ結婚式に招待するよ」ミスター・ブルックは人類すべてとうまく行っている気分だった。いたずらな生徒ローリーをも含めてである。

「地の果てからでも駆けつけるよ。そのときのジョーの顔を見られるだけでも、長旅の価値はあるからね。おやおや、お嬢さま、あまりご機嫌うるわしからぬご様子ですね。いかがなさいました？」ローリーはジョーに従って居間の一角へと進みながら言った。全員が、ミスター・ローレンスを迎えるためにそこに集まっていたのだ。

「わたし、この結婚がいいとは思えないんだけど、決心したんだ。黙って耐えよう、けちなことは一言もいわないぞって」ジョーは重々しく答えた。「あなたには分からないよ、メグを手放すのがどれだけつらいか」そうつけたしたとき、ジョーの声はすこしふるえていた。

「手放しやしないさ。ブルックと半分ずつだよ」ローリーがなぐさめるように言った。

「もう元には戻らないよ。いちばんの親友をなくしたんだから」ジョーがため息をつく。

「まあ、とにかく僕がいるじゃないか。力不足なのは知ってるけど、ねえジョー、僕は一生ずっときみの味方だよ。ぜったいに！」ローリーは本気だった。

「うん、分かってる。そのことには感謝しかないよ。あんたはいつでも、わたしの大きななぐさめだよ、テディ」ジョーはそう言うと、感謝の心をこめてローリーと握手した。

「だからさ、そう暗い顔するなって。男らしくいこう。な、これでいいんだよ。メグは幸せだし、ブルックはすぐに家庭を持てるよう飛びまわるだろうし、おじいさまだって力添えするだろう。メグが自分の小さな家におさまるところは見ものだぜ。メグがいなくなっても、僕らふたりは最高に楽しくやれるよ。僕はすぐ大学を出るから、そしたらいっしょに外国に行くか、どこか面白い場所にでも旅行しようよ。どう、これで気が晴れない？」

「たぶん晴れると思う。でも、三年もたてば何が起こるかわからないよ」ジョーは考えこむように言った。

「そりゃそうだよね！　未来をのぞき見て、自分たちがどうなっているか知ることができたら楽しいと思わない？」

「そうは思わないな、悲しいことを見ちゃいそうだもの。みんな今がとっても幸せそうだから、これ以上すごくよくなるとは思えない」だが、ゆっくりと部屋を見まわしたジョーの眼は、しだいにほがらかな色になってきた。考えてみると、見通しは明るいのだ。

父さんと母さんは並んですわり、二十年ばかり前にはじまったロマンスの第一章を静かに追体験していた。エイミーはふたりだけの美しい世界のなかに座っている恋人たちを絵に描いていたが、メグとジョンの顔を照らし出す慈愛に満ちた世界の輝かしさは、この小さな芸術家がよく写しうるところではなかった。ベスはいつものソファに横たわって、年老いた友だちと楽しげに話していた。ミスター・ローレンスがベスの小さな手をにぎっている様子は、ベスがつねづね歩いている平和の道をたどらせてくれる力がその手にこもっているかのようだった。お気に入りの低い椅子に腰かけたジョーの顔にうかぶ生《き》まじめで物静かな表情は、ジョーという人間に似つかわしかった。ローリーはジョーのすわっている椅子の背中に身をもたせかけ、ジョーの巻き毛の頭と同じ高さにあごを置いて、最高の友情をたたえたまなざしでほほえみながら、自分たちふたりを映している長い姿見にむかってうなずいていた。

メグ、ジョー、ベス、エイミーの群像の上に、舞台の幕は下りる。幕がふたたび開くかどうかは、この家庭ドラマの第一幕にみなさんがどう応じてくださるかにかかっている――『若草物語《リトル・ウィメン》』というドラマの第一幕に。

註　釈

＊1　十七世紀イギリスのピューリタン作家ジョン・バニヤン（一六二八～八八）があらわした寓話《ぐうわ》物語『天路《てんろ》歴程《れきてい》』（正篇一六七八、続篇一六八四）は、『若草物語』全体に強力なバックボーンを提供している。「天の都」をめざす巡礼の旅路を描く『天路歴程』の内容と『若草物語』で描かれる出来事のかかわりについては物語の進行に応じて註をつけてゆくが、ここでは次の点を強調しておきたい。

『天路歴程』第一部はクリスチャンという象徴的な名を持つ男性の巡礼の旅路を語るものであり、第二部よりも圧倒的に知名度が高い。しかし、オルコットはあえて第二部を下敷きにした「序」を『若草物語』の冒頭に置いている。というのも、『天路歴程』第二部はクリスチャンの妻クリスティアーナと息子たち、そして隣家の少女マーシー（これも「神の慈悲《じひ》」をあらわす象徴的な名前）の「天の都」への旅路を語ることで、信仰において男性と対等な女性の存在を前面に押し出すものだからである。この「序」は、本書『若草物語』は若い女性読者に生き方のヒントを与えるために書かれたものなのだという作者オルコットの宣言だと考えてよいだろう。なお、この「序」はバニヤンが『天路歴程』のところどころに挿入している詩と同じスタイルの古風な韻文《いんぶん》で書かれており、それに続く第一章が少女たちの日常的な会話で始まることとあざやかなコントラストをなしているので、翻訳においても文語体をもちいた。

＊2　作中の記述から、これが一八六一年の十二月であることがわかる。この年の四月に、奴隷《どれい》制の是非をめぐって南北戦争が開始された。

＊3　ドイツ・ロマン主義の作家フリードリヒ・フーケ（一七七七～一八四三）の作品。

＊4　イギリスの牧師アイザック・ワッツが一七〇〇年代初頭に書いた子供むけ讃美歌《さんびか》。

＊5　「マーミー」はミセス・マーチの愛称。「マザー（母さん）」の愛称は一般的なアメリカ英語では「マミー

(Mommy または Mommie) だが、ミセス・マーチの場合、「マザー」とともに、時に応じて Marmee が使われる。「マミー」が一般的な「ママ」だとすれば、「マーミー」という長母音入りの愛称は、日本なら母親のことを「ママちゃん」と呼びつづけるような感じの、少々センチメンタルな親愛化《エンディアメント》を感じさせる。ちなみに、『若草物語』が出版された三年後に十二歳の少女としてアメリカに留学し、ヴァッサー大学を卒業するまでの青春期をニュー・イングランドで過ごした山川捨松は、後の陸軍元帥・大山巌と作った家庭で大山の連れ子たちに「ママちゃん」と呼ばれていたという。

＊6 ジョーが言おうとしているのは、ヴィヴァンディエール（フランスをはじめとする大陸の軍隊で、兵士の食事を担当する女性）のこと。

＊7 研究者のセアラ・エルバートは、少女から大人の女性への移行期というニュアンスを持つ「リトル・ウィメン」というフレーズ（『若草物語』の原題）をオルコットはチャールズ・ディケンズの『荒涼館』（一八五二〜五三）から思いついたのではないかと推測している。『荒涼館』では、苦難に耐えてきたヒロインの少女エスターが、後見人となるミスター・ジャーンディスから敬意をこめて「リトル・ウーマン」と呼ばれるのである。

＊8 『天路歴程』において、主人公クリスチャンは『破壊の街』を後に重荷を背負って巡礼の旅路につき、さまざまな苦難や試練を経て『天の都』にたどりつく。

＊9 「アッハ、マイン・ゴット」という言葉で、この母親、ミセス・フンメルがドイツ語圏の出身であることがわかる。フンメルという一家の苗字《みょうじ》も、ドイツ系のもの。ドイツ系アメリカ移民の歴史は長いが、フンメル一家が日常的にドイツ語を口にしていることから考えると、彼らは新しく移住してきた人たちなのだろう。一八四八年の三月革命以降の混乱のなかでドイツ語圏からの移民は増加していた。

＊10 セルバンテスの『ドン・キホーテ』に登場するユーモラスな従者。

＊11 オルコット自身、しばしば素人《しろうと》芝居に出たり脚本を書いたりしたことが記録に残っている。

＊12　イギリスの小説家シャーロット・M・ヤングによるロマンス小説（一八五三）。准男爵家の嫡男がたどる愛と苦難と信仰の道を描いて、同時代イギリスの小説界の巨頭ディケンズやサッカリーをもしのぐ大衆的人気を得た。

＊13　円座を作って順番に速く数を数えてゆき、7、7の倍数、7のつく数は数字のかわりに「バズ」と言うゲーム。

＊14　ベルシャム（一七五二〜一八二七）はイギリスの政治思想家・歴史家。独立戦争に関してアメリカを支持したことで知られる。このあたりのやや古風でお堅いものがマーチ伯母さんの好みなのだろう。

＊15　オルコットが言及している『炉辺のこおろぎ』（一八四五）は、チャールズ・ディケンズのクリスマス小説のひとつ。同時代の読者には『クリスマス・キャロル』（一八四三）よりもさらに人気があった。

＊16　『ウェイクフィールドの牧師』（一七六六）はイギリスの小説家・劇作家オリヴァー・ゴールドスミスの作品。人のいいプリムローズ牧師とその妻、六人の子供たちが、財産を失ったあとに出くわすさまざまな災難を乗り越えてゆく様子をユーモラスに描き出す。

＊17　この箇所で、オルコットは大きな記憶違いをしている。ハリエット・ビーチャー・ストウの『アンクル・トムの小屋』（一八五二）において、トムがよその奴隷主に売られることになったとき「神様のお慈悲を考えるのだよ」と言うのはトムであって、トムの妻のクローイは「お慈悲だって！……どこにお慈悲があるんだい！　こんなことがあっていいもんか！」と叫ぶのである。ただし、「ビーチャーの作品はキリスト教の教えを強く押し出すものであり、トムの姿勢にはイエス・キリストの受難が重ねられている」とする読解も存在する。

＊18　この「街」はあきらかにボストン。『若草物語』のマーチ家のモデルとなったオルコット一家の住まいは今でもボストンから二十キロあまり離れたコンコードに残っているが、『若草物語』全体の記述からすると、マーチ家とローレンス家はそれよりボストンに近い郊外に設定されているようである。

＊19　研究者のエリザベス・レノックス・キーザーは、このあたりは「眠れる森の美女」のような西欧の伝統的説話（囚《とら》われの少女、救出に向かう王子）の性的役割を逆転させたものだと論じている。

＊20　ここでジョーは、標準英語の〝I'm not〟ではなく、がらの悪い言葉づかいとされた〝I ain't〟を（おそらくわざと）使っている。

＊21　キャビネット・ピアノは十九世紀前半に製造された竪型《たてがた》ピアノ。現在のアップライト・ピアノより縦に長く、鍵盤のすぐ奥にピアノ線の列が垂直に並んでいる。ピアノ線は布の幕で隠されていることが多かった。

＊22　「言いまちがえ」の意味のラテン語は〝lapsus linguae〟（慣用発音では「ラプサス・リングウィー」）。エイミーのバージョンは、それを勝手に英語化している。「言いまつがい」程度に意味が通じなくもないところがおかしい。

＊23　当時、ボストンはカリブ産ライムの集散地だった。塩水づけのライムは青果にも漬物にも分類されないために税金が安く、駄菓子的な扱いを受けており、子供が学校でしょっちゅう吸って問題になっていた。一八八一年に『ニューヨーク・タイムズ』に載った記事によれば、作り方は以下の通り。「卵が浮くくらいの濃さの塩水を作る。ライムに両側からフォークで穴を開ける。塩水にライムを投入し、浮き上がってこないように重しをして、暖かい場所に一週間おいておけばできあがり。塩水に鷹《たか》の爪《つめ》を入れておいてもよい」

＊24　一八四五年から五〇年にかけてアイルランドで発生した、いわゆる「じゃがいも飢饉《ききん》」のために、ボストンおよびニューヨーク周辺のアイルランド系移民の人口は急増していた。彼らは貧しく、学がないうえにカトリック教徒で、ニュー・イングランドの白人の主流派だったイングランド系のプロテスタント教徒からしばしば差別された。エイミーが通っているのは私立の学校で、アイルランド系の子供たちはそこに入るお金がないのである。

＊25　新訳聖書、マタイによる福音書の十章十四節（教えを聞かぬ家や町から出るときは足のちりを払えとイエスが弟子たちに教える）をオルコットは下敷きにしている。

＊26　アポリオンは『天路歴程』に登場する、「破壊の街」の主《ぬし》。ドラゴンの姿をしている。巡礼のクリスチャンを屈服させようとして「屈辱の谷」でクリスチャンと戦い、敗れ去る。

＊27　作者の妹でエイミーのモデルとされるアビゲイル・メイ・オルコット（のちに画家、本人の希望によりメイ・オルコットと呼ばれるように）は、十代のころから眼精疲労に悩まされていた。

＊28　ルイーザの妹アビゲイル・メイが実際にそんなことをしたという記録はないが、オルコットが書いた「ジェイミーのワンダー・ブック」という作品を出版社が紛失するという事件は起きており、オルコットは同作品を書き直さざるをえなかった。しかもその原稿を、同じ出版社が挿絵ごとふたたび紛失している。賠償として一五〇ドルを受け取ったオルコットだが、後に原稿が出てきたという知らせを受けたとき、出版社を引き継いだ人物にあてて「一五〇ドルでも安いくらいだ」という手紙を書いている。

＊29　『天路歴程』のなかで巡礼のクリスチャンは道連れのフェイスフルとともに「虚栄」の街を訪れる。この街は、価値のない品を売る市場（虚栄の市）が一年じゅう立っていることで有名。ふたりは市であざけられ、泥を浴びせられ、ついには投獄される。フェイスフルは火あぶりにされて命を落とすが、クリスチャンはからくも逃れる。第二部はクリスチャンの妻であるクリスティアーナと息子たち、それに少女マーシーが「虚栄」の街を訪れ、改心した街の人々に出会うことになる。息子ふたりは、ここで結婚相手に出会う。

＊30　マーガレットとデイジーは同じキク科の花。外見も似ているが、一般的にはデイジーのほうが小ぶりでより可憐《かれん》。

＊31　『若草物語』と同時期に発表された「幸せな女たち」という短篇では、オルコットは結婚しないで生産的な生活を送る四人の女性を描いている。生活のために結婚するくらいならば辛《つら》くとも自前の稼ぎを求めたほうがいいというテーマは、一八七三年の『仕事――経験の物語』でさらに追究されることになった。なお、オルコットは「自分は自然の気まぐれで、男の魂を持って女の身体に生まれついた」と言ったと知人（ルイーズ・チャンドラー・モールトン）が回想しており、それと符節を合わせるように最後まで結婚はしなかったし、後

に伝わっている男性とのロマンスも少ない。彼女の人生と作品におけるレズビアン的な傾向については多くの研究が存在するが、オルコットの残した公私にわたる文章からは、彼女が実際に誰かとレズビアンの関係にあったという確証は得られないようである。

＊32　この箇所は、花言葉にくわしい読者であれば姉妹の植える花にそれぞれの特徴が表されていることが分かるしかけになっているようである。一部だけ紹介すれば、メグの薔薇は「愛」、ヘリオトロープは「献身」、ジョーのヒマワリは「高邁《こうまい》な考え」といったぐあい。

＊33　『ピクウィック・ペイパーズ』（一八三六～三七）はチャールズ・ディケンズの文名を確立した小説。人のいい、肥《ふと》って眼鏡をかけた老紳士サミュエル・ピクウィックを会長にいただくピクウィック・クラブの面々――詩人きどりの青年オーガスタス・スノッドグラス、中年になっても恋の病がなおらないトレイシー・タップマン、スポーツマンを自称する青年のナサニエル・ウィンクル、ピクウィックの従僕で機転のきくサム・ウエラーなど――が出くわす冒険の数々をユーモラスな筆致で描いて、大人気を博した。

＊34　「時間（機会）の前髪をつかめ」は「機会がくれば決然と行動せよ」という意味のことわざだが、エイミーは前髪とうしろ髪をとりちがえている。「コミー・ラ・フォー」は、正しくは「コム・イル・フォー」。フランス語で「しかるべき」の意。

＊35　オルコットが一八四〇年代の終わりから一八五〇年代の初めにかけて姉妹とともに発行していた手書きの新聞（毎号一部のみ）が現存している。ここに収録されている記事や言及されているイベントの多くは、その新聞に載ったりオルコット自身が企画したりしたもの。ただし、特定の号をそのまま収録したというのはフィクションで、この章に採録されている「週報」は複数号から記事を収録している。

＊36　ディケンズが描くサム・ウェラーは、vの音をwで発音するくせがある。

＊37　ミセス・ギャンプはディケンズの『マーティン・チャズルウィット』（一八四三～四四）に登場する酒飲みのだらしない看護婦。フローレンス・ナイティンゲールによる看護婦業の改革以前の状態を戯画的に象徴す

る人物として知られる。オルコットは素人芝居でしばしばミセス・ギャンプを演じ、好評を博した。

＊38　スーザン・ウォーナーが「エリザベス・ウェザレル」という変名で出版して大人気となったセンチメンタルな小説（一八五〇）。ほとんど知らない親戚の家にあずけられることになった少女の成長を描く。『若草物語』のプロットの一部との類似が指摘されている。

＊39　ウィリアム・アレン・バトラーの諷刺詩《ふうし》「なんにも着るものなし」（一八五七）の主人公。

＊40　ここでオルコットは、アイザック・ワッツの連作詩『子供のための聖歌』（一七一五）の一部をもじっている。

＊41　ボアズは旧約聖書に登場するルツの夫だが、おそらくエイミーは神の試練を受けつづけるヨブと間違えている。ミセス・マラプロップはリチャード・ブリンズリー・シェリダンの劇『恋敵』（一七七五）の登場人物で、エイミーと同じく言いまちがえの名人。「マラプロップ」という名前そのものに「まちがい」という意味がある。

＊42　イングランド全域に均一料金で郵便を配達する〈ペニー・ポスト〉システムは一八四〇年にできあがり、米国でも一八四七年にニューヨークとバッファローを結ぶ〈スポールディングズ・ペニー・ポスト〉が創設されて以降、徐々に広がっていった。

＊43　男性の独占物だった競技用ボートでこそないものの、男子と対等にボートを漕《こ》ぐというのは当時の女子としては相当にスポーティな（あるいは「おてんば」な）行動である。

＊44　音が似ているのでまぎらわしいが、クロッケーとクリケットは別のゲーム。クロッケーはそれぞれのチームが木のボールを二個ずつ持ち、それらを「マレット」と呼ばれる槌《つち》で打つ。グラウンド上の六つのゲートをどれだけ早く通過させて中央のペグに当てられるかが勝敗を決める。ゲートを通過させた場合、同じプレイヤーが続けてショットできる。また、手元のボールが他のボールに当たった場合、プレイヤーは手元のボールを当てられたボールの好きな位置に接触させて打ち、両方のボールを動かすことができる。そうした連続ショッ

トは「クロッケー・ショット」と呼ばれる。

＊45「ヤンキー」は合衆国の北部人を指す俗称。十八世紀の後半から用例が見られる。語源は諸説あるが、オランダ語の「野郎《ヤンケ》」から来ているのではという説が最も有力。オランダは十七世紀に北米の植民地をイギリスと争った間柄だが、一六六七年にオランダの北米植民地がイギリスに割譲されたあとも、現在のニューヨークを中心としてオランダ系移民のコミュニティが存続した。ちなみに、アメリカ独立戦争ではオランダはアメリカ側に味方している。

＊46〈オーサーズ〉は四枚セット×十三のカードを使うカードゲーム。四枚のセットには同一作家の有名な言葉が記されている。同じ作家のカードを集めてセットを作るのがゲームの目的。

＊47 大衆小説家シルヴァナス・コッブ・ジュニアの作品（一八五三）。

＊48 メグにそのつもりはないが、これはミス・ケイトの棒読みに対するかなり強烈な皮肉になっている。『メアリー・スチュアート』の一部は、じっさい韻文（詩）で書かれている。

＊49 エレン・ツリーはイギリスの有名な女優（一八〇五～八〇）の名前でもあって、「木《ツリー》」とシャレになっている。一説には、ジョーがこの木の下で読む小説『ワイド・ワイド・ワールド』のヒロインであるエレン・モントゴメリーにちなんだ「エレンの木」という意味が含まれているとも。

＊50「ロー」はロンドンのハイド・パークにある乗馬道ロットゥン・ローのこと。十七世紀終わりに設置されたころにはフランス語で「王 の 道《ルート・ドゥ・ロワ》」と呼ばれていたが、やがて英語化して「ロットゥン・ロー」となった。

＊51 先のくり返しフレーズとともに、ニュー・イングランドのロマン派詩人ジェイムズ・ラッセル・ローウェル（一八一九～九一）の詩「セレナーデ」。

＊52「手負いの鹿」は、イギリス・ロマン派の先駆ともいわれる詩人ウィリアム・クーパー（一七三一～一八〇〇）の詩。わが身の孤独を群から離れた手負いの鹿になぞらえる。

＊53 十九世紀のアメリカでは、松ぼっくりを切ってバスケットなどに貼りつける細工がはやった。

＊54　『天路歴程』においては、「喜びの山々」は羊飼いが羊たちと暮らす美しい山地。景色がすばらしく、「遠望の峰」からは「天の都」が見える。
＊55　ローリーのファーストネーム、シオドアの愛称。
＊56　旧約聖書に、イスラエル王サウルが悪霊《あくりょう》に襲われると臣下のダビデがハープを奏《かな》でて落ちつかせるという一節がある（サムエル前書十六章二十三節）。
＊57　欧米の文化では、手袋はしばしば恋愛と結びつけられる。中世の騎士は崇拝する貴婦人の手袋を持って戦いにおもむいたし、十九世紀には手袋型をしたラブレターがはやった。
＊58　ギリシャ神話のアタランタは狩りの女神。父が結婚せよと言っても、自分はむしろ処女でいたい、駆け比べで自分に勝つような求婚者がいれば結婚してもいいと言い張る。アタランタにほれたメラニオンは愛の女神アフロディテの知恵を借り、アタランタをだしぬいて駆け比べに勝ち、アタランタと結婚する。
＊59　オルコット自身、自分の前世は鹿か馬だったのではないかと思うほど走ることが好きで、よく男の子を駆けっこで負かしたものだと回想している。また、オルコットの知人のひとりは「彼女はわたしが知るかぎり最も美しく走る人だった」と書き残している。
＊60　スプレッド・イーグルは、翼を大きく広げたワシのこと。アメリカを象徴する図案であり、地元紙や学校の名前にしばしば使われる。
＊61　「恋敵の画家たち」は、オルコット自身が十六歳のときに匿名《とくめい》で活字になった小説の題名でもある。この作品でオルコットは五ドルの原稿料を手にした。
＊62　フランシス（「ファニー」）・バーニー（一七五二～一八四〇）はイギリスの女性作家の草分けのひとり。『エヴリーナ』はバーニーのデビュー作で、田舎育ちの純真な少女エヴリーナがロンドンの社交界で経験する騒動をコミカルに描く。
＊63　一八三七年にサミュエル・モース［日本での慣用読みは「モールス」］がモールス電信機を発明して以降、

電信網は徐々に広がってゆき、一八六一年にはアメリカの西海岸と東海岸のあいだで電信が通じるようになっていた。電報は手紙よりはるかに高価だったので、ハンナにも何か緊急の用事だと分かるのである。

＊64　『天路歴程』第二部で、クリスティアーナ一行の道案内をつとめる人物。

＊65　アーセニカムはホメオパシーでもちいる薬。砒素《ひそ》を毒性がなくなるまで希釈したもので、これを摂《と》ると体内の毒素が排出されると言われている。

＊66　ミンナは喉が痛いと言っていた子で、赤ちゃんとは別人のはず。赤ちゃんについでミンナまで猩紅熱で亡くなってしまったということなのか、オルコットが名前を取り違えたのかは不明。

＊67　家つきの忠実な召使であるハンナと金持ちの坊っちゃんであるローリーの関係は、『若草物語』においてジェンダーと階級がひそかにぶつかり合う地点のひとつ。ここでローリーは“be 'marmed over”というフレーズを使っているが、これは“be lorded over”というイディオムのもじりで、「女の人に命令される」という意味を持つ。一八八〇年の版（二十世紀の終わりまで、こちらのほうがスタンダード・エディションとして流通していた）においては、ジョーの「はしたない」言葉づかいがかなり修正されているが、同時にこの箇所も“be lorded over”に変更されている。この箇所に関してはそのほうが「政治的に正しい」とも言えるが、その「正しさ」がこの箇所に含まれている問題を覆《おお》い隠してしまったのは事実である。

＊68　その多くは中国風のデザインだったが、イギリスの東インド会社の船が運んできたので一般に「インド渡り」と呼ばれていた。貿易商としてのミスター・ローレンスのアジア・コネクションも想起される。

＊69　マーチ伯母さんはおそらくヨーロッパ旅行の折にロザリオをみやげ物として購入し、単なるネックレスとして使っていたのだろう。

＊70　エイミーが言おうとしているのは、フランス語の「パピエ・マシェ」。張り子のように紙を何枚も糊付《のりづ》けして作る細工物。

＊71　小説の冒頭が一八六一年の十二月なのでここは一八六二年の十一月でなければならないが、エイミーが間

違えたという設定なのか作者オルコットの勘違いか不明。

＊72 このあたりオルコットは、友だちの結婚を画策しては失敗しつづける若い女性を主人公とするジェイン・オースティンの『エマ』（一八一六）を念頭に置いているのではないかとも思われる。

＊73 当時の手紙は、便箋《びんせん》を折って直接封をしたものを投函《とうかん》するのが一般的だった。あたりまえの手紙に封筒を使う習慣は、より後の時代にできたもの。

＊74 マライア・エッジワースの小説『パトロネージ』（一八一四）のヒロインのひとり。純真で貞淑な娘。

＊75 メントールはホメーロスの『オデュッセイア』の登場人物。オデュッセウスの友人で、オデュッセウスがトロイア戦争に出征しているあいだ、その館と息子テレマコスを託される。

＊76 「ドクター・ジョンソン」ことサミュエル・ジョンソンはイギリスの詩人・批評家・辞書編纂者《へんさん》（一七〇九～八四）。独力で編纂した『英語辞典』（一七五五）、小説『ラセラス』（一七五九）、個人で主宰した批評誌『ランブラー』（一七五〇～五二）が特に有名。狷介《けんかい》孤高かつ稚気愛すべき人柄で知られ、三十歳下の友人ジェイムズ・ボズウェルが書いた『ジョンソン伝』は伝記文学の傑作と呼ばれる。ジョー自身がどこまで本当にこういう渋い伝記本を気に入ったのかは、彼女の他の好みを考えるといささか疑わしくもあるが。

＊77 牛肉を煮ただし。しばしば病人食として用いられた。

＊78 旅路の終わりとは、山の高みにある「天の都」のこと。そこにたどりつくためには、「死の河」を渡らなくてはならない。

訳者あとがき

さて、いかがでしたか『若草物語』。この「訳者あとがき」では、『若草物語』を読む（読みかえす）さいに知っていると楽しみがちょっと増すかと思われる情報を簡潔に提供することを主な目的としたい。行きがかり上「解釈」めいたことを言う場合もあるが、それは無数に可能な読みのひとつにすぎない。読者のみなさまは、作品そのものの中にそれぞれの『若草物語』像を見つけてください。

実務家の母と夢見がちな父

『若草物語』（一八六八）の作者ルイーザ・メイ・オルコットは、一八三二年一一月二九日に生まれた。父はルソーやペスタロッチに私淑して子供の個性を自発的に伸長させることをめざした教育改革家のエイモス・ブロンソン・オルコット、母は人道主義の活動家アビゲイル・オルコット（旧姓メイ）。ルイーザ・メイは四人の娘たちのうち次女である。オルコット夫妻はニュー・イングランド（アメリカ北東端の地域）

の「超絶主義者」と呼ばれる先進的知識人のサークルとつながりがあり、南部の黒人奴隷《どれい》の逃亡を助ける組織「地下鉄道《アンダーグラウンド・レイルロード》」の「駅長」として夫妻で活動してもいる。

ただし、妻と夫の性格は大いに異なった。妻のアビゲイルが精力的な実務家であったのに対し、夫のエイモスは人たらしとも言うべき会話の才を持ちつつも実務能力に欠け、現実が自分の夢みるとおりに動かない経験をするたびに新天地を求めて一からやり直したがる傾向を有していた。あえて乱暴に言うならば、話し相手としては面白いけれども一緒のプロジェクトや仕事には関わりたくないタイプの人か。そのことを象徴するのが、一八四三年にエイモスが仲間たちと試みてあっという間に失敗した理想主義的共同体「フルートランズ」(Fruitlands)の建設だろう。

フルートランズは平等と共有と「自然とのハーモニー」を柱として構想された農業共同体であり、参加者たちは厳格な菜食と動物愛護を実践しようとした。しかし農業は軌道に乗らず、メンバーたちも理論を広めるための講演活動をより好んだため、共同体はわずか七ヶ月で崩壊している。ルイーザ・メイ・オルコットは一八七三年に発表した短編「超絶主義のワイルド・オーツ」("Transcendental Wild Oats")で自分が少女として見たフルートランズ共同体を諷刺《ふうし》的な視点から回想し、共同体の実質的な運営に貢献しない夢想家の父、共同体の日常を維持するために朝から晩まで働きつづけながらユーモアのセンスを失わない母の姿を描いている。

ワイルド・オーツ［カラスムギ］は農作物の名であるとともに、英語では「若気の至りの愚行」という意味のイディオムとしても使われる。そのことを考えると、ルイーザ・メイはこの成長しない父親を最後まで愛しつつも、あまりの浮世離れには付き合いきれない思いを持っていたようである（彼女は生涯独身を通し、父が八十八歳で亡《な》くなった二日後に五十五歳で亡くなった）。自伝的小説『若草物語』の大部分でマーチ家に父親が存在しないことはしばしば指摘されるが、父エイモスの姿はミスター・マーチの南北戦争への出征という形で女たちの連帯《シスターフッド》の空間から追放されているとも言えるだろう。

お金・自己実現・創作

四姉妹の両親であるマーチ夫妻は「浮世離れ」と語り手によって形容されているが、別の箇所ではミセス・マーチが金銭を軽蔑《けいべつ》していないことも明言されている。使用人のハンナに給料を払いつつ女五人が食べてゆかなければならないマーチ家の財政の内情は具体的に語られることがないのだが、ミセス・マーチが預金残高に頭を痛めたり国債投資の利回りを計算したりという（あまり絵にならない）局面も存在したにちがいない。さればこそ、十六歳のメグと十五歳のジョーはそれぞれに仕事を得て、わずかながら家計に貢献し、お金を媒介とする自己実現と独立の感覚を得ているのである。

オルコット自身、十五歳で自宅近くの納屋《なや》に私塾を開いたのをはじめとして、教師・家庭教師・お針子・お手伝い・洗濯人といった職を経験し、南北戦争時にはワシントンの北軍病院で看護の仕事についてもいる。少女時代から物語の創作が好きだったオルコットが家族のために文章力をお金に換えられないかと考えたのは、ある意味で当然の成り行きだったと言えるだろう。一八五一年、十八歳のオルコットの詩が雑誌に掲載されたのを皮切りに、五二年には短篇小説の雑誌掲載、五四年には短篇集『花のおとぎ話』（*Flower Fables*）出版と、パートタイムのライターとしてのキャリアが始まった。オルコットは書くということをシリアスな生計の手段ととらえ、しだいにプロの書き手としての地位を確立してゆく。

初期の作品は『若草物語』で紹介されるジョーの創作と同じくロマンス的色彩が強いが、しだいに同時代の社会に根ざすリアリズムを志向するようになっていった。六四年の『気まぐれ』（*Moods*）はオルコット自身の経験を下敷きにした小説であり、女性の自己実現の権利をテーマとしている。一方でオルコットは、匿名《とくめい》・変名で通俗スリラー小説（当時の呼び名は「煽情小説《センセーショナル・ノヴェル》」）の執筆にも手をそめた。原稿料がよかったということもあるが、もともと自分はゴシック的な怪奇と幻想が大好きだったとオルコットが述べていることを考えると、あんがい根っから好きな道だったのかもしれない。性愛と裏切りと復讐《ふくしゅう》に彩《いろど》られたそれらの作品の多くが強烈な意志と奔放な行動力を持った「反抗する女」たちを主人公に持っていることは注目に値する。ここでも、キーワードは「女性の自己実現」だ。

プロテスタント的教訓性とユーモア、そして

『若草物語』のキーワードのひとつが「小さな女性たち《リトル・ウィメン》の自己実現」であることは読者にも賛同いただけると思う。もうひとつのキーワードが「教訓性」だと言ったら、ウゲッと思われるだろうか。しかし、この小説を考える際に教訓性の問題は避けて通れない。

実は『若草物語』はオルコット自身の企画ではなく、頼まれ原稿である。多作の小説家としてちょっと売れはじめていたオルコットに編集者が提案したのが、子供向け小説と一般向け小説のギャップを埋める（主に少女向けの）ジュブナイル作品の執筆だったのだ。当時のジュブナイル作品にとって、思春期の読者をよき社会人へと導く

教訓性が含まれていることは当然の前提だった。「自分はもともと男みたいな女《トムボーイ》であって女の子のことをよく知らない」と渋りつつも、いったん仕事として引き受けた以上は教訓性を含んだ物語にきっちり仕上げるあたりがオルコットのプロフェッショナリズムだろう。オルコットは『若草物語』シリーズが自分の看板となってから「お子様向けの教訓入り流動食みたいなものを書くのはもううんざり」と日記に書いてもいるが、『若草物語』の教訓性は「仕事はきっちり」のプロフェッショナリズムとも関わってくる。

『若草物語』を貫く教訓は、「この世では自分の仕事をちゃんとやって、晴れ晴れと暮らしましょう」ということに尽きる。仕事をなまけると神さまに顔向けができなくなってつらいよ、というわけだ。ここに「仕事をすることは神の栄光をたたえることであり、天の国にたどりつける証《あかし》である」というプロテスタント/ピューリタン的な倫理を読み取ることは、あながち間違いではあるまい。「重荷（つらい務め）を背負って神の国をめざす巡礼」というプロットを持つ十七世紀イギリスのピューリタン作家バニヤンの寓話《ぐうわ》物語『天路歴程』が要所要所で引き合いに出されるのも、ゆえなきことではないのだ。「教訓のあるお話って大好き」と語るベスをはじめ、マーチ姉妹は全員が根っこのところでシリアスな、マーチ家という共同体における自分の仕事をしっかり果たそうとするいい子として読者に提示される。

もっとも、訳者のような怠け者から見ると、やっぱりオルコットはうまいなあと思わせられるのはマーチ姉妹がついつい「悪い子」になってしまう場面のユーモアとワイルドな逸脱性だ。『若草物語』の教訓はユーモアと逸脱というスパイスによって絶妙にコーティングされ、知らないうちに読者のおなかにおさまるよう設計されている。いや、むしろ、マーミーのおだやかで常識的な教訓の後ろに女性に対する社会からの同調圧力がひかえているからこそスパイスがいっそう爽快《そうかい》に感じられるのだろうか。四姉妹が「悪い子」になってドタバタしたりグダグダしたり（そして、ジョーやエイミーのように時としてエゴを爆発させたり）する場面の魅力は、「リトル・ウィメン」がひとりひとり大人の「ウーマン」になるという社会的な仕事を引き受けて立ち去ってゆくときまでしか存続を許されない水入らずの空間の魅力でもある。アメリカ文学で指折りの「オトメ男子」であるローリーならずとも、男子読者もちょっとのぞいてみたくなるというものではないか。

翻訳について

この翻訳の底本としたのは、Daniel Shealy 編注の Belknap Press 版 *Little Women*

（二〇一三）である。シーリーはアメリカの大学教員でオルコット作品の研究者。この版は多数の研究を参照した詳細な注釈、これまでの諸版の挿絵や映画のシーン、テクストの異同一覧（「言葉づかいが下品」という非難を受けて一八八〇～八一年版で改訂された箇所が分かって貴重）が含まれており、これまでもっとも信頼できる、もっとも豊かに開かれたテクストと言ってよい。ベルナップ版の本文は改訂前のバージョンによるもので、特にジョーの言葉づかいは生き生きとした野性味（そのありかたは「下品」とは大いに異なる）において改訂版にまさる。翻訳においても、「男の子になりたい女の子」ジョーのしゃべりを原文と等価な日本語に移し変えることを心がけた。

そのジョーを始めとする姉妹それぞれの個性が織りなす、にぎやかにして真剣なマーチ家の雰囲気を伝える訳文になっていることを心から祈る。

二〇二四年九月

小山太一

本書は訳し下ろしです。

本作品中には、今日の観点からは差別的表現ともとれる箇所が散見しますが、作品の持つ文学性ならびに芸術性、また、歴史的背景に鑑み、原書に出来る限り忠実な翻訳としたことをお断りいたします。

（新潮文庫編集部）

J・M・バリー
大久保 寛訳

ピーター・パンの冒険

ロンドンのケンジントン公園で、半分が鳥、半分が人間の赤ん坊のピーターと子供たちが繰り広げるロマンティックで幻想的な物語。

E・ケストナー
池内 紀訳

飛ぶ教室

元気いっぱいの少年たちが学び暮らすギムナジウムにも、クリスマス・シーズンがやってきた。その成長を温かな眼差しで描く傑作小説。

ライマン・フランク・ボーム
河野万里子訳
にしざかひろみ絵

オズの魔法使い

ドロシーは一風変わった仲間たちと、オズ大王に会うためにエメラルドの都を目指す。読み継がれる物語の、大人にも味わえる名訳。

マーク・トウェイン
柴田元幸訳

トム・ソーヤーの冒険

海賊ごっこに幽霊屋敷探検、毎日が冒険のトムはある夜墓場で殺人事件を目撃してしまい――少年文学の永遠の名作を名翻訳家が新訳。

マーク・トウェイン
柴田元幸訳

ジム・スマイリーの跳び蛙
―マーク・トウェイン傑作選―

現代アメリカ文学の父であり、ユーモア溢れる冒険児だったマーク・トウェインの短編小説とエッセイを、柴田元幸が厳選して新訳！

E・ブロンテ
鴻巣友季子訳

嵐が丘

狂恋と復讐、天使と悪鬼――寒風吹きすさぶ荒野を舞台に繰り広げられる、恋愛小説の恐るべき極北。新訳による〝新世紀決定版〟。

Title : Little Women
Author : Louisa May Alcott

若《わか》草《くさ》物《もの》語《がたり》

新潮文庫　オ－1－1

Published 2024 in Japan
by Shinchosha Company

令和六年十一月一日発行

訳者　小《こ》山《やま》太《た》一《いち》
発行者　佐藤隆信
発行所　株式会社 新潮社

郵便番号　一六二—八七一一
東京都新宿区矢来町七一
電話　編集部(〇三)三二六六—五四四〇
　　　読者係(〇三)三二六六—五一一一
https://www.shinchosha.co.jp

価格はカバーに表示してあります。

乱丁・落丁本は、ご面倒ですが小社読者係宛ご送付ください。送料小社負担にてお取替えいたします。

印刷・株式会社三秀舎　製本・株式会社植木製本所

ISBN978-4-10-202904-6 C0197